I

麦克尤恩作品 | Ian McEwan

Atonement

赎 罪

[英]伊恩·麦克尤恩————著

郭国良————译

上海译文出版社

"亲爱的莫兰小姐,你好好想想,你这样疑神疑鬼是多么的可怕。你凭什么下此断论?别忘了我们所生活的国度和时代。你要牢记我们是英国人:我们是基督徒啊。你不妨运用你自己的理智,你自己对或然性的感悟,你自己对于周遭所发生的一切的冷眼旁观。我们所受的教育会叫我们犯下如此令人发指的行为吗?我们的法律会默许这样的暴行吗?像英国这样一个国家,社会文化交流具有坚实的基础,每个人都受到左邻右舍的监视,阡陌交通、书刊报纸使一切都暴露在光天化日之下,倘若犯下了暴行能不为人所知吗?亲爱的莫兰小姐,你到底在想些什么呀?"

他们已走到了廊台的尽头;她含着羞愧的泪水跑回到了自己的房间。

——简·奥斯丁《诺桑觉寺》

第一部

第一章

这个剧本,是布里奥妮在两天时间里一气呵成的。那两天,她奋笔疾书,为此错过了一顿早饭和午饭。她还设计了海报、节目单和戏票,又把一块可折叠的隔板沿着墙壁斜立起来,作为售票亭;最后,她用红色皱纹纸做了募捐箱的衬里。这一切准备工作就绪以后,她惟一可做的,就是再三琢磨已经完成的脚本,等待远在北方的表姐表弟们的到来。排练时间只有一天。再过一天,她哥哥就要回来了。这部戏让人时而冒冷汗,时而又痛楚绝望,讲的是一个心灵的故事。在台词押韵的序幕中,故事的旨意得到了传达:不以理智为基础的爱情是注定要失败的。故事的女主角阿拉贝拉对一个邪恶的外国伯爵不顾后果的爱情遭到了厄运的惩罚——她和意中人一时兴起,私奔到了一个海滨小镇,途中她感染了霍乱。而当她病倒在一个小阁楼上的时候,几乎所有人,包括她的爱人,都抛弃了她,就在这时,她却在自己的内心深处找到了一丝幽默感。与此同时,命运又给了她第二次机会。她遇到了一位贫穷的医生——而他事实上却是一位王子。他隐瞒了自己的真实身份,专门帮助穷苦人。他治好了她的病。这回,阿拉贝拉做出了明智的选择,并得到了命运的回报——她

3

与家人重归于好,并在一个"微风习习和阳光和煦的春日"与她那位医生王子喜结良缘。

塔利斯太太在她卧室的化妆桌边读了七页长的《阿拉贝拉的磨难》,整个过程当中,作者的手臂一直环绕着她的肩膀。布里奥妮仔细地琢磨着母亲的脸,想要捕捉每一丝转瞬即逝的表情。艾米莉·塔利斯时而紧张,时而窃笑,读完全剧之后,则露出了令人欣慰的笑容,并会意地点头表示肯定。随后,她把女儿抱起来,放到自己的腿上——啊,这个温软的小身体,自打它一出生,她就记得它,直到现在,它还没有完全离开母亲,还没有呢——艾米莉说这个剧太"了不起"了,并马上对着女儿绷紧的小耳朵细声低语,说在那张要贴在剧场入口处的售票亭旁的黑板架上的海报里,她同意引用"了不起"这个词。

布里奥妮当时还不知道,这已经是她这个戏剧最成功的时刻了。其他的设想都只是些白日梦,不能为她带来任何满足,甚至会令她尝到挫折的滋味。夏天的傍晚,白日已尽,布里奥妮喜欢蜷曲在沙发床上,躲进黄昏美好的余晖之中。这时候,一些清晰而令人渴望的幻想往往会盘桓在她的心中。这些幻想本身都可以算是些短剧,每一个都是围绕着利昂而展开。在有一幕里,当阿拉贝拉感到孤独和绝望的时候,他那张宽大温和的脸因为痛苦而变了形。另一幕里,他手拿着鸡尾酒杯,在城里一个时尚酒吧里和一群朋友海阔天空:我妹妹是作家布里奥妮·塔利斯,你肯定听说过她。还有一幕则是:当戏演完,幕布徐徐降下的时候(事实上,并没有幕布,不可能有幕布),利昂狂喜地向空中挥拳。布里奥妮的这个剧本实际上并不是为她的表姐弟而写的，而是为了她的哥哥，目的是欢迎他回来，得到他的赞美，并引导他从一个个不认真的恋爱关系中走出来，找一个能将他劝回到乡下住、并会在婚礼上邀请布里奥妮当傧相的妻子。

布里奥妮是一个非常讲究整齐的孩子。她姐姐的房间乱得像个狗窝：书本不合，衣服不叠，床铺不整，烟灰缸也不倒；而布里奥妮的房间俨然是她遏制恶习的一个圣殿：一个农场模型横放在宽敞的窗台上，里面有常见的动物，它们全都朝着一个方向——面向它们的主人——就好像要突然引吭高歌，连场院里的母鸡也被整齐地关在栅栏中。事实上，布里奥妮的房间是这幢房子的楼上惟一整洁的房间。她那些住在宽敞的模型大厦里的娃娃们，好像接受了一律不准背靠墙的严格命令，一个个规规矩矩，腰杆挺得笔直；她的化妆桌上那些拇指大的小人们——牛仔、深海潜水员、类人老鼠——都整齐地排列成行，俨然是等待作战指令的民兵。

对小模型的爱好，是崇尚秩序和整洁的人的一个标志。这些人的另一个标志，则是对一切秘密的酷爱：一个备受布里奥妮珍视的上了清漆的小橱柜里，有一个秘密抽屉。要想打开它，必须要找到一个巧妙地折弯的榫头，在它上面的一个小按钮上按一下。在这个秘密抽屉里，藏着一本上了扣锁的日记簿和一个笔记本，本子里的内容是用布里奥妮自己发明的一种神秘符号写成的。一个需要用六位数密码开启的玩具保险箱里，藏着信件和明信片。一个古老的锡制小钱箱被藏在床下一块可移动的地板下面,里面装有保存了四年之久的宝贝,也就是说,从她九岁生日开始收藏起,它们就在那里了:一个由基因突变而产生的双生橡果,一块黄铁矿,一个用来唤雨的符咒(它是在一个露天游乐场购得的)和一块轻如树叶的松鼠头盖骨。

但无论是秘密抽屉、上锁的日记簿,还是由神秘符号写成的笔记,都不能掩盖一个简单的事实,那就是,布里奥妮根本没有秘密。她对于和谐而有秩序的世界的向往使她不可能做出任何鲁莽的错事。故意伤害和恣意破坏都太无秩序,不符合她的口味,而她的本性里又根本没有冷酷的成分。再者,塔利斯庄园相对与世隔绝,而布里奥妮又是家里惟一的一个未成年孩子,这使她不可能——至少在漫长的暑期——大耍孩子气,与朋友密谋勾结。布里奥妮的生活缺乏乐趣,也没有一点可耻的事,她根本没有秘密可藏。没有人知道她床底下有松鼠头盖骨,压根儿也没有人想要知道。这一切都没什么可特别苦恼的;或者更确切地说,只有在事后回顾时,在问题一旦得到解决时,也许才会如此。

十一岁时,她写了她的第一个故事。那是个模仿了半打民间传说而写成的可笑的恋爱故事,由于作者缺乏对世道的洞察而未能得到读者的尊重——这一点,布里奥妮是后来才意识到的。但这第一次笨拙的尝试就让她明白,想象力本身就是秘密的一大源泉:她一旦开始写故事,就谁也不能透露。用文字假托思想,这太没把握,太不堪一击,太令人难堪了,所以绝对不能让任何人知道。甚至于在写"她说道"或"那么"的时候,她脸部的肌肉禁不住就要抽搐,觉得自己太愚蠢,竟然表现得好像知道一个想象出来的人物的心思一样。当她揭示了某个人物的弱点的时候,自然而然地也就肯定把自己的缺点给暴露了;读者一定会以为她在写自己呢,因为她对别人的事哪来如此的发言权呢?只有故事写完之后,只有所有人物的命运全有了结局,只有事情的前前后后都得到了交待,这样它就与世界上其他任何已完成的故事一样——至少在这一点上——布里奥妮才会觉得自己有了免疫力,才会开始在稿纸边缘的空白处打上孔,用线带把各章节装订好,在封面上画上画,然后,把完成了的作品拿去给妈妈或爸爸(如果他在家的话)看。

她的努力得到了鼓励。其实,当塔利斯的家人逐渐认识到家中这位最小的孩子有个古灵精怪的头脑,并在文字方面颇有天赋时,他们还大加欢迎呢。一个个漫长的下午,她常常是在翻看各种辞典和同义词反义词词典中度过的,于是造出了许多荒谬而又让人无法忘怀的句式:一个恶棍藏在口袋里的硬巾成了"秘传的";一个偷车时被逮住的小流氓"不知羞耻、自我辩白"地哭着;一位骑在纯良种马上的女豪杰作了一次"仓促"夜旅;国王皱纹深深的额头成了生气的"象形文字"。家里人鼓励布里奥妮在藏书室里朗读她的故事。她在朗读的时候总是表现得很勇敢,用空着的那只手做一些大幅度的手势,在抑扬顿挫间弓起眉毛。朗读的过程中,她会低头看一下书页,然后迅速抬起头,将眼光一一定格在每个人的脸上,毫无歉疚地要求家人在她施展叙事魔力时集中全部注意力,而她的父母和姐姐对这个平时文静的女孩此刻的表现感到惊讶。

即使没有家人的关注和激赏，布里奥妮也不可能放弃写作。与许多前辈作家一样，她渐渐意识到并非所有的赞誉都对她有所裨益。比如，姐姐塞西莉娅的热情似乎就有点夸张，也许带点恩赐的意味，而且咄咄逼人。她要布里奥妮把每一个装订好的故事编入目录，陈列到藏书室的书架上去，把它们放在罗宾德拉纳特·泰戈尔和昆吐斯·德尔图良①作品之间。也许塞西莉娅只是说着玩的，布里奥妮根本就没当回事。她已踏上正途，而且在其他层面上获得了满足。写故事不仅要与秘密打交道，而且还要能把世界变成一个缩小的模型，这当然能给她很多乐趣。短短五页稿纸就能造就一个世界，这比缩小的农场模型可有趣多了。半页稿纸里就能包含一个被宠坏了的王子的童年，一个节奏强劲的句子就可以表达在月夜穿过沉睡的村子的情景，简简单单一个词——眼眸一瞥——就能表明主人公已坠入了爱河。布里奥妮最近完成的一个故事，是如此充满生命力，拿在手中的稿纸仿佛都鲜活得在颤动。同时，她对于条理的喜爱也得到了满足，因为一个无序的世界完全可以在写作中条理化。比如，女主人公人生中的一大危机可以和冰雹、狂风和雷电相伴相生，而婚礼喜庆时则往往风和日丽。布里奥妮对秩序的喜好也催生了公正原则，死亡和婚姻成了家政的主动力：死亡是道德欠

① 古罗马帝国时期北非杰出的基督教作家，基督教文坛上的奇才，对教会神学具有深远影响。

佳者的专利,而婚姻是一份报答,直到最后一页才奉上。

　　布里奥妮为利昂回家而写的剧本是她向戏剧迈出的第一步,她觉得这一过渡并不艰难。在剧本里不用再写"她说"这样的词句,也不用描写天气、春天的来临或女主人公的脸蛋,这对布里奥妮来说是一种解脱,因为她发现,美只是一条窄窄的光谱带,而丑却形态万象。把一个广阔的世界压缩成口头的语言,这本身就是一种整理,而经过整理的世界几乎颜色尽失,因此,为了弥补这一点,每一个句子都极富感情,为此,感叹号是不可或缺的。《阿拉贝拉的磨难》也许是一个情节剧,不过它的作者当时还没听说过这一术语呢。这个剧本并不是要博人一笑,而是旨在引起读者的惊骇,随之让他们如释重负,最后给他们以教益。布里奥妮为此剧所作出的天真而巨大的努力——海报、戏票、售票亭——使她特别不能承受失败的打击。她本可以轻而易举地把《阿拉贝拉的磨难》写成另一个故事,而不是一部剧本,来欢迎利昂,但表姐表弟们要从北方来的消息促使她跃入了一种新的创作形式。

　　十五岁的罗拉和九岁的双胞胎杰克逊和皮埃罗被一场苦涩的家庭内战造就成了"难民"。这事本该对布里奥妮有更大的心理影响。她曾听到妈妈指责自己的妹妹埃尔米奥娜冲动行事,慨叹这三个孩子的处境,并谴责妹夫塞西尔的过分温顺和逃避行为——为了能得到安宁,他逃到牛津的万灵学院去了。布里奥妮曾听妈妈和姐姐分析过这场"内战"最新的种种曲折和伤害,进攻和反攻,并知道表姐弟们来她们家住,并不是一天两天的事,而可能长达一个学期。她也听说家里的房子多住三个孩子是绰绰有余的,昆西家的孩子在这里可以想住多久就住多久。但是如果他们的父母同时来探望孩子,必须保证不把他们的争吵带到塔利斯家来。布里奥妮的卧室旁边的两间房间已经打扫干净,换上了新的窗帘,家具也从别的房间搬了进来。本来,布里奥妮也要参加准备工作的,但正赶上她写作热情高涨的那两天,她还得忙布置"剧场"入口那一通事,所以就没有参加。她只是隐隐约约知道,离婚是种灾难,但她并没有把它当作一个合适的写作主题,对这事也没多加考虑。对她来说,这是一种世俗的解散,是无可逆转的,所以并没有为讲故事的人留下多少发挥的空间:它属于无序的领域。结婚——更确切地说是婚礼——才是真正有意义的事,它循规蹈矩,井然有序,是对美德的一种回报,而且有着盛大的仪式和宴会,还有令人陶醉的白头偕老的诺言。美妙的婚礼还暗示着性极乐,这对布里奥妮来说还无法想象。在乡村小教堂和城市大教堂的走道上,在亲人好友的见证称许下,她的男女主人公天真地抵达了他们人生的顶峰,再也不需要继续向上走了。

如果离婚代表了婚礼的令人不齿的对立面,那么,它可以被轻易地抛到天平的另一个秤盘里,与背叛、邪恶、偷窃、攻击和谎言为伍。然而,它却展示了永无休止的争吵和乏味复杂生活的不光彩的面目,所以根本就不可能被布里奥妮考虑为写作主题,就像她不会去考虑"重整军备"、"阿比西尼亚问题"或"种花技巧"一样。当经历了整个星期六上午的漫长等待，布里奥妮终于听到车轮碾过卧室窗下细石子路时，她一把抓起剧本，冲下楼去，穿过大厅，闯进正午明亮炫目的阳光里，向车子里守着行李抱成一团的小客人们喊道："你们的角色我全都写好了！明天首演，五分钟后排练！"小客人们被她的话惊呆了，而布里奥妮这样做倒并不是因为她不顾别人，而是高度集中的艺术志向使然。

很快，她的母亲和姐姐来给小客人们作了一个比较宽松的时间安排。三个赤黄色头发，脸上有雀斑的小孩被带去看了他们的房间，哈德曼的儿子丹尼把他们的行李提上了楼。接着，他们被安排去厨房喝香料甜酒，参观整幢房子，在游泳池里游泳，然后在南花园葡萄藤下享用午餐。在这整个过程当中，艾米莉和塞西莉娅一直喋喋不休，这使客人本应有的轻松感荡然无存。布里奥妮知道，如果她行了两百里路，来到了一个陌生的宅邸，那么，精明的问题和滑稽的悄悄话，以及用一百种不同的方式告诉她可以自由选择，定会让她深感压抑。人们都没有意识到，孩子们现在最需要的是独处。不过，昆西家的孩子使出浑身解数，假装很开心，假装很自在。这对于《阿拉贝拉的磨难》来说，倒是个好兆头：如果他们三个明显有假装的本领，那么，尽管与将要扮演的角色毫无相似之处，也定能演好戏。午饭前，布里奥妮一个人溜进了空荡荡的彩排室——原来的婴儿室——在涂了漆的地板上踱来踱去，考虑着各个角色的人选。

显而易见，像布里奥妮一样有着一头黑发的阿拉贝拉，她的父母是不可能有雀斑的，她不会和一个有雀斑的外国伯爵私奔，

11

不会向一个有雀斑的酒馆老板租一间阁楼房,不会爱上一个有雀斑的王子,更不会在一群有雀斑的人面前由一个有雀斑的牧师主婚。但是没有办法,只能凑合一下了。她表姐表弟的头发颜色太鲜亮了,简直像是荧光色,藏都藏不住。布里奥妮只能这样想了:阿拉贝拉没有雀斑,这是一个"象征"——要布里奥妮写起来,可能又要变成"象形文字"了——象征着她的不凡。尽管她穿行于一个污点斑斑的世界,她纯净的精神是绝对不容置疑的。此外,陌生人无法区分开来的两个孪生兄弟又带来了另一个问题。邪恶的伯爵和英俊的王子能长得如此相像吗?而且……他们俩能和阿拉贝拉的父亲和主婚的牧师长得像一个人一样吗?假如叫罗拉演王子行吗?杰克逊和皮埃罗这两个小家伙,看上去急不可耐。他们倒是那种你怎么说就会怎么做的小男孩。可他们的姐姐肯扮演一个男人吗?她有着一双绿眼睛,一张很骨感的脸;她面颊消瘦,沉默里有一种冷漠,透出一股倔强的意志和暴躁的脾气。也许,只要向罗拉一提起演男角的可能性,就会引发一场危机。再说,杰克逊在吟诵祝福词的时候,布里奥妮真的能在圣坛前与罗拉执手相望吗?

直到下午五点钟,她才能把演员聚集在婴儿室里。她把三条长凳排成一行,自己则挤进一张婴儿吃饭用的旧高脚椅——这个属于艺术家的不羁举动使她有了网球裁判员那样的高度优势。双胞胎兄弟在游泳池里闹了整整三个小时之后,终于不太情愿地来了。他们光着脚,上身穿了背心,游泳裤上的水不停地往地板上滴。水还从他们乱蓬蓬的头发里流到脖子处,两个人都冷得发抖,正哆嗦着膝盖来保暖。由于长时间泡在水里,他们的皮肤发白起皱,在婴儿室相对较弱的光线里,雀斑看起来黑黑的。他们的姐姐坐在他俩中间,左腿架在右膝盖上,看上去一副镇定自若的样子。她喷洒了很多香水,换了一件绿格子的棉布裙子,以弥补皮肤的颜色。她穿着凉鞋,戴着一条脚链,脚趾上涂着朱红的指甲油。一看到这些脚趾甲,布里奥妮不由得倒抽一口气。她马上认定,决不能叫罗拉来扮演王子。

每个人都坐好了,剧作家准备发表一个小小的讲话,概括性地介绍一下这个戏的情节,并指出,明天晚上,他们将在藏书室里对大人献演,以唤起演员们的激情,但她还没开口,就让皮埃罗抢了先。

"我讨厌戏剧,讨厌这种玩意儿。"

"我也讨厌,我不喜欢化装。"杰克逊也说。

吃午饭的时候,大家知道了区别双胞胎的办法:皮埃罗的左耳垂少了三角形的一块。据说这是他三岁的时候惹怒了一条狗后留下的结果。

罗拉的眼睛瞥向别处。布里奥妮理论道:"你们怎么可以讨厌戏剧呢?"

"纯粹是卖弄而已。"皮埃罗在陈述这不言而喻的真理时耸了耸肩膀。

布里奥妮知道他说得在理。而这一点正是她自己喜欢戏剧(至少是她自己写的戏)的原因。她认为每个人都会欣赏她的

13

才华。水从两个男孩子的椅子上往下滴着，慢慢渗进地板缝里。望着他们，布里奥妮知道他们永远不可能理解她的抱负。她原谅了他们，宽恕使她的语气温和下来。

"难道你们认为莎士比亚也是在卖弄吗？"

皮埃罗的目光掠过姐姐的膝盖，朝杰克逊看去。这个挑战性的名字带着一丝经院气息和老成持重，他感到隐隐有点熟悉。但双胞胎都在对方那里找到了勇气。

"人人都知道，他就是在卖弄。"

"就是。"

罗拉开始说话的时候，先是面朝着皮埃罗，说了一半的时候，又转向杰克逊，然后才把话说完。在布里奥妮家，塔利斯太太从来没有任何话需要同时对两个女儿讲。现在布里奥妮看到了罗拉是怎么做的。

"你们乖乖地演戏，否则就要挨打了，而且我还要去告诉爸爸妈妈呢。"

"如果你打我们，我们才要去告诉爸爸妈妈呢。"

"乖乖演戏吧，否则我就去告状。"

罗拉的威胁被两兄弟讨价还价了一番，但并没有失去它的威力。皮埃罗咬着下嘴唇说：

"为什么我们一定要演呢？"这句问话里已经包含了让步的意思。罗拉试图把他粘在一起的头发揉松。

"还记得爸爸妈妈的话吗？我们是这里的客人，我们必须……我们必须怎样做？你们说，我们必须怎么做？"

"必须服从，"双胞胎痛苦地齐声说道。他们在说这个不平常的词的时候差点没结巴。

罗拉转向布里奥妮，微笑道："请你告诉我们戏的内容。"

爸爸妈妈。无论这个词中锁藏着什么法理性的效力，它都将飞散瓦解，或者说已经各奔东西了；然而在眼下，这是不能承认的，即使是最小的孩子也得勇敢坚强才行。布里奥妮忽然为她自私的动机感到害臊，她从没想过她的表弟们会不愿意演《阿拉贝拉的磨难》中的角色。但他们有自己的磨难，自己的苦恼，现在，作为她家的客人，他们认为自己有义务服从。更糟的是，罗拉也清楚地表示了，她出演也是出于勉强。脆弱的昆西家的人正在受到威逼。然而，布里奥妮仍竭力想弄明白一大难解的问题：罗拉是不是在恣意操纵？她是不是在利用双胞胎来表达她自己的敌意或蓄意破坏呢？布里奥妮觉得自己比罗拉小两岁，少了整整两年的锤炼，这使自己在她面前处于劣势。现在她的戏仿佛成了一件可怜的、令人为难的东西了。

她避开罗拉注视的目光。尽管剧本的愚蠢已经让她晕头转向，她还是简单地说了一下戏的主要情节。但她再也没有心思想要让她的表姐弟们在到来的第一天晚上感到兴奋了。

她一说完故事情节，皮埃罗就说："我要当伯爵。我喜欢当坏人。"

杰克逊索性说道："我当王子。我总是当王子的。"

她本可以把两兄弟拉过来，亲吻他们的小脸蛋，但她只是说："那好吧。"

罗拉放下架着的腿,把裙子拉好,站了起来,像是马上要离开似的。她伤心地叹了口气,无可奈何地说:"我想,既然是你写的剧本,你总是要自己演阿拉贝拉的了……"

"哦,不是的,"布里奥妮说,"绝对不是的。"

她说"不",但她的意思是"是"。她当然要演阿拉贝拉了。她说的"不"是针对罗拉话里的因果关系。她并不是因为剧本是自己写的才想要演阿拉贝拉。她之所以要演这个角色,是因为她根本没想过要让别人来演;她要让利昂看到她演阿拉贝拉,因为她"就是"阿拉贝拉。

但是她已说了"不",而此刻罗拉柔柔地说道:"既然是这样,你在意让我来演这个角色吗?我想我可以把她演得很好。事实上,我们两个当中……"

她欲言又止。布里奥妮注视着她,无法掩饰恐惧的神情。她一句话也说不出来。她知道,一言既出,驷马难追。趁着布里奥妮沉默之时,罗拉乘势而进。

"去年我也生了一场大病,所以我也能把那个角色演好。"

也能?布里奥妮无法迎合她的表姐。大势所去的忧愁阻碍着她的思绪。

双胞胎中的一位不无自豪地说:"而且你还参加过学校里的演出呢。"

她怎么能告诉他们阿拉贝拉的脸上没有长着雀斑呢?她的皮肤灰灰的,头发黝黑,她的思想全然是布里奥妮的思想。可是她又怎么能够拒绝远离家园、倾家荡产的表姐的请求呢?罗拉仿佛看透了她的心思,因为她此刻打出她的最后一张牌,一张不容拒绝的王牌。

"求求你了,你就说'行'吧!这是几个月来我惟一的一件好事情了。"

行。布里奥妮无法让舌头说出这个词,她只能点了点头,与此同时,她郁郁不乐,感到一阵无疑是毁灭自我的震颤传遍了她的肌肤,向外溢展,突然使房间暗了下来。她真想一走了之,真想扑面躺卧在床上,独个儿品味这一时刻可恶的辛辣,然后重新回到毁灭开始前的衍生状态中。她需要闭着双眼,沉思默想她的失利,她的奉献。她需要展望新的局势。她不仅需要考虑利昂,而且还得思量参加阿拉贝拉婚礼时要穿的那件过时的桃红色和米色相间的缎子衣服。她母亲正在替她找这件衣服。可是现在这件衣服要给罗拉了。她母亲怎么能嫌弃一直深爱着她的女儿呢?布里奥妮仿佛看到这件衣服服服帖帖地穿在表姐的身上,而且目睹她母亲冷冰冰地一笑。她知道她惟一理性的选择就是赶紧逃走,与篱笆为伍,以浆果果腹,不与任何人说话,在一个冬日的黎明被一位须发浓密的伐木工人发现,蜷缩在一棵巨大的橡树底下,幽美婉丽,奄奄一息,赤裸着双脚,或者也许穿着系有粉红色带子的芭蕾舞鞋……

自怜需要她全神贯注,而且只有在孑然一身时她才能使枝梢末节活灵活现,然而在她点头同意的顷刻间——头颅一歪竟何以改变一生!——罗拉已从地板上捡起布里奥妮那札手稿,双胞胎兄弟也悄然地从椅子上站了起来,跟着他们的姐姐走到婴儿室的中央。这块空间是布里奥妮在前一天清理出来的。此时她敢溜之大吉吗?罗拉在地板上踱着步,一只手搭在眉毛上。她一边浏览剧本的最前面几页,一边默念着开场白中的台词。她说一切从头开始万无一失,此时此刻她让两位弟弟扮演阿拉贝拉的父母,向他们描述戏的开端,仿佛对这一幕了如指掌。罗拉顾盼自得,步步为营,毫无怜悯,使布里奥妮的自怜显得格格不入。或者,她会越发兴味无穷?——因为布里奥妮连阿拉贝拉的母亲这一角色都没得扮演,因此悄悄溜出婴儿室,跌跌撞撞地走进自己的房间,俯面趴在黑沉沉的床上,无疑是顺理成章的。然而,罗拉是那么的精神抖擞,全然沉浸在角色之中;布里奥妮深知她自己的情感不会流露出——更不会激发起——内疚自责。正是这一切才给了她奋起抵抗的力量。

以前,在她惬意愉快、一帆风顺的人生中,她其实从来没有与任何人正面交过锋。现在她明白了:这就像六月初潜入游泳池;你必须勇敢地投入。当她从高脚椅中挤出身来,朝她表姐站着的地方走去时,她的心怦怦直跳,呼吸也变得短而急促。

她从罗拉手中一把夺过剧本,异常尖声高调地说:"如果你是阿拉贝拉,那我就是导演。非常感谢你,我来读开场白。"

罗拉用雀斑点点的手捂着嘴。"对不起——起!"她说,"我只是开个头。"

布里奥妮不知道该如何应对,于是就转而对皮埃罗说:"你看上去不太像阿拉贝拉的母亲。"

罗拉对角色的分配决定权被取消了,引得双胞胎哄然大笑,这就改变了权力的平衡。罗拉夸张地耸了耸她那瘦骨嶙峋的肩膀,走到窗旁,向外眺望。也许她自己也想冲出房间,但她死挨活撑着。

双胞胎开始了一场摔跤大赛,他们的姐姐也怀疑自己头痛,然而排练还是开场了。在一阵令人忐忑不安的寂静中,布里奥妮朗诵着开场诗:

> 这是一个关于率性的阿拉贝拉的故事,
> 她与一位外来的小伙子私奔。
> 未经同意就擅自离家去了伊斯特本,
> 贫病交加,她口袋里只剩下最后的六个便士。
> 看到自己的长女如此潦倒终生,
> 她父母的心中充满了无限的悲愤。

阿拉贝拉的父亲站在庄园的锻铁门口,他妻子站在身旁。他起先恳求女儿三思而后行,然后在绝望中责令她不许出走。忧伤而固执的女主人公面对着父亲,她身旁站着伯爵,他们的马匹拴在附近的一棵橡树上,此时正在嘶叫,以蹄搔地,急不可耐地要动身出发。父亲的心头涌起万般柔情,他颤巍巍地说:

> 我亲爱的女儿,你年轻又可爱,
> 但你毫无人生经验,虽然你认为
> 这世界在你脚下,

但它会崛起,将你踩倒在地。

布里奥妮安排角色各就各位,她自己紧抓杰克逊的臂膀,罗拉和皮埃罗手拉手站在几码远的地方。男孩子们四目相视,发出了咯咯的笑声,女孩子们连忙嘘声制止。已经够烦的了,可是只有在杰克逊开始朗诵时,布里奥妮才渐渐明白设想与具体实施之间的悬殊差距。杰克逊的调子毫无抑扬顿挫,仿佛每一个词都是死人榜上的名字。尽管布里奥妮给他念了好几遍"毫无人生经验"这个词组,但他就是发不出来,而且把台词中的最后两个字省略掉了。至于罗拉,她的台词念得准确而又随意,有时对某个内心的想法莫明其妙地一笑,决计要人家知道她那近乎成人的心思此时正在他处。

就这样,他们继续排练着。从北方来的表姐表弟们已经排演了半个小时,不动声色地摧残着布里奥妮的创作,最后她姐姐塞西莉娅把两位表弟叫去洗澡了。真是谢天谢地!

第二章

一半是因为青春韶华,一半是因为旺盛的烟瘾,塞西莉娅·塔利斯握紧手中的花,顺着河边的小径慢跑起来。小径绕过青苔砖壁的旧泳池,然后兜兜转转地穿出了那片橡树林。入夏后,自考试结束以来的几周里,终日过得懒懒散散,但此时却也催她步履匆匆;从剑桥回家之后,日子一直平淡无奇,而这般的好天气却也扰得她跃跃欲试,几近有些迫不及待了。

林子里浓郁清凉的树阴让人心旷神怡,就连树干上错综的纹路也令她着迷。穿过林边的窄铁门,跨过矮篱间的杜鹃花,便是一片开阔的稀树草地;这块地已卖给本地农户养牛用了。穿过草地就到了喷泉的护墙后边。喷泉仿照的是贝尼尼的海神喷泉①,但只有罗马巴贝里尼广场上原作的一半大小。

海神健美的身影非常舒适地蹲坐在贝壳上,只可惜水压太小,螺号里的水只能喷出两英寸高,接着便落回他头上,顺着石塑的头发,沿着他有力的脊背淌了下来,留下暗暗闪耀的绿斑。虽身在异乡北国,离家万里,但晨曦中的海神还是风仪秀整,连底座下托起波浪边贝壳的四只海豚也千姿百态。塞西莉娅瞅了一下海豚身上和人鱼腿股处无端刻上的鳞片,然后朝屋子方向望去。进客厅最便捷的路线是越过草坪和阳台,穿过那一扇扇落地窗。但罗比·特纳正在玫瑰篱边上,一路跪着除草呢;他俩是童年的玩伴,也是大学的校友,不过她可不想同他搭话。至少,现在不想。从北方回来后,园艺差点就成了罗比惟一的狂热爱好。现在又说要上医学院;修完文学后再读医学,看起来很自命不凡。这还有点不讲理,因为钱是由塞西莉娅的父亲出的。

---

① 海神喷泉(Triton Fountain),位于罗马的巴贝里尼广场,是意大利巴洛克巨匠贝尼尼的杰作,其形象为海神端坐在四只海豚上,仰首拿着一个大法螺在吹水。

喷泉的水池又大又深,水也冰冷沁肌,她把花在里边浸了一下,好保持新鲜,然后匆匆绕到前门,避开了罗比——心下暗想,这倒是个在外边多待几分钟的好借口。早晨的阳光,或无论什么光线,都不能掩盖塔利斯家房子的丑陋——只有四十年的历史,鲜艳的红砖,矮墩墩的外观,还有铅框的窗格和庞大的哥特式设计;而这些,总有一天要被佩夫斯纳之类的建筑师在哪篇文章里斥为机缘不善的悲剧,或被哪个现代派青年作家贬为"毫无魅力"。这里原先有幢亚当风格①的宅屋,但在十九世纪八十年代末的一场大火中给烧塌了。现在只剩下人工开凿的湖泊和小岛,两座支撑车道的石桥,还有湖边那幢破败的灰泥寺庙。塞西莉娅的祖父从小在五金店里长大,后来靠发明了挂锁、门闩、插销和门搭扣这几个专利发了家,所以新房处处都烙上了他的品位:稳固、牢靠和实用。事虽如此,如果不理会稀稀松松的树林下群集的荷兰乳牛,而是转身背朝正门向车道望去,景色还是很别致的,恍惚间有种隔世的感觉,但恰是这种一成不变的宁静让她更坚定地要尽快搬走。

走进门,快速穿过铺着黑白地砖的大厅——耳边回荡的脚步声是多么地熟悉却又恼人——她在客厅的门廊里停步,喘了口气。手中这束凌乱的夹竹柳兰和鸢尾,将冰凉的水珠滴到她穿着凉鞋的脚上,让她神清气爽。要找的花瓶就摆在那张美洲

---

① 亚当风格是乔治亚风格的发展与精华,在美国东北部极为流行,它吸取了亚当兄弟对意大利文艺复兴风格的研究成果。

樱桃木桌上,桌子紧挨着落地窗。窗子微微虚掩着,从东南方射进来几束晨光,投在粉蓝的地毯上。随着呼吸放缓,烟瘾也越发上来了,但她却只凝驻在门口,被眼前这瞬间的美妙景象给吸引住了——簇新的哥特式壁炉前围着三张褪色的沙发,炉边摆了盆冬莎草,那大键琴已许久无人来调试拨弄,玫瑰木的乐谱架也从没人用过,天鹅绒的窗帘重重的,边缘上钉着些或橙或蓝的穗子,透过窗帘可以看见一点万里无云的天空、黄灰混色的阳台和从块石路面的裂缝里长出来的甘菊和小白菊。走下台阶就是草坪了,再向前五十码就到了喷泉边,罗比这时候还在草坪边上修剪着。

这所有的一切——河流,野花,久违了的慢跑,橡树漂亮的纹路,天花板高高的房间,阳光投下的形状,还有静寂中耳根渐弱的脉动——这所有的一切都令她开心,平常熟悉的东西也变得新奇有趣起来。不过她又想,这种觉得因在家里乏味的想法是要受人指责的。从剑桥回来时,她依稀觉得应该多陪家里人一点,但父亲总待在城里,而母亲不是闹偏头痛,就是非常冷漠,甚至不通情理。塞西莉娅有几次送茶到母亲的房间(房间同她的一样,也很脏),希望可以亲密地说说话,但艾米莉·塔利斯似乎只愿意抱怨家里的琐碎杂事,或者脸色苍白地靠在枕垫上默默喝茶,昏暗中一脸令人不解的表情。布里奥妮则沉迷在写作的幻想中——原本只是一时的兴趣,而现在竟让她完全着魔了。塞西莉娅早晨在楼梯上碰到过他们,布里奥妮正领着表弟们到婴儿室去排练,这几个可怜的人儿昨天才到;戏定在晚上利昂和

23

他的朋友来的时候开演。时间很短,而双胞胎中的一个又因为犯了什么错,叫贝蒂给扣留在了洗衣间。塞西莉娅并不愿施以援手——天气太热了,而且不管她怎么做,这个计划注定是要一败涂地的。布里奥妮的期望值太高,没有人——尤其是这两个表弟——能理解她那狂热的幻象。

塞西莉娅知道,自己不能再把日子耗在那又脏又闷的房间里,躺在烟气氤氲的床上,只手托着下巴,手臂发麻地读着理查逊的《克拉丽莎》了。她本想理出父亲这一支的家谱,但只半心半意地开了个头,至多知道在曾祖父开始经营他那家寒碜的五金店前,塔利斯家的先人都是窝在地里干农活的;男人们胡乱地改姓,也理不出个头绪来,而那些照普通法结合的婚姻根本就没在教区里登记。虽然明白自己不该在这里待下去,应该做点打算,但她什么也没做。虽然途径有很多,但都非燃眉之急。她还存了一点钱,足够支撑一年多的光景。利昂数次邀她到伦敦一起住些日子。大学里的朋友也说要帮她找工作——虽然工作肯定是无聊的,但她可以过独立的生活了。舅舅和姨妈都很有趣,也都喜欢见她,比如罗拉和双胞胎的母亲,那个不羁的埃尔米奥娜,此时正和她那个在无线广播电台工作的情人待在巴黎呢。

没有谁要拖塞西莉娅的后腿,甚至没人特别在意她是否离开。她不走并非因为她呆滞懒慵——她常常心神不宁,烦躁易怒。她只是喜欢有走不了的感觉,喜欢有人需要她的感觉。她常告诉自己,她是为了布里奥妮才留下来的,或者是为了帮帮母亲,或者仅仅因为这是在家里的最后一段日子了,而她也想有始有终地过完这段日子。老实说,打点好衣箱,然后乘早晨的火车一走了之——这一点都不能令她兴奋。那只是为了离开而离开。留下来既叫人舒适,也令人烦躁;既是一种自我惩罚,也是一种快乐,或许快乐只是她的期盼而已;如果她离开了,也许有什么坏事会发生,或者,更糟的是,好事来了,而她却错过了——她可错不起啊。还有就是罗比了,他总是刻意保持距离,有什么远大计划也只同她父亲讲,这一点一直让她恼怒不已。他俩从七岁起就认识了,而现在谈话却尴尬不已,实在让她心烦。虽然她认定这都是罗比的错——他可记住自己犯的第一个错吗?——但她清楚自己必须在离开之前摆平这些事。

一股闻上去像皮革似的牛粪的气味透过敞开的窗子传了进来,除了最冷的几天,一年四季都是如此,而且只有离开过的人才会注意到。罗比放下铁锹站着,卷了根烟,这算是他信奉共产主义那时候的遗物了——那股狂热,同他对人类学的万丈雄心,以及计划中的从加莱到伊斯坦布尔的徒步旅行,都一起被抛在了脑后。不过现在,她想抽烟可是要上两段楼梯,然后在几个衣服口袋中翻出一个来。

她走进客厅,把花塞进了花瓶里。这个花瓶是克莱姆叔叔的遗物。克莱姆的葬礼是在战争刚结束那会儿举行的;与其说是葬礼,不如说是重葬仪式,那时的情景塞西莉娅历历在目:礼炮车开进村里教堂的墓地,棺材是用军队团部的旗帜裹着的,还有那高举的刺刀和墓地的军号声;但对一个五岁的小孩来说,记得最清楚的还是父亲的哭泣声。克莱姆是他惟一的胞亲。至于他是如何搞到这个花瓶的,在这位年轻中尉的最后几封家书里边曾作过交代。他当时在法国分区执行通讯任务;有一次,敌军要轰炸凡尔登西边的一座小镇,他在最后一刻成功组织大家撤离,大概救出了五十名妇孺老幼。后来,镇长和其他几位官员带着克莱姆叔叔回到镇里一座半毁了的博物馆。他们从一个破碎的玻璃柜里取出这个花瓶,并把它送给了他,以表谢意。虽然在臂弯里夹个迈森瓷器①打仗非常不方便,但当时他并没有拒绝。一个月后,花瓶留在一户农家保管,后来塔利斯中尉再蹚过大水把它取了回来,又循原路赶回,在午夜时分同队伍会合。战争快结束时,他被派去巡逻,花瓶就托付给了一位朋友保管。几经周折,它回到了团司令部,并在克莱姆叔叔葬礼后的几个月后送到了塔利斯家。

精心去安插这些野花其实没有任何必要。它们混在一起,自成一种和谐,特意均分开鸢尾花和夹竹柳兰反而会破坏这种效果,这是千真万确的。但她还是花了几分钟时间摆弄了一下,好有些自然的杂乱感。这边虽摆弄着花,心里却总想去找罗比。这样她就不用麻烦着上楼了。她觉得有些燥热和不舒服,就对着壁炉上方那块镀金的大镜子整了整仪表。可是,如果罗比现在转身——他正背朝房子吸烟——就能清楚地看见房间里的情

① 拥有近300年历史的德国著名瓷器品牌,以设计高雅、皇家气质和纯手工制作闻名遐迩。白色底盘上,弧度优美的两把蓝剑交错成迈森百年经典的象征,暗喻着至高无上的品位。

形。终于整理完了,她又退回到原处。现在如果她兄弟的朋友保罗·马歇尔看到,应该会以为这些花就是采来后照原样给胡乱塞到花瓶里的了。她明白,灌水前先插好花是没用的——但她还是这么做了;她就是喜欢把花弄来弄去,并不是每样事情都要做得既正确又合逻辑,特别是一个人独处的时候。母亲喜欢客厅里面有花,而塞西莉娅也乐得照办。灌水的地方在厨房。可贝蒂正要准备今天的晚饭,而且情绪十分吓人。不单是杰克逊或皮埃罗这样的小孩害怕,就算从村里临时请来的帮工也要怕她三分。现在即便在客厅里,也不时能听到压低的怒骂声和煎锅砸在铁架上的哐当声传来。如果塞西莉娅现在去厨房的话,就要在母亲语焉不详的指示和贝蒂倔强的脾气间调停。显然,应该聪明点儿,到外面的喷泉里灌水。

她十多岁的时候,父亲的一位曾在维多利亚和阿尔伯特博物馆工作的朋友来鉴定过这个花瓶,证实这千真万确是件正品,是件真正的迈森瓷器,出自大画家霍罗特之手,作于 1726 年,也很有可能曾是国王奥古斯特的财物。尽管比起塞西莉娅祖父捡破烂似的那些收集,这要值钱得多,但杰克·塔利斯希望能让它派上用场,作为对兄弟的纪念。它不应该被囚在什么玻璃柜里边,理由是,如果这花瓶能幸免于战火,它也一定能在塔利斯家世代长存。他的妻子也不反对。其实,不管价值几何,也先不理会这段渊源,艾米莉·塔利斯一点都不喜欢这个花瓶。上面所画的中国人物一个个小小的,正儿八经地聚在花园的圆桌前,还装点着绚丽的植物和假禽鸟,让画面显得繁复压抑。整个中国味的艺术风格让她觉得索然。塞西莉娅倒没什么看法,只是有时纳闷这东西在苏士比能拍到多少价。花瓶受敬重,并非因为霍罗特对五彩珐琅的纯熟技艺,也不是因为蓝色与金色相间的线条和叶子,而是因为克莱姆叔叔,为了他救下的人命,为了他在午夜蹚过大河,为了他在停战前一周的牺牲。花,特别是野花,似乎是恰当的祭奠。

塞西莉娅双手捧紧凉凉的花瓶,又伸出一只脚去钩开落地长窗。一到了亮处,石头久晒发出的气息就像朋友般拥抱过来。两只燕子正好从喷泉上飞过,啾啭的歌声从高大的黎巴嫩香柏中穿透那茂密的树阴破空而来,穿过阳台时,花儿在微风中轻轻摇曳,挑动着她的脸庞。她小心翼翼地走下三步摇摇欲坠的台阶,到了沙砾小路上。走近时,罗比闻声突然转过身来。

"我有点想走神了,"罗比解释道。

"能给我卷根你的布尔什维克烟吗?"

他抛了自己的烟,拾起草坪上用衣服垫着的罐子,和她一起朝喷泉走去。两人默默无语地走了一会儿。

"天气不错啊,"她半带叹息地说。

他注视着她,一脸的迷惑狐疑。他们间总有些别扭,就算是天气这么稳妥的话题都会显得不合适。

"《克拉丽莎》怎么样?"他边问,边低头瞧着捻卷烟草的手指。

"无聊。"

"可别这么说。"

28

"真希望她能熬过去。"

"她熬过去了。而且日见好转。"

他们放慢了步伐,随之又停住了脚步,好让罗比能完成捻烟的最后几道工序。

她说:"真想改天读点菲尔丁的作品。"

塞西莉娅意识到自己说了蠢话。罗比正眺望着草地和牛群外面那沿着河谷的橡树林,那片她早晨跑过的树林。他也许会觉得话中有话,暗示她对刺激和感官的偏好。这当然是误解了,她虽有点窘迫,但也不知该如何纠正他。她觉得自己喜欢他的眼睛;橙色同绿色混杂在一起,在阳光下愈发闪耀出细微的光芒。她更喜欢他那魁梧的身材。对她来说,一个男人同时具有智慧和大块头是个有趣的组合。塞西莉娅接过了烟,罗比给她点上。

"我懂你的意思,"他说。两人又朝喷泉走了几步路。"菲尔丁的作品更有生命的活力,但是比起理查逊,在心理描写上粗糙了点。"

塞西莉娅把花瓶放在引向喷泉水池那凹凸不平的台阶上。她最不喜欢像本科生那样争论十八世纪的文学。她一点都不觉得菲尔丁有什么粗糙,或者理查逊是个卓越的心理学家,她一点都不想被扯进立论、定义和驳斥里面去。她已经厌烦那些了,而罗比争论时却总是揪住不放。

于是她问:"你知道利昂今天要回来吗?"

"听人说起过,这太好了。"

"他要带朋友来,就是那个保罗·马歇尔。"

"就是那个巧克力大亨啊。不会吧!你这些花是要献给他啊!"

她嫣然一笑。他是不是假装嫉妒来掩盖自己真的嫉妒呢?她再也看不懂他了。在剑桥的时候,他俩失去了联系。但做点别的也没有可能,于是她改变了话题。

"老头子说你要去当医生。"

"我是有这种想法。"

"你是不是喜欢当学生呀。"

他又将目光移向别处,不过这次只有不到一秒钟的时间,等他转回头来时她看到了一丝怨愤。她听上去是不是有点高高在上呢?她又看到了他的眼睛,绿和橙的斑点,像小男孩的弹珠。说话时他还是非常温顺。

"西①,我知道你从来不喜欢那种东西。可是除了这样,还有别的什么法子能成医生呢?"

"这就是我的问题。又要当六年学生。为什么?"

他并没有生气。是她想得太多了,在他面前她就神经过敏,这叫她自己都有些懊恼。

他认认真真地回答她的问题。"没人会真的请我当园林师的。我不想教书,也不想当公务员。只有医学让我感兴趣……"

_____

① 塞西莉娅的昵称。

突然他想到了什么，一下子停住了。"你记住，我说过会酬答你父亲的。就这么着。"

"我根本就不是这个意思。"

她根本没料到他会以为她是在讲钱的事。他也太小气了。父亲资助罗比的学业，有谁反对过吗？她一直以为是自己瞎想，但事实上她是对的——最近罗比的举止有些恼人。只要有机会，他总是把她的话想歪。两天前他居然按了门铃——这就很奇怪了，他一直可以随便进出这幢房子的嘛。塞西莉娅下来开门时，他站在外面大声地像公干似地问是不是可以借本书。恰巧当时波莉正趴在地上擦门厅的地板。罗比摆起大排场，脱了鞋，其实他的鞋一点也不脏，想了想，又把袜子也脱了下来，接着夸张地踮起脚走过湿漉漉的地板。他无论做什么事都故意疏远她；他刻意把自己装扮成到大房子来跑腿的清洁工的儿子。他们一起进了藏书室；找到了所要的书后，塞西莉娅要他留下来喝杯咖啡，他犹豫了一下，拒绝了。这都是装的——他是她见过的最自信的人。她意识到，自己被他嘲弄了。被罗比回绝后，她就离开了房间，上楼躺在床上看《克拉丽莎》，但一个字也读不进去，心中的懊恼和疑惑却与时俱增。她是被嘲弄了，还是被惩罚了——她不知道哪个更糟。因为在剑桥时参加不同的社交圈而受惩罚；因为母亲不是打杂的女佣而受惩罚；还是因为她可怜的学位受嘲笑——而非因为他们其实给女人授予学位。

31

她笨拙地——因为她还抽着香烟——拿起花瓶,把它平放在水池边上。最好是先把花拿出来,可她气晕了,两只手又烫又干,只好把花瓶握得更紧些。这时罗比一言未发,但从他的表情中,塞西莉娅看出他对刚才自己所说的话后悔了——他强作出笑脸,连嘴唇都没咧开过。这样一点也不叫人好过。这些天他们一讲话就是这个样;不是他就是她总要出错,然后又想收回原先的话语。他们交谈的时候,一点放开、稳定的感觉都没有,更别说轻松了,反而处处是钉子,处处是陷阱,处处因为尴尬而转移话题,因此她跟讨厌他一样地讨厌自己,但从来没怀疑应该是他的错。她没有改变过,但毫无疑问他却变了,他在自己与这个完全对他敞开并给予了他一切的家庭之间拉开了距离。就因为这个原因——预料他会拒绝,而自己也不愉快——那天她就没有请他吃晚饭。如果他喜欢距离的话,那就保持距离呗。

四只用尾巴托着海神特赖顿所蹲坐的贝壳的海豚中,离塞西莉娅最近的一只张开的大口中长满了苔藓和藻类,如同苹果一般大的圆眼珠子泛着闪烁的绿光。整个雕像面北的一侧生满了蓝绿色的绿锈,因此在昏暗的灯光下,从某些角度看去,肌肉丰满的特赖顿仿佛真的置身于海底一百里格①深处。贝尼尼原先的设想肯定是让水从宽大的贝壳不规则的边缘潺潺地流到水池里,但是水压太小了,于是水就悄无声息地滑到贝壳的背面,偶尔溅起的泥浆像石灰石洞的钟乳岩一样悬挂其上,水珠点点

---

① 里格,英制距离单位,一里格约5公里。

滴落。水池有三尺多深,泉水清澈见底。池底下是惨淡的乳色石头,波动起伏的白边长方形折射阳光时而将它分割,时而又重叠其上。

她本打算靠在栏杆上,握住瓶中的花,然后将花瓶侧身放入水中。但正在这时候,一心想做些补救的罗比想助她一臂之力。

"让我来拿那个吧,"他伸出一只手来,说道,"我来灌水,你拿着花吧。"

"不用了,我自己可以。谢谢。"她已经把花瓶伸到水池的上面。

可是他说:"瞧,我已经拿着了。"他真的已经用拇指和食指夹紧了。"你的烟要湿的。拿着花吧。"

这算是命令,急切地表达出他男性的权威。而这么一来,塞西莉娅抓得更紧了。她来不及也不打算解释,把花和花瓶一起浸入水中可以保持花的自然风貌;她只是握得更紧了,又转身扭开他。可是他不是这么轻易就可以甩开的。只听得枯树枝断裂般的一声,瓶沿的一块在他手里掰落下来,又碎成了两块三角落进了水池,晃晃悠悠地跌到水底。它们隔着几英寸躺在那儿,在碎光中晃荡。

塞西莉娅和罗比都为自己的固执争夺呆住了。四目相对,她从那夹杂着橙色和胆汁般绿色的眼神中看到的不是震惊,不是愧疚,而是一种挑衅,甚至是胜利。塞西莉娅明白要先把花瓶放到台阶上,再与罗比争论这意外有多严重。她也知道这是无可抗拒,甚至是饶有兴味的,因为情况越严重,对罗比来说就越糟糕。她死去的叔叔,她父亲的亲兄弟,那糟蹋人的战争,那危险的渡河,金钱无法买到的珍贵、英勇与善良,这花瓶追溯霍罗特创作天才的历史背后的悠悠岁月,甚至远溯到重复发明陶器的巧匠能工。

"你这白痴!看看你都干了些什么。"

他瞅了瞅水底,又回头看了看她,只是一个劲地摇头,拿手捂着嘴。虽然这手势表明他负了所有的责任,但塞西莉娅还是讨厌他此刻不合时宜的举动。他又瞟了水池一眼,叹了口气。罗比担心她会踩到花瓶上,就举手指了指,但是一言不发。他开始解衬衫纽扣。她一下子就明白了他要干什么。这是不能容忍的。他来家里的时候也是脱了鞋和袜子——好吧,她决定教教他该怎么做。她踢掉拖鞋,解开扣子,脱了衣服,又解了裙子,然后朝水池的护墙走去。而他只是双手托在屁股上,看着她穿着内衣爬到水里。拒绝他的帮助,拒绝他任何的补救机会,这就是对他最好的惩罚。她没料到水会冰凉得让她直喘气,但这也是对他的惩罚。她屏住呼吸,沉到水底,头发在水面上像扇子般铺展开来。如果她淹死了,也是他应得的惩罚。

几秒钟后,当她浮出水面,双手都捏着一块碎片时,他还不至于蠢到要上前将她从水中扶出来。这个洁白又脆弱的仙女小心地把碎片放在花瓶边上,水从她身上倾泻而下,比起结实的特赖顿要漂亮多了。她很快地穿好衣服,湿漉漉的手臂困难地穿过绸袖子,再把衬衫塞到裙子里。她拣起拖鞋夹在手臂里,把碎片放进裙子的口袋里,接着拿起花瓶。她避开了他的目光,动作

34

透着一股粗蛮。他并不存在,他被放逐了,这也是对他的惩罚。罗比呆站着,看着她赤脚穿过草坪,乌黑的头发在肩上重重地甩动着,摩擦着衬衫。然后他又转身朝水池里看,也许水里还有一块她没拣起的碎片,但很难看清楚,因为搅动了的水面还没有平静下来,她的愤怒还逗留在水面上,驱动着水流。罗比把手平放在水面上,似乎想去抚平它。此时塞西莉娅已经隐入了房子。

第三章

　　根据贴在走廊里的海报,《阿拉贝拉的磨难》从预演到首场演出只有一天的时间。然而,这位编剧兼导演要挤出时间集中精力工作却并非易事。像前一天下午一样,该如何把演员召集在一起过过场于着实困扰着她。当天夜里,像一切被乡愁所困的小男孩一样,杰克逊——在剧中扮演阿拉贝拉那不以为然的父亲——尿湿了床单;可这会儿却不得不照着大人的意思,把床单和睡衣送到楼下的洗衣房里,并在贝蒂的监视之下用手搓洗干净,而贝蒂也按着主人的吩咐,摆出一副冷漠又坚定的模样。虽然这样做是为了让他长长记性,让他记得以后犯错误是会给他带来麻烦和劳作的;但他本人却没把这一切当作惩戒。可是当他站在齐胸高的大石头水槽前,肥皂水流过赤裸的双臂,浸透了卷起的衬衫袖子,还得拎起死沉的湿床单的时候,他必定觉得

35

这是一种非难——他觉得灭顶之灾麻痹了自己的意志。幕间的时候,布里奥妮也下来看过他几回,但贝蒂却不让她帮忙。于是,一辈子从没有洗过一件东西的杰克逊拿着两件衣物不停地洗啊,漂啊,反复地用轧干器拧卷;完事以后又在厨房的餐桌边就着一杯清水吃了点黄油面包,哆哆嗦嗦了十五分钟——排练的两个钟头就这样被他耗掉了。

当哈德曼顶着早晨的暑气,进屋来喝他那一品脱麦芽啤酒时,贝蒂向他抱怨说,自己要在这样的暑天准备特别的烤肉晚餐倒也罢了,但她个人以为加在男孩子身上的惩罚未免也太严厉了些;换作是她,宁可在孩子的屁股上响亮地刮上几记,然后自己来洗床单。若真是这样,倒正合布里奥妮之意,因为早上的排练时间正在悄然而逝。因此当她母亲下楼来检查任务的时候,大伙儿都不由自主地松了口气,而塔利斯太太呢,心中则多少有些愧疚;于是当杰克逊怯怯地请示他可不可以和兄弟一起去池子里游泳的时候,他的要求立即得到了批准。与此同时,布里奥妮的抗议却被置之不理,仿佛是她把令人不快的折磨强加于可怜无助的小家伙似的。就这样,他们游泳去了,然后就该吃午饭了。

排练在杰克逊缺阵的情况下继续进行,但糟糕的是,第一幕阿拉贝拉告别的重头戏怎么都排演不好——原来皮埃罗一直为楼下自己兄弟的命运暗暗担着心事,以至于无法投入自己的角色———一个懦弱的异国伯爵。在他看来,杰克逊的遭遇将来迟早会降临到自己头上。于是,他不停地光顾走廊尽头的洗手间。

有一次,布里奥妮从洗衣房探视回来的时候,皮埃罗问她:"他挨板子了吗?"

"还没呢。"

像他的兄弟一样,皮埃罗有本事让嘴里出来的每一句台词都不带任何意义。他拖长声音,点名一般地吟诵着每个单词:"你—以为—你—可以—逃脱—我的—掌心—吗?"吐字倒还算清晰准确。

"这是个问句,"布里奥妮及时打断了他,"难道你不知道吗? 问句应该以升调结尾。"

"什么?"

"这儿,你刚才说的这句台词。你的声调应该由低到高。它是个问句。"

他费力地吞了口唾沫,深吸一口气之后重新做了次努力。这回的点名每个词挨个儿上升了半个音阶。

"结尾! 你应该在结尾的地方用升调!"

于是点名又进行了一次,每个词都维持着单一的声调,直到最后一个音节时,原先的音域突然中断,男孩的嗓子眼里冒出了假声。

罗拉早上也来到了婴儿室。她心中一直以大人自居,穿着打扮也难免成熟:一条打褶的法兰绒灯笼长裤,短袖羊绒毛衣,脖子上软软地绕着串浅黄色珍珠项链——珍珠虽是小粒的,却在颈背处用翡翠打了个箍儿,满是雀斑的手腕上,还松松地晃着三只银镯子。另外,无论她走到哪里,身边的空气中都有股玫瑰水的味道。尽管她已经努力不让自己看起来有屈尊纡贵的意思，然而事实上这种派头却更加大行其道。她沉着冷静地响应布里奥妮的建议，用顶充分的表情配合着自己的台词(奇怪，她好像一夜之间把它们都记得那么滚瓜烂熟)，她温柔地鼓励着自己的弟弟，但面对导演却一点都没有越姐代庖的意思。她身上没有一点乱蓬蓬的、孩子气的狂热——这就好像塞西莉娅或是他们的母亲，愿意花时间和小孩们混在一起，在戏里演一个角色，又不显现一丁点的厌倦。头天晚上，布里奥妮曾向她的表弟们展示过演出时的售票亭和募捐箱——于是双胞胎便为争夺一个更神气的角色而大打出手。但罗拉却只是抱着双臂，有礼貌地向布里奥妮微微一笑以示恭维；事实上那半个微笑太过晦涩，没法看透后面暗藏着的讥讽。

"多么了不起啊！你是多么聪明啊，布里奥妮！这真的都是你自己想出来的吗？"

布里奥妮不由得怀疑在表姐完美的礼貌后面，是否别有用心。也许罗拉指望她的双胞胎弟弟就这么天真无邪地把戏搞砸掉，而她自己只需要站得远远地等着看好戏上演。

所有这些无法证实的怀疑，加上杰克逊在洗衣房里的滞留，皮埃罗惨淡的表演，还有早晨的酷热高温都让布里奥妮觉得压抑。于是当她发现丹尼·哈德曼就在门口观摩的时候，心烦意乱的她马上把他打发走了。她不能看穿罗拉的超然冷漠，也无法诱哄皮埃罗发出抑扬顿挫的语调。所以，当她突然发现婴儿室中只剩下自己一人的时候，就大大地松了口气。原来这时候罗拉认为有必要回房重新打理她的头发,她弟弟则又沿着走廊逛了出去,去了洗手间或是别的地方。

　　布里奥妮坐在地板上,背靠着高高的嵌入式玩具柜,不停地用手中的剧本往脸上扇风。屋子里安静极了——四周没有一点人声,楼下没有吵闹踢球的孩子,水管里没有了潺潺的流水声,困在两扇窗玻璃间的苍蝇也放弃了嗡嗡挣扎。窗外,原本溪流般流畅的鸟鸣也仿佛被热气烘干了似的,蒸发不见了。布里奥妮把膝盖直伸出去,于是眼睛里就满是自己裙上的白色薄纱,和自己膝盖上那熟悉而又可爱的皱褶了——她早上应该换条裙子的——她突然想到自己实在太孩子气了,应该像罗拉一样,多在外貌上花些心思——可那又该费多大的劲啊。寂静开始在她的耳里嘶嘶作响,眼前的景象也模糊起来——放在膝上的双手看起来大极了,也远极了,仿佛是打老远的地方看起来的那样。她举起一只手,屈伸着手指,纳闷这个玩意,这件用来抓取的工具,又像是长在手臂上的一只肉蜘蛛,是怎么能为她所有,又听她的指挥呢?抑或它也有自己小小的生命?她弯起手指,然后又将它伸直。最奇妙的是它将动未动的那一瞬,她的意志是在那一刻生效的。它就像不停涌动的海浪一样;她已经不是第一次思考这个问题了,她甚至觉得,如果她能在浪峰中找到自我,那她也就明白了自身的奥秘,认识了体内真正掌权的力量。于是她把食指举到面前,用劲盯着它,命令它挪动。食指没有动,因为她本就在做作,并不是当真的;因为希望它动,或准备让它动,和真正地挪动它还是不一样的。当她最终把食指弯曲起来的时候,这个动作仿佛是从食指的内部发生的,而并不是从她大脑中的某个区域。但食指又是在什么时候知道自己应该动了呢?她又是什么时候知道自己该动手指的呢?这不是个容易解决的问题,但答案只能二选一。她的手指看起来那么完美无瑕,然而她知道,在那光洁连绵的织物构造后面,藏着真实的自我——是她的灵魂吗?——是她的灵魂决定停止做作,而向手指发出了最终的命令。

这些思绪经常浮上心头,她已习以为常,而且它们同样让她感到惬意,丝毫不亚于观看自己的一对构造精美的膝头。她的双膝对称相配,收放自如。她的怪念头总是层出不穷:每个人都和她一样真实地存在着吗?譬如说,姐姐是不是有这样的自我意识,是不是也像布里奥妮一样重视自己呢?做塞西莉娅的感觉,是不是和做布里奥妮一样真实而生动呢?在汹涌的波浪后面,她姐姐是不是也埋藏着一个真实的自我呢?还有,姐姐有没有花时间去考虑过这个问题,有没有在面前举起一个指头来探察一番呢?是不是爸爸,贝蒂,哈德曼,还有其他所有的人,都考虑过这样的问题呢?如果回答是肯定的,那么这个世界,这个社会,该是多么的复杂啊!二十亿人有二十亿个声音,更有二十亿个思想,每个人都那么热烈地追求着生活,自以为是世间独一无二的存在,而其实没有一个人是独一无二的。人们会淹没在不得要领之中。但如果回答是否定的话,那么布里奥妮不就生活在机器当中了吗?虽然这些"机器"的外部都是那么的聪明悦目,但内部却缺少了她那种独立感受。那世界岂不是太险恶,太孤独,太渺茫了吗?尽管这多少打乱了她的条理观念,但布里奥妮还是认为,大概每个人都和她一样有着自己的思维吧。但她仅仅是知道而已,并没有太生动的体会。

当然啰,早上的排练也大大打乱了布里奥妮的条理观念,让她觉得很不舒服。她用如此清晰完美的句子辛苦缔造的世界,居然就这样被几个混乱的头脑还有一堆鸡毛蒜皮的事情给搅乱了;还有,时间好像也不听她的支配了——在纸上写作的时候,是很容易把时间划分成一幕幕一场场的;但现在她却只能眼睁睁地看着光阴流逝而无法挽回。也许直到午饭后才能把杰克逊押来排演,可利昂和他的朋友傍晚就该回来了,没准会更早些;演出该在七点钟准时开始。但是至今为止都还没有过一次像样的排演,那对双胞胎不要说演戏了,竟然连台词都不会说,罗拉又窃取了布里奥妮那理所当然的角色,总之所有的事情都乱套了,连天气也这么热,热得要命。女孩闷闷不乐地扭动了一下身子,站了起来。裙子后面和手上沾满了壁角板上的灰尘。她神思恍惚地在衣裙上擦了擦手,朝着窗口走去。早知如此,她还不如写个故事,然后把它直接交到利昂手中,看着他读完它呢。花体字的标题,配上图画的封面,还有装订整齐的书页——她觉得"装订"这词本身就具有整洁、简要、容易控制的诱惑力;可是当初她一决定写剧本,就已将这一切置之脑后了!故事就不同了,又直接又简便,绝不会在她和读者之间设置任何障碍——不需要胸怀野心或庸懦无能的中间人,既没有时间的压力,也没有道具的限制。在故事里你真正可以做到随心所欲了:想要什么,写下来就是了,整个世界就属于你的了。可在戏剧里,你只有靠着仅有的道具将就着对付:没有马,没有乡间小道,没有海滨胜地;连幕布都没有!现在意识到这点已经太迟了,但故事才是心灵感应的途径。她只需要用墨水把各样字符留在纸上,就可以把她的想法和感受直接传递给读者了。这真是个奇妙的过程,却又如此平常,没有人会停下来细究。阅读和理解本是一回事,中间没有任何拦阻,直接得仿佛弯曲手指一样。人们看到那些字符,自然就把意思拆分开了。譬如,你读到"城堡"这个词,它就真的在你眼前屹立了起来:你看到城堡远远地被盛夏的树木掩映着,蔚蓝的天空是那样的柔和,青烟袅袅地从铁匠铺子里升腾起来,还有一条鹅卵石小路,蜿蜒着消失在绿阴中……

这番设想也算是触景生情,因为几秒钟前她就来到了婴儿室一个敞开的窗子前,望着远处的一个中世纪古堡。塔利斯家族地界的几里之外,可以看到萨里山峦:山上浓密高耸的橡树林一动不动,乳白色的热浪蒸腾氤氲,将片片草坪蒸得柔和起来。近处,宽敞的草木区今天看上去一片荒凉干燥,就像东非大草原一样热浪滚滚;残忍的盛夏已把长草烘焙得形容枯槁;直射的阳光下,几棵孤零零的树木和它们映在地上的粗短的影子形影相吊。近旁,栏杆围绕的院子里有几个玫瑰园,更近处,中央的喷水池里竖着特赖顿海神的雕像。这时候,布里奥妮发现姐姐就站在水池的护墙边上,罗比·特纳则站在她跟前,站立的姿势还很是正式——他两脚分开,头则向后仰起,十足一幅求婚的场面!看到这情形,布里奥妮一点都不觉得惊讶。她自己就写过

42

一个故事,其中卑微的樵夫从水里救起了公主,并最终和她缔结良缘。眼前这一幕和那个故事倒有几分相似。罗比·特纳没有父亲,也没有其他兄弟姐妹;母亲则是个卑微的清洁女工。布里奥妮的父亲一直资助罗比的学业,从启蒙直到大学;罗比呢,起先希望做一个园林设计师,现在又改变主意对医学萌发了兴趣。他有胆量向塞西莉娅求爱,实在一点都不奇怪。这般跨越门第的爱情,每天都该有不少吧。

然而接下去的一幕却让布里奥妮很是费解:罗比高傲地抬起一只手来,仿佛正向塞西莉娅发号施令。奇怪的是,姐姐竟然拗不过他,开始飞快地脱去自己的衣服。现在她的裙子都滑到了地上,而他则双手叉腰,一脸不耐烦地看着她从裙子里跨出来。他到底向她施展了什么魔力? 勒索? 敲诈? 布里奥妮不禁双手捂脸,从窗口后退了几步。看着姐姐遭受这般羞辱,她觉得自己该把眼睛闭起来才是。然而这是不可能的,因为更奇怪的事情发生了。塞西莉娅　　谢天谢地她还穿着内衣裤——止攀着池壁爬入水池。现在她站在了齐腰深的水里,捏住了鼻子——之后就没入水中,不见了踪影! 只剩下了罗比以及姐姐留在沙砾地面上的一堆衣服;远处,公园静谧,山麓碧绿。

可是这桩事情肯定是前后颠倒了! 姐姐落水和英雄救美的场面,应该发生在求婚之前才对啊。布里奥妮不得不承认自己完全无法理解眼前的这桩事情,她只有旁观的份儿。好在她站在二楼,阳光又那么耀眼,院子里的人根本无法注意到她的存在——就这样,布里奥妮悄悄地跨越了年龄的差距,进入了她还一无所知的、只属于成年人的行为和仪式中去——当然啰,这肯定是个什么仪式。可尽管她如此认定,当姐姐的头从水里冒出来的时候,布里奥妮还是真心感谢上帝。她第一次隐隐约约地觉得,眼前这一幕不再是公主和城堡的童话故事,而是此时此地所发生的奇异,是人与人之间——她身边的普通人之间——微妙的、难以言传的东西;原来一个人对另一人可以有这样的威力,原来一切如此轻易地就被完全颠倒了,变得面目全非。此刻塞西莉娅已经从水池里爬了出来,正在那儿一面系着裙子,一面颇为艰难地拉着上衣,遮掩自己湿漉漉的身体。之后,她突然转身从水池边壁的阴影中拿起了一只插满花的花瓶(布里奥妮倒一直没注意到它),抱着它,朝屋里走来。她没有和罗比说一个字,甚至连看都没有朝他看上一眼。而他则直直地朝着水里瞪视了好一会,然后也大步地、毫无疑问该是心满意足地离开了,消失在房子的转角处。就这样,院子里突然变得空空如也,若不是塞西莉娅在地上留下的那摊水渍,布里奥妮简直要怀疑刚才是否真的发生过什么。

布里奥妮仰身靠在墙上,茫然地望着婴儿室的另一端。她实在很想把刚才这一幕当作是专门为她上演的一出戏剧,神秘而又蕴涵着某种寓意——但她很快打消了这种念头,因为她很清楚,即便自己不在一旁观看,那幕景象还是会上演的,这和她在场与否毫不相干。她不过是凑巧来到窗口而已。她所看到的,不再是童话故事,而是真实的、属于成年人的世界——在这个世界里,青蛙是不会向公主献殷勤的,只有人才会传情寄意。

她也实在想现在就跑到塞西莉娅的房里去,向她把事情问问清楚——但这个念头也很快被打消了。因为她希望能体验这种独自追寻的兴奋,就像刚才在窗口那样。那种兴奋实在是难以捉摸,她也只能在情感上对其稍加定义而已。事实上,随着岁月的流逝,这种定义会逐渐完善;而她也终将承认,十三岁的时候,她是不可能那么深思熟虑的,也许她是高估了自己。而此时此刻,这种不可言传的感觉,其实也许不是别的,正是按捺不住的、重新写作的欲望。

就这样,当她在婴儿室等候表弟表姐的时候,布里奥妮意识到她可以用刚才喷水池边的情形作蓝本,写一个场景——其中也安插一个和自己一样的窥视者。想到这里,她仿佛已经看见自己急匆匆地赶回楼下的卧室,奔向自己那支有着大理石花纹的酚醛塑料自来水笔和一大叠干干净净的横格纸。她仿佛已经看到那一句句简洁的句子,一行行具有心灵感应魔力的符号,从自己的笔端涌出。她可以把这场戏从三个不同的角度写上三遍。最让她感到兴奋的,是这种写法赋予她的自由——她不用再苦苦挣扎于善恶之间,不用再费心刻画好汉或恶棍。因为三人中没有哪个是坏人,也没有纯粹的好人。总之她不用再做出任何判断了,也不用设定任何道德标准。她只需要表现出他们各自不同的思维——每一个都和自己的一样鲜活,一样地因为意识到其他思维的存在而痛苦不堪。给人们带来不快的,不仅是邪恶和诡计,还有迷乱和误解;最重要的是未能把握简单的真理,即其他人与你一样实实在在。只有在故事中,你才能进入这许多不同人物的内心世界,并且将他们各自平等的价值展现出来。这就是一个故事所需要具备的惟一道德寓意。

六十年以后,这个女孩子会在笔下回忆起十三岁的时候,自己怎样穿越了整个文学史——从源起欧洲的民间故事入手,之后又写起简单的道德剧,直到1935年那个热浪滚滚的早晨,她的发现使她转向不偏不倚的心理现实主义。六十年以后,她也将意识到自己曾在事实中混入了多少想象的成分,并恰如其分地自嘲了一通。她的小说以不含道德意识而出名,而且和所有的作家一样,她受着反复质疑的困扰,她不得不给自己的作品加上情节结构——而随着情节的发展,总有那么一个时刻她会把自己的身影在其间彰显出来。她知道以复数形式指代自己戏剧是错误的,她知道她的讥讽违背了诚实思考的孩童天性,她知道她小说中所回忆的并不是那个久远的早晨,而是事后自己主观的解释。也许,对弯手指的沉思,对存在其他思维的不可忍受的想法,以及对故事优于戏剧的领悟——也许这些思绪是她在另外的日子中涌起的。她也知道,无论那天究竟发生了什么,是她出版的作品才使其变得重要,否则那发生的一切早就被淡忘了。

然而她无法完全背叛自己;毫无疑问,那天早上她得到了某种启示。当她返回窗口,向下张望的时候,沙砾上那摊水渍已经蒸发不见。就这样,那幕发生在水边的哑剧什么都没有留下——仅有的痕迹是嵌在三人脑海中的回忆——这些回忆既分开又重叠。真相和杜撰的界限已变得相当模糊。当然她现在就可以开始了,按着自己的所见,客观地把情形写下来——这可是个不小的挑战,因为她要努力克制自己,不对姐姐加以声讨,尽管姐姐在光天化日之下,在众人进出的屋前把自己脱得半裸!之后她可以分别通过塞西莉娅和罗比的视角把整件事情重新写过。然而现在还不是时候——布里奥妮有很强的责任心和与生俱来的秩序感:排演正要进行,利昂也快到了,全家人都等着晚上看演出呢——她可要有始有终才行。这么一想,她决定再到楼下的洗衣房去看看杰克逊的罪受完了没有。写作嘛,可以等到她有闲工夫的时候。

第四章

　　直到傍晚,塞西莉娅才认为放在书房南窗边桌子上的花瓶已经修补好了。整个下午花瓶一直在阳光下烤晒。花瓶表面上三条弯曲的细纹像地图上的一条条河流交汇在一起。当她双手捧着花瓶穿过藏书室的时候,她仿佛听到有人赤脚走过书房门外走廊地板的声音。许多个小时以来,她刻意不去想罗比·特纳。他竟然已回到了房子里而且又没穿短袜,这让她感到十分恼火。她跨向走廊,决计要质问他的无礼和揶揄,不料却碰到了正在悲痛中的妹妹。布里奥妮的眼睑红肿,食指和大拇指捏着下嘴唇,这预示着她将要大哭一场了。

　　"亲爱的,怎么回事?"

其实,她的眼睛并没有湿润。她垂眼扫视了一下花瓶,而后视线又绕过花瓶,定格在贴着海报的画框上。海报上有色彩欢快的题目,剧中精彩片段的水彩画夹杂着印刷字体——眼泪汪汪的父母挥着手,乘着夜色驶向海滨,女主角躺在病床上,一场结婚典礼。她在画前迟疑了一下,然后手一横,猛地撕下了画的大部分,任它跌落在地上。塞西莉娅赶忙放下花瓶冲了过去,乘她妹妹踩上一脚之前跪下身来,捡起碎片。她这可不是第一次把布里奥妮从自我毁灭中拯救回来。

"小妹妹,是表弟表姐吗?"

她想安慰妹妹,从小塞西莉娅就喜欢搂抱这个家中的宝宝。布里奥妮还很小的时候,经常会做噩梦,晚上会发出可怕的尖叫声。塞西莉娅便来到她的房间,叫醒她。"醒一醒,"她会这样轻声地说,"只不过是一个梦。醒一醒。"然后便把她抱到自己的床上去。此时她真想拥抱她,但布里奥妮已经不再捏着嘴唇,她已走到了前门,一只手正停留在特纳夫人下午刚擦过的门上的狮子头形状的铜手柄上。

"表姐表弟傻里傻气的,但并不仅仅因为这个。那是因为……"她的声音越来越轻,她怀疑是否应该把新近的秘密说出来。

塞西莉娅弄平了被扯缺的三角形状的画,感到妹妹变化可真快啊。如果布里奥妮哭了,她能够在客厅里安慰她,可能自己会觉得舒服点。这样抚慰的细语对于塞西莉娅来说是一种宣泄。度过了失望的一天,她已不想再去回顾那种种思绪。用爱

48

抚和亲切的言语来应对布里奥妮的问题也会使她自己恢复镇定自若。然而,这位小姑娘会独自面对自己的苦闷。布里奥妮已转身把门开得大大的了。

"究竟是因为什么?"塞西莉娅能听出自己声音中的急迫感。

越过她妹妹,在湖的那一边,车道弯弯曲曲地穿过公园,然后渐渐变窄,在一块缓缓凸起的高地上交汇,那儿,一个小小的轮廓在酷日下现形,此刻正慢慢变大,然后又晃动不定,仿佛在渐渐地退去。那可能是哈德曼,他正赶着一辆双轮轻便马车,马车上坐着来客。他说他人老了,学不会驾车了。

布里奥妮改变了主意,转过脸向着姐姐。"一切都错了。错了……"她狠命地吸了口气,然后移开目光。塞西莉娅感到这预示着一个非常学究气的词将破天荒第一次从她口中吐出。"错就错在体裁上!"她自以为带着法国腔把 genre 发成单音,但又把 r 这一卷舌音发了出来。

"让?"塞西莉娅学着她的发音,问道。"你究竟在说什么?"

但穿着松软的白色鞋子的布里奥妮早已一拐一拐地走在灼热的碎石路上了。

塞西莉娅走进厨房把花瓶装满水,然后又走进卧室,从洗脸盆里拿出了花。她把花插进去,花并没有如她所愿呈现出具有艺术气息的凌乱,而有意识似的整整齐齐靠着,高一些的花茎就平整地靠在瓶口。她把花拿了起来,重新把它们轻轻地放进花瓶里,花儿们又呈现出了另一种有序的形态。但这并没有多大关系。很难想象这位马歇尔先生会埋怨他床边的花放得太整齐了。她拿着花瓶,沿着吱吱嘎嘎作响的走廊来到二楼维纳斯姨妈的房间,把它放在四柱床边的五斗橱上。这样就完成了她母亲八小时之前所布置的小差事。

但是,她并没有急着离开,因为这个房间温馨而又整齐地摆放着很多私人物品——事实上,除了布里奥妮的那一房间之外,这是惟一一间干净的卧室。此时太阳已经爬到房子的另一头,所以这里很凉快。每个抽屉都是空空的,家具的表面甚至没有留下一个指印。床罩下的席子一定是那种近乎古板的单调色。她有一种冲动,真想把手伸进被子去摸一下。但她并没有这样做,而是走进了马歇尔先生的房间。四根帏柱的床脚下,那张齐本达尔式沙发整理得很平整,让人不忍心坐上去。夹杂着蜡香味的空气很流畅,在柔和亲切的灯光的照耀下,泛着光的家具表面像是河面泛起了涟漪,又像是在呼吸。人动景移,她看到了古老的嫁妆盒上的玩具小人儿转动着跳起舞来。特纳夫人那天早上一定来过这儿。塞西莉娅觉得没必要联想到罗比。此刻这房间未来的主人在离这儿才几百码的地方,所以她来这儿显然是一种侵入。

从她来的地方望过窗户,可以看到布里奥妮已穿过桥走到小岛,此时正沿着青草覆盖的岸边漫步,渐渐消失在围绕岛上寺庙的树丛中。更远处,塞西莉娅可以认出坐在哈德曼后面长凳上的那两个戴帽子的身影。但接着她看到了以前未看到过的第三个身影正沿着车道大步走向马车。那一定是罗比·特纳回家来了。他停住脚步,随着来访者的逼近,他的身影似乎也融入了其中。她能想象出那一幅画面:他们会拿出男子汉气概,捶胸击肩,会嬉戏闹腾。想到她哥哥不知道罗比做了令人羞耻的事,她十分恼火,嘴里发出愤怒的声音,离开窗户,走向自己的房间去找香烟。

她知道还剩一包烟。她性急地在一堆乱糟糟的东西中搜寻着,几分钟后终于在浴室地板上的蓝绸睡衣口袋中找到了。她边走下楼边点燃烟。她知道如果父亲在家的话,她可不敢抽烟。她父亲对妇女该在何时何地抽烟有明确的主张:不能在街上抽,不能在任何其他公共场所抽,不能在走进房间时抽,不能在起立时抽,而只有在别人敬烟时才能抽。他自信地把这些想法当作自然法则。虽然在格顿学院①与世故练达之人一起生活了三年,但她还是没有勇气去顶撞父亲。平日里,她会和朋友戏谑冷嘲,但在父亲面前,就不敢如此放肆了。当她试图作最温顺的反驳时,她会感到其实她的声音已经变得很微弱了。事实上,不论因为什么事情,甚至为了一些家庭琐事和父亲闹矛盾都会令她很不安。无论什么文学名著都不能改变她的这种敏感性,无论什么实用批评课程都不能使她在父亲面前不俯首帖耳。当她父亲在白厅政府内阁忙碌时,她在楼梯上抽根烟,这是她受到的教育所能容忍的惟一的反叛行为,而这也费了她一番努力。

当她走到占了走廊一大半的最上一级楼梯时,利昂正在把

---

① 剑桥大学第一个女子学院,建于 1869 年。

保罗·马歇尔从大开着的前门引了进来。丹尼·哈德曼拿着他们的行李跟在后面。老哈德曼在门外看得到的地方默默凝视着手里的那张五英镑钞票。午后的光线透过扇形窗户,从碎石路上折射过来,给前厅染上了一层橘黄色,宛若一幅深褐色的画卷。来人已摘下帽子,站在那儿,微笑着等候她。正如她平常第一次碰到某位男士一样,塞西莉娅心中暗想,这位男士是不是她以后结婚的对象,这一刻是不是她终生难以忘怀的时刻——无论是怀着感激之情,抑或带着深深的憾意。

"塞西莉娅妹妹!"利昂喊道。他们拥抱的时候,她感到自己的锁骨隔着他的夹克衫顶住了一支粗大的水笔,她嗅到了他衣服褶层里透出来的烟味。顷刻间,她不禁怀旧起来,想起了在男子学院的下午茶聚会,在这样的场合大家一般都彬彬有礼,互相慰藉,但也心情畅快,特别是在冬天。

保罗·马歇尔握了握她的手,又微微地鞠了一躬。他一脸沉思的模样,给人滑稽的感觉。他的开场白很客套,毫无生气。

"我常听人家说起你。"

"我也是。"她所能记起来的不过是数月前和她哥哥的一次电话交谈,其间他们讨论着是否吃过或者以后会不会吃"阿莫"牌巧克力条。

"艾米莉正躺着呢。"

其实没必要说这句话。还是小孩子的时候,他们从花园的另一端就能通过窗上的影子知道母亲又犯了偏头痛的老毛病。

"老头在城里吗?"

"他可能稍后会来。"

塞西莉娅意识到保罗·马歇尔正盯着她看,可是在回望他之前,她得先找个话头。

"孩子们刚才还在上演一出戏,但好像已经告吹了。"

马歇尔说:"刚才我在湖边看到的那位小姑娘应该是你妹妹吧。她在使劲地敲打荨麻呢。"

利昂往旁边挪了挪,给背着袋子的哈德曼的儿子让路。"我们把保罗安顿在哪儿?"

"安排在二楼吧。"塞西莉娅边说边转头示意年轻的哈德曼。哈德曼每只手上都拎着一只皮制手提箱,此时已经到了楼梯口,听到他们说话就停了下来,带着静谧又迷茫的表情转身面向他们——他们围聚在方格花砖铺就的地板中央。塞西莉娅注意到哈德曼最近经常和孩子们待在一起。也许他对罗拉感兴趣。毕竟十六岁的他已经不是个小男孩了。在她印象中,他脸上那一圈赘肉已经不见了,他以前那稚气未脱的双唇也舒展了开来,看上去单纯中带点沧桑。额头上那一大群粉刺也使得他呈现出一张与以前不同的脸孔,脸上过分的粉饰由于黯淡的光线也变得柔和了许多。塞西莉娅发现,自己一整天都觉得头晕目眩,奇怪地注视着周围,仿佛所有的一切在很久以前就已经存在,并在随后的冷嘲热讽中变得更加生动、鲜明,而她对这些揶揄却无法领悟。

塞西莉娅耐心地对哈德曼说:"就是经过婴儿室的那个大房间。"

"也就是维纳斯姨妈的房间。"利昂补充道。

维纳斯姨妈曾是近半个世纪以来加拿大北方属地一带家喻户晓的奶妈。虽然她不是具体某个人的姨妈，而只是塔利斯先生已故的远房堂兄弟的姨妈，但是她退休之后，没有人对她拥有二楼的这个房间提出质疑。在他们大部分的童年时期，天性纯良的维纳斯姨妈囚困在这个房间，卧病在床。终于在塞西莉娅十岁那年毫无怨言地悄然逝去。她死后一个星期，布里奥妮出生了。

塞西莉娅带着客人来到客厅，经过落地长窗，穿过一大片玫瑰，然后往游泳池走去。游泳池在马房后面，四周都有高高的毛竹。竹林有个像地道一样的缺口，供人出入。他们低下头，钻过下垂的枝条，来到一个铺着耀眼白石的阳台上。热浪从白石上升腾而起。池边的阴凉处放着一张漆成白色的锡制桌子，桌上那块方形的粗棉布下有一大罐冰镇拌汁酒。利昂展开帆布椅子，他们就戴着太阳镜，围成一个小圈，面对游泳池坐着。马歇尔坐在利昂和塞西莉娅之间，操纵着整个谈话。他作了长达十分钟的独白。他告诉他们远离城市，享受乡村的宁静，呼吸新鲜空气是多么地令人心旷神怡。由于被某个想法所吸引，在过去的九个月里，在他醒着的每一分钟里，他每天总是在总部、董事会会议室和工厂之间来回穿梭。先前，他在克拉珀姆公地买了一套大房子，可他几乎抽不出时间去那边看看。彩虹·阿莫巧克力投放了市场，赢得了巨大的成功，但这也只是在妥善解决各种经销方面的大难题之后的事情。最初的广告营销活动得罪了一些主教长老,所以他们只得策划另一个方案;接着就是成功本身所带来的问题了:难以置信的巨大销售量、新的生产配额、加班工资的争议以及寻找建造第二个工厂厂房的问题——而四大相关的工会对这一厂房普遍感到不满,所以只能像哄小孩一样奉承和哄骗他们。如今,当一切都旗开得胜之时,他们却面临着来自阿莫大军的更大挑战。这是个以"赶超阿莫"为口号的卡其黄巧克力条。这一概念建立在一个假设的基础之上——如果希特勒不停止战争,武装部队的花费肯定继续呈上升趋势;这一种巧克力条甚至还有可能成为官方定额配量包中的一部分。那样的话,如果还有一次大征兵,那么另外还得再造五个工厂才能适应市场的需求。但有些董事深信英国应该而且定会迁就德国,那么阿莫大军注定要功亏一篑了。其中一位成员甚至说马歇尔是个好战分子;然而,尽管他精疲力竭,尽管受到中伤诽谤,马歇尔依然固执己见,不改初衷。最后马歇尔重申"来到遥远的此地"真是令人心旷神怡。只有这儿才能让人喘过气来啊。

在马歇尔刚开始滔滔陈词的几分钟里,塞西莉娅一直凝望着他。她想,如果嫁给一位如此英俊潇洒、如此富有阔绰、如此昏庸冥顽的人,简直是自我毁灭,甚至是荡检逾闲。她感觉到胸口有一股快意在往下沉落。他会给她带来大脸孔的孩子——他们个个都是大嗓门,呆头呆脑,对枪支、足球和飞机充满热情。马歇尔把头转向利昂时,塞西莉娅刚好可以看到他的侧面。马歇尔说话时,嘴唇就像一条长长的肌肉在他下巴上方不停地颤动着。一撮浓密的黑发在他眉毛上边随意地卷着,而他耳角边也开始长出同样乌黑的头发，就像阴毛那样滑稽地纠结成一团。他应该叫他的理发师好好理理了。

塞西莉娅目光稍稍一转，就看到了利昂的脸庞，但此时利昂正很有礼貌地盯着他的朋友，似乎根本没打算正视塞西莉娅的眼睛。他们还是小孩子的时候，父母在周日都会请年长的亲戚吃饭，这时候他们常常用瞪眼来折磨对方。那些令人敬畏的场合简直可以让古老悠久的银制餐具派上用场了。那些老态龙钟的外祖父、外叔祖父、祖母们都是维多利亚时代的人，他们困惑迷茫，冷酷严苛，一筹莫展，身着黑色斗篷，在一个格格不入、轻佻刻薄的世纪倔强地漂泊了二十年后，终于找到了归宿。他们使十岁的塞西莉娅和她十二岁的哥哥惊吓不已。对他们来说一阵傻笑就像呼吸一样简单。看到这一目光的那位显得手足无措，而目光投放者却有着特殊的免疫力。大多数情况下，利昂大权在握。他的目光虚张声势，嘴角往下耷拉着，眼珠子不停地翻转，然后他以最天真的嗓音要求塞西莉娅把盐递给他。虽然塞西莉娅把盐递给他时尽量不看他，虽然她把头转向别处并且做深呼吸，但是利昂的目光还是轻而易举地就使塞西莉娅在之后的九十分钟内饱受了巨大的折磨。在这当儿，利昂一副自由自在的神情，只要他觉得塞西莉娅已开始恢复了，他就又时不时地以同样的目光来折磨她。尽管这样，塞西莉娅很少会淘气地撅着嘴巴来打击他。由于孩子们有时是坐在大人们中间的，所以做这种表情是有危险的——吃饭时做鬼脸是件丢人的事情，会受到提早上床睡觉的惩罚。但他们总是做各种恶作剧，像用舌

56

头舔嘴巴、很夸张地微笑等等,当然一定要让对方看到自己做这些动作。有一次,他们抬头看着对方,并同时向对方做鬼脸。利昂笑得把汤从鼻孔喷到一个外叔祖母的手腕上。两个小孩被赶到了他们各自的房间,囚禁了一整天。

塞西莉娅巴望把她哥哥拉到一边,告诉他马歇尔先生的耳朵边长有阴毛似的头发。这时马歇尔正在描述他与那位称他为好战分子的董事会成员的对质。塞西莉娅微微抬起手臂,假装理了理她的头发。利昂的注意力很自然地被塞西莉娅的动作吸引了过去。就在那一瞬间,她向利昂投了一个他已经十几年没见过的眼神。利昂撅起嘴巴,把头扭开,在他一只鞋子旁边发现了很有意思的东西。当马歇尔转向塞西莉娅的时候,利昂举起拢着的手挡住他的脸,但他肩膀的抖动还是不能骗过他妹妹。幸好,这个时候马歇尔的演讲已进入了尾声。

"……只有这儿,才能让人喘过气来啊。"

利昂立即站了起来。他走到游泳池的边缘,注视着跳水板附近那条湿透了的红毛巾。然后,他恢复了常态,两手插在口袋,慢慢走回到马歇尔和塞西莉娅旁边。

他对塞西莉娅说道:"猜猜看,我们刚刚进来时看到谁了。"

"罗比。"

"我要他今晚加入我们的行列。"

"利昂!你不应该这么做。"

利昂是在奚落打趣。也许是在报复。他对他的朋友说:"这个清洁女工的儿子获得了一笔奖学金,得以上本地的一所文法

57

学校,然后又得到一笔剑桥大学的奖学金,和西同时上了大学——但是她三年之内几乎没有和他说过话！她不让他接近她那帮举止优雅的好友。"

"你应该事先问问我。"

她现在真的恼火了。见此情景,马歇尔就劝说道:"我认识在牛津的一些文法学校的毕业生,其中有些倒是他妈的很精明,但是我认为由于他们比较有钱,所以就显得愤懑不平。"

塞西莉娅问:"有烟吗?"

马歇尔从银色的烟盒里抽出一支递给她,又扔了一支给利昂,然后自己也拿了一支。此刻他们都站立着,塞西莉娅斜身凑近马歇尔的打火机。利昂说道:"罗比有一流的思想,却在花坛里虚度时光,我真的不知道他在搞什么名堂。"

塞西莉娅走到跳水板上,坐了下来,竭力做出一副轻松自如的样子。可是她说话的语调却极不自在。"他正想着要拿个医学学位。利昂,我希望你刚才没有邀请他。"

"老头子答应了吗?"

她耸了耸肩。"我认为你现在应该到平房里去一趟,告诉他今晚不要来了。"

利昂走到浅水区,隔着轻轻拍打的蓝色水面面对着她。

"那怎么行呢?"

"我不管你怎么做。找个借口嘛。"

"我想你们之间肯定发生了什么事情。"

"没有,什么都没有发生。"

"他在烦你吗?"

"看在上帝的分上,别问了。"

塞西莉娅气恼地站了起来然后朝着游泳池边的亭子走去。亭子是由三根有凹槽的柱子支撑着的开放式结构。她倚靠在中间那根柱子上站着,一边抽着烟,一边看着她哥哥。刚刚在两分钟之前,他们还一鼻孔出气,可现在却闹翻了。看来,童年时光真的重现了。保罗·马歇尔站在他们的中间,所以他们说话时他就像在观看一场网球赛,把头转来转去的。马歇尔带着一点好奇心,保持中立状态。他好像并没有被这场兄妹间的争吵所打扰。塞西莉娅认为,他这么做至少是出于对自己利益的考虑。

她哥哥说道:"你认为罗比不会用刀叉吗?"

"利昂,住嘴。你压根儿就不该邀请他。"

"荒谬透顶!"

随后的沉默被嗡嗡的过滤泵声响稍稍打断。塞西莉娅无所事事,她也不能使利昂做些什么。她突然觉得这种争执毫无意义。她懒洋洋地靠着那根暖暖的石柱,一边抽着香烟,一边看着眼前的景色——一泓用氯消毒过的清澈的池水,一只靠着折叠帆布躺椅的拖拉机轮子的黑色内胎,两位穿着奶油色亚麻西装的男人,竹丛中徐徐上升的蓝灰色的烟雾。眼前的这一切好像是固定不动的,她又一次觉察到了:这一切在很久以前也曾发生过,所有的结果,在一切程度上——从最渺小到最庞大——都已各就各位。无论将来发生什么,无论表面上多么的怪异或惊心动魄,都会有一种毫不惊奇、非常熟悉的品性。她会说,她会对自己说,是的,那当然是的。是这样的。我早应该知道了。

塞西莉娅轻声问:"你知道我在想什么吗?"

"什么呢?"

"我们进屋去,你应该为我们调些可口的饮料。"

保罗·马歇尔双掌一击,掌声在柱子和亭子后墙回荡。"有一样饮料我很拿手的,"他叫道,"用碎冰块、朗姆酒和融化的黑巧克力做的。"

一听到这个建议,塞西莉娅和她哥哥相互交换了眼神,就这样,他们间的疙瘩解开了。利昂已开始走开了,塞西莉娅和保罗·马歇尔跟在他后面。当他们走到竹丛的缺口时,塞西莉娅说:"我倒是想喝点苦味的东西。哪怕酸的也行。"

利昂笑了笑,由于他最先到达竹丛缺口处,他就停了下来,拉了塞西莉娅一把,隙口就好像是客厅的门廊。当塞西莉娅穿过隙口时,她感觉到利昂轻轻地碰了一下她的前臂。

或者只是树叶的摩擦而已。

第五章

罗拉和双胞胎都弄不明白布里奥妮到底为什么放弃排练,他们甚至都还不知道她已半途而废了。当时他们正在演病床这场戏。卧病在床的阿拉贝拉第一次把假扮成良医的王子迎进她的阁楼。排演比较顺利,至少不比平常差。双胞胎也和以前一样不太熟练地说着自己的台词。至于罗拉,她不想躺在地板上弄脏自己的开司米毛衣,于是就倒在了椅子里,导演也不太好反对她。这位年长些的少女全身心地投入到自己的冷淡和温和之中,因此她觉得自己不会受到什么责备。当布里奥妮耐心地指导杰克逊时,她忽然停了下来,皱起眉头,像是要纠正自己,然后就走了。当时没有出现什么关键性的差错,她也没有发火,也不是拂袖而去。她只是转过身,慢悠悠地走了出去,仿佛就像去洗手间似的。其他人都等在那儿,一点儿都不知道整个计划已经告吹。双胞胎以为自己演得很卖力,尤其是杰克逊——他觉得自己住在塔利斯家是一种耻辱——他认为或许可以讨布里奥妮的欢心以逐步改善自己的境遇。

大家都在等待的时候,双胞胎兄弟把积木当成足球踢,而他们的姐姐凝视着窗外,轻柔地自哼自唱着。过了很久,她来到走廊,一直走到尽头。那儿有一扇门,通向一间弃置的卧房。从那儿她看到了马路和湖泊,湖面上横着一道闪闪发亮的柱形波光,那是接近黄昏时炙热的白光。借着这道白光,她只能隐约看到布里奥妮站立在水边,就在岛上庙宇的那一头。事实上,她可能一直就站在水中——面对这样的强光,真的很难看清楚。她看上去一去不复返的样子。罗拉走出房间的时候,看到床边有个男式的手提箱,棕褐色的皮革,厚重的皮带,褪了色的航船标签。这使她模模糊糊地想起她的父亲。她走到箱子前面停了下来,闻到一股淡淡的火车车厢的煤烟味。她用大拇指按住其中一把锁,轻轻地旋动它。磨光了的金属冰凉冰凉的,她的触摸留下了小块收缩了的水汽凝结物。扣子弹了起来,发出响亮而厚重的声音,吓了她一大跳。她把箱子推了回去,匆匆走出了房间。

孩子们接下来的时间里更是无所事事。由于有大人在,他们很不自在,于是罗拉叫双胞胎下楼去看看游泳池是否空着。双胞胎回来了,本来想告诉她塞西莉娅和另外两个大人在,但此刻却发现罗拉已经不在婴儿室了。她已回到了自己的小卧室,对着靠着窗台的小镜子梳理着头发。两个双胞胎在她窄窄的床上互相搔痒、摔跤,大声嚷叫。她懒得费劲把他们遣回自己的房间。如今戏演不成了,游泳池又有人用,这闲散的时间使他们觉得很压抑。当皮埃罗说他肚子饿的时候,他们突然觉得很想家。可要再过几个小时才开饭呢,而且现在下楼去要点吃的又很不合适。两个男孩子也不愿走进厨房,因为他们实在害怕贝蒂——他们刚才在楼梯上看到她抱着橡胶垫朝他们的房间走去时是那么凶巴巴的了。

过了一会儿,他们三个又不由自主地回到了婴儿室。他们觉得除了自己的卧室外,那是他们惟一有权力去的地方。那副磨损的蓝色积木仍旧在原来的地方,一切还是和先前一样。

他们伫立着。突然,杰克逊说道:“我不喜欢这儿。”

这么简简单单的一句话使他哥哥突然心烦意乱。他走到墙边,用脚尖触动壁脚板,寻找着有趣的东西。

罗拉用一只手臂搂着皮埃罗的肩,说道:“别担心。我们马上就可以回家了。”她的手臂没有妈妈的粗壮有力。皮埃罗呜咽了起来。他没有哭出声来,因为他知道在一个陌生的地方得时时注意礼貌。

杰克逊也已经是泪眼汪汪了,但他还说得出话来。"马上回家?这只不过是你说说的,我们回不了家了……"他停了一下,终于鼓起勇气。"他们离婚了!"

皮埃罗和罗拉都惊呆了。"离婚"二字从来没有在孩子们面前用过,也从来没有从孩子们的口中说出来过。这些柔柔的辅音仿佛暗示着不可告人的卑劣,词尾的咝咝之音似乎在低声诉说家庭的耻辱。这个词脱口而出之后,杰克逊自己也六神无主,但一言既出,驷马难追。不管如何,他觉得大声说出这个词就像离婚这一行为一样是滔天大罪。他们——包括罗拉——谁也不太明白这点。罗拉步步紧逼,她那绿莹莹的双眼眯得像猫一样。

"你居然敢这么说!"

"这是事实。"他咕哝着,眼睛瞟向别处。他知道自己惹麻烦了,不过也活该如此。他正要逃跑,罗拉一把揪住他的一只耳朵。她把脸凑近他。

"如果你打我,"他赶紧说道,"我就告诉爸妈去。"但他自己已使这一符咒失效,成了失落的黄金时代的一个被毁的图腾。

"你给我发誓再也不用那个词,听见了没有?"

他羞愧地点了点头。罗拉这才放过了他。

男孩们被吓出了眼泪。这时,皮埃罗和往常一样,赶紧出来缓和气氛。他欣然问道:"我们这下该干什么呢?"

"我总是这样问自己。"

一位穿着白色衣服、身材魁梧的男人出现在门口。他也许已在那儿站了好几分钟了,完全有可能听到了杰克逊说那个词。恰恰是这一个念头——而不是他出其不意的出现——才使罗拉一时反应不过来。他知道他们家的事吗?他们只能拭目以待了。他走上前去,伸出了一只手。

"我叫保罗·马歇尔。"

皮埃罗离他最近。他默默地和他握了手,他弟弟也是如此。轮到罗拉时,她说:"我是罗拉·昆西。这是杰克逊,那是皮埃罗。"

"多好听的名字啊。可是我怎样才能区分你们两个呢?"

"人们通常认为我更讨人喜欢。"皮埃罗说道。这是一句家庭玩笑话,是他的父亲设计出来的台词。每当有陌生人这样问起,这一回答都会引得哄堂大笑。可这人听了后连微笑都没有。他说:"你们就是从北方来的表亲吧?"

孩子们紧张地等着想听他到底还知道些什么。他们看着他走过整条光滑的地板,俯身拣起一块积木,然后将它抛入空中,又潇洒地一把抓住。积木碰在皮肤上发出噼啪声。

"我住在沿走廊的一个房间里。"

"我知道,"罗拉说,"维纳斯姨妈的房间。"

"对极了,她以前的房间。"

保罗·马歇尔低身坐在受伤的阿拉贝拉刚才使用过的扶手椅里。罗拉想,他的脸长得真奇特,仿佛所有的表情全都挤压在眉毛周围,肥大、空洞的下巴酷似亡命之徒丹。他的脸很凶狠,可是他的举止却很优雅。这样的结合颇具魅力。他一边整裤子上的褶皱,一边一一打量着他们姐弟仨。罗拉的注意力显然已经被他的黑白镂花皮靴所吸引。他看出她很喜欢,于是故意有节奏地摇头晃足。

"听说你们的戏演不成了,我感到很遗憾。"

双胞胎不禁挨得更近了。他们仿佛如梦初醒,心想如果他知道他们排练以外的事,那他肯定还知道别的事儿。杰克逊道出了他们的心声。

"你认识我们父母吗?"

"昆西夫妇吗?"

"是的!"

"我在报纸上读到过关于他们的消息。"

孩子们听罢,惊得目瞪口呆,因为他们知道,报纸上登的都是大事要闻:地震啦、火车相撞啦、政府和国家的日常事务啦、希特勒进攻英国时是否应该在枪炮上投入更多的资金啦……他们的家庭灾难竟然会和这些天大的事件相提并论,真令人惊叹不已,但也并不完全出乎意料。如此说来,这已成为既定的事实了。

为了保持镇定,罗拉把双手按在臀部。她的心痛苦地跳动着。虽然她知道自己必须开口说些什么了,可她真的没有把握能不能说出话来。她感觉他们正在玩一场她所不能理解的游戏,不过可以肯定的是,游戏中存在不合理的因素,甚至是侮辱。

她开了一下口,却发不出声,于是她用力清了清嗓子,重新开口道:

"你读到什么了?"

他扬起浓密而紧蹙的眉毛,不经意地从唇间吐出浑厚之音:"我不知道。没什么。无聊之事呗。"

"如果你不在孩子们面前说三道四,我得好好感激你哟。"

这句话她以前必定无意中听到过,而她刚才说出来的时候也是无意识的,就像一个学徒嘴里唠叨着巫师的咒语。

这话似乎挺管用的。马歇尔认识到自己说错话了,不禁有所退却。他身子朝双胞胎一倾,说道:"你们两个听仔细了。我们大家都清楚,你们的父母是那么地爱你们,他们每时每刻都在关心你们。太了不起了!"

杰克逊和皮埃罗深有感触地点了点头。随后,马歇尔又把注意力转回到了罗拉。在客厅里,与利昂和他妹妹喝了两杯浓烈的杜松子鸡尾酒后,马歇尔就上了楼,找到自己的房间,解开行李,换衣服吃饭。他没脱鞋子就四肢舒展地躺在那张有四根帐杆的大床上。在乡村的宁静、傍晚的温热和酒力的抚慰下,他渐渐进入了梦乡。在梦中,他见到他的四个姐妹全都围坐在他的床边,一会儿闲扯,一会儿抚摸他,一会儿拉他的衣服。他醒了,很不情愿地被吵醒了,他感到胸口和喉咙发热,很难受,一时搞不清楚自己身在何处。正当他坐在床沿喝水时,他听到了嘈杂的声音。他想一定是它们催他入梦的。他走过吱吱嘎嘎的走廊来到了婴儿室,看到了三个小孩。这时他才看清那位女孩儿

66

乎已经像个小妇人了……她镇定自若,傲慢威风,戴着手镯,卷着头发,染着指甲,系着天鹅绒箍带,俨然一位前拉斐儿画风的小公主。

他对她说:"你对服饰有相当高的品位,我觉得这条裤子尤其适合你。"

她听了很高兴,没有丝毫的尴尬。她用手指轻轻地在她纤瘦的臀部周围微微隆起的纤维上擦了一下,说道:"这是母亲带我去伦敦看演出时在自由街①买的。"

"什么演出?"

"《哈姆雷特》。"其实他们在伦敦智慧女神剧院看的是一出日场哑剧。在看戏过程中,罗拉把草莓溅到了连衣裙上,而自由街正好在街对面。

"《哈姆雷特》是我最喜欢的剧目之一。"保罗说。和她一样,他既没有读过这个剧本,也没有看过演出。他是学化学的。这让她感到欣慰。不过他能够摆出一副沉思状,说出:"存在,还是死亡……"

"这才是个问题。"她接了上去,"对了,我很喜欢你的鞋。"

他把脚斜过来,审视鞋匠的手艺。"是啊。特尔街上的达克。他们为你的脚定制一个木头模型,把它永远留在架子上了。地下室里有成千上万个这样的模型,而顾客大多早已去世了。"

_____

① 位于伦敦的时尚大街214号,是一座有着600多年历史的老建筑,里面分成各个庭院,出售来自中国和亚洲其他国家的纺织品。

"太可怕了。"

"我饿了。"皮埃罗又说了一遍。

"嗯,这样吧。"保罗·马歇尔拍了拍他的口袋,说道,"如果你能猜出我是以何为生的,我就给你看样东西。"

"你是唱歌的,"皮埃罗说,"至少你的嗓音很不错。"

"谢谢你这么说,不过你猜错了。你要知道,你让我想起我最宠爱的妹妹……"

杰克逊打断了他。"你是巧克力工厂的工人。"

杰克逊还未来得及洋洋自得,皮埃罗连忙补充了一句:"我们听见了你在游泳池边说的话了。"

"那就不是猜中的了。"

他从口袋里拿出一块约四英寸长、一英寸宽、用防油纸包着的长方形条。他把它放到膝盖上,小心地拆开纸,然后举起来给他们细看。他们很有礼貌地靠上前去,发现它有一个光滑的茶绿色外壳。当他用指甲刮它时,它发出咔嗒咔嗒的声音。

"这是糖衣,看见了吗?里面是牛奶巧克力。味道好极了,即使是溶化了也很好吃。"

他把手举得更高,握得更紧了。他们可以看见他的手指因为巧克力条的挤压而发抖。

"每个陆军士兵的背包里都有一块这样的巧克力。这是规定的,一律如此。"

双胞胎面面相觑。他们知道大人对巧克力是不感兴趣的。皮埃罗说:"士兵是不吃巧克力的。"

68

他弟弟补充道:"他们喜欢的是香烟。"

"不管怎么说,为什么士兵们都能分到糖果而孩子们却分不到呢?"

"因为他们要为国而战啊。"

"可我爸爸说不会有战争了。"

"呃,那他错了!"

马歇尔变得有点急躁。罗拉连忙安慰道:"也许会有战争的吧。"

他抬头朝她一笑,说:"这场战争叫做阿莫大军。"

"Amo amas amat."她说。

"说得对极了。"

杰克逊不解地问道:"为什么你买的东西都一律以 O 结尾的呢?"

"是啊,这样实在太无聊了。"皮埃罗说,"譬如 Polo 和 Aero。"

"还有 Oxo 和 Brillo。"

保罗·马歇尔一边把巧克力递给罗拉,一边说道:"我觉得他们想告诉我他们什么也不要。"

罗拉一脸严肃地接了过来,然后瞪了双胞胎一眼,仿佛在说"你们活该"。他们明白了其意。他们现在不能再为阿莫争辩了。他们看到她的舌头卷过糖衣时泛绿色。保罗坐在扶椅上,身子往后一靠,两手搭成尖塔形靠在脸上,专注地望着她。

他跷起二郎腿,又放了下来,接着,做了个深呼吸。"咬一下。"他轻轻地说,"你得咬上一口。"

糖果被她洁白的利齿咬开时,发出清脆的断裂声,露出了白色的糖衣层和黑黑的巧克力。正在这时,他们听到楼下一个妇人对着楼上叫唤,接着又听到她叫了几声,声音更加坚决。这一次,他们终于听出了这声音,脸上突然掠过一阵惶惑。

罗拉含着满嘴的阿莫牌巧克力,笑道:"是贝蒂。洗澡时间到了。快去呀,快去!"

第六章

午饭后不久,艾米莉·塔利斯在确信妹妹的孩子和布里奥妮都已乖乖地吃了饭,并且答应至少在两个小时内不去游泳池后,就马上逃离了午后强光的灼热,躲进了清凉、幽暗的卧室。这时她没有感到疼痛,还没呢,但在疼痛袭来前她就开始退避了。她感觉有些小针眼似的亮点在眼前晃动,仿佛这个一目了然的破败世界正衬映在一束强光中。她感到右边的头顶很沉重,就像有一只酣睡着的动物懒洋洋地蜷缩在那儿。然而,当她用手拍拍头部,它好像又从现实空间的坐标中消失了。其实,它就在头的右顶部。在她想象中,她可以踮起脚尖,举起右手就能触摸到它。现在重要的是不要去招惹它。一旦这个懒惰的家伙从边缘移向中心,刀割似的痛苦就会驱除她所有的思想,那今晚她就没有机会与利昂和家人共进晚餐了。这个动物对她没有恶意,它只是对她的痛苦无动于衷罢了。它像一头被困的美洲豹那样移动:它从无聊困顿中醒来,只是为移动而移动,毫无缘由,毫无意识。她仰卧在床上,没有垫枕头,在伸手可及之处放着一杯水。她的旁边,还有一本她知道自己现在还没法看的书。一长束黯淡的日光照射在窗帘盒上方的天花板上,那是沉沉黑暗中惟一的亮点。她忧心忡忡,直挺挺地躺在床上,就像躺在刀尖上似的。她知道,心里恐惧就无法入睡。她惟一的希望就是一动不动地躺着。

她浮想联翩,想到了屋子和花园上空升腾起的无边热气。这一股股热气像烟一样笼罩了伦敦周围各郡,让农场和小镇透不过气来。她又想到了正载着利昂和他的朋友回来的灼热的铁轨,还有那节烘烤人的黑顶车厢,他们俩就坐在窗边。晚餐她已预订了一份烤肉,但现在看来,吃烤肉实在太过闷热了。她仿佛听到屋子吱吱嘎嘎的乱响,像是在膨胀似的。或者难道是房屋的椽子和柱子在变干收缩,正在与泥瓦较量?是啊,萎缩,一切都在萎缩。比如利昂的前途。那时,他父亲帮他在政府部门谋了一份体面的工作,做公务员什么的。可他却拒绝了这一机会,而宁愿在一家私人银行做一个不起眼的小人物。他活着也只是为了周末,为了八人划艇。要不是他生性讨人喜爱,容易心满意足,又有事业有成的朋友云集周围,她会对他更加恼火的。他英俊帅气,人见人爱,没有烦恼,没有雄心壮志。也许有一天他会带一位朋友回家,让他和塞西莉娅结婚,假如在格顿女子学院的三年时光能为她的姻缘增加点筹码的话。她喜欢独处隐居,喜欢在卧室里吸烟,喜欢莫名其妙地怀旧,念念不忘曾与她共居一室的戴眼镜的新西兰胖女孩,抑或这是一个骗局? 塞西莉娅常用亲昵的行话描述她心目中的剑桥:学堂、少女舞蹈、文学士考试、自我崇拜式的寻访贫民窟、在电火前烘烤弹球、两人合用一把梳子等等。这虽没让艾米莉怎么嫉妒,但却让她有点恼火。她十六岁以前一直是在家里受教育的,后来被送去瑞士。由于经济拮据,原本两年的学习被缩减为一年。她清楚,女子在大学里的所有表现都是十分幼稚的,女大学生最多只能算是一只天真的云雀。正如在社会巡游中,女生们的八人划艇只是在衣冠楚楚的男生们旁边装模作样罢了。他们甚至不给女生授予适当的学位。七月,塞西莉娅带着让她失望透顶的期末成绩回家时,既没有工作,又没有技能,还得找个丈夫,继而成为母亲。而她那些女学究老师们——一个个有着可笑的绰号和"可怕"的名声——能给她些什么主意呢? 那些自尊自大的女人,以其最温和、最胆怯的古怪在当地流芳百世:她们前面领着狗,后面牵着猫,她们骑着男式自行车到处闲逛,她们在街上边走边吃三明治。这一代过后,这些愚昧无知的淑女早已寿终正寝,但她们在贵宾餐桌上仍受人敬仰,仍被人轻声谈论。

艾米莉感到那只黑毛动物开始骚动了起来,就把思绪从大女儿身上转移开,而把蔓生的忧虑移向小女儿。惹人怜爱的布里奥妮,最最温柔的小精灵,她倾其所能,用自己精心写就的剧本来逗她那些历尽艰险的表弟表姐。宠爱她也算是对自己的一大抚慰。可是怎样才能保护她免受失败的打击、免遭罗拉的伤害呢？罗拉简直就是艾米莉最小的妹妹的化身,罗拉与当年的她一样早熟,一样诡计多端。最近,她还悉心策划,从一桩婚姻中解脱了出来,却得了人人皆知的精神崩溃症。艾米莉实在无法去想埃尔米奥娜。她在黑暗中静静地呼吸,她竖起耳朵,竭力倾听,靠传来的声音来"看"这个家。以她目前的状况,这是她惟一能做的。她把手掌放在额头上,又听到一声房子缩紧而发出的声音。接着楼下传来了金属的叮当声,也许是锅盖摔地了吧。这顿无趣的烧烤晚餐已进入最初的准备阶段了。楼上传来重重的脚步声和孩子们的声音。至少有两三个孩子同时在说话,声音忽起忽伏,他们或许在唇枪舌剑,或许是兴奋的赞同。婴儿室在楼上一层,而且旁边只有一个房间。《阿拉贝拉的磨难》。要不是病得这么重,她现在一定上楼去管一下或帮帮忙了。她知道,他们要做的事情太多了,也真难为他们了。她疾病缠身,不能尽到一个做母亲的责任。由于意识到这一点,他们总是对她直呼其名。塞西莉娅本来应该帮他们一把的,但她整天只关心自己的事情,她书生气太重,根本没心思理会孩子……艾米莉成功地阻止了自己继续这样想下去。她看上去有点恍惚,但还不至于睡着,只是脑袋空空,什么都不想了。过了好几分钟,她听到卧室外走廊的楼梯上响起了脚步声。脚步声听起来有点闷,她推测一定是赤着脚,所以那肯定是布里奥妮。这丫头在热天不愿穿鞋。几分钟后,婴儿室里又传出了激烈的扭打声和硬物穿过地板发出的吱嘎声。排练已经中断了,布里奥妮愤愤而去,双胞胎无所事事,而罗拉——如果她果真像艾米莉认为的那样，是她妈妈的翻版——会心平气和，洋洋自得。

习惯性地替孩子、丈夫、妹妹和佣人操心，已磨炼了她敏锐的感觉。周期性的偏头痛、母爱以及长年来每日数小时的静卧，使她从敏感中锤炼出了第六感官。它像触角一样从朦胧处伸展开去，穿越房屋，这一意识虽无形却敏锐。只有事实真相才返回她处，因为她知道自己知道什么。穿过铺着地毯的地板传出来的模模糊糊的低语声在清晰度上却超越了打印出来的文稿。这是一个穿透了一层墙——确切地说，是两层墙——的对话，这一对话几乎已失却了曲折和差异。别人耳中的嗡嗡之音，在她听来却是黄钟大吕。她那警觉的感官就像一台古旧的收音机，伸出猫须，随时微调，放大了的声音几近令人难以容忍。她躺在黑暗中，却知道一切。她动之甚少，却知之甚多。虽然她有些时候很想起来做点什么——尤其是她认为布里奥妮需要她的时候——但对疼痛的恐惧使她寸步难行。最糟的时候，她会不由自主地觉得一把把锋利无比的厨刀划过她的视觉神经，然后，以向下的更大的压力再次袭来，这样她被完全囚困在卧室里，孑然一身，即便呻吟也只能加剧痛苦。

就这样，她躺在那儿，下午悄然而逝。前门时开时关。布里奥妮也许已随兴出门了，她很可能去了水边，游泳池边，或湖边，甚至有可能去了远处的河边。艾米莉听到楼梯上一阵小心翼翼的脚步声……塞西莉娅终于把鲜花拿进了客人的房间。那天，这一简单的差事已叫她做了许多次了。过了一会儿，她又听到贝蒂在叫丹尼以及轻便马车碾过碎石的声音。塞西莉娅下楼迎

74

接客人,不久,一股淡淡的烟味朦胧飘进。已经无数次跟她说过不要在楼道上吸烟,可她就想引起利昂朋友的注意,可这样做本身倒不见得是件坏事。声音在大厅里回荡。丹尼拖着行李艰难地上楼来,然后又下去了,接着是一片寂静——塞西莉娅也许已带利昂和马歇尔先生到游泳池边喝艾米莉早上亲自调制的饮料去了吧。随后她听到一个四脚动物奔下楼梯的声音——那一定是双胞胎。他们想用游泳池,不过会失望地发现它又被人抢先占用了。

她迷迷糊糊地打起盹来,突然又被婴儿室里一个男人的低语和孩子们的应答声惊醒。那个男的肯定不是利昂,因为他现在和妹妹重逢了,一定和她寸步不离。那就可能是马歇尔先生,他的房间就在婴儿室旁边。她断定此刻他正在与双胞胎而不是与罗拉讲话。艾米莉想会不会是两个小孩太无礼了,因为他们觉得自己是双胞胎,所以行为举止似乎就显出他们可以平分社会义务。这时,贝蒂上楼来了,边走边叫唤他们,语气似乎太严厉了点——可不,杰克逊早上已磨难多多了。洗澡、喝茶、睡觉——这是一天中的重头戏。水、食物和睡眠这些孩提时代的圣事几乎已从日常生活中消失。艾米莉三十多岁时,布里奥妮意外的姗姗降世为整个家庭增添了生机,这是多么令人宽慰、多么安抚人心啊。羊毛脂肥皂、厚厚的白浴巾、女娃的咿呀声与热气腾腾的浴室里的水声交相呼应;用大毛巾将她裹好,抓起她的胳膊,将她放在膝盖上——不久前布里奥妮还沉浸在婴儿般无助的感觉之中,但是如今婴儿和洗澡水都已消失在一扇上了锁的门背后,虽说在平常很少见,因为女儿似乎经常需要洗澡和更换衣服。她已经退缩到了完整封闭的内心世界中。在那个世界里,写作仅仅是一个可视的表面,一层保护性的外壳,这一外壳即使——抑或甚至——充满慈爱的母亲也无法穿透。她女儿总是恍恍惚惚沉溺在自己的思想里,纠缠于某一个无言、自找的问题中,仿佛这个令人厌倦、不证自明的世界可以被一小孩所重新创造。去问布里奥妮在想些什么是徒劳的。以前她总会得到一个机智、精妙的答复,过后女儿会反过来向她提一些傻乎乎的大问题,而艾米莉总能给予最满意的回应。虽然现在她不太想得起这些假设的种种细节了,不过她知道不能再像以前那样对待她这个十三岁的小女儿了。无论是在餐桌上,还是在荫蔽的网球场边,都不大容易听得到她的话语。如今,自我意识和天生的能力使这个小女孩像着了魔一样变得沉默寡言。虽然布里奥妮依然可爱动人——今天早饭时她还偷偷走过来跟她玩勾手指呢——但艾米莉还是为雄辩时代的消逝而扼腕哀叹。她将永远不会和任何人再这样说话了。这也就是想再要一个孩子的意义所在,因为她马上就到四十七岁了。

铅锤声渐渐减弱——她没有注意到这声音是从什么时候开始有的——在一阵震耳欲聋的颤动之后终于停止了。现在埃尔米奥娜的儿子们都去了浴室。他们两个瘦得皮包骨头,躺在浴缸的两头。褪了色的蓝色藤椅上放着折叠的白色毛巾,地上是一张很大的软席,软席的一角已被一只狗咬掉,而这只狗早已毙命。孩子们没有讲话,只是静静地洗着。身边没有妈妈,只有贝蒂。没有孩子会发现贝蒂那颗善良的心。埃尔米奥娜怎么会精神崩溃——这是她在无线电广播台工作的朋友喜欢用的词——她怎么会希望孩子们安静、有恐惧心理和伤心呢？艾米莉想，她应当自己去监督孩子们洗澡的。但她知道即使视觉神经上没有搁着一把把刀子，她也只会出于责任才去照顾她的外甥。他们不是自己的孩子，事实就这么简单。况且他们还是小孩子，不懂基本的交流，不会与人亲近，而且更糟的是，他们已淡化了自己的身份，因为她从来没有发现这一缺失的骨肉之亲。对他们的了解也只能是这么个大概而已了。

她支起胳膊，端起那杯水送到唇边。那个一直折磨着她的动物已渐渐离去。现在她有气力把两个枕头贴在床头好让自己坐起来了。由于怕剧烈运动，她的动作缓慢而又笨拙。床垫下的弹簧吱吱嘎嘎响了好久，几乎盖过了一个男人的声音。她侧着身，一只手抓住枕头的一角，一动不动地注意着整个屋子的动静。起先没有任何异常声音，后来传来一阵轻声尖笑，又很快地戛然而止，就好像黑暗中一盏忽明忽暗的灯。那是罗拉。她正在婴儿室与马歇尔在一起。她继续调整她的姿势，最后终于背靠着床头板，呷了一口微温的水。这个阔绰的年轻企业家如果真心陪孩子们玩乐，那倒也不错。再过一会儿，她就可以艰难地打开床头灯了。不用二十分钟，她也许就可以重新融入家庭，操心起每件事来。最要紧的是去厨房看看是否还来得及把烤肉切好，改成冷盘色拉，然后她得去见她儿子，好好招待一下他的朋友。这两件事忙完以后，她要去看看双胞胎是否得到了必要的照顾,也许她会给他们一些弥补措施。然后就打电话给杰克,他也许会忘了告诉她今天不回家了。她先要接通说话干脆的女总机话务员,然后通过外面办公室里那个浮夸的年轻人,再去安慰她的丈夫,叫他不必内疚。她还要找到塞西莉娅,看看她是否已按吩咐布置好鲜花,告诉她应该为今晚尽一些女主人的责任,告诉她衣服穿得漂亮点,不要在每个房间里都随意抽烟。接下来最重要的是去找布里奥妮,因为戏演砸了对她是一个沉重的打击。此时她多么需要妈妈的安慰啊。但是,出去找她就意味着自己得暴晒于强烈的阳光下,而现在就连黄昏的余晖也能引起疾病的发作。看来得先去找到太阳镜,厨房里的事可先搁一搁。太阳镜就在这房间里的某个地方,也许在某个抽屉里,或夹在书中,或在一个口袋里。如果待会儿再上楼来找就太麻烦了。她还得穿上平底鞋,万一布里奥妮去了远远的河边……

这样想着,艾米莉又靠着枕头躺了几分钟,她心中的魔鬼已悄悄溜走了。她耐心地计划,一遍遍地修改,还排好了先后次序。她会好好地打理这个家。她置身于幽暗、病态的卧室里,整个家仿佛是一个混乱不安、人口稀少的大陆。在那浩莽的丛林中,各种竞争势力不断向她提出要求和反要求,不断地扰搅她的注意力。她心中不存任何幻想:旧有的计划(假如还有人记得的话)——早被时光所超越的计划——往往对事件有点狂热和过分乐观。她能够将卷须伸进屋子里的每一个房间,却不能将它们伸向未来。她也明白,她最终苦苦追求的是自己内心的平静,最好不要把自我利益与善良本性分割开来。她缓缓地坐直身

78

子,晃晃悠悠地把脚伸向地板,穿上了拖鞋。她没有冒险去拉开窗帘,而是打开了台灯,开始找起墨镜来。她早已想好先找哪儿了。

第七章

岛上十八世纪八十年代末按照尼古拉斯·里韦特风格建造的庙宇是一处引人注目的胜景,它的存在使得田园生活更加完美,自然也就没有任何宗教用途。庙宇建在一处向外凸出的岸上,离水边很近,在湖面上投下了一个有趣的影子。远处看去,庙宇的一排柱子及其上面的山墙都掩映在四周生长的榆树和橡树之中,特具韵味。从近处看,庙宇就显得不太妙了:透过一处损坏了的防湿层而蒸发上来的水汽导致墙上的灰泥一块块地剥落。十九世纪末的某个时候,有人曾用水泥对庙宇进行过拙劣的修整,但由于未上漆,这些水泥已经变成褐色,使得这座建筑看起来一副斑驳破败的颓相。在其他地方,暴露在外的板条本身也已腐烂,看上去就像是一只饥饿的动物的肋骨。那两扇开向穹顶圆形大厅的门早已被拆掉,石头地板上落了厚厚一层树叶腐殖质土以及在此进进出出的各种鸟类和动物的粪便。漂亮的乔治王时期风格的窗户上的玻璃全都被利昂和他的朋友们在二十年代末给打碎了。曾经摆有雕像的高高的壁龛除了残破污秽的蛛网外已空空如也。室内惟一的一件家具是一只长凳，也是年少气盛的利昂和他那帮淘气的校友从村板球场搬来这里的。凳子腿已经被踢了下来，用来打碎窗玻璃。此时它们正躺在外面，在荨麻丛和不易腐蚀的玻璃碎片间渐渐化为尘土。

正如畜栏后游泳池边的亭子模仿了庙宇的风格，庙宇也被认为是体现了最初亚当式建筑的一些遗风，尽管塔利斯一家没人知道到底是哪些遗风。或许是柱子的风格，或许是山墙，或者是窗户的比例吧。有时，大多是在圣诞时节，当一家人心情舒畅地在桥上信步之时，大家都说要去探个究竟，但到忙碌的新一年开始后，也没人愿意为此腾出时间。比起庙宇的破败来，正是这种联系，这已忘却的有关庙宇与最初亚当式建筑的重要关系的记忆，才使这座无用的小建筑抹上了一丝遗憾。这座庙宇是某位堂堂宫女的孤儿。如今由于没人照看，没人仰慕，这个孤儿已经提早衰老，并任它衰败下去了。在一面外墙上，有一处与人一般高的锥形烟灰污迹，这里，曾有两个流浪汉无法无天地生起一堆篝火，烤一条并不属于他们的鲤鱼。过去曾有很长一段时间，有一只皱缩的靴子躺露在草丛中，草丛被兔子啃咬得整整齐齐。可是，今天当布里奥妮寻找时，却发现靴子已经不翼而飞了，正如一切事物最终都会消失一样。这座披着黑纱的庙宇为已烧毁了的大宅哀念悲悼，它渴望宏伟而无形的存在，这一念头带来了一丝淡淡的宗教气氛。悲剧使得这座庙宇避免了成为一个彻头彻尾的冒牌货。

如果没有自圆其说的借口，要长时间地劈砍荨麻是很难的。而布里奥妮很快就全神贯注于其中，并得到了极大的满足，尽管她在大家眼里像是一位情绪暴躁的女孩。她找到了一根细长的榛树枝，并把它的树皮剥干净。有活干了，她就开始干了起来。一棵看上去精心打扮、高高挑挑的荨麻，它的头羞怯地下垂着，中间的叶子像手一样向外伸展开，好像是在抗议自己的无辜——这是罗拉，尽管她呜咽着乞求怜悯，那带着风响的三英尺长的细长枝条划出一道弧形，将她从膝盖处砍断，并将她那无用的躯干凌空抛起。这太令人满意了，布里奥妮不会就此罢手。接下来的几棵荨麻也落得和罗拉一样的下场；这棵斜倚过来想要与邻居窃窃私语的荨麻被她用嘴唇狠狠地咬倒了；这里又有一位她的孪生姐妹，她鹤立鸡群，昂着头在谋划恶毒的诡计；在那边，她凌驾于一群年轻的爱慕者之中，正在传播有关布里奥妮的谣言。可是太遗憾了，这些爱慕者不得不和她一起去见阎王了。然后，她带着各种无耻的罪孽——傲慢、贪吃、贪婪、不合作——妄图东山再起，但结果为她的每种罪孽都付出了生命的代价。她最后的敌对行动是倒在布里奥妮的脚下，去蜇她的脚趾。当罗拉被千刀万剐之后，三对年轻的荨麻也成了双胞胎庸懦无能的牺牲品——惩罚是没有偏袒的，对儿童也没有给予特别的照顾。接着，剧本写作本身也成了一棵荨麻——事实上成了数棵荨麻；剧本的肤浅、浪费的时间、其他凌乱的思绪、不可救药的矫作——在艺术的花园里，它是一棵杂草，必须除去。

　　她不再是一名剧作家，为此她感到更加神清气爽。树木间空地上杂乱无章地散布着灌木丛,她绕着庙宇,提防着碎玻璃,继续前进在由玻璃碎片和灌木丛交汇而成的草莽之途上。抽打荨麻正起着一种自我净化的作用,她现在殴打的是童年时代,因为她已不再需要童年。有一株细长的荨麻代替了她此时此刻前的一切。但那还不够。她在草地上站稳双脚,挥了十三下树枝,一岁岁地抛却旧的自我。她与婴幼期病态的依赖,与那个渴望炫耀和受到夸奖的女学童,与自己十一岁时傻乎乎地为最初的写作感到骄傲,与对自己母亲的嘉言良策的依赖——一刀两断。它们从她左肩上一一飞过,落在她的脚边。细长枝条的细梢在划过空气时发出了一个双声调。受够了!她迫使枝条说。够了!够了!

很快,这种动作本身吸引了她。伴随着挥击的节奏,她修正着报纸上的报道。这项运动世界上没有人能做得比布里奥妮·塔利斯更好了。她明年就要代表国家去参加在柏林举行的奥林匹克运动会,并且肯定会拿金牌。人们仔细地端详她,对她的技术和她喜欢赤脚都大为惊奇,因为赤脚增强了她的平衡——在这项高要求的运动中这是多么的重要——每个脚趾都发挥着作用;她用手腕出击,然后仅在她击出的最后时刻快速将手腕一转的招数,她摆放重心,并用臀部的旋转来获得额外力量的技巧,她伸展空着手的手指的独特习惯——没有人能与她匹敌。她是一位高级公务员的幺女,这一切全是自学的。瞧她脸上的专注劲,她判断角度,出手决不敷衍,以超人的精确度击中每棵荨麻。要达到这一境界需要毕生的奉献。而她差一点就成了一个剧作家,将此生给浪费了!

她突然意识到身后来了一辆双轮轻便马车,当啷当啷地驶过第一座桥。利昂终于来了。她觉得他在凝视着她。如今她已是国际比赛精英选手中的一员。她还是那个仅仅三个月前他最后一次在滑铁卢车站见过的小妹妹吗?她执拗地强迫自己不要转过身去向他打招呼;他必须明白,现在她不再依赖别人的意见了,即便是他的意见。她是一位大师,沉醉于她的复杂精巧的技艺之中。况且,他一定会停住马车,跑下堤来,而她也不得不欣然地忍受中断。

车轮和马蹄的声音从第二座桥上退了下去。她猜想,这证明她哥哥懂得距离的意义和对职业的尊重。尽管如此,当她绕着岛上的庙宇向远处一路劈砍过去,直到消失在路的尽头时,她心里仍然觉得有一丝酸楚。草地上一行参差不齐、被抽打碎的荨麻以及她的脚和脚踝上被蜇起的白色肿块标志着她一路的进展。细长的榛树枝条的尖头弯成弓形歌唱着,叶子和梗茎四下飞散,但这很难唤起观众的欢呼。她色彩斑斓的幻想渐渐褪色,动作和平衡感带来的自我怜爱的快乐正在消失,她的手臂在隐隐作痛。她成了一个拿着树枝挥打荨麻的孤独女孩。最后她停了下来,将手中的树枝朝树林掷去,然后环顾四周。

使人忘怀的白日梦的代价总是在这一刻返回,过去与现在的重新结盟仿佛更糟了。她那一度充盈着貌似真实细节的白日梦,在实实在在的现实面前已成了一阵烟消云散的愚昧。回到现实是艰难的。"醒一醒,"她姐姐过去常对她轻声耳语,把她从噩梦之中唤醒。布里奥妮已经失去了她神一般的创造力，但只有在这清醒的一刻到来之时，这一失去才昭然若揭。白日梦的部分诱因是她面对梦中的逻辑有一种不由自主的错觉：国际比赛的竞争迫使她在最高级别的比赛中与世界顶尖的选手们一决高下，并接受她的领域中——她的劈砍荨麻的领域中——伴随着卓越而来的挑战，也驱使着她超越自己的极限，平息怒吼的人群，去夺魁称雄，并且最重要的是，要独领风骚。当然，梦想全是她的——她做的是她自己的梦——而现在她回到了现实世界。这不是她所能创造的世界，而是创造了她的那个世界。她觉得自己在傍晚的天空下变得日渐渺小了。她已厌倦了待在户外，但她还不打算回家去。不是身居屋内就是置身户外，难道这真的就是生活的全部了吗？难道没有什么别的地方可供人们去了吗？她转过身，背对岛上的庙宇，缓慢地徘徊在兔子们啃就的完美草坪上，朝着桥走去。在她身前，一群昆虫被西沉的太阳照耀着，每一只都像是被固定在一根无形的橡皮筋上，在漫无目的地上下飞舞——这是一种神秘的求爱舞蹈，或纯粹是昆虫精力充沛的表现——她看不出这有任何意义。在桀骜不驯的反抗情绪支配下，她爬上了通往小桥的绿草茵茵的陡峭斜坡。她站在车道上，决定待在那儿，等候重大事情在她身上发生。这是她自己一手布置的挑战——她才不会挪动一下呢，不会因为晚饭而挪动，即使是她母亲叫她回家她也不会挪动。她就这么平静而固执地等在桥上，直到重大事件，真真切切的事件，而不是她自己的幻想，来接受她的挑战，并且驱散她自己的卑微感。

第八章

傍晚时分,高处的云在西边的天空中形成了一抹淡黄的云彩。随着时间的流逝,云彩的颜色越来越浓,最后成了挂在草原上那些稀稀拉拉的树木巨大树冠上的橘红晚霞。树叶成了坚果般的褐色,在树叶中隐现的树枝抹了油似的乌黑发亮,干燥的草地染上了天空的颜色。一位推崇奇异色彩的野兽派画家也许会想象出这样一幅景致,特别是当天空和大地成了一片红晕,而那老橡树肿胀的树干黑里泛青之时。尽管夕阳西下时光线在变暗,但气温似乎由于那吹了一整天而带来一丝解脱的微风的停止而升高了,此时空气变得凝稠了。

如果罗比·特纳愿意从他的浴缸里站起来,弯膝曲颈地从封闭的天窗凝望出去,他是可以看到这幅风景,或者说一小部分风景的。他的小卧室、浴室和夹在它们之间的他称之为小书房的小房间整天在这所平房南边的房顶下被太阳暴晒着。下班回家后一个多小时的时间里,他躺在温热的浴缸里,而他的血液和思想仿佛在温暖着浴缸里的水。当他在滤除掉陌生的感觉,并且一遍又一遍地回忆着某些记忆片断时,他头顶的天窗中那一方天空的颜色在它有限的光谱段里慢慢地从黄色变成了橘黄色。一切都兴致盎然。当他回想起另一个细节时,在水面下一英寸的地方,他胃部的肌肉时不时地不自觉绷紧了。她的上臂挂着一滴水珠。湿漉漉的。一朵花绣在她的文胸中间,那是一朵未加修饰的雏菊。她的乳房小小的,分得很开。她的背上有一颗痣,被一根吊带半掩着。当她从池塘里上来时,他瞥见了她的短裤本应隐藏住的黑色三角形。湿漉漉的。他看见了,他又迫使自己看了一眼。她的盆骨将布撑得透出了皮肤,她腰身曲线深深,她的玉体白皙得令人吃惊。当她伸出手去抓裙子时,她那不经意间抬起的脚露出了粘着土的脚底板。她的脚趾是那么小巧甜美。大腿上也有一颗法寻币大小的痣,而她的小腿上也有略呈紫色的东西——是一个草莓状的红色胎记,一个伤疤。它们不是瑕疵,而是饰品。

　　他们俩自小时候起就认识了,但他从没有注视过她。在剑桥时,有一次她和一位与她同校的戴眼镜的新西兰姑娘到他的住所里来,当时他从唐宁来的一个朋友正好也在场。他们不自然地闲聊了一个小时的笑话,转圈递着香烟。偶然在街上碰面时,他们会相视一笑。当她漫步街头时,她会轻声对她的朋友们说,那是我家清洁女工的儿子。这么做她似乎总觉得很别扭。可他愿意人们知道他并不在乎——有一次他对他的朋友说,那个走过去的姑娘是我妈雇主的女儿。他有自己的一套自我保护的策略和基于科学的阶级理论,他有被逼出来的自信。我就是我。她就像是一个妹妹,几乎隐而不见。那张又长又窄的脸,那小小的嘴巴——假若他曾经稍稍想过她,他可能会说她的相貌有点儿像马匹。可现在他认为那是一种奇特的美——她的脸庞

86

棱角分明,沉静木然,尤其是在她颧骨斜面的附近,她的鼻孔直直地向外展开,樱桃小嘴丰满而有光泽。她有一双沉思的黑眼睛。那是一副雕像般的面容,但她的动作快捷而急躁——如果不是她突然从他的手中一把将那个花瓶夺去,它还是完完整整的一个。她躁动不安,这是显而易见的。她被囚困在家里,感到百无聊赖。很快她就会离家出走的。

他很快就不得不跟她说话。他终于从浴缸中站了起来,浑身打着颤。毫无疑问,他正在发生很大的变化。他光着身子,走过书房,进入卧室。凌乱的床,四处丢弃的乱糟糟的衣服,扔在地板上的一条毛巾,屋里被太阳烘烤后的温暖,使他提不起一丁点儿性趣。他伸展四肢,倒在床上,把脸埋在枕头里,呻吟了起来。她这位他童年时的好友是那么可爱,那么雅致,而现在却变得那么遥不可及。那样脱衣服——是的,她总想惹人怜爱地标新立异,她无不风风火火,大胆无惧,带有一种夸张的、自编自导的性质。现在她会因为后悔而感到痛苦万分,她个可能明白都对他做了些什么。如果她不是因为那个在他手里打碎的花瓶而对他暴跳如雷,一切会好好的,一切都是可以补救的。但他也喜欢她的愤怒。他侧过身去,定住了眼睛,对东西却视而不见。他沉浸于电影般的幻想中:她捶打他的衣服翻领,然后消了气,抽泣着扑进他安全的怀抱里,任凭他狂吻她。她没有原谅他,她只是放弃罢了。在他回到现实之前,这一幻想在他脑海里闪了好几遍:可现实是,她还在生他的气,而且当她得知他将是晚宴的客人之一时,她会更加生气。当初,在外面的时候,在刺眼的强光下,他脑子转得不够快,因而没有拒绝利昂的邀请。他连想都没想,一个"好"字就脱口而出了。现在,他将直面她的恼怒了。想到她是如何在他面前这般若无其事地脱去衣服,好像他是个婴儿似的,他又呻吟了一声,并不在乎被楼下的人听见。当然,他现在很明白了。这个举动是为了羞辱。不可否认的事实摆在那儿。那是羞辱。她就想羞辱他。她不仅仅是可爱。他绝对不能对她低声下气。她是一种力量,她能把他逼得走投无路,甘拜下风。

可是,他翻了个身,仰面朝天——也许他不该认为她要侮辱他。这不是太做作了吗?想必即使是在她生气时,她的用意也一定比这要好。即使是在她生气时,她也想让他看见她到底有多么美,也想使他依恋她。他怎么能相信这样一个出自自己的希望和愿望并为自己利益服务的解释呢?他不得不相信它。他交叉着双腿,两手交叠放在脑后,感觉着皮肤变干时的凉爽。弗洛伊德可能会说什么呢?他会这样说吗?——她在发脾气的背后,隐藏了她无意识地要向他袒露自己的欲望。多么可怜的希望!那是让人失去男子气概的一个判决,而这——他现在正感觉到的这种折磨——是对他打碎她那只可笑花瓶的惩罚。他再也不应该见她了。但今晚他不得不去见她。无论如何,他没有选择的余地——他得去。他去,她会看不起他的。他本应该拒绝利昂的邀请,可当时他一时冲动,脱口就答应了。今晚他将与她同处一室,而他所见过的那玉体、那痣、那白皙的皮肤、那草莓状红色胎记将隐藏在她的衣服里。只有他自个儿知道,当然艾

88

米莉也知道。但只有他才会去想它们。而塞西莉娅既不会和他讲话也不会朝他看。即使那样,也总比躺在这里呻吟强。不,不会的。那会比这更糟糕,但他还是想那样。他必须那样。他想破罐子破摔。

最后他从床上坐了起来,衣服穿了一半,走进他的书房,坐在打字机旁,思考着该给她写封什么样的信。与卧室和浴室一样,这间书房也挤在平房的屋顶下,比连接卧室和浴室的过道大不了多少,仅有六英尺长,五英尺宽。与卧室和浴室一样,这里也有一个用粗糙松木做框的天窗。他的远足装备——靴子、登山杖、皮背包——堆在一个角落里。一张刀痕累累的厨房桌占据了大部分的空间。他向后翘起椅子,仔细打量着书桌,仿佛在综观人生。在桌子的一头,一直堆到斜面天花板上的是近几个月来他为期末考试复习而用的本子和练习册。他不再需要那些笔记本,但它们记载着太多的作业,太多的成功,他还不能忍心把它们扔掉。半搭着它们,摊在桌上的是他远足用的地图,有北威尔士、汉普郡、萨里的地图以及放弃了的计划去伊斯坦布尔远足要用的地图。桌子上还有一枚刻度镜上有裂缝的指南针,他曾靠它不带地图就走到了卢尔沃思湾。

指南针的前方放着奥登的《诗集》和豪斯曼的《什罗普郡的少年》。桌子的另一头放着各种历史书、理论文集和有关风景园林的实用手册。十篇打印好的诗稿躺在《标准》杂志社寄来的退稿通知单下,在通知单上签着艾略特先生本人的缩写签名。离罗比坐的地方最近的位置上放着他新近爱好的书籍。《格雷解剖学》翻开着,旁边放着他自己画图用的对开便笺簿。他为自己布置了描画手骨并把它们一一记牢的任务。此时,他试着过一遍手骨的某些组成部分以转移自己的注意力。他低声说着它们的名称:头状骨、钩骨、三角骨、月骨……迄今为止他画得最好的一张图,是一幅钉在桌子上方橡子上的用墨水和彩色铅笔画的食道和气管剖面图。他所有的铅笔和钢笔都装在一只掉了手柄的白镴大啤酒杯里。打字机是新款的奥林匹亚牌,是杰克·塔利斯在藏书室里举行他二十一岁生日午餐会时送给他的。当时利昂和他父亲都发了言,当然塞西莉娅也到了场。但罗比对他们之间可能交谈过的事儿却一件也想不起来了。多年来,他一直忽略了她,难道她是因为这个才生他的气吗? 又是一个可怜的希望。

桌子的外缘上放着各种各样的照片:在大学草坪上上演《第十二夜》的剧照。他出演了马伏里奥,戴着十字勋章。多么恰如其分啊。还有另外一张集体照。照片上是他本人和他在里尔附近的寄宿学校里教的那三十个法国小孩。一个贝勒时代的生了铜锈的金属相框里放着他父母——欧内斯特和格蕾丝的照片。那是他们结婚三天后拍的。照片中,他们的身后有一辆车的前侧身——那当然不是他们的车。再远一点,是隐现在一堵砖墙后的烘干室。格蕾丝总是说,和她丈夫的家人一起采摘了两个星期的蛇麻,在一辆停在农家场院里的吉卜赛大篷车里过夜——那次蜜月棒极了。罗比的父亲穿了一件无领衬衫。绕在他裤子上的围巾和绳带展现了吉卜赛人的轻松幽默。他的头和脸圆圆的,但这没有带给照片真正的快活效果,因为他在照片中没有开心地咧嘴笑,也没有牵着他年轻新娘子的手,而是双手抱臂。与此形成对照的是,她斜倚着他,把头靠在他的肩膀上,两手笨拙地抓住他衬衣的肘部。格蕾丝性情温和,总是十分乐意配合。在照片中,她负责堆出笑容,她丈夫就无须解颐了。但乐意帮忙和心存友善还是不够的。欧内斯特的思绪似乎已在别处,飘向了七年以后的那个夜晚。那天夜晚,他想放弃他在塔利斯家做花匠的工作,离开那座平房,什么行李也不带,甚至不在厨房桌上留下一张告别便条,就辞别了妻子和他们六岁的儿子,任凭他们在余生追寻他的下落。

在桌上其他地方,散落在修改笔记、成堆的园林书籍和解剖学书籍之间的是各种信件和贺卡:未付的学生膳宿杂费账单、导师和朋友们祝贺他夺魁的贺信。每次重读这些贺信,他都仍能从中得到快乐。还有其他一些来信询问他下一步的打算。最新收到的一封信是杰克·塔利斯'来的,是在白厅部门信纸上用褐色墨水写的。他答应帮助他支付上医学院的费用。还有来自爱丁堡医学院和伦敦医学院的长达二十页的入学申请表,和印得密密麻麻的厚厚的招生手册。这两座学院措辞严谨的行文似乎昭示着一种新的学术上的严谨。然而今天它们昭示的却不是冒险,不是一个崭新的开端,而是放逐。他预见到了远离此地的死气沉沉的倾斜街道,一个墙上贴着印花纸、地上摆着陈旧衣柜、床上铺着簇饰花纹床单的小房间,一批新结交的大都比他年轻的挚友,装着甲醛溶液的大桶,回音缭绕的大教室——这一切都缺少了她的气息。

他从风景画册书堆中抽出了一册凡尔赛风光,那是他从塔利斯家的藏书室里借来的。借书的那天,他头一次注意到了自己在她面前的窘态。单膝跪在前门口脱掉工作鞋时,他意识到了自己袜子的破旧——袜尖和袜跟都有窟窿,而且还臭气熏天。在一阵冲动下,他把袜子也脱了。接着,他发觉自己光着脚悄无声息地跟在她后面穿过大厅走进藏书室,简直像个白痴。当时他脑海里只有一个念头,就是尽快离开那里。他穿过厨房逃了出来,然后只好让丹尼·哈德曼绕到前门去取回了他的袜子和鞋。

塞西莉娅很可能不大会去读这本由一位十八世纪的丹麦人写的关于凡尔赛液压装置的论文集。这个丹麦人用拉丁文赞美了圣母马利亚的超凡才能。凭借着一本字典的帮助,罗比一个上午看了五页,然后就放弃了阅读文字,而是只翻了翻插图。这本书不适合她看,实际上对任何人都不适合,但她从藏书室的台阶上把这本书递给了他,在书的皮封面的某个地方留下了她的指纹。虽然他不想这么做,可还是禁不住把书凑近鼻孔闻了起来。他闻到了尘土味、旧纸张的气味和他手上的香皂气味,但没有她的气味。他什么时候也不知不觉地进入了恋物的高级阶段——崇拜情物的呢?弗洛伊德在《性三论》中对此肯定有高见。另外,济慈、莎士比亚和彼特拉克还有其他人也肯定都发过宏论,而且《玫瑰传奇诗》中也有论及。他花了三年的时间干巴巴地学习症候,它们似乎只是文学老套而已,而现在,孤孤单单的他就像某个戴着轮状皱领、装饰着羽毛的谄媚者来到森林边凝视一个被丢弃的信物。当他在情人的冥落中憔悴时,他却在崇拜她的遗痕——不是一方手帕,而是指纹!

尽管如此,当他将一张纸装入打字机中时,他没有忘了装复写纸。他打好了日期和称呼语,然后开门见山地对他的"笨拙和不体谅的行为"俗套地道了歉。然后他顿了顿。他在想是否应该写些表露心声的话;如果要写,写到什么程度呢?

"如果这是一个借口,我最近才注意到在你面前我表现得相当愚蠢。我是说,我以前从没有光着脚走进过人家的屋里。这一定是因为太热的缘故!"

这自我保护用的调侃显得多么苍白无力啊!他就像一名肺结核晚期患者却装作得了感冒一样。他敲了两次回车又写道:"我知道这几乎不能成为借口,但最近在你身边时,我似乎表现得非常愚蠢。光着脚走进你家,我这是在干吗呢? 再说了,我以前掰掉过古董花瓶口吗?"他的手停在键盘上,这时他又想重复打一遍她的名字。"西,我认为我不能责怪天气热!"这下滑稽让位给了通俗闹剧或痛苦了。反问句中有一丝不安的味道;感叹号是那些大叫大嚷、想让人们听得更清楚的人的首选方法。他只是在给他母亲的信中才用这个标点符号,一行五个连续的感叹号标志着一个欢乐的绝妙笑话。他转动滚筒,然后打了一个"x"。"塞西莉娅,我认为我不能怪天气太热。"现在幽默感消失了,一丝自我怜悯油然而生。那个感叹号本应该再用一次的。很明显,音量不是它惟一的作用。

93

他又花了十五分钟修改草稿,然后装上了几张新纸把修订稿打印了出来。信上关键的几行现在变成:"你认为我疯了——光着脚晃进你家,或弄破你的古董花瓶——我不会怪你的。其实,西,在你面前我觉得非常愚蠢。我认为我不能怪天气太热!你会原谅我吗?罗比。"接着,在片刻的幻想之后,罗比向后翘着椅子,想着这些天来他的《解剖学》常常翻开的那一页。他向前坐平,一阵冲动中,在纸上打下了"在梦中我亲吻你的阴户,你那甜美湿润的阴户。在我的脑海中,我整天与你做爱"。

完了,完了——这草稿作废了。他把稿子从打字机里拽出来,把它放在一边,开始用草书写信。他确信亲笔信颇合这种时宜。他看了看手表,想起在出发前应把皮鞋擦亮。他从书桌旁小心地站起身来,以免头撞到椽子上。

他对社交得心应手——在许多人眼里,这样是不正确的。有一次,在剑桥大学就餐时,在餐桌旁一阵突如其来的安静中,某个讨厌罗比的人大声地问起他父母。罗比看着那人的眼睛,欣然回答说,他父亲很久前就离家出走了,母亲是个女佣,时不时靠给人算命来贴补收入。他当时语调随和,对提问者的无知粗鲁表现出了宽容。罗比详细讲述了他的生平,讲完后又彬彬有礼地询问了对方父母的情况。有人说是天真或对世界的无知保护了罗比免受了它的伤害,还说他是一个圣明的傻瓜,能健步穿过烫煤般灼热的客厅而不受伤。就塞西莉娅所知,事实比这更简单。在孩提时代,他自由自在地穿梭于平房和主楼之间。

杰克·塔利斯是他的资助人,利昂和塞西莉娅是他的好朋友,至少在去文法学校前是如此。在大学里,罗比发现他比自己所认识的许多人都聪明,他的思想得到了彻底的解放。即使是他的自大也无需卖弄。

格蕾丝·特纳很乐意为他洗衣服,否则当她的独生子到了二十三岁,除了给他做热饭热菜外,她该如何来展示母爱呢?但罗比喜欢自己动手擦鞋。他上身穿着一件白色汗衫,下面系着西裤,脚上套着长袜,手拿一双粗革黑皮鞋,踏着短直的台阶从楼梯上走了下来。在起居室的门边有一小段狭窄的走道,尽头是正门入口处的毛玻璃门。透过毛玻璃门,一片橘红色的漫射光在米色和橄榄色的墙纸上投上了火红色的蜂窝图案。他对这种变化感到吃惊,愣了一下,一只手放在门把上,然后开门走了进去。房间里的空气温暖而潮湿,略带咸味。一次会议一定刚刚结束。他母亲躺在沙发里,跷着脚,脚尖上悬荡着毛布软拖鞋。

她说:"莫莉来过了。我很高兴地告诉你,她会好起来的。"她挺起身子以便谈话。

罗比从厨房里拿来了鞋油盒,在离他母亲最近的一张扶手椅子上坐了下来,在地毯上铺了一张三天前的《每日画报》。

"你做得好,"他说,"我听到你谈到了点子上,然后我上楼洗澡去了。"

他知道自己应该赶快离开,应该擦亮皮鞋,但他没有那么做,而是坐在椅子里向后靠着,伸展四肢伸了个懒腰,还打了个哈欠。

"去它的吧!我在拿自己的青春做什么呢?"

他的语调里诙谐的成分要比苦恼多。他抱起胳膊,凝视着天花板,同时用一只脚的大脚趾按摩另一只脚的脚背。

他母亲凝视着他头顶上方的空间,说道:"说吧。遇到了什么事了? 你怎么了? 不要告诉我说'没事'。"

格蕾丝·特纳在欧内斯特离家出走后一个礼拜就到塔利斯家当起了清洁工。杰克·塔利斯不忍心拒绝一位少妇和她的孩子。在村子里,他找到了一个不需要契约屋的替换花匠兼杂务工。那时大家猜测格蕾丝在平房里住上一两年后就会搬走或再嫁到别处去。她的温厚和擦亮东西的本领——她在东西表面上花的诸多功夫,成了塔利斯家的笑料——赢得大家的欢心,但正是六岁的塞西莉娅和她八岁的哥哥利昂对她的敬爱才拯救了她,并造就了罗比。在学校放假期间,格蕾丝被允许带着她六岁的儿子一起来上班。罗比在庭院以及婴儿室和宅屋中其他允许孩子们去的地方长大。利昂是与他一起爬树的玩伴,而塞西莉娅是信任地牵着他的手的小妹妹,这使他感到自己充满智慧。几年后,当罗比获得了当地文法学校的奖学金时,杰克·塔利斯便开始了对他学业的持续赞助。他为罗比支付了校服和教科书的费用。这一年,布里奥妮出生了。难产使得艾米莉此后长期生病卧床。格蕾丝帮了塔利斯家的大忙,因而巩固了她自己的地位:1922 年那一年的圣诞节——利昂戴着大礼帽,穿着马裤,冒雪把一封他父亲写的绿信封的信送到了平房。律师在信中通知她,不论她在塔利斯家中地位如何,平房的所有权现在属于她了。可是即便孩子们长大了,她还是照旧去做家务,肩负起擦亮器物的特殊责任。

她认为欧内斯特冒用了别的名字，报名参军去了前线，再也没有回来。否则他对于自己的孩子不闻不问就太不人道了。在她每天从平房走到大房子去的路上，在属于她的那几分钟里，她常常思考人生中的那些没有酿成恶果的变故。她总是有点害怕欧内斯特。如果他们住一起，也许就不会像她一个人和她的天才宠儿住在属于她的小屋里那么快乐了。假使塔利斯先生是另一种人……有些对未来略抱憧憬的妇女被丈夫遗弃了，更多的则是丈夫在前线阵亡了。她们过着困苦的生活，而这差一点就成了她的命运。

"没啥。"他回答道，"我根本没碰到什么事儿。"他拿起一把刷子和一支黑鞋油，说道："那么莫莉的前途一片光明了。"

"她打算在五年内再婚。她会很幸福的。从北方来的某个人符合条件。"

"她应该得到幸福。"

他们舒适安静地坐着。她看着他用一把黄刷子把他那双粗革皮鞋擦亮。他英俊的脸颊上，肌肉随着擦鞋的动作而颤动，前臂的肌肉也在皮肤下以复杂的方式呈扇形展开，并改变着位置。欧内斯特必定是有某种优点才和她生了这样一个男孩。

"那么你要出去?"

"我要下班时遇到了刚到的利昂。他带着他的朋友，你可知道，就是那个巧克力巨头。他们非要我和他们一起去参加今晚的晚宴。"

"哦,我整个下午都在擦洗银器和收拾他的房间。"

他拿起鞋,站了起来。"当我看勺子里我的映像时,我将只会看到你。"

"快点吧,你的衬衫挂在厨房里。"

他收拾好擦鞋工具箱,把它拿了出去,又从晒衣架上的三件衬衫中选了一件米色亚麻的。他走了回来,穿过房间正要出去,但他母亲还想多留他一会儿。

"另外,还有那些昆西家的孩子。那男孩尿床,东西都被弄湿了。可怜的小羊羔。"

他在门口站住,耸了耸肩。他刚才朝里望了望,看到他们在临近中午的酷热中又叫又笑地围在游泳池旁。要不是他在那里走过,他们会把他的手推车推进深水池里。丹尼·哈德曼当时也在那儿,斜眼瞟着他们的姐姐。他本应该在干活的。

"他们会安然无恙的。"他说道。

因为急着出去,他三阶并作一步地跳上楼梯。回到他的卧室后,他匆匆地穿戴完毕,一边吹着不成调的口哨,一边弯腰在他衣柜里的镜子前梳理头发并上油。他根本没有音乐细胞,无法区别高低音调。现在他只想着晚上。他感到既万分激动,又莫名其妙地自由自在。情况总不会变得比既成事实更糟糕了吧。他对自己的高效深感满意,仿佛就像是在为一次危险的旅程或是军事行动做准备。他有条不紊地做完了熟悉的杂务——摸出钥匙,在他的钱包里找到一张十先令的钞票,刷了牙齿,在围成杯状的手里闻了闻自己哈的气,从桌子上抓起写好的信,把

98

它叠好放入信封,在烟盒里装上香烟并试了试打火机。末了,他在镜子前振作起精神,照了照牙龈,然后侧过身,扭头看了看镜子里自己的侧面像。最后,他轻轻拍了拍口袋,再三阶并作一步地下了楼梯,对母亲说了声再见,就踏上了那条两边是花圃、通向尖桩篱栅大门的狭窄的砖铺小路。

后来的几年里,他会时常想起这一段时光:他沿着穿越橡树林一角的捷径小路漫步行走。小路在和主干道汇合后,拐向湖泊和大宅子。虽然他还有时间,但他发觉无法让自己放慢脚步。许多直接的和其他一些不那么直接的快乐在这充裕的几分钟里交织在了一起:红彤彤的薄暮正在消退,暖融融、静谧的空气充满了干草香气和被太阳烤过的土的芬芳,他的四肢在花园里劳作了一整天后得到了松弛,他的皮肤洗了澡后光滑无比,他摸了摸衬衣和他惟一的西装。他期待着见到她,又害怕见到她,这也是一种感官享受,这愉悦的外面就像被拥抱一样包了一层兴高采烈——这也许会伤害到他,这非常不方便,这也许不会给他带来好处,但他为自己找到了恋爱的真谛,这使他激动不已。其他种种事件也增加了他的快乐;他还沉浸在被告知他第一次获得年级第一给他带来的喜悦中。况且现在杰克·塔利斯也确认了会继续给他资助。他突然明白,在他前头等待他的是崭新的探险,而根本不是放逐。他应该学医,这错不了,而且好得很。他无法解释自己的乐观——因为他快乐,所以他必定会成功。

他的所有感觉可以用一个词来归纳,那就是——自由自在,这也解释了他为何后来总想起这一时刻。他的人生,他的四肢都是自由奔放的。很久以前，在他还没听说过文法学校这个字眼以前，他就参加了一场考试，使他得以跨入了文法学校的大门。虽说他非常喜欢剑桥大学，但这所名校是他就读中学的那位雄心勃勃的校长替他选的。甚至连他所修的科目也是由一位魅力十足的老师为他挑的。现在他终于按照自己的意愿开始了成人生活。他在编织一个故事，在故事中他是主角，而故事一开头就已经令他的朋友们刮目相看了。从事园林工作不过是波希米亚式的幻想，只是小小雄心而已——在弗洛伊德的帮助下，他曾对此作过如此分析——来代替或超越他离别的父亲。做个中小学教师——十五年后，罗比·特纳先生，剑桥大学文学硕士，英语教研室主任——也不是故事中的内容，在大学里教书也不是。回顾过去，尽管他拿了第一，学习英国文学似乎是一场引人入胜的室内游戏，而读书论道仿佛是文明生活可取的附庸。但无论利维斯博士在讲堂上说了什么，这都不是核心所在，也不是通往神职的必要途径，也不是好奇的头脑最重要的追求，也不是首次或最后一次抵御野蛮的游牧部落，更不是研习绘画或音乐、历史或科学。罗比在毕业学年里，在各种不同的课上，分别听到一位心理分析学家、一位共产党工会官员和一位物理学家像利维斯那样充满激情地、令人信服地为他们自己的领域摇旗呐喊。也许有人也这样宣扬医学，但对罗比来说，选择医学的理由更简单、更个人化：他天性爱实践，他献身科学的抱负曾受挫折，这一切要得到宣泄，他要获得比在实践批评中所获得的技艺精巧得多的技艺。最重要的是，他可以自己做决定了。他会在一个陌生的城镇里住下来,然后开始新的生活。

他已走出了树林,来到小路和大路的交叉处。渐渐变暗的天色加重了花园四周的空廓朦胧。湖对岸,从窗户里透出的柔和的黄色灯光使得大宅子几乎显得宏伟而美丽。她就在里面,也许在她的卧室里,在为晚宴做准备——从这里,在房子的背面二楼看不到她。他面向喷泉。他抛开了这些关于她的生动的阳光般的遐想,因为他不想在到达时感觉精神错乱。他的硬鞋底在坚硬的路面上叩击出大钟一般洪亮的声音,这使他想到了时间,想到了他庞大的积蓄,想到了一笔没有花掉的奢华财富。他以前从来没有如此强烈地意识到自己的年轻,也没有感到过这般的好胃口,他如此急不可耐地期待着故事的开始。剑桥大学不乏思维敏捷的老师,他们比他大了二十岁,但他们也玩高雅体面的网球,也挥桨划船。在他的故事里,要大致达到这种物质上的富裕状态至少需要二十年——几乎和他已经活过的年数一样久长。二十年的时间将把他带入未来的 1955 年。到那时,他会知道自己有多大出息吗? 如今看来一片模糊。到那时他能以更深思熟虑的节奏再活三十年吗?

他设想了 1962 年时五十岁的自己。到那时,他就老了,但还没有老到没有用处;到那时,作为一名饱经风霜、博学多识的医生,他会有不为人知的故事,会经历过许多悲欢离合。他还会有数以千计的书籍,因为他会有一个巨大阴暗的书房,那是一个宝库,储藏着他一生周游世界的纪念品和思想心得——罕见的热带雨林中的药草、毒箭、失败的电器发明、皂石小雕像、收缩了

101

的头骨和土著艺术。在书架上,自然有医学参考书和冥想录,还有其他各种各样的书籍——十八世纪的诗集(这一诗集差一点使他认为自己应该去当一名庭园设计师)、第三版的简·奥斯丁、艾略特、劳伦斯、威尔弗雷德·欧文、康拉德全集、克拉布稀世之珍的1783年版《村庄》、豪斯曼、奥顿的亲笔签名本《死亡之舞》——这些书如今全堆压在平房阁楼中的小搁架上。当然,有一点是明确的:阅读文学书籍能使他成为一名更好的医生。通过深入阅读,他能够提高感受力,能够了解人类的苦难,能够洞察为何自我毁灭的蠢举或纯粹的厄运导致人们生病!生生死死,生死间人类是多么的虚懦! 人生的沉浮——这是为医之本,也是为文之道。他想到了十九世纪小说。宽大的胸怀和广博的视野,不事声张的热心肠和冷静的判断力;他这样的医生会看清命运怪异离奇的把戏,会意识到对不可避免之事的徒劳而滑稽的否认;他会触摸病人衰弱的脉搏,听到他们临终前的喘息,感觉发烧的手开始变凉,并且以文学和宗教的说教方式反思人类的弱小和高贵⋯⋯

伴着他思绪的欢跃节奏,他在宁静的仲夏夜里加快了步伐。他前面大约一百码远的地方就是那座桥。他以为一个白影站在那桥上,与漆黑的路形成了鲜明的反差。最初,这个白影看上去像是桥的灰白色石头栏杆的一部分。他直直地盯着看,才认出了它的轮廓,相隔几步远时才看清这是个模糊的人影。在这个距离上,他看不出那人是面对他还是背对他。那人一动不动,他猜想那人正在看着他。一两秒钟时间里,他突发奇想,认为那是个鬼,可是他并不迷信,他甚至不相信凌驾于村庄里的诺曼教堂之上的至高无上的慈善神灵。现在他终于认出那人是个孩子。她必定是布里奥妮,白天早些时候他就看见她一袭素装。现在他能清楚地看见她了。他向她挥了挥手,喊了她的名字,然后说:"是我,罗比。"但她还是一动不动。

他朝她走过去时突然想到,也许在他进屋以前由她先把信送进去会更好。否则他就得在众人面前把信交给塞西莉娅,这会被她的母亲看见。自从他毕业以来,她母亲就一直对他很冷淡。要不然他也许根本就无法把信交给塞西莉娅了,因为她会极力避着他。如果由布里奥妮把信交给她,她就会有时间看信,并且私下里细细思量。早几分钟把信交给她也许就会使她的心软下来。

"不知你愿不愿意帮我个忙,"他边走近她边说。

她点了点头,等他的下文。

"你能先跑去把这个便条交给西吗?"

他说着就把信封放到她的手里。她一言不发地接过信封。

"我过几分钟后再进屋,"他说道,但她已经转过身跑过桥去了。他背靠着桥的扶手,掏出一支香烟,看着她蹦跳着的身影渐渐远去,消失在暮色里。这个年龄的姑娘还不成熟,他满意地想着。十二岁,或许是十三岁? 有一两秒钟他看不见她的身影,然后瞥见她穿过小岛,在颜色更深的树林的映照下显得分外醒目。然后她又消失在他的视野外了。正当她再一次在第二座桥的那一头出现,并且从车道上下去,抄小路穿过草地时,罗比突然站直了身子。一阵恐惧猛地袭上心头。他不由自主地无言地喊叫。他沿着车道慌乱地跑了几步,踉跄了一下,又继续跑,然后又停了下来。他知道去追她毫无意义。当他把手围成喇叭状,放在口边大喊布里奥妮的名字时,他已经看不到她了。这样做也毫无意义。他站在那儿,瞪大双眼看她——就好像那样能有所帮助似的——同时他也在脑海里尽力地回想。他多么希望自己记错了。但他没有记错。他手写的信放在了那本翻开的《格雷解剖学》"内脏学阴道"那一章,第 1546 页。他拿起来折好放到信封里去的是用打字机打的、放在打字机旁的那一页。不再需要弗洛伊德的自作聪明——这个解释是简单而机械的——这封无伤大雅的信就横放在第 1236 号画着清晰伸展而放荡的阴毛冠图例上,而他那下流的草稿则放在桌子上,伸手可取。他又大喊了一次布里奥妮的名字,尽管他知道她现在一定已经到了正门口。一点没错,几秒钟之后,远处一个斜方形的赭色亮光变宽,映出了她的轮廓,停顿了一下,然后变窄消失——她进了房子,关上了身后的房门。

第九章

　　半个小时里塞西莉娅两次从她的卧室里走出来,在楼梯顶上的镀金边框的镜子里端详自己,感到并不满意,就立即折回她的衣柜重新选衣服。她挑的第一件衣服是一件黑色中国绉纱连衣裙，从梳妆台的镜子里看，这件连衣裙因为剪裁出色显得样式端庄。塞西莉娅的深色眼睛更突出了它无懈可击的风格。为了不抵消这种效果，她没有选珍珠项链，而是灵机一动，拿了一串纯黑玉的项链。她上的第一遍口红就形成了完美的唇线。她向各个角度歪斜脑袋，看清了脸部三联的透视图，从而确信她的脸不是太长，或者说在今晚不是太长。此时她本该替她母亲在厨房里忙碌着，而且她也知道利昂正在客厅里等她。可是尽管如此，她还是在要离开卧室时抓紧时间回到梳妆台前，在肘部点了几滴香水，随后关上了身后的卧室门。她真是率性而为啊。

但当她匆匆忙忙地走向楼梯处的镜子时，镜子里映出了一位去参加葬礼的妇女，那是一个外表严厉、毫无欢乐的妇女。她那黑色硬挺的服装与某种住在火柴盒里的昆虫有相似之处。像一只鹿角锹甲！这是将来八十五岁时她穿着寡妇丧服的形象。她一刻都没逗留——以同样是黑色的鞋跟为轴，向后转，回到了她的房间里。

她满腹狐疑，因为她知道思维所耍的把戏。同时，她惦记着——从各种意义上讲——自己将会在哪里度过这个夜晚，并且她必须放松自己。她从落在地上的黑色绉纱连衣裙中跨了出来，穿着鞋和内衣在衣柜的架子上审视合意的衣服。她知道时间在一分一秒地流逝。一想到会以一副严厉的外表示人，她就痛恨不已。她希望感到一身轻松，而同时显得独立自主。最重要的是，她希望自己看上去没有刻意打扮过，而这就要花时间了。在楼下的厨房里不耐烦的情绪会上涨,而她计划与她哥哥单独在一起的几分钟也快要过去。很快她母亲会露面想和她讨论餐桌的摆置,保罗·马歇尔也会从他的房间里下来,需要有人陪他,然后,罗比也会登门。她如何能直截了当地思考呢?

她用一只手翻着衣柜架子上几英尺宽的衣服,它们是她的个人历史,它们体现了她在不同时期对于穿着的喜好。这里有她青少年时期不受传统约束的服装,可如今它们看起来是那么滑稽、柔软、中性。尽管一件衣服上有酒渍,另一件上有一个她抽第一根香烟时烧出来的窟窿,可她仍无法下决心把它们清理掉。这是第一件略带垫肩的衣服,后来穿的其他衣服都带了垫肩。健朗的女性们摆脱了男孩气的阶段,重新发现了女子所独有的丰腴曲线,带着独立精神放下了裙子的底边,而不顾及男人们的希望。她最新的也是最好的一件衣服是为了庆祝期末考试结束而买的,当时她并不知道还有苦难的第三学年。这是一件墨绿沿斜纹裁开的紧身露背晚礼服。第一次穿就在家里有些太考究了。她继续向后摸,掏出一件上身收紧、带有褶边、下摆呈扇形的波纹丝绸连衣裙——这倒是一个稳妥的选择,因为衣服的粉红色柔和而平淡,非常适合在晚上穿。从镜子里的三幅视图看也显得合适。她换了鞋,把黑玉项链换成了珍珠项链,补了妆,重新梳理了头发,在颈部上了点儿香水——现在她的脖子更袒露了——接着她重又回到走廊里,整个过程不到十五分钟。

这天早些时候,她曾看见老哈德曼提了个柳条篮子在房子里转悠,更换着电灯泡。也许现在楼梯顶上的灯光更刺眼了,因为以前她照楼梯处的镜子并不这么费劲。即使距离楼梯口还有四十英尺,她也已发现自己在镜子里的形象使她无法下楼见人;粉红色显得那么苍白,腰线的位置太高,连衣裙的下摆向外展开,就像八龄童参加宴会时穿的外衣。如果再加上兔形纽扣就完全是儿童服装了。她走近时,那面旧镜子表面上一块变形的区域缩短了她的映像。于是她见到了自己十五年前的形象。她停住脚步,尝试性地把手举到头的一侧,把头发扎成两束。这同一面镜子过去一定有许多次目睹她这样下楼又去参加某个朋友的下午生日聚会。这身打扮不会使她觉得自己走下楼去会看起来像,或者觉得自己看起来像影星雪莉·坦普尔。

她抱着无奈而不是愤怒或恐慌的心情回到了她的房间。她的思绪一点也不混乱:这些过于生动的、不值得信赖的印象,她的自我怀疑,这些把它们自己包在了熟悉的事物外面、强迫人去接受的清晰的视觉图像和引起不可言状的恐惧的种种差异,也只不过是她这一整天来的所见所感的延续和变体而已。她可以感觉到,但她不愿意去思考。另外,她知道她必须做什么,而且她从一开始就知道了。她只有一套真正喜欢的服装,那才是她应该穿的。她任凭粉红色的连衣裙掉在了黑色的连衣裙上,然后轻蔑地跨过衣堆,去拿那件她期末考试结束后买的墨绿色露背礼服。穿上礼服,她通过丝衬裙感受到了来自斜纹剪裁的礼服有力的爱抚,礼服整齐的裁剪无可挑剔,光滑而且可靠;在落地镜里照出来,她简直就是一条出水的美人鱼。她没动那串珍珠项链,重新换上黑色的高跟鞋,再一次整理了头发并补了妆,然后又一次洒了香水。接着,在她打开门时,她发出了一声惊恐的尖叫。离她几英寸远处是一张脸和举着的一只拳头。她的第一反应是看见了一幅令人眩晕、夸张的毕加索式透视画,画中的眼泪、浮肿的眼睛、湿润的嘴唇和挂着鼻涕的鼻子在深红色的泪汪汪的悲伤中混成一体。她回过神儿来,把双手放在瘦削的肩膀上,然后慢慢转动全身以便能看到左耳。他是杰克逊,正准备敲她房间的门。他的另一只手里拿着一只灰色的袜子。当她后退时,她注意到他穿着熨烫过的灰色短裤和白色衬衣,但却光裸着双脚。

"小家伙! 怎么了?"

因为他暂时不相信自己能把事情说清楚。所以,他举起了他的那只袜子,向走廊方向做了个手势。塞西莉娅探出头去,看到皮埃罗在后面也光着脚,正拿着一只袜子张望着。

"怎么,你们每个人都拿了一只袜子。"

小男孩点了点头,咽了咽口水,开口道:"贝蒂小姐说,如果我们现在不下楼去喝茶就会吃巴掌的,可是我们只有一双袜子呀。"

"所以你们就争夺袜子了。"

杰克逊重重地摇了摇头。

当她和男孩子们沿着走廊到他们的房间里去时,他们俩先后把手伸给她牵,她吃惊地发现自己是如此的高兴。她禁不住想起自己的衣服。

"你们没让你们的姐姐帮忙吗?"

"目前她不和我们讲话。"

"为什么呢?"

"她恨我们。"

他们的房间里一团糟,令人怜悯:衣服,湿毛巾,橘子皮,撕破了的小人书围在一张纸周围,四脚朝天的椅子上半盖着扭转的毯子和垫子。在床之间的地毯上有一大块湿迹,湿迹中间放着一块肥皂和一团团弄湿了的手纸。一幅窗帘斜挂在窗帘盒下,尽管窗户开着,可是室内的空气潮湿,好像放出过好多次蒸汽似的。衣柜的所有抽屉都开着,里面空荡荡的。这番景象给人的印象仿佛是关在私室中的厌倦间或被孩子们的你争我夺、你追我赶所打断——他们在床之间跳来跳去,搭建营地,设计了一半的棋盘,然后便半途而废。塔利斯家没有人在照看昆西家的双胞胎。为了掩饰她的歉疚感,塞西莉娅说道:"房间这副样子,我们什么都找不到的。"

她开始收拾房间,重新铺了床,踢掉高跟鞋,站到椅子上去弄窗帘,并向两个双胞胎小兄弟布置了一些力所能及的小任务。两兄弟顺从地接受了任务,但他俩在干活时弓着背,默不作声,仿佛这是对他们的惩罚,而不是解救,是对他们的叱责,而不是友善。这是与塞西莉娅的初衷相悖的。他们为自己的房间感到害臊。塞西莉娅穿着紧身的墨绿色礼服站在椅子上,看着他们机灵的姜黄色脑袋在干活时频频摇摆,不时低垂,一个单纯的想法突然在她头脑中闪现:他们没人关爱,要在一座陌生的房子里赤手空拳地建立起自己的天地是一件多么无望和恐怖的事

109

情啊。

由于膝盖不能弯得太厉害,她艰难地从椅子上下来,然后坐在床沿上,用手轻轻拍了拍她两边的位置,示意两兄弟坐下。但是,他俩依然站立着,用期待的眼神望着她。她用以前她曾经羡慕过的一位幼儿园老师那种轻柔的歌唱般的声调说道:

"袜子丢失了,我们不必哭,是不是?"

皮埃罗说:"说实在的,我们想回家去。"

她恢复了大人谈话时的声调。"目前那是不可能的。你们的妈妈在法国和……在度短假,而你们的爸爸正在大学里忙碌。所以你们必须得在这儿待上一阵子。你们被冷落了,我很难过。不过你们刚才在游泳池里还是玩得很愉快……"

杰克逊说:"我们想演戏,可是布里奥妮一走了之,直到现在都没回来呢。"

"你肯定吗?"又有一个需要操心的孩子。布里奥妮早就该回来了。这倒使她想起了正在楼下等着的人们:她的母亲、厨师、利昂、客人和罗比。甚至于透过她背后敞开的窗户进到屋子里来的晚上的热空气都把责任加到了她身上;这是那种人们期待了一整年的仲夏之夜,而现在它终于夹着浓郁的芬芳,承载着快乐到来了,可她却因为被许多烦人事以及小小的忧伤分了心而没能理会。然而,她必须有所回应。无动于衷是不对的。到外面的阳台上与利昂共饮杜松子酒和汽水,那简直是妙不可言。埃尔米奥娜姨妈跟某个每周在广播电台里播送炉边布道的讨厌的家伙私奔根本就不是她塞西莉娅的错。太悲惨了。塞西莉娅

110

站起身来拍了拍手。

"是啊,没能演戏真是太糟糕了,但我们没办法呀。还是让我们去找几双袜子吧,然后下楼去。"

经过一番寻找,他们发现他们穿到这里的袜子已经拿去洗了,埃尔米奥娜姨妈在消魂的澎湃激情中忘记了给她的儿子们再带一双备用的袜子。塞西莉娅去了布里奥妮的卧室,在她的橱柜里翻箱倒柜地寻找最不像女孩穿的袜子——白色的,到脚踝长短的袜子,袜顶附近绣有红色和绿色的草莓图案。她以为两兄弟会争着穿那双灰色的袜子,但事实恰恰相反。为了避免进一步的争吵,她只得再次回到布里奥妮的房间去再拿一双袜子。这次她在屋子里停了一会,透过窗户凝视外面的黄昏。她的妹妹到哪儿去了呢? 她像往常一样想着,难道她掉进湖里淹死了? 被吉卜赛人掠走了? 被路过的汽车撞了? 她这样想是一个排除最坏情况的有效方法,它依据的是一条明智的原则,即事情从不像人们所想象的那样。

回到男孩子们那里后,她用一把在花瓶里沾过了水的梳子给杰克逊梳理了头发,用食指和拇指紧捏住他的下巴,沿着头皮弯曲向下,给他梳了个漂亮的直分头。皮埃罗耐心地等着她为他梳头,梳完后他们俩一言不发地一起跑下楼去见贝蒂了。

塞西莉娅也跟在孩子们后面慢慢地下了楼,经过楼梯上那面挑剔的镜子时,她朝它瞥了一眼,对她看到的映像十分满意。或者应该说,她对此不再那么关心,因为自从她与双胞胎俩兄弟在一起以来,她的情绪已经发生了变化,而且她的思路也已经打开,一个模模糊糊、没有具体内容也没有具体实施计划的决定已在她的头脑里形成;她必须尽快脱身。这个想法使人镇静,令人高兴,并饱含着希望。在一楼楼梯的转角平台上,她停住了脚步。楼下,她的母亲因为自己没有和家人在一起而产生了负疚感,她会把自己的担忧和困惑扩散给她周围的所有人。另外,布里奥妮失踪的消息——假如果真如此的话——也必须补充进去。她出现以前,人们会花时间寻找她,并为她担心。部里会打来电话,说塔利斯先生得待在城里加夜班,晚上不回来了。利昂——他有逃避责任的天赋——不会在晚宴上替他父亲承担职责。名义上,这责任会转而落到塔利斯太太身上,但最终晚宴要取得成功还得靠她塞西莉娅的关照。这一切都是明摆着的,无可辩驳。她不会沉溺于这个迷人的仲夏之夜,她不会久久地与利昂待在一起,她也不会在午夜的星光下赤脚穿过草坪。她用手触摸染成黑色、上了清漆的松木楼梯扶手,它似乎是仿新哥特式的,看上去牢固结实。在她的头顶上是一盏由三根锁链吊着的巨大铸铁枝形吊灯。她从未见到这只吊灯点亮过。照明靠的是两盏流苏状的墙灯,它们由四分之一圈的仿羊皮纸罩着。借着浓雾般的黄色灯光,她静静地走过楼梯平台,朝她母亲的房间望去。半开着的门和照亮了走廊上地毯的灯光使塞西莉娅确信艾米莉·塔利斯已经从她的沙发床上起来了。塞西莉娅回到楼梯上,她再一次犹豫了。她不愿意下楼,但是她没有别的选择。

在安排上没有什么新的变动,她并没有感到苦恼。两年前,她的父亲为内务部准备神秘的咨询文件而忙得终日不见踪影。

112

她母亲一直是病恹恹的,所以布里奥妮过去总是要由她姐姐来照顾,而利昂总是四处闲荡,而塞西莉娅过去一直因此喜欢他。她以前没有想到各人回到自己原来的位置上会这般容易。剑桥大学从本质上改变了她,她认为自己已经有免疫力了。可是家里没有人注意到她的变化,而她也不能抗拒家人对她习惯性的期望。她不埋怨任何人,但整个夏天她都在屋子里闲逛,因为她被一个模糊的想法所激励,那就是她正在重建与家人的重要纽带。但是现在她意识到她与家人的关系从来就没中断过,况且她的父母由于不同的特殊情况而无法尽其义务,布里奥妮沉溺于她的幻想中,利昂则在城里。现在是该她行动了。她需要冒一次险。她的姨父和姨妈邀请她陪同他们去纽约。埃尔米奥娜姨妈在法国。她可以去伦敦找份工作——这正是她父亲所期望的。她感到激动而不是不安,她不会让这个夜晚挫败她。像这样的夜晚还会再有的,而为了享受这样的夜晚,她必须身在异乡。

受到这个新想法的鼓舞——选择了合适的衣服显然起了帮助——她穿过走廊,推开盖着厚毛呢的门,沿着铺着花格地砖的走廊大步走向厨房。她走进一团烟雾中,这里一张张脱离了肉体的脸悬在不同的高度上,就像艺术家的素描簿上画的习作,而且所有的眼睛都看着餐桌上的东西,贝蒂宽大的后背使塞西莉娅不太看得清桌上的东西。双灶火炉里燃烧的煤发出模糊的红光,这时随着"砰"的一声巨响和一声愤怒的吼叫,火炉的炉门被踢上了。从一只没人在照看的滚水桶里升起了浓浓的水蒸气。厨师的帮手多尔是一个从乡下来的纤瘦姑娘,她盘着未加修饰的圆髻,正在水槽边怒气冲冲地冲洗炖锅的盖子,发出哗啦哗啦的声响。但这时她也半转过身来看贝蒂往桌子上放了什么。这些脸中,一张是艾米莉·塔利斯的,一张是丹尼·哈德曼的,还有一张是哈德曼的父亲的。杰克逊和皮埃罗的脸比其他人的都高,也许是因为他俩站在了凳子上,他们的面色庄重严肃。塞西莉娅感到丹尼·哈德曼在盯着她看,于是她狠狠地回敬了哈德曼一眼。见到他转过脸去,她很高兴。人们在厨房里的热气中干了又长又累一整天的活。四处可见废弃物:烤肉的油脂溅在石板地面上,被踩成了一片片,使地板很滑;湿透了的茶巾像教堂里一面面正在腐坏的团旗垂在炉子上,它们是对被遗忘了的英雄壮举的见证。从篮子里满出来的蔬菜下脚料轻轻碰到了塞西莉娅的小腿,贝蒂要把这些下脚料带回家去喂养她的格洛斯特老斑头鸽子。这些要留到十二月再享用的鸽子正在长肥呢。厨娘扭头瞟了一眼,看清了新来的人。在她转过脸去以前,塞西莉娅有时间看到了被她肥胖的脸颊挤成了胶冻状的两条缝的眼睛里的愤怒。

"把它拿下来!"厨娘大叫道。毫无疑问,她的火是冲着塔利斯夫人发的。多尔从水槽边飞奔到炉边,打了下滑,差一点摔倒。她拿起两块抹布把大锅从灶上移开。视线渐渐变得清楚了些,依稀能看到波莉,她就是那个人人都说很单纯,每当有聚会就干活干到很晚的女仆。她那双大大的充满信任的眼睛也盯着餐桌看。塞西莉娅从背后绕过贝蒂,看到了其他人都能看到的

114

东西——一只从烤炉里拿出来不久的熏黑了的巨大托盘,上面盛着许多烤土豆,还在发着轻微的咝咝声。托盘里也许总共有一百个土豆,带着淡金黄色,参差不齐地排成行。贝蒂用一把金属刮铲在里面挖呀,刮呀,翻呀。土豆内包着一个更黏稠的泛着黄光的物体,在棕色的光彩中这里或那里隐约地闪现出刮铲的边和绕着裂开的土豆皮偶尔绽放出的细丝花边。土豆烤得很完美,或者说将会很完美。

翻弄完了最后一行土豆,贝蒂说:"夫人,您想用这些做土豆沙拉?"

"是的。把烤糊的地方切掉,抹净油脂放到那个托斯卡纳式的大碗里,好好地在橄榄油里浸泡一阵子,然后再……"艾米莉冲着放在食品贮藏室门边的水果打着含糊的手势,那里可能有一只柠檬,也可能没有。

贝蒂对着天花板说:"你们想要球芽甘蓝沙拉吗?"

"是的,贝蒂。"

"花椰菜脆皮沙拉?辣根沙司沙拉?"

"你在小题大做。"

"面包黄油布丁沙拉?"

双胞胎兄弟中的一位哼了一下鼻子。

正当塞西莉娅猜到下面将会发生什么时,事情就开始发生了。贝蒂朝她转过身来,抓住她的胳膊,把她拽到众人面前。"西小姐,这是按照吩咐做的烧烤,是我们在会让血液沸腾的高温下花了一整天的工夫才做出来的。"

这是个新颖的场面,观众也非同寻常,但这个进退两难的境况却是司空见惯:如何调停双方并且不丢她母亲的脸。为此,塞西莉娅又一次下了决心,要和她哥哥一起待在凉台上;因此她要站在获胜的一边,立马收拾残局。塞西莉娅把她母亲引到一旁,而对这种场景驾轻就熟的贝蒂则命令大家都回到自己的岗位上去。艾米莉和塞西莉娅·塔利斯站在了通向菜园的敞开着的门边。

"亲爱的,天气太热了,谁也不能说服我放弃沙拉。"

"艾米莉,我知道天气太热了,但是利昂想吃贝蒂做的烧烤都想疯了。他对贝蒂做的烧烤整日念念不忘。我听到他向马歇尔先生夸耀烧烤的美味呢。"

"哦,天哪,"艾米莉说道。

"我站在你这边,我不想吃烧烤。最好是留给大家自由选择的余地。派波莉去外面割些莴苣回来。在食品贮藏室里有甜菜根。可以让贝蒂做些新的土豆,然后把它们晾凉。"

"亲爱的,你说得对。你知道我讨厌让小利昂失望。"

分歧就这样解决了,烤土豆也保住了。贝蒂圆滑婉转地布置多尔去洗刷新的土豆,而波莉拿着小刀去外面的菜园割莴苣。

当她俩离开厨房时,艾米莉戴上墨镜,说道:"我很高兴分歧解决了,因为真正让我担心的是布里奥妮。我知道她感到心烦意乱,在外面没精打采地东游西荡。我打算这就去把她叫回来。"

"太好了。我也在为她担心呢。"塞西莉娅说道。她不打算

116

劝说她母亲不要走得离院子太远。

那天早上曾经由于它的平行四边形的灯光使塞西莉娅大吃一惊的客厅中现在只在壁炉旁亮了一盏灯,显得很昏暗。敞开着的落地窗户勾勒出一方淡绿色的天空,她哥哥熟悉的头和肩膀的轮廓映衬在天空下的不远处。她穿过房间,听到了她哥哥手中的酒杯里冰块碰撞酒杯所发出的丁当声。走出房间后,她闻到了脚下被踩碎的薄荷、甘菊和小白菊发出的香气。这会儿,这香气比早上的更令人兴奋。没人记得那个临时雇佣来的花匠叫什么名字,甚至连他长得什么样都忘了。正是那个花匠在几年以前作了规划,在铺路石的缝隙间种上了这些植物。当时大家都不理解他的想法。也许正是因为这个才把他解雇了。

"西!我在这里已经等了四十分钟了,我已经半醉了。"

"很抱歉。我的酒呢?"

在一张靠着屋子外墙的矮木桌上,放着一盏有球形玻璃灯罩的煤油灯,在灯的四周摆放着酒具,颇像个酒吧。她最后终于拿到了杜松子酒和汽水。她借火给自己点了支烟,然后互相碰杯。

"我喜欢你这身礼服。"

"你能看到那块胎记吗?"

"转过来,我瞧瞧。漂亮极了,我都忘了那块胎记了。"

"你所在的银行怎么样了?"

"工作乏味但生活令人非常愉快。我们为夜晚和周末而活。你打算什么时候过来?"

他们从凉台上漫步下来,走在两边满是玫瑰的碎石路上。特赖顿泉池赫然矗立在他们面前,像一块剪影,其错综的轮廓线在天空的映衬下显得格外清晰,而随着光线的暗淡,天空变得更绿了。他们能听到水的潺潺之声,塞西莉娅甚至觉得她还能闻到水的气味,它是那么清醇扑鼻。那可能是她手中拿着的酒。

　　顿了一下,她说道:"我真有点受不了这地方。"

　　"又得像母亲一样照看大家。你知道吗,现在女孩子能找到各式各样的工作。她们甚至去参加公务员考试。这倒会让老头子感到高兴的。"

　　"他们说什么我都不会参加第三次考试了。"

　　"一旦你的生活有了起色,你就会发现那玩意儿毫无意义。"

　　他们走到喷泉边,转过身来,靠着栏杆,面对老宅沉默了片刻。这里是让她感到丢脸的地方。她觉得那事做得太草率、太荒唐,真是丢尽了颜面。只有时间这个用小时严密编织而成的面纱才阻挡了她哥哥像当初别人那样看待她。但对罗比来说,她就没有这层面纱的保护了。他当时看见了她,他总是能看见她,即使时间抹平了记忆,成了酒吧间的一个故事。她依然生着她哥哥的气,因为他邀请了罗比。但她需要她哥哥,她想分享他的一部分自由。她急切地催她哥哥告诉她关于他的消息。

　　在利昂的生活中,或者说,在他对自己生活的自述中,他认为没有人是肚量狭小的,也没有人会撒谎、背叛或是搞阴谋诡计。至少在某些程度上,每个人都受到了赞美,仿佛世上竟然还

118

有人,这都成了惊叹的理由。他记得他的朋友们所有的优点。利昂所叙的轶事中,其中一件用处是使他的听众对人类充满温情,对人类的失败懂得宽容。以最保守的估计来看,每个人都是"一个好蛋"或者说"属于正直的一类",而动机从来没有被视为与表象相悖。如果某位朋友令人无法理解或自相矛盾,利昂就往长远看,找一个善良的解释。文学和政治、科学和宗教并非令他生厌——在他的世界里,它们只是没有立足之地而已,那些引起人们强烈争议的事情亦然。他虽然已经获得了法律学位,却对能把这整个儿经历给忘掉感到高兴。很难想象他曾经感到过孤独、厌倦或沮丧;他有无限的沉着,没有一点儿野心,并且他猜想其他人也都和他大体一样。尽管如此,他的泰然自若显得无比宽容,甚至起到了安慰作用。

他首先谈起他的划艇俱乐部。最近他第二次拿了个第八名,尽管大家都很友善,他更为能把别人比下去而感到高兴。同样地,在银行里流传着他要被晋升的消息,可是到最后什么都没有发生,他多少算松了一口气。还有女孩子们:女演员玛丽,她在《私人生活》里演得很棒,却突然不辞而别,去了格拉斯哥,没人知道她为什么这么做。利昂怀疑她是去那儿照顾一位弥留中的亲戚。能说一口流利法语的弗朗辛曾因为戴单片眼镜而惹起众怒,在上周她和他一起去看了由吉尔伯特和沙利文共同创作的歌剧,在幕间休息时他们看到了好像朝他们的方向瞥了一眼的国王。社交很广的芭芭拉既可靠又讨人喜欢,她邀请他去她父母在苏格兰高地的城堡共度一周,他想如果不去是会失礼的。

杰克和艾米莉都认为利昂应该和芭芭拉结婚。

　　每当利昂似乎要停下来时,塞西莉娅就提出另一个问题让他接着讲。他在奥尔巴尼的地产收益莫名其妙地减少了。他的一位老友找了个怀了不明不白的孩子的女朋友,和她结了婚,过得很快活。他的另一位老友正在买一辆摩托车。一位挚友的父亲买下了一座生产真空吸尘器的工厂,并且说那是一棵永远的摇钱树。某人的母亲是位勇敢的老妪,因为她拖了条短腿走了半英里的路。这次谈话和夜晚的空气一样香甜,在她的耳边萦绕,产生了许多好的愿望,也得到了许多令人愉快的结果。他俩肩并着肩,半站半坐着,凝望着他们童年时的家。这所大房子仿中世纪的建筑风格令人费解,可现在看去却如此地让人轻松愉快,异想天开;他们母亲的偏头痛是一出轻歌剧中的滑稽间幕,双胞胎兄弟的悲伤是情感的挥霍,厨房里的事件只不过是活灵活现的鬼魂的快乐游戏。

　　当轮到她讲述最近几个月来发生的事情时,她不可避免地受利昂的语气的影响,尽管她的讲述已身不由己地成了对利昂的嘲讽。她讥讽了自己在家谱学方面所谓的尝试:树形家谱枝系稀疏,无根无本。爷爷哈里·塔利斯是一个农场劳工的儿子,这位劳工出于某种原因把他自己的名字卡特赖特给改了,他的出生和婚姻情况没有记录。至于《克拉丽莎》——白天的时光中她在胳膊上扎着针,蜷曲在床上——这正从反面印证了《失乐园》的故事——当女主人公那被死亡盯住了的美德揭示时,她变得更令人讨厌了。利昂点了点头,撅起了嘴唇;他既不会装作知道她在说什么,也不会打断她。她对她几个星期来的无聊和孤独作了一番引人发笑的描述,比如,她如何与家人一起相处,对离开家的日子进行补偿,以及发现她的父母和妹妹各忙各的而不管家里的事。受到她哥哥慷慨发出的近乎大笑的感染,塞西莉娅把她每天需要更多香烟、布里奥妮撕毁了招贴画、双胞胎两兄弟各拿一只袜子来到她的房间外、她母亲想在宴会上出现奇迹——把烤土豆做成土豆沙拉——她把这些事一一作了带有喜剧色彩的描述。利昂没有领会此处的引经据典。塞西莉娅的话语中无不含有绝望的成分,由于这些事的核心是空洞的,或者因为某些没提到的事使她讲得很快,夸张得有些牵强。利昂的生活惬意而空虚,那是经过修饰后的产物,它貌似悠闲,而它的局限是靠背后的努力工作和他个性中的偶然性获得的,在这些方面她根本无法与利昂匹敌。塞西莉娅挽起利昂的手臂,夹紧它。那是利昂的又一个吸引人的优点:他是个性情温柔,魅力四射的伴儿,而透过夹克衫,他的胳膊如同热带硬木一般的坚硬。她感到自己浸没在温情之中,被人看透了心思。他正温柔地看着她。

"怎么了,西?"

"没什么。什么事儿都没有。"

"你真是应该到我那儿去住段时间,并且四处走走。"

有个人在凉台上走动,客厅里的灯也一一亮了起来。布里奥妮呼喊着她哥哥和姐姐的名字。

"我们在这儿。"利昂回应道。

"我们该进去了。"塞西莉娅说道。他们开始向大房子走去,仍旧手臂挽着手臂。当他们路过玫瑰花丛时,她想是否她真的有什么事儿想要告诉他。要供认她这天早上的行为当然是不可能的。

"我很乐意去城里。"甚至在她说这句话时,她就觉得自己在打退堂鼓了——无法打点行李或赶不上火车。也许她根本就不想去城里,可她又重复了一遍,语气比先前更坚决。

"我很乐意去。"

布里奥妮在凉台上不耐烦地等着问候她哥哥。有人在客厅里对她说话,于是她回过头去回应那人。当塞西莉娅和利昂走近时,他们又听见了那人的声音——是他们的母亲,她的声音试图要变得严厉些。

"我再说一遍,只说一遍。你给我上楼去洗漱更衣。"

布里奥妮边朝他们来的方向看着,边向落地窗户走去。她的手里拿着什么东西。

利昂说:"我们可以马上把你安顿好。"

当他们走进房间,置身于几盏灯的灯光下时,布里奥妮还在那儿,光着脚,穿着弄脏了的白色连衣裙。她母亲在房间的另一头,倚门而站,正慈祥地笑着。利昂伸开双臂用专门为她准备的带有喜剧色彩的伦敦腔开口说:

"啊,那不是我可爱的小妹妹吗!"

当布里奥妮匆匆从塞西莉娅旁边走过时,她把一张对折的纸塞进了塞西莉娅的手里,接着布里奥妮尖声喊着她哥哥的名字跃入了他的怀抱。

意识到母亲在看她,塞西莉娅在展开那张纸时摆出了一副开心好奇的表情。值得褒奖的是,她在扫视那一小段打印的文字时还能保持这副表情。她一瞥就领会了全文的意思——这个意思的力量和色彩来自那个重复的单词。在她身旁,布里奥妮正在告诉利昂,她为他写了一出戏剧,却为未能把它搬上舞台而深感难过。《阿拉贝拉的磨难》,《阿拉贝拉的磨难》,她重复念叨着这出剧名。她以前从来没有表现得如此充满活力,如此不可思议地激动。她仍然搂着他的脖子,踮着脚尖和他脸贴着脸。

　　起初,一个短语在塞西莉娅的脑海里不停地转呀转:当然,当然。当初她怎么会不明白呢?一切都得到了解答。这一整天,前几个星期,她的童年。她的一生。现在她明白了。否则为什么花这么长时间来挑选礼服,或为一只花瓶争吵,或发现一切都困难重重,或难舍难弃?是什么使她如此盲目,如此迟钝?数秒钟过去了,好像没有道理再一眼不眨地盯着这张纸看。她在折起这张纸时,忽然意识到了一个明摆着的现实:它不可能没有封口就捎来的。她扭头注视着她妹妹。

　　利昂正在对她说话:"这样行吗?我擅长表达,你则更在行。让我们一起来大声朗读吧。"

　　塞西莉娅绕过利昂,站在布里奥妮能看到的地方。

　　"布里奥妮?布里奥妮,你看了这个吗?"

　　但是布里奥妮忙着尖声回应她哥哥的建议,在他的怀抱里扭动着身体,把脸背了过去,半埋在利昂的夹克里。

　　在房间的另一头,艾米莉温和地说道:"大家安静。"

塞西莉娅再一次挪到她哥哥的另一侧,问道:"信封在哪儿?"

布里奥妮又一次背过脸去,为利昂正在对她说的什么事情放声大笑。

接着,塞西莉娅用眼角的余光瞟见有另一个人从她身后走来。她转过身去,与保罗·马歇尔打了个照面。他一只手端着一只银托盘,上面放着五只鸡尾酒杯,每只酒杯里都盛了半杯黏性褐色液体。他举起一杯递给了她。

"你非得尝尝这个不可。"

第十章

布里奥妮感情复杂,她确信自己正进入一个成人情感与伪装的角斗场,她的创作必定会从中受益。有哪一个童话故事能通过矛盾方法包容这么多的寓意呢? 在一阵强烈好奇心的驱使下,她不假思索地拆开了信——在波莉让她进屋以后她在大厅里看了信——尽管这封信带给她震惊并证明了她的判断完全正确,她还是不禁感到了内疚。拆别人的信固然不对,但她对万事万物充满好奇,这也顺理成章的嘛。这是本性使然。她又见到了哥哥,她是觉得很高兴,可是,她还是夸大了她的情感,以免她姐姐责问她。而后她只是装作很顺从地听母亲的话,跑上楼躲进了自己的房间;这既是为了躲开塞西莉娅,又是因为她需要独处一会儿,以便重新认识罗比,并为一个充满真实生活的故事构思开场片段。不再有公主了! 喷泉边的那一幕,威吓恫吓的氛围,最后,两人分道扬镳以后,湿漉漉的砾石上闪着微光,空无一人——这一切都还需要重新考虑。通过这封信,某种本质、残酷,甚至可能是犯罪的东西已被引入,那是某个黑暗的原则,而且即使是当她对可能发生的事感到激动不已时,她毫不怀疑她的姐姐在某种程度上受到了威胁,并且会需要她的帮助。

那个词:她尽力把它逐出自己的思绪,可它偏偏张牙舞爪地在她的头脑中跳跃。这个印刷品中的魔鬼,变着字谜的戏法,朦胧而含混——一位叔叔和疯子,拉丁语指下一个,一位英国老国王企图逆转潮流。押韵词汇从儿童故事书中成形——一窝猪仔中最小的猪,追逐狐狸的猎狗,格兰特切斯特草地边卡姆河上的平底船。不用说,她从来没有听人说过那个词,也没有在书上看到过它,或在打星号的注释中遇见过。从来没人当着她的面曾经提到过那个词的存在,而且,从来没人——甚至包括她母亲——都没有提到过她身上的那个部位——布里奥妮确信,那个词指的就是那个部位。她确信无疑,就是那个部位。是上下文帮她理解的,但比这更重要的是,那个词有它自己的意味。它几乎是个象声词。那个词的头三个光滑中空的字母,它们部分闭合的形态,就像一组人体解剖图例一样清晰明辨。三个符号簇拥在十字架下。那个词由一个男人写出来,袒露了他头脑中的一个意象,倾诉了他孤独专注的东西,这令布里奥妮感到极度恶心。

她已经毫无羞耻地站在门廊中央看了那封信,并立即察觉到这粗鲁言辞背后所包含的危险。某种完完全全的人性化的东西,或者说男性的东西,威胁到了她家的秩序。布里奥妮明白,除非她帮助她姐姐,不然他们全都得遭殃。另外有一点很清楚,她必须以一种微妙而机智的方式来帮助她姐姐。否则,根据以往的经验,布里奥妮知道塞西莉娅会跟她翻脸的。

在她盥洗和挑选一套干净衣服时,这些想法占据了她的脑海。她找不到她想穿的袜子,但她没有浪费时间去找。她穿上别的袜子,系好了鞋带,然后在书桌旁坐了下来。在楼下,人们正在喝鸡尾酒,她至少有二十分钟时间可以自由支配。她可以在出去时梳理头发。在敞开的窗户外,有一只蟋蟀在歌唱。她面前放着一捆从她父亲办公室里拿来的大页书写纸,台灯洒下了一片柔和的黄色灯光。她手里握着钢笔。沿着窗台,整齐地摆放着一排牲畜玩具,侧边敞开的大厦中各个不同的房间里,摆着许多搔首弄姿的穿紧身衣的布娃娃,它们在等待她落笔写下字字珠玑的第一句话。那一时刻,她有强烈的写作冲动,但写点什么她可不管。她多么希望沉浸于无法抗拒的遐想之中,希望看见一条黑线从她沙沙作响的银笔尖里绕放出来,盘绕成文字。可是,怎样才能逼真地描述使她最终成为一名真正作家的那些人生沧桑、混乱而汹涌的印象以及她心中的憎恶和迷惑呢?必须要讲究次序。她应该像她早些时候决定的那样,首先简单地描述她在喷泉池边所见的情景。但是,那个光天化日下的情节

126

远不如在黄昏时的情节有趣——她站在桥上,沉醉于白日梦中,分分秒秒在无所事事中流逝过去;然后,罗比在半黑的夜幕中出现了,呼唤着她的名字,手里拿着一个小白信封,里面装着写有那个单词的信。然而,那个单词又包含什么呢?

她写道:"有一个老太太吞下了一只苍蝇。"

当然,说一定得有一个故事,这并不太幼稚;而且这是个大家都喜欢的男人的故事,可是故事中的女主人公对他却一直心存疑虑,最后,她终于揭露出他原来是邪恶的化身。但是,难道她——即故事的作者布里奥妮——此时不应该老于世故,超脱于童话中的善恶观念之外吗?必定有某个崇高、神一般的地方,在那儿,所有人都能一视同仁地被审判,而不是像在某一场冗长的曲棍球比赛中那样互相对抗,而是看到他们带着光荣的缺点在嘈杂声中推撞在一起。如果真有这样的地方,她是不配去的。她永远不会原谅罗比的下流思想。

一方面,她急于想写一篇简单讲述她一天来的经历的日记,另一方面,她又雄心勃勃,想要使这些经过润色、自成一体和模模糊糊的经历显得更重要。她面对上面写了开头引语的槁纸,皱着眉头坐了好几分钟,没有再写下一个字。她觉得她能够惟妙惟肖地描写动作,绘声绘色地再现对话。她能描写冬天的树林,阴森的城墙。但是如何抒写感情呢?是的,她完全可以写她觉得悲伤,或描述一个悲伤的人会做些什么,但悲伤本身又是什么呢?该如何表现悲伤,以使读者全面直接地感受到它的阴霾呢?而要描写威胁感,或由于感觉到矛盾而引起的困惑就更难了。她手里捏着笔,目光穿过房间,盯着那些面目可憎的布娃娃们。它们是她童年时的伴儿,而现在她疏远了它们,因为她认为自己的童年已经结束。成长了,这真是一种令人心寒的感觉。她永远也不会坐在艾米莉或塞西莉娅的腿上了,哪怕这仅仅是为了开个玩笑。两年以前,她过十一岁生日时,她的父母、哥哥、姐姐,还有一个人带她到屋外的草坪上,拉着一张毯子把她抛向空中——抛了十一次,然后为了表示祝福,又一次把她抛了起来。当那第五个人很可能是罗比时,现在的她还能信任腾空而起时那欢闹的自由吗? 还能对大人们友善抓紧的手腕盲目地信任吗?

她听到一声女人轻柔的清嗓子的声音,于是抬起头来,一下子愣住了。来的人是罗拉。她带着歉意把身子探进房间。当她们的目光相对时,她用指关节轻叩房门。

"我能进来吗?"

她没等回答就进来了。她的行动有点受到蓝缎紧身装的限制。她披散着头发,还赤着脚。当她走近时,布里奥妮收起了钢笔,用一本书的一角盖住了她写的那句话。罗拉在床沿坐下,然后猛地擤了一下鼻子。她们好像总是在一天快结束时进行姐妹间的攀谈。

"今晚是我遇上的最可怕的夜晚。"

布里奥妮在她表姐严厉的注视下迫不得已地扬了一下眉毛。罗拉接着说:"两个双胞胎一直在折磨我。"

布里奥妮原以为罗拉在瞎咋呼,后来罗拉扭动肩膀,把她上臂的一条长抓痕展示给她看,她才相信。

"太可怕了!"

罗拉伸出手腕。她的两个手腕上都各有几道擦伤的红斑。

"这是给人抓的伤!"

"一点不错。"

"我去拿点儿消毒剂给你的胳膊涂上。"

"我已经自己上了药。"

诚然,罗拉身上强烈的女人香水味无法掩饰孩子所特有的消毒软膏的气味。布里奥妮惟一能做的是离开桌子,走过去坐在她表姐边上。

"你这个可怜虫!"

布里奥妮的怜悯使罗拉的眼睛里泛起了泪花,她的声音变得嘶哑了。

"大家只是因为他们长得像就以为他们是天使,但实际上他们是小牲畜。"

她忍住了啜泣,仿佛通过颌骨的一阵颤动终于把它忍住了,然后她鼻翼翕动,深吸了几口气。布里奥妮抓住了她的手,觉得她能明白为何有人会开始喜爱罗拉。她走到五斗柜前,拿出了一方手帕,把它打开,递给了罗拉。罗拉正要用这手帕,但一看见它上面印着放牛女工和套索的艳丽图案,就发出了一声柔和悠扬的猫头鹰叫的声音,也就是孩子们装鬼时发出的声音。楼下的门铃响了,稍后,铺了地砖的走廊里响起一串依稀可辨的高跟鞋快速敲击地面所发出的声响。来的人可能是罗比,塞西莉

129

娅亲自去开门。布里奥妮担心罗拉的哭声会传到楼下,于是她又一次站起身来,关上了卧室的房门。她表姐的沮丧令她感到坐立不安。那是一种近乎兴奋的激动。她走回床边,抱住了罗拉。罗拉抬手捂住脸,放声大哭起来。一个如此尖刻暴躁、飞扬跋扈的姑娘竟被两个九岁大的男孩弄得如此情绪低落,这在布里奥妮看来简直不可思议,同时也使她意识到了自己的力量。这就是为什么她会感到这般近乎兴奋的激动。她也许不像自己一直认为的那样弱小;说到底,你得用别人来衡量你自己——除此以外别无他法。时不时地,在无意之间,某人使你逐步了解了你自己。由于想不出该说什么话安慰她,布里奥妮轻柔地揉摩着她表姐的肩膀。她暗自思量,这悲惨的事儿不能只怪杰克逊和皮埃罗;她记得罗拉的生活里还有其他悲伤的事儿。罗拉的家在北方——在布里奥妮想象中,那里布满了乌黑磨坊的街道,愁眉不展的男人们带着装在锡饭盒里的三明治拖着艰难的步履去上班。昆西家的大门已紧闭,可能永远都不会再打开了。

罗拉开始镇定下来。布里奥妮柔声地问:“怎么回事?”

这位年长的姑娘擤了擤鼻子,想了一会儿说:“我正准备要洗澡,他们闯了进来,朝我猛扑过来,把我摔翻在地……”说到这儿,她顿了顿,强忍着没有再哭出声来。

“可是他们为什么要这样呢?”

她深吸了一口气,让自己平静下来。她目光茫然地扫视着房间,说:“他们想回家。我说他们不能回去。他们就以为是我才使他们不能回去留在这儿的。”

布里奥妮明白了——是双胞胎蛮不讲理地把气撒到了他们姐姐的头上。但就在此时她闪过一个念头,令她条理分明的心境分外烦扰:很快就会有人叫她们下楼去,因此她的表姐必须得控制住她自己的情绪。

　　"他们实在不明白,"布里奥妮边走到脸盆旁,往盆里倒热水,边老成持重地说,"他们不过是小孩子碰到点挫折而已。"

　　罗拉满怀悲伤地垂首点头。见她这样,布里奥妮对她心生一阵爱怜。她领罗拉来到脸盆旁,递给她一块面巾。然后,出于改变话题的实际需要,出于分享秘密和向比自己年长的姑娘显示她也是老于世故的愿望,但最重要的是,由于她同情罗拉,想和她套近乎——出于这诸多动机,布里奥妮把自己在桥上遇见罗比,他让她带信,而她如何偷拆信件,以及信里写了什么的事一一告诉了她。她没有把那个词大声地说出来,因为那样做是不可想象的,而是倒着把那个词拼写给了罗拉。罗拉的反响令布里奥妮感到满意。罗拉抬起正在滴水的脸,任凭她的嘴大张着。布里奥妮递给了她一条毛巾。罗拉佯装在找合适的字眼,好几秒钟没说话。她演得有点过火,但演得不错,她沙哑地压低嗓音说话也演得很到位。

　　"老是想着那事儿?"

　　布里奥妮点了点头,转过脸去,仿佛在与灾难作殊死搏斗。她可以向她表姐学得更富有表现力。现在轮到她表姐把安慰的手按在了她的肩膀上了。

　　"太可怕了! 那个男人是个色情狂。"

131

一个色情狂。这个词很精练,并且有医学诊断的分量。她认识他已经这么多年了,而他竟是这么个人。当她年纪还小时,他经常装作野兽让她骑在背上。有一年夏天,她曾有很多次在游泳池里和他单独在一起,由他教她踩水和蛙泳。现在他终于被定性了,她感到某种安慰,尽管喷泉池事件的神秘感也因此而加深了。她已经决定不把这件事情告诉别人,因为她怀疑对这一事件的解释过于天真,因而最好不要暴露自己的无知。

"那你姐姐该怎么办呢?"

"我可不知道。"她又一次没有提及她害怕再次见到塞西莉娅。

"你知道吗,我们见面的第一个下午,我听见他在游泳池边朝双胞胎大叫时,我就认为他是个怪物。"

布里奥妮竭力回忆类似的情形。她说:"他总是装作非常友善,蒙骗了我们许多年。"

转换话题这一计谋起了作用,罗拉红肿的眼圈又恢复了苍白而又满是雀斑的模样,她又回复到了本来的面目。罗拉抓住布里奥妮的手说:"我想应该把他的事情报告给警察。"

村里的治安官是个和蔼的人,他留着一撮光滑柔软的八字须。他妻子饲养母鸡并且骑自行车分送新鲜的鸡蛋。要把信的内容和那个词告诉他,即使是把那个词倒着拼给他,是不可思议的。她想把手抽回来,但罗拉把她的手抓得更紧了,她似乎读懂了这个年轻姑娘的心思。

"我们只要把信给他们看就行了。"

"她也许不同意这么做。"

"我打赌她会同意的。色情狂会攻击任何人的。"

罗拉看上去突然若有所思的样子,仿佛要告诉她表妹什么新的消息。可是她一言未发,霍地一跃而起,拿起布里奥妮的梳子,站到镜子前一个劲地梳理起头发来。她刚刚开始梳头,她们就听见塔利斯夫人叫她们下楼去用晚餐。罗拉立即发起脾气来,布里奥妮猜测她情绪的快速变化是她近来心烦意乱的部分原因。

"完了,完了。我还远远没有准备好呢,"她说道,几乎又要哭出来了,"我甚至还没化妆呢。"

"我先下去,"布里奥妮安慰她说,"我会告诉他们你还要过一会儿再来。"但罗拉已经走出门去了,好像没听见她的话。

布里奥妮梳理好头发以后,仍旧站在镜子前端详着自己的脸,寻思着该怎样开始化妆。她知道不久后的某天,她必须开始化妆。这又是一桩要花费时间的事情。但至少她没有雀斑要掩盖或淡化,这当然省了事儿。很久以前,在她十岁时,她认定涂口红使自己看上去像个小丑。那个观念势必要订正了。但现在还不用改,因为还有那么多别的事情要考虑。她站在书桌旁,心不在焉地给钢笔套上了笔帽。当强大而混乱的力量在她周围逞威时,当一整天接连发生的突发事件把以前发生的事情吸收或改变了时,写故事是一件无望而庸碌的差事。有一个老太太吞下了一只苍蝇。她在琢磨,把秘密告诉表姐是不是一个可怕的错误——如果易激动的罗拉向别人炫耀她所知道的罗比的信的

133

内容,塞西莉娅是决不会高兴的。况且现在怎么可能下楼去和一个色情狂同处一桌呢？如果警察来逮捕他,她布里奥妮就可能得出庭作证,得把那个词大声地说出来。

她不情愿地走出房间,沿着昏暗、镶嵌着板条的走廊来到楼梯口。她停下脚步,倾听四周的动静。客厅里仍旧人声鼎沸——她听到她母亲和马歇尔先生的声音,然后是双胞胎兄弟互相交谈的声音。没有塞西莉娅和色情狂的声音。当布里奥妮不情愿地开始下楼时,她觉得她的心跳加速了。她的生活已不再单纯。仅在三天以前她还在写《阿拉贝拉的磨难》的结尾,并等着她表弟表姐的到来。她曾想让一切都与众不同,而如今却弄成了这个样子;形势不仅糟糕,而且将变得每况愈下。她在第一个楼梯平台上又一次驻足,想整合一下计划;她将远远地避开她反复无常的表姐,甚至不与她有目光的接触——她既担负不起被卷入一场阴谋,也不想激起一场灾难性的大爆发。至于她应该保护的塞西莉娅,她却不敢去接近她。而罗比,出于安全的原因,她当然要回避。她小题大做的母亲是帮不上什么忙的。在她面前,布里奥妮是不可能有清晰的思路的。她应该到双胞胎那儿去——他们才是她的庇护者。她会待在他们身旁照顾他们。夏日的晚宴总是这么晚才开始——已经过了十点钟了——那两个男孩会感到疲倦了。要不然她就该向马歇尔先生表示友好,问他关于糖果的事儿——是谁想出来的点子,它们又是怎么做出来的。这是懦夫的计策,但她想不出别的花样来。晚宴即将开始,这可不是把村子里的沃金斯警员叫来的时候。

她继续走下楼梯。她本应该建议罗拉换件衣服，以便掩盖她胳膊上的抓伤的。如果被问及抓伤的事儿，她可能又要哭了。不过，话又说回来，即使是提了建议也很可能无法说服罗拉不要穿一套令她走路都十分困难的礼服。长大成人就意味着渴望接受这种种障碍。她自己就在接受它们的挑战。虽说那不是她身上的抓伤，但她觉得自己对它以及即将发生的每件事情都负有责任。她父亲在家时，家里有一个固定的轴心，一切都围绕着它。他什么都不组织，也不在房子里四处走动替别人操心，他极少告诉人要做什么——事实上，他大部分时间都待在藏书室里。但只要他一在家，家里就有了秩序，就给人带来了自由。大家肩头上的担子卸掉了。他在的时候，她母亲缩回到她自己的卧室里去也没有关系；只要他膝上放着一本书，待在楼下，就足够了。当他在餐桌前和蔼、平静、充满信心地就座时，厨房里的一场危机就化解成了一出滑稽短剧；他若是不在，那就会演变成一场惊心动魄的戏剧。他知道绝大部分应该知道的事情。当他不知道时，他非常清楚该向哪个权威讨教，并会带着她去藏书室帮她找答案。正如他自己描述的那样，假若他不是部里的奴仆，假若他不是忙于作不测事件的应急计划，假若他在家，派哈德曼去酒窖拿酒，在谈话中引导着话题，当到了"表决"时，不征求他人意见就做出决定，那么，她现在就不会这般步履沉重地穿过走廊了。

一想到她父亲，她不由自主地在经过藏书室的门口时放慢了脚步。藏书室的门一反常态地关着。她驻足倾听。厨房里传来金属碰击瓷器的叮当声;客厅里,她母亲在柔声地交谈;在附近,双胞胎之一用高昂清晰的声音说道:"它里面带有'u'这一字母,真的。"他的孪生兄弟回答道:"管它有没有。把它放到信封里去。"然后,从藏书室的门背后传来一声刮擦声,接着是砰地一声闷响和好像是发自一个男人或女人的嘟哝声。在她记忆里——布里奥妮后来对此事进行了反思——当她把手放在黄铜门把上转动时,她并没有期待具体见到什么。但她既然已经看过罗比的信,她已经把自己认作是她姐姐的保护人,而且她已经受到了她表姐的指导,因此她眼中所见到的情景必定或多或少地受到她已经知道的,或者她认为自己所知道的情况的影响。

起初,当她推开门走进去时,她什么都看不见。室内只点了一盏草绿色的台灯,灯光只照亮了它所在的桌子上摆放着工具的皮质桌面。走近几步以后,她看到了最远处角落里他俩深色的身形。尽管他们一动不动,但她立刻明白是她中断了一次袭击,一场肉搏战。这场面与她的忐忑不安完全不谋而合。她感觉到她过于焦虑的想象已经把这两个人投射到了一摞摞书脊上。这种幻觉,或者说对幻觉的期盼,随着她的眼睛适应了昏暗的环境而烟消云散。没有人动弹。布里奥妮越过罗比的肩膀,瞪视着她姐姐惊恐的眼睛。他已回过头,看着不速之客,但他没有放开塞西莉娅。他把身体挤靠在她身上,已将她的裙子一直拽到她膝盖之上,并把她困在书架交汇而成的空间中。他的左手放在她的头颈后面,抓着她的头发,他的右手抓着她的前臂,前臂高高举起,成抗议或自卫状。

136

他看上去是那么的巨大而狂野,而裸肩细臂的塞西莉娅显得如此虚弱无力。当布里奥妮朝他们走过去时,她根本不知道自己能有何作为。她想大喊,但她喘不上气来,她的舌头又重又沉不听使唤。罗比移动了一下身体,完全挡住了她的视线,使她看不见她姐姐。塞西莉娅从他怀里挣脱开来,他放了她。布里奥妮停下脚步,叫着她姐姐的名字。当她与布里奥妮擦身而过时,塞西莉娅没有一点儿感激或如释重负的表示。她面无表情,几近镇定自若,径直朝敞开的门望去。然后,她撇下布里奥妮和罗比,走了出去。他也不朝她看,而是面向着角落,忙着拽正夹克衫,整理领带。她小心翼翼地倒退着离开他,但他没有攻击她,甚至连头都没有抬。于是,她转身跑出房间,去找塞西莉娅,可是走廊里已空无一人,她不清楚塞西莉娅往哪边去了。

第 十 章

尽管后来在融化的巧克力、鸡蛋黄、椰奶、甜酒、杜松子酒、香蕉粉和冰糖中掺入了新鲜碎薄荷,但鸡尾酒并没有使人精神倍爽。傍晚的高温已夺去了人们的胃口。走进这间毫不通风的餐厅,一想到吃的是烧烤晚餐或色拉烤肉,人们就胃口骤减,倒宁愿喝一杯凉水。然而,只有小孩才可以喝水,其余的人只能喝一些温热的甜酒来充沛自己的精力。定然已经打开了三瓶酒,放在桌上了——杰克·塔利斯不在的时候,贝蒂通常会作这样令人精神振奋的猜测。三扇高高的窗户都紧紧关闭着,因为窗架在很久以前就歪掉了。当就餐的人们步入餐厅时,从波斯地毯上扬起的一股暖暖的尘香扑鼻而来。惟一令人欣慰的是,鱼贩子运载第一趟蟹的车半路抛锚了。

构筑地板与天花板的黑斑点点的建筑板材和画在巨大帆布上的一幅油画加强了房间中令人窒息的气氛。这是一幅康斯博罗风格的肖像画,悬挂于自建造以来从未点燃过的火炉上方——堪称建筑制图中的一个失误,因为没有给烟囱管道预留位置。画中的贵族家庭———对父母,一双女儿,还有一个婴儿,个个都是薄唇小嘴,脸色苍白,活像鬼魂——在一片依稀可辨的托斯卡纳风景前面摆好姿势。没有人知道这些人是谁,不过哈利·塔利斯倒有可能觉得画中之人会给他的家庭增添一份坚固的色彩吧。

艾米莉站在桌子的一头,安排着进来就餐的人入座。她叫保罗·马歇尔和利昂坐在她的左右。利昂右边是布里奥妮和双胞胎,而马歇尔的左边是塞西莉娅,然后罗比,然后罗拉。罗比站在自己的座位后面,手抓住椅子,似乎没人听到他仍然在怦怦直跳的心,他感到很惊讶。他没有喝鸡尾酒,而且也没胃口。他将目光微微地从塞西莉娅身上移开。其他人一一入座后,他欣慰地发现自己坐在了孩子们的中间。

他母亲点了点头,在此鼓励下,利昂低声说了半句谢恩祷告——就是我们要听的那句——回答他的是椅子"咯吱咯吱"

的"阿门"声。大家就座,摊开餐巾,贝蒂拿来了牛肉。随后是一阵沉默,要是杰克·塔利斯在场的话,肯定会挑起某个无聊的话题打破沉默。每个人都看着贝蒂,听她叮当作响地用勺子在主菜碟上给大家分牛肉,还一边低语着。当房间里一片寂静的时候,他们还关心些什么呢?艾米莉·塔利斯本来就不擅长谈天说地,所以并不在意。利昂,整个儿地在自娱自乐,他躺在自己的椅里,研究着手中酒瓶的标签。塞西莉娅还没有从十分钟以前的事中回过神来,根本说不出一句话来。罗比本来对家庭琐事了如指掌,可以略作发言,但他的脑子里也是一片混乱。对他而言,如果能对他身边的塞西莉娅那赤裸的手臂——他能够感到它的灼热——以及坐在对角的布里奥妮敌意的目光视而不见,已经心满意足了。此外,即使允许孩子们挑起一个话题,他们也无能为力:布里奥妮满脑子想的只是她亲眼目睹的东西;而罗拉正沉浸于由于遭受袭击而感到莫名的惊讶和一系列复杂矛盾的感情之中;双胞胎则在策划一个秘密计划。

打破这长达三分钟令人窒息的沉默的是保罗·马歇尔。他坐在椅子里,上身往后一靠,绕过塞西莉娅的后脑勺,对罗比说道:

"怎么样,我们明天还去打网球吗?"

罗比注意到,从马歇尔的眼角到与其齐平的鼻子处,有一处两英寸的抓伤,明显地挂在脸上,集聚在眼下。那小小的伤疤使他显得不那么残忍可怕。相反,他看上去很古怪——宽而光秃的下巴,长满了东西的额头,使他显得特别忧伤。出于礼貌,罗比也微微向后靠了靠,听他说话。然而,他做这个动作的同时也觉得不自在。在刚开始吃饭的时候,马歇尔就喧宾夺主作私下交谈,这是很不恰当的。

罗比只是简单地回答了一句:"我想是的吧。"然后,作为弥补,又含糊地补充道:"英格兰有过更热的天气吗?"

塞西莉娅散发出一阵阵体热,罗比身体往边上一斜,同时避开布里奥妮投来的目光。他发现自己将这一问题抛给了坐在对角的皮埃罗。这个小男孩目瞪口呆,挣扎着,仿佛在教室里考历史。或者地理? 抑或自然科学?

布里奥妮靠向杰克逊,碰了碰皮埃罗的肩膀,与此同时,她一直盯着罗比看。"请你不要为难他。"这句话声轻而有力。然后,她又对小男孩温柔地低语道:"你不用回答。"

艾米莉在桌子的另一头发话了。"布里奥妮,这是一句关于天气的十分温和的问候语。你得向他道歉,要不然就回自己房间去。"

她丈夫不在的时候,一旦塔利斯夫人行使她的一家之长的权力,孩子们都会觉得有必要维护她的权威。在任何情况下都不会不管她姐姐的布里奥妮,此时低下了头,对着桌布说:"对不起。我希望我没说过这句话。"

装在带盖的主菜盘子里或放在褪色的斯波德陶瓷碟上的蔬菜在人们的手中传递着。这也许是大家不经意间流露出来的,抑或是故意以一种礼貌的方式来掩盖食欲的缺乏。大部分人吃的是烤马铃薯与马铃薯色拉、布鲁塞尔嫩芽与甜菜根以及莴苣煮肉汤。

"老头子要不开心了，"利昂边说边站起来，"这是1921年的巴锡白葡萄酒，但是现在已开瓶了。"他为他母亲斟满了一杯酒，然后也给他妹妹和马歇尔满上。当他站在罗比身边的时候，说："而且对良医而言，这简直是一帖包治百病的良药。我想听听这个新计划。"

但是他没有等待回答就回到自己座位上去了。他边走边说："我爱热浪中的英国。这是一个与众不同的国家，一切规则都在变。"

艾米莉·塔利斯拿起了刀叉，每个人也都模仿她的样子。

保罗·马歇尔说："少废话。举个例子看看。"

"没问题。在夜总会，惟一允许人们脱下夹克衫的地方就是台球室。但是，如果在三点以前温度达到九十度的话，那么第二天，人们就可以在楼上的吧厅里脱下夹克衫。"

"第二天！的确是一个与众不同的国家。"

"你明白我的意思。这儿人们生活得更加自在。只要有一两天阳光明媚的日子，我们就变成意大利人了。上个礼拜在夏洛特大街，竟然有人在人行道上吃晚餐。"

"我父母也都一直这么认为，"艾米莉说，"炎热的天气使年轻人变得放荡不羁。衣服穿薄了，约会的地方也变多了。一出门，管制也没了。一到夏天，你外祖母就变得尤其忐忑不安，她会千方百计找出一千个理由把我和姐妹们关在屋子里。"

"是吗?"利昂说。"你怎么认为呢，西？今天你有没有表现

141

得比平时差?"

所有的目光都注视着她。这位兄弟的玩笑开得还真绝。

"天哪,你脸红了。答案一定是'是'了。"

罗比感到自己有必要为她解围。他说:"事实上……"

但是塞西莉娅打断了罗比。"我热死了,就是这样。答案的确是'是'。我今天表现很差。我不顾艾米莉的反对,说服她,特意为你做一道烤马铃薯,尽管天气很热。而现在你却只吃马铃薯色拉,我们其余的人正因为你而受罪。所以,把那碗蔬菜给他,布里奥妮。或许他就会闭上他的乌鸦嘴。"

罗比觉得他听到了她声音中的一丝颤抖。

"好样的,西。干得好。"利昂说道。

马歇尔说,"你真是活该。"

"我想我最好找个小一点的。"利昂笑眯眯地对坐在他身边的布里奥妮说,"今天你有没有因为天气太热做了坏事? 有没有不听话? 告诉我们你有,好不好?"他握着她的手,假装恳求似的,但是她把手推开了。

她还是一个孩子,罗比想。虽然她已经读出他的话中话,但却没有作出强烈的反应。虽然如此,她却有可能将刚刚被自己打断的事一五一十地说出来。他紧紧地盯着她,看她拖延时间,拿起餐巾,轻轻擦了一下嘴唇,但是他并没有感到特别的恐惧。如果是万不得已,那就让它发生吧。这顿晚餐无论怎么出人意料,总有结束的时候。他会想办法在当天晚上和塞西莉娅再聚会。他们会一起面对他们生活中非凡的新情况——他们人生的变故——然后再继续向前。想到这里,他感到肚子往下一沉。直到那时,一切似乎都已经无关紧要,而他也不再惧怕什么了。他喝了一大口温热的酒,静待其变。

布里奥妮说,"我很讨人嫌,但我今天没做什么错事。"

他低估了她,这句话显然只是针对他和她姐姐的。

在他边上的杰克逊反驳道:"不,你做了错事。你不让我们演戏,我们本来想演的。"这个小男孩环视了围坐在桌子边的人,他那绿莹莹的目光中充满着委屈。"而你说过,你要我们演的。"

他的兄弟一个劲地点头。"是的。你本来想要我们演的。"没有人可以理解他们有多么失望。

"好了,你瞧,"利昂说。"这只是布里奥妮一时头脑发热所作出的决定。在某个凉爽一点的日子,我们就可以在藏书室看话剧了。"

这些无伤大雅的空洞之语远胜一片死寂,能让罗比逃避,缩在这场滑稽可笑的议论焦点的背后。塞西莉娅的左手撑着她的脸颊,以免眼角的余光扫到罗比。而罗比摆出一副架势,仿佛在听利昂侃侃而谈他在西角剧院看到国王的景象,可事实上他却在注视着她赤裸的手臂和肩膀。这时,他想着她的肌肤能感觉到他的呼吸,这一念头搅乱了他的心。在她的肩膀顶处有一个小小的凹痕,边上有一片暗暗的柔毛。它呈扇贝形凹在骨中,或垂悬于两骨之间。他的舌头很快就要追索这卵形茸毛,探进这

143

凹处。他的兴奋几近痛苦,并且有一种矛盾的压力使之更为深刻:她是那么的熟悉,就像一个妹妹;但她又是如此奇特,简直像一个情人;他一直都了解她,但他又对她一无所知;她很平凡,但她又很美丽;她很能干——她轻易地保护了自己,没有受到兄弟的攻击——而二十分钟以前她刚刚哭过;他那封愚蠢的信使她厌恶,却解开了她的心结。他后悔,但他又为自己所犯的错误感到狂喜。他们不久又可以独处了,带着更多的矛盾——欢闹和美好,冒冒失失的欲望和恐惧,在敬畏与急躁中开始。在二楼的某一间闲置的房间,或者在一个远离房室的地方,在河边的树下。哪儿呢? 塔利斯太太并不是个傻瓜。在户外吧。他们会将自己裹在沉沉的黑暗之中再继续。而这并不是幻想,这是真真切切的,是不久的将来要发生的事,既令人渴望又不可避免。这正是他曾经在大学校园的草坪上扮演过的可怜的马尔伏列所想的——"没有东西可以挡在我和我充满希望之间"。

半个小时以前,根本就没有希望可言,在布里奥妮拿着他的信消失在那间房子里以后,他徘徊着,痛苦着,即便是走到了前门,还是没有下定决心。他在走廊的路灯及其惟一的一只忠心耿耿的飞蛾下,踌躇了几分钟。他要两害相较择其轻。事情明摆着,要么现在就进屋,面对她的愤怒和厌恶,作出一个不可能被接受的解释,并且很可能被拒绝——这是难以忍受的屈辱;要么现在就回家,一句话也不说,让她觉得这封信正是他所要寄的,而她又会有怎样的反应,他不得而知,只能让自己整日整夜地受着那些凭空想象的折磨——这就更加难以忍受了。真是个懦夫。他重新想了一遍,结果还是一样。已经别无他路了,他必须与她谈一谈。他将手伸到门铃按钮上。然而,他还是想走开。他可以躲在书房给她写一封道歉信。懦夫! 他的手指下就是冷冰冰的门铃按钮。在他又一次的思想斗争开始之前,他迫使自己按了下去。他站在门前,就像一个刚刚服了药想要自杀的人——除了等待,他别无选择。他听到了里面的脚步声,是女人的脚步声,断断续续的,正穿过大厅向门走来。

她开了门,他看见了她手中折着的便条。他们互相对视了好几秒钟,谁也没有说话。在他刚才犹豫不决的过程中,他并没有准备要说的话。此时此刻,他惟一所想的就是她比他想象中更漂亮。她所穿的丝裙子将她的曲线体现得恰到好处,但只是性感的樱桃小嘴,似乎表示出不满,甚或是厌恶。她身后的灯光很强烈,刺激着他的眼睛,使他很难分辨出她确切的表情。

最后他说,"西,这是个错误。"

"错误?"

不远处,有声音从客厅那边穿过大厅敞开的门传了过来。他听到利昂的声音,然后是马歇尔的。也许是因为害怕被他们打扰吧,她往后退了一步,把门开得更大了,他跟着她穿过大厅,走进光线昏暗的图书馆,在她寻找桌灯开关的时候,他等在门口。灯亮了,他将身后的门关上。他心想,几分钟后他就会穿过公园,走回平房。

"这封信不是我原本打算寄的。"

"哦?"

"我寄错了一封。"

"哦。"

他不能从这些简洁的回答中推断出任何东西,而且他依然未能看清她的表情。她走到灯后,穿过书架。他跟着走向房间深处,虽然不能紧随着她,但也不愿让她离得太远。她本来可以在门口就赶走他的。现在终于有机会让他在离开之前作番解释了。

她说:"布里奥妮看了信。"

"哦,天哪。我很抱歉。"

他本来想唤起她对阅读奥瑞厄利版本的《查泰莱夫人的情人》的追忆,那是一种隐藏至深的激情,是对陈规旧俗的背叛。《查泰莱夫人的情人》是他在伦敦索霍区偷偷摸摸买来的。可是这一新的要素——这个天真幼稚的孩子——却使他的错失无法减缓。再继续下去就会毫无意义了。他只能重复一遍,这一次低声细语道:

"我很抱歉……"

她越走越远,向着角落走去,走进深深的阴影。尽管他认为她是在躲避着他,他还是向着她走了几步。

"真是件蠢事。我从来没有想过让你去看它。没有人应该去读它。"

她还是往后退。她的一只手肘放在书架上,似乎她要顺着书架往后滑,然后消失在书丛中一样。他听到一声轻轻的湿湿的声音,正是那种在人们欲说还休之时所发出的。但她什么也没有说。而就在那个时候,他突然想到,她并不是想躲避他,而只是想将他引进到更暗的角落中。自他按了门铃这一刻起,他并没有失去什么。于是,随着她往后退,他渐渐地朝她走去。直到她走到角落,停了下来,看着他向自己走来。他也停了下来,与她间隔不到四英寸,现在与她距离够近的了,而正好有足够的灯光。他看到她的泪眼婆娑,似乎有话要跟他说。但此时此刻却又什么都说不出来。她使劲摇了摇头,让他等待。她转向一边,用双手作尖塔状,捂住鼻子和嘴巴,并用手指拭去眼角的泪痕。

她终于控制住了自己的感情,说道:"已经有好几个礼拜了……"她的喉咙一阵紧缩。她不得不停下来。他立刻明白了她的意思,但他又很快将这个想法从脑海中驱除。她深深地吸了一口气,更加若有所思地说:"或许是好几个月了。我不知道。但是今天……今天一整天都很奇怪。我的意思是说,我今天看什么都很奇怪。我从来没有这样过。一切看上去都不一样了——太尖锐,太真实了。甚至我自己的双手似乎也变了。有时候,我仿佛觉得很多事情很久以前就发生过了。今天一整天我都在生你的气——也在生我自己的气。我以为如果我不再见你,不再与你说话,我会非常幸福。我以为你会去上医学院,而我会很高兴。我真的对你很生气。我认为不去想它,是一个很好的办法。非常方便,真的……"

她微微一笑。

他说:"它?"

直到现在,她紧盯着他的目光有点下移了。当她再次开口说话的时候,她注视着他。他所看见的只是她眼睛中白花花的泪光。

"你比我早知道。发生了一些事情,不是吗?你比我早知道。这就像是你跟某个东西挨得如此之近,而它是如此之大,以至于你根本就没有注意到它。即使现在我也不敢确定我能看见它。但是我知道,它就在那儿。"

她垂下目光,他等待着。

"我知道它就在那儿,因为它使我行为荒谬。而你,当然……但是今天早上,我以前从来没有做过像那样的事情。事后我非常生气。它居然会发生。我告诉自己,我给了你一件用来和我作对的武器。然后,今天傍晚,当我开始懂得——唉,我怎么可以对自己如此一无所知?如此愚蠢?"她心头一惊,脑中闪过一个不祥的念头。"你知道我在说什么。告诉我你知道我在说什么。"她害怕他不理解她,害怕她所有的想法都是错的,害怕她说了这些话只是更加孤立她自己,害怕他会把她当成一个傻瓜。

他走得更近了。"我懂。我非常理解。但你为什么要哭?还有其他别的事吗?"

他以为她要找出一个不可逾越的障碍。当然他是指某个人,但她并不理解他的问话。她不知道如何作答。她呆呆地看着他。为什么她在哭泣?她心潮澎湃。她怎样才能让他知道呢?而他转而觉得自己的问题太不公平,太不恰当。他极力想

148

纠正自己的错误。他们惶惑地互相对望着,说不出一句话来。他们感到在他们之间存在的某些微妙的东西可能会弃他们而去。他们是青梅竹马的好朋友,现在这一事实似乎成了障碍——他们对以前的自己感到很尴尬。近几年来,他们的友谊变得模糊了,甚至可以说变得紧张了。可是它依然是一个老习惯,而如今要打破友谊,变成关系十分密切的陌路人,就需要一个明确的目的,而这一目的暂时已弃他们而去。眼下,他们似乎难以用语言沟通。

他将双手放在她的肩膀上,她那裸露的肌肤摸上去很冰凉。他们的脸颊越凑越近,他不敢确定她是否会逃开,或者就像电影里面一样扇他一巴掌。她的嘴有一种咸咸的唇膏的味道。他们分开了一会儿。他又用手臂揽着她。他们更大胆地吻了起来。渐渐地,他们的舌尖接触了一下,就在那时,她发出了一阵低低的呻吟。后来他才意识到,这一声标志着一个转折。直到那时,他们互相看着如此熟悉的一张脸还依然觉得有点荒谬可笑。他们似乎觉得童年的自己正凝视着他们。可是,舌与舌的接触、光滑而生机勃勃的肌肉的亲近以及她发出的那种奇怪的声音改变了一切。这一声音仿佛进入了他的体内,穿透他的全身。他整个人儿张开了,他能够走出自身,随心所欲地吻她。以前的自我意识已经不是他自己的了,甚至几乎是抽象的了。她发出的呻吟声贪婪无比,使他也变得贪婪了起来。他将她用力推向角落。他们置身于书丛之中。在他们接吻的时候,她扯着他的衣服,一下一下地想剥去他的衬衫和腰带。他们的头互相磨蹭着,

149

他们的吻变成了啃。她咬他的脸颊,这并非嬉戏。他推开了,然
后又回来了。她用力地咬他的下嘴唇。他吻着她的脖子,迫使
她的头靠在了书架上。她拢住他的头发,将他的脸扳到她的胸
脯上。他笨拙地摸索到了她又小又硬的乳头,用嘴吮吸着它。
她的脊椎变得僵硬了,随之又颤抖了起来。有一会儿,他以为她
已经昏厥了过去。她的手臂抱着他的头。当她把他抱得更紧
时,他几乎已难以呼吸。他呼地站立起来,紧紧地拥抱着她,将
她的头拥在胸口。她又咬他,拉他的衬衫。当他们听到纽扣
"啪"的一声掉到地板上时。他们强忍着微笑,移开了目光。嬉
笑会破坏了他们的情调。她用牙齿将他的乳头俘虏了。这种感
觉真是让人难以忍受。他微微地扳起她的头,将她紧紧地抱在
他的胸口,吻她的眼睛,用舌头掰开她的双唇。无助的她又发出
了一阵类似失望的呻吟声。

最后,他们变成了陌生人。他们完全忘记了过去,他们也忘
记了自己,忘记了他们身在何处。藏书室的门很厚,外面一般的
声音不可能吵到他们,也不可能阻止他们。他们根本就听不见。
他们超越了现在,超越了时间,不再有记忆,不再有未来。余下
的只是被淹没了的情感、兴奋、激情。他们如胶似漆地绞在一起
的时候,只有衣服和衣服、衣服和皮肤摩擦的声音。他在这方面
经验不足,只知道他们不需要躺下,这还是人家告诉他的呢。而
她,除了她所看过的电影、读过的小说和情诗,毫无任何经验可
言。尽管如此,他们非常清楚自己的需求,对此他们毫不感到惊
讶。他们又一次开始接吻。她的手臂抱着他的头。她舔他的耳

150

朵,又咬他的耳垂。渐渐地,她的这些爱抚燃起了他强烈的情欲。他在她的衣衫下摸索着她的臀部。他用力地挤压她,把她半扳过身,想给她报复性的一击,可是却腾不出地方。她盯着他的眼睛,蹲下身去,脱下鞋子。此刻摸索声更大了,解开纽扣,放开手脚。她根本就没有经验。他默不作声地将她的脚放到了最低的书架上。他们动作笨拙,但现在已经太忘我了,以至于根本就不觉得尴尬。当他又撩起她的紧身丝裙时,他觉得他在她茫然的目光中看到了自己的惶惑。可是,只有一个不可避免的结局了。他们只能朝那个方向走去。

她被他挤压在角落上,又一次将手臂挽住他的脖子,手肘放在他的肩膀上,继续吻着他的脸。这一时刻本身很简单。在处女膜破裂的那一瞬间,他们都屏住了呼吸。之后,她很快地转过头去,但没有发出任何声音——这似乎是一个骄傲。他们靠得更近,更深了。然后,数秒钟之后,一切都停止了。代替狂喜的是一片平静。他们平静,并不是因为这一惊讶时刻的到来,而是因为他们对自己知觉回复的畏惧——现在他们又在阴暗处面对面地站着,互相盯着对方的眼睛,此刻那种忘我已经消失殆尽。当然,他们的脸毫不抽象。一位是格蕾丝和欧内斯特·特纳的儿子,另一位是艾米莉和杰克·塔利斯的女儿,他们是童年的伙伴,大学时代的相识,他们在一种平静的快乐中,经历了重大的变故。与一张熟悉的面孔如此接近并不可笑,而是一种奇迹。罗比盯视着这个女人,这个他一直以来都熟悉的女孩。他想着这种变故完全源自他自己。他出世以来,还没有发生过如此重

151

要的生理上的变故。她回望着他,对意识到自身的改变感到惊讶。她被这张脸孔的美丽所陶醉——而她有生以来的习惯使她忽略了这张面孔的美丽。她轻轻地呼唤着他的名字,仿佛像一个小孩子努力地发出清晰的声音。当他以叫她的名字作为回答时,它听上去就像一个新的单词——音节虽然相同,含义却迥然不同了。最终他说出了这三个简单的词——再多蹩脚的艺术或者肮脏的誓言也不能使之贬值。她重复着,用同样的声调强调着第二个字,好像她才是第一个说这三个字的人。他不信教,但要是此时此刻没有想到房间里有一个无形的存在或见证人是绝对不可能的。这三个大声说出的字就像一份无形合同上的签名。

大概有半分钟时间,他们纹丝不动。如果要坚持更长的时间,他们非得掌握非凡的坦陀罗之功不可。他们靠在藏书室的书架上,开始做爱,书架随着他们的动作发出咯吱咯吱的响声。在这种时刻,想象到达一个又远又高的地方是再平常不过的了。他想象着自己在一个圆圆、滑滑的山顶散步,那山顶悬浮于两座更高的山峰之间。他感觉悠然自得,有充分的时间到岩石边,一窥他即将跳下的悬崖峭壁。此刻,一个清爽干净的地方吸引他跳入,但是他是一个通晓世故的人。他走得开,他能等。只要他脑子里不去那座悬崖,他就不会走近它,也就不会受到诱惑。他强迫自己去想那些他所知的最枯燥无味的东西——擦鞋匠、申请表、他卧室地板上的湿毛巾,还有一只里面积有一英寸高雨水的朝天翻的垃圾桶盖,以及他的霍斯曼诗集封面上的一滴茶渍。

这一珍贵的清单被她的声音打断了。她正在叫他,渴求他,在他的耳边低语。一点没错。他们将一起跳跃。此时此刻他和她在一起了,朝着深渊望去。他们看到山坡上的石子穿过云层,向山底滚去。他们手牵着手,准备往后摔去。她重复着,在他耳边咕哝,这一次他听清楚了。

"有人进来了。"

他睁开眼睛。这是一间藏书室,在一座房子里面,一片寂静。他穿着他最喜欢的西装。是的,他回到现实了,相对有些放松。他扭头向后看,只见被昏暗灯光笼罩着的桌子就像梦中的记忆一样,丝毫没有改变。他们在角落里看不见门。什么声音也没有。她弄错了。他多么希望她弄错了,而她的确是错了。他又转向她,正想告诉她她错了,她却突然搂紧了他,他又往后瞅了瞅,只见布里奥妮渐渐地走入了他们视线。她在桌子旁止步,看到了他们。她怔怔地站在那儿,盯着他们。她的手臂松松地挂在两边,就像西部电影中的一位枪手。在那一瞬间,他发现迄今为止他没有恨过任何人。这是一种像爱一样纯洁的感觉,但是他极其冷静理智。并没有什么私人恩怨,因为只要任何人闯进来,他都会恨他们的。无论在客厅还是在阳台,都有饮料,布里奥妮应该在那儿——应该和她的妈妈,和她所崇拜的兄弟,和她的小表姐弟们在一起。她根本不该到藏书室里来,除非她想找到他,夺去属于他的东西。他明白事情的前因后果:她拆开了那封信,看了他的便条,感到很恶心,而朦朦胧胧中她又感到被背叛了。她是来找她的姐姐的——毫无疑问,出于保护她的愿望,或者是警告她,在关着的藏书室门外,听到了动静。由于极度的无知,愚蠢的想象,以及自以为是的正直,她来叫停了。而她根本就没有必要这样做——他们已主动地分开,转过了身。此刻两个人都在小心翼翼地整理他们的衣服。一切都结束了。

菜碟早已被撤走了,贝蒂又拿来了面包和黄油布丁。大人们的那份看上去竟然有小孩的两倍那么多,这是他自己的幻觉呢,还是她的恶意? 罗比颇感纳闷。利昂在倒第三瓶巴锡白葡萄酒了。他已脱掉了他的夹克衫,于是其他两个男人也可以这么做了。夜晚的昆虫不停地往窗玻璃上撞击,窗户上发出了轻轻的响声。塔利斯太太用餐巾轻轻地擦了擦脸,慈爱地看着这对双胞胎。皮埃罗在杰克逊的耳边嘀咕。

"男孩们,吃饭的时候可不准有秘密哦。如果你们不介意,我们倒想听听。"

正在说话的杰克逊,听了这话后,不由得忍气吞声。他的兄弟则低下头看着自己的膝盖。

"艾米莉姨妈,我们想先离开一会。请问我们能够去一下洗手间吗?"

"当然可以。但是应该用'可以',而不是'能够'。此外,你们去哪里,没有必要说得那么具体。"

这对双胞胎从凳子上滑了下来。他们走到门口时,布里奥妮尖叫了起来,指着他们的袜子说:"我的袜子! 他们穿着我的草莓袜子!"

两个男孩子停下脚步,害臊地看着自己的脚,然后又看了看他们的阿姨。布里奥妮半站着。罗比想,这个女孩子内心强烈的感受,终于可以有所发泄了。

"你们去了我的房间,并从我的房间里拿了我的袜子。"

开饭后塞西莉娅第一次说话了,她也需要发泄一下自己的感情。

"闭嘴!看在上帝的分上,你真是个令人讨厌的多嘴婆!两位表弟没有干净的袜子,所以我拿了一些你的袜子给了他们。"

布里奥妮惊讶地盯着她,感到自己受到了伤害,受到了背叛,而伤害和背叛她的人正是她渴望去保护的人。杰克逊和皮埃罗仍然看着他们的姨妈。此刻她歪着头,微微地点了点,叫他们出去。他们小心翼翼地关上了门,但这种小心是那么的过分,简直有点讽刺意味。他们的手刚刚离开门把,艾米莉就拿起了勺子,其他人也如法炮制。

她温和地说:"你不应该对你的妹妹那么苛刻。"

在塞西莉娅朝向她妈妈的时候,罗比发现了她腋下的一丝汗水,他不禁联想到了刚刚割过的草坪。不久,他们就能够到外面去了。他阖眼了片刻。一盒两品脱的奶油蛋糕放在他的边上。他在想,他是否有力气把这个蛋糕拿起来。

"对不起,艾米莉。但是她一整天都有点儿不大对劲。"

布里奥妮像个成人似的沉稳地说道:"照你来说,那种反应似乎有点太强烈了。"

"什么意思?"

罗比知道,这是一个不该问的问题。在她的这一人生阶段,布里奥妮正生活在从婴儿室到成人世界无以言状的过渡之中。她难以预测,反反复复地跨越这一空间。在目前的情况下,她不过是一个愤怒的小女孩,并不是那么危险。

事实上,布里奥妮自己也不明白她自己说的到底是什么意思,但是罗比不可能明白这一点。他只是尽快地想换一个话题。他转向坐在他左边的罗拉,说了一句针对所有人的话:"他们是好小子,你的两个兄弟是好样的。"

"哈!"布里奥妮毫不留情,决不给她的表姐说话的时间。"那证明你根本不了解他们。"

艾米莉放下她的调羹。"亲爱的,你要继续这样子的话,我就不得不要你离开餐桌了。"

"可是瞧瞧他们对她做了些什么。抓破了她的脸,扭伤了她的胳膊。"

所有目光都定格在罗拉身上。她雀斑点点的脸庞越发黝黑,使她的伤疤显得并不那么明显。

罗比说:"看上去还不那么糟糕。"

布里奥妮怒视着他。她母亲说:"是小男孩们的指甲挖的。我们给你涂些药膏。"

罗拉显得很勇敢。"其实,我已经擦了一些了。现在已经感觉好多了。"

保罗·马歇尔清了清嗓子。"我亲眼看到的——必须将他们分开,把他们从她身边拉开。我得说我很惊讶,哪有那样的小

156

孩子。好吧,他们居然欺负她……"

艾米莉已从她的座椅上站起身。她走到罗拉的身旁,将她的手握在自己的手中。"看你的手臂!哪止擦伤了,整个手肘都乌青了。他们到底怎么伤害你的?"

"我不知道,艾米莉姨妈。"

马歇尔又一次倾靠在椅背上。他在塞西莉娅和罗比的脑袋后面,对着这个用泪水汪汪的眼睛凝望着他的小女孩说道:"你如实告诉姨妈,这并不是一件害羞的事情,你可知道。你很勇敢,可是你触了霉头。"

罗拉强忍住不哭。艾米莉将她的外甥女搂在腰间,抚摸着她的头。

马歇尔对罗比说:"你说得很对。他们是好小子。我觉得他们最近也够苦的了。"

罗比纳闷,既然罗拉伤得这么严重,那么为什么马歇尔以前没有提起呢? 此时,整桌的人都闹腾开了。利昂对坐在对面的母亲说:"需要我打电话叫医生来吗?"塞西莉娅站起身来。罗比碰了碰她的手臂,她转过身来。自从在藏书室分开以来,这是他们首次四目相对。他们还没来得及用目光交流些什么,她就匆匆奔向她母亲身旁。她母亲开始吩咐准备冷敷。艾米莉对她外甥女喃喃地说着安慰的话,马歇尔仍然坐在自己的座位上为自己斟酒。布里奥妮也站了起来,同时又女孩子气地尖叫了一声。她从杰克逊的座位上拿起了一个信封,给众人看。

"一封信!"

她正想把它打开的时候,罗比情不自禁地问道:"给谁的?"

"它写着'致所有的人'。"

罗拉从她姨妈那边走了过来,用餐巾擦了擦脸。令人惊讶的艾米莉又一次行使了她一家之主的权威。"你不许打开。照我说的做,把它拿来给我。"

布里奥妮察觉到了她母亲不同寻常的口吻,手拿信封乖乖地绕过桌子走了过去。艾米莉从罗拉身边挪开一步。她取出一页画着横线的纸。她读的时候,罗比和塞西莉娅也能够看得见纸上的字。

我们逃走了,因为罗拉和贝蒂对我们很凶。而且戏也没得演。我们想回家。不好意思,我们拿了一些水果。

他们都歪歪扭扭地签上了自己的名字。

艾米莉朗读完后,整个屋子一片寂静。罗拉站了起来,向窗户走了几步,然后突然改变了主意,走回桌子的一端。她惊惶失措地从左向右张望着,同时又不停地嘀咕着:"哦,天哪。哦,天哪!"

马歇尔走了过去,抓住她的手臂。"一切都会好的。我们编成几个队,立刻去找他们。"

"对,对。"利昂说。"他们不过才走了几分钟。"

但是罗拉并不在听他们说话。她似乎已做出了决定。她迈着大步向门口走去,边走边说:"妈妈会杀了我的。"

利昂抓住她的肩膀,想把她拉回来,但她肩膀一耸,挣脱开了,然后,就走出了门外。他们听到了她跑过大厅的脚步声。

利昂转向他的妹妹。"西,你跟我一起去。"

马歇尔说:"天上没有月亮。外面一片漆黑。"

一帮子人向门口走去。艾米莉说道:"得有人等在这儿。不如我留在家里吧。"

塞西莉娅说:"地窖门后有几个火把。"

利昂对他母亲说:"我想你最好打个电话给警官。"

罗比最后一个离开餐厅。他想,他是最后一个回过神来的。他的第一反应就是他受骗了。这一感觉直到他走到相对凉爽的走廊上时也没有消退。他无论如何不能相信双胞胎会有危险。就连母牛也会把他们吓回家的。屋外沉沉的暗夜、黑黝黝的树木、绰绰的影子以及刚刚割过的阴凉草坪——所有这一切都是为他和塞西莉娅所保留的,所有这一切都是属于他们的。它们正等待着他们去使用,去索取。明天,或者除了此时此刻的任何时候,都不行了。但是突然间,这个家庭的人一个个潜入了黑夜,此时的黑夜已属于一个颇具喜剧意味的家政危机了。他们会挥舞着火把,呼喊着双胞胎的名字,在外面搜寻数个小时。最终小男孩们会被找到,那时候他们一定又累又脏。罗拉也会平静下来,然后大家举杯庆祝,这一夜就结束了。几天之内,甚或几个小时之内,这也许将成为一个家庭事件中有趣的回忆:"双胞胎逃走之夜。"

罗比走到前门时,搜寻的队伍已经出发了。塞西莉娅挽着

159

她哥哥的手臂。他们向远处走去时,她回望了一眼,看见他站在灯光下。她盯了他一眼,耸了耸肩,仿佛在说:眼下我们毫无办法。他还没来得及对她的动作作出回应,还未来得及表示接受爱意,她就转身了。她和利昂朝前走去,嘴里喊着双胞胎的名字。马歇尔在更远处,走在大道上,此刻只能靠着他手执的火把才可以依稀辨认。罗拉已不见踪影。布里奥妮在房子周围走来走去。她当然不想和罗比在一起,这反倒令人感到安慰,因为他已经做出了决定:如果他不能和塞西莉娅在一起,如果他不能与她独处,那么他也会像布里奥妮一样,单枪匹马去寻找。正如他后来多次所承认的那样,这一决定改变了他的人生。

第十二章

无论原来那幢亚当式的房子多么精致,也不论它过去俯临周围草地的姿态多么优美,它的墙都不可能如现在这所豪宅这般牢固结实,它的房间也不会像塔利斯家这所豪宅的房间那样偶尔会被一层挥之不去的寂静所笼罩。当搜索队一行人离去之后,艾米莉关上前门,转身穿过门厅,此时她才感到这所房子有多么低矮。贝蒂和她的帮手们肯定还在厨房吃甜点,不知道餐厅此时已空无一人,一片沉寂。四周的墙,细木镶板,屋子里到处弥漫着的、由几乎崭新的固定装置所带来的厚重的气息,巨大的炭架,以及光亮如新、大得能容人进出的石制壁炉——所有这一切都令人仿佛穿梭了数个世纪,回到了一个久远的年代,置身于被寂寂森林所包围的孤寥城堡之中。艾米莉揣测,她公公造这样一所铜墙铁壁似的房子旨在营造一种氛围:家庭传统世代相传。制了一辈子铁闩和铁锁的人当然清楚隐私的重要性。屋外的噪音丝毫都透不进来,即便是屋内日常生活中的响声也是十分含糊不清,有时就连这些声音也无法被耳朵所捕捉到。

艾米莉叹了一口气,但没听见自己的叹息声,然后又叹了一口气。她坐在电话机旁,电话机摆放在一张半圆形锻铁桌上,紧挨着书房的门。她把一只手放在听筒上,心想:如果要和沃金斯警员通话就先得和他太太聊上几句。他太太是个喋喋不休的女人,总是喜欢闲扯些和鸡蛋有关的话题,如鸡饲料的价格啦,狐狸啦,还有现在的纸袋子多么不耐用之类的事。她丈夫虽是个警察,但不像人们所想的那样事事都采取服从的态度。他说起那些俗语来,比如,不雨则已,一雨倾盆;人一闲,麻烦现;一粒老鼠屎坏了一锅汤,语气总是非常诚恳,就像是多年智慧的结晶回响在他那裹着紧身制服的胸腔里。村里人谣传说他加入警队、蓄起八字须之前,是一名工会会员。大罢工的时候,有人曾看见他在一列火车上,随身带着许多小册子。

再说,对一名村警,她又能要求些什么呢? 等到他跟她说,男孩子嘛终归是男孩子,然后再叫醒六名当地的男子组成一个搜索队,到那时,都过去一个多小时了,那双胞胎也被夜幕中的茫茫世界吓得魂不附体,说不定已经自己回来了。事实上,令她

161

牵肠挂肚的倒还不是这两个孩子,而是埃尔米奥娜,他们的母亲,也就是她的妹妹,更确切地说,是她的化身,附在精瘦的罗拉身上的化身。刚才,艾米莉从餐桌旁站起来去安慰罗拉的时候,突然发现自己满腹怨恨之情。这种情感越强烈,她对罗拉就越关怀备至,想以此来掩饰它。她脸上的刮伤清晰可见,一只手臂上竟然还有两个小男孩抓的瘀伤——触目惊心的瘀伤。但此时,一种积存已久的对立情绪折磨着艾米莉。她在抚慰的其实是自己的妹妹,是埃尔米奥娜,一位专爱抢风头、装腔作势的行家里手。艾米莉和过去一样,越是气愤,就越是关心他人。当可怜的布里奥妮发现了这对双胞胎留的信之后,正是同样的一种对立情绪促使艾米莉对布里奥妮大为光火。太不公平了!看到自己的女儿——任何比她自己年轻的女孩——拆开信封,慢悠悠地拆开信封,加剧屋内的紧张气氛,然后向在座的所有人大声读出了信的内容,宣布这一消息,使自己成为众人瞩目的焦点——看到这一切勾起了艾米莉对往事的回忆,唤起了些许思绪。

埃尔米奥娜从小就口齿不清,走起路来神气活现,还学芭蕾舞蹈演员那样单足旋转。只要一有机会,她就会炫耀自己——至少她那满面怒容、一言不发的姐姐是这么认为的——毫不顾及自己那荒唐可笑、急不可耐的模样。甚至还总是有大人在一旁鼓励这种孜孜不倦的孤芳自赏。印象最深的一次是艾米莉十一岁那年,一头撞上了一扇落地玻璃窗,吓坏了满屋子的客人。一股鲜血溅在旁边一个小女孩的白色平纹细布裙上,留下一片猩红。此时,年仅九岁的埃尔米奥娜发出一声尖叫,顿时成了舞台的中心。受伤的艾米莉一声不吭地躺在地板上,躺在沙发的阴影之中,一位当医生的叔叔给她系上专用的止血带,而十来名亲戚却上前去安慰她那"受惊过度"的妹妹。而现在,这位妹妹正在巴黎与一名电台里工作的男人寻欢作乐,而艾米莉却在这里替她照看孩子。要是沃金斯警员知道了,他准会说:"瞧这世道变得。"

罗拉和她母亲一样,在抢风头方面是不甘人后的。信一念完,她便意想不到地离去,众人的注意力也因此从她那两个离家出走的弟弟转向了她。我妈真的会杀了我。她继承了她母亲的禀性。如果这两兄弟回来了,大家肯定还得四处找寻罗拉的下落。她是个极度自恋的孩子,在黑漆漆的外面她会逗留更久,编一串谎言称自己有多不幸。这样一来,当她现身之时,大家的怜惜之情就会更为强烈,所有的注意力也都会集中在她一人身上。那天下午,艾米莉虽然没起床,但她已经猜到罗拉一定会在暗中捣蛋布里奥妮的演剧。她的这一猜疑后来从画架上一张撕裂的海报上得到了验证。而且也正如她所预料的那样,布里奥妮早已出去,不知躲在何处生闷气。埃尔米奥娜和罗拉是何其相像啊:驱使他人做出伤害自己的行为,而自己却还能问心无愧。

艾米莉站在门厅,不知该做些什么。她哪个房间都不想待,竖起耳朵想捕捉屋外搜查人员的说话声,但什么也没听见,为此她松了口气——如果她没有自欺欺人的话。其实也没什么大不了的,不过就是两个孩子不见了,闹哄哄地折腾了一番。这本来应该是埃尔米奥娜的生活,现在却强加于她的身上。对于这对双胞胎,根本没什么可担心的,他们不可能去河边,等他们玩累了自然会回来的。厚实的墙将屋子封得严严实实,一片死寂。身处其中,艾米莉听见耳朵里嗡嗡作响,响声时高时低,和着某种节拍。她抬起放在听筒上的手,揉了揉前额——没有偏头痛的迹象,感谢上帝——然后走向客厅。不给沃金斯警员打电话的另一个原因是杰克马上就要打电话来道歉。电话会通过杰克所在部里的接线员打来,接着会听见杰克那位年轻女助手既带鼻音又带嘶声的话音,最后才是她丈夫从办公桌后传来的声音,它会在那间天花板上饰有花格镶板的大房间里回响。艾米莉知道杰克工作得很晚,对此她毫不怀疑,但她知道他没有睡在俱乐部,他也清楚她知道这一点。可是没什么可说的,说得确切一点,是要说的太多了。他们两个都惧怕起冲突。每天傍晚,他都会打来电话,尽管艾米莉对他所说的并不怎么相信,但至少对双方而言也算是一种安慰。如果这种表面上的维持是常用的虚伪之道,那艾米莉不得不承认这还挺管用的。她能从房子、花园——最重要的是孩子身上——获得满足。她配合杰克的这套表面功夫,就是不希望失去这一切。况且,她倒是更希望通过电话听到杰克的声音,而不是有他伴在左右。即便经常骗她,但至少这也说明长久以来他是在意她的,尽管这很难称之为爱。他肯定是在乎她的,所以才精心编了那么多谎言,骗了她那么久。他这样做,说明他还是看重他们的婚姻的。

孩子没有父亲疼,妻子没有丈夫爱。但艾米莉并没有像她理应的那样闷闷不乐。她身上的担子不止一副。在通往客厅的入口处,她停下脚步,发现鸡尾酒杯上还留有巧克力的残迹,这些酒杯得清理掉。她还发现朝向花园的那几扇门也敞开着。一阵微风吹拂着壁炉前的莎草,莎草沙沙作响。两三只肥蛾绕着拨弦古钢琴上的那盏台灯飞来飞去。什么时候还会有人再弹那架琴呢? 飞蛾扑向光源,扑向它们最容易被其他生物吞噬的地方,为什么会如此? 这是艾米莉感兴趣的诸多奥秘之一。可她却并不希望有人给她解释一番,揭开这个谜团。在一次较正式的晚宴上,一位不知搞什么学科的教授想和艾米莉闲聊几句。他指了指盘旋在枝状大烛灯上的几只虫子,对艾米莉说,这些虫子误以为灯的后面更暗,正是这种视觉印象才指引着它们朝灯扑去。尽管它们也许会被吞噬,但它们不得不听命于本能的驱使,在光亮的另一头寻找最为黑暗的地方。飞蛾寻找的是一种幻觉。教授的话在艾米莉听来像是诡辩,或许只是一种自圆其说。人怎么能通过虫子的眼睛就认定自己读懂了这个世界了呢? 并不是所有事情都有原因的。如果硬要反其道而行,那只能是对这个庸碌世界自行运转的一种干涉,甚至还有可能带来不幸。有些事物原本就是如此。

　　艾米莉不想知道为什么杰克这么多次一连几夜留在伦敦。确切地说,是她不愿别人来告诉她其中的原因。她也不想更多地了解杰克的工作,他工作缠身,待在部里迟迟不归。数月之前,也就是圣诞节过后不久的一个下午,艾米莉走进书房去叫醒杰克。她看见书桌上有一份翻开着的文件。只是出于做妻子的

165

那一点点好奇,她才偷看了几眼。事实上,她对民政丝毫不感兴趣。在文件的某一页上,她看到了一张表,列了这样一些标题:外汇管理、定量供应、疏散大城市的民众和征用劳工。封面上的内容是手写的,是一连串数学计算的式子,上面散置着成堆的文本。杰克写得一手工整的字,惯用棕色墨水,艾米莉一眼就猜出直线处表示乘数是五十。每扔下一吨炸弹,就有五十名伤亡者。若两周内投下十万吨炸弹,伤亡人数将达到五百万。她没有唤醒杰克,他轻轻的、口哨声似的呼吸声与草坪另一端某处传来的冬日的鸟鸣声交织在一起。似水的阳光在书脊上漾出一圈一圈的波纹。阳光把尘埃晒得暖暖的,这样的气息处处可闻。艾米莉走向窗户,凝视窗外,想在光秃秃的栎树枝丫间找到那只小鸟。栎树黑色的枝丫在灰淡蓝的天空的衬映下分外显眼。艾米莉很清楚政府官员必须做这样的推测,而且的确也应该预先防范各种意外事件的发生。但这些夸张的数字显然是在名利和权势上自我扩张的一种表现,草率马虎几乎到了不负责任的地步。杰克是这个家的保护人,守护着这个家的宁静。这个家要仰仗他的高瞻远瞩。但这有多么的愚蠢。艾米莉把他叫醒后,他咕哝了几声,然后突然探身合上文件。接着,仍然坐在那儿,把艾米莉的手拉到嘴边,干巴巴地亲了一下。

艾米莉决定还是让玻璃窗开着,然后在长沙发的一端坐了下来。她觉得自己并不是在等待。据她所知,还没人能像她这样不用在膝盖上放一本书就能一动不动地坐着神游,好似漫游

166

一个从未到过的花园。多年来,她一直在努力避免偏头痛的发作,从中学会了如何保持耐心。烦躁不安、冥思苦索、读书阅览、举目凝视和渴望企盼——所有这一切都要避免,她钟情的是一种慢悠悠的联想。点滴的细节如片片雪花堆成积雪。慢慢地,她就裹在了一层更深的寂静之中。静静地坐在那里,她能感觉夜晚的空气触着胫部的裙摆。童年的记忆就如这斑斓的丝绸,触手可及,有韵味,有声音,有气味,组成一个实体,绝不再只是一种心情。艾米莉觉得这间房子里还有一个"人",那个受尽委屈、被人忽视的自己,一个年仅十岁、比布里奥妮更加沉默的小女孩,常常惊叹于时间的空洞寂寥,惊讶于十九世纪即将走向尾声。和这时的她一样,它常常独坐于这样一间房子,而不"加入其他人群"。这个鬼魅冒了出来,不是因为埃尔米奥娜过去的种种又在罗拉身上重现,也不是因为两兄弟谜一般的失踪,而是因为艾米莉发现布里奥妮一点一点地把自己收紧,退缩到一个她自己可以自主的天地里。这预示着布里奥妮的童年即将画上句号。担忧又一次萦绕于艾米莉的心头。布里奥妮是她最后的寄托。从现在到入墓的那一天为止,没有什么会比关爱这个孩子更为重要,也没有其他事儿比这件事更能给艾米莉带来欢愉。艾米莉不傻,她知道这是出于自怜。当她凝神想着自己的没落时,这种自怜的情绪就像陈年的酒香弥漫开来:布里奥妮自然会离家去她姐姐就读过的格顿学院,而到时候,她,艾米莉的手脚也将日渐僵硬,对孩子而言也会变得人微言轻。但岁月的流逝也会把身心俱疲的杰克带回她身边。什么都不会说,什么也都不必说。她童年的魅影在这里,在这个房间的每个角落,提醒着她存在是有限的。这么快,这个故事就结束了,既非气势磅礴,也不是空洞无物,但很仓猝,也很无情。

艾米莉的情绪没有因为这些寻常的想法而变得特别低落,而是游走于它们之上,不带感情地低头端详着它们,心不在焉地将它们与其他令人出神之事混在一起。她打算在通往游泳池的小径上植一丛美洲茶。罗比一直想说服她改支一个藤架,在上面修剪出慢慢往上攀爬的紫藤。他喜欢紫藤花和它的香气。但若待到花开香飘之时,她和杰克怕也是早已作古了。这个故事也将落下帷幕了。她想起了饭桌前的罗比。在此之前,艾米莉已经注意到他那呆滞的神情中已经有些躁狂。难道他抽了大麻?艾米莉在一本杂志上读到过关于大麻的文章,这些大麻烟让放荡不羁的年轻人变得精神失常。艾米莉很喜欢罗比,也为格蕾丝·特纳感到高兴。事实证明罗比的确是个聪明的孩子。罗比成了杰克的一个习惯,成了多年来他一直奉行某种平等原则的活生生的例证。杰克不常提起罗比,每次说起他时,都带点伪善的辩解。有些事已得以证实,艾米莉把它们视为对自己的一种指责。杰克曾提出为罗比支付学费,但艾米莉表示反对,这有点多管闲事的意味。她认为这对利昂和女孩子们不公平。就算后来罗比以第一名的成绩离开剑桥,她也不认为自己错了。事实上,这倒使考了第三的塞西莉娅面临更为严峻的形势。当然,塞西莉娅为此假装失望是有点荒谬。罗比的地位得到了提升。"好事从不自己找上门来",这是她常说的一句话。杰克对此总是自鸣得意地回答说,许多好事早已不请自来了。

　　尽管如此,布里奥妮在吃饭时以那种方式和罗比说话就非常不恰当。如果她有怨恨,艾米莉表示同情,这是可以预料到的事,但一旦说出来就有损尊严,有失体面了。又想到吃饭那会了——马歇尔先生让每个人的情绪都放松下来,而且做得十分自然,非常巧妙。他是个合适的人选吗? 他的外表令人稍感遗憾,半边脸像一间修饰过度的卧室,或许过段时间,就会现出布满皱纹的真面目。下巴像一块楔形的干酪或是巧克力。如果他真要为整支英国军队提供阿莫牌巧克力条,他就会成为巨富。但是塞西莉娅在剑桥学会了现代势利的那一套,认为一个拿了化学学位的人不是一个完整的人,这是她亲口所言。在格顿女子学院,她闲逛了三年。读的那些书,如简·奥斯丁、狄更斯、康拉德的作品,在家也一样能看,楼下的书房里都有,而且是全集。读小说在旁人看来只是业余消遣,怎么在她就成了一种追求,还让她自我感觉比其他所有人都优越呢? 即便是一名药剂师也有他的用武之地呢。况且眼前这位还能用糖、化学制品、棕色色料和植物油制成巧克力,而且不加可可油。一边吃着他那令人惊奇的开胃品,他一边解释说生产一吨巧克力几乎不花钱。他能以低于竞争价的价格抢到生意,同时还能增加盈利。话虽粗俗,但安逸、平安的岁月也许会从这些制造巧克力的廉价大桶中流出。

　　回忆、判断、疑问和模糊的决定,这些零碎的片段在艾米莉脑中一一浮现。半个多小时就这样悄然而逝,而艾米莉几乎一

169

动没动,也没听见每隔一刻钟就敲响的钟声。她知道风势加强了,吹拢了一扇落地窗,接着逐渐减弱。过后,她的思绪又被贝蒂和她的帮手们打扫餐厅的声音所打断。那些声响逐渐消失后,艾米莉又一次沿着枝枝杈杈的遐想之路漫步,她浮想联翩,凭着数千次头痛所赐予的"专业技能"避免一切突兀或刺激的事情。最后,当电话铃声终于响起之时,她立即起身,没有丝毫的惊讶,走向门厅,拎起话筒,如平常一般用升调大声应道:

"塔利斯家?"

听筒里传来了总机接线员的声音,带有鼻音的女助手的声音。停顿之后是长话线的噼啪声,最后才是杰克毫无感情的声音。

"亲爱的,今天比往常晚了点,真抱歉。"

现在是十一点半。但她并不在意,反正周末他要回家,而且迟早有一天他总要回来,永远不离开了。一句不友善的话都不会再说。

她回答说:"好的。"

"要修改《国防声明》,要印第二次。之后又有其他事,一件接着一件。"

"是重整军备吧。"她用抚慰的口吻说道。

"恐怕是的。"

"你知道,每个人都持反对意见。"

杰克轻声一笑。"我们办公室里的人可不反对。"

"但我反对。"

170

"哦,亲爱的,真希望有朝一日我能说服你。"

"我也希望有朝一日能说服你。"

谈话中透露出一丝情意,其中的亲昵之情也令人感到宽慰。一如平常,杰克问艾米莉这一天是怎么过的。她告诉他,天很热,布里奥妮的戏砸锅了,利昂和他的朋友到家了。艾米莉说:"利昂的朋友跟你是同一个阵营的。只是他希望有更多的士兵,这样他就能向政府出售他的巧克力条了。"

"我明白。不愧是铁杵磨成针啊。"

艾米莉又说了晚餐上的事,以及罗比餐桌上失魂落魄的神情。"我们真的该送他去读医吗?"

"那当然。他走出了大胆的一步。这是他的性格。我知道他会尽力的。"

接着,她又描述了这顿晚餐是如何以双胞胎留下的字条而告终,搜索队是如何出发去搜寻他们的。

"两个小混蛋,他们究竟去哪儿了?"

"不知道,我还在等消息。"

电话那头一阵沉默,只有被远处机械的咔哒声所打断。当这位高级公务员最终发话时,他已做了决定。他很少叫妻子的名字,现在,他直呼她的大名,说明他郑重其事了。

"艾米莉,我要挂电话了,我要去报警。"

"真有那个必要吗?等警察来了,……"

"如果你有任何消息,立刻告诉我。"

"等一……"

这时,艾米莉听到有声音。她转过身去。利昂正从正门处走过来,塞西莉娅紧跟其后,一声不吭,一脸的困惑不解。后面还有布里奥妮,一只臂膀搂着她表姐的肩。罗拉面色苍白,神情僵硬,像戴了一个黏土制成的面具,没有任何表情。刹那间,艾米莉就知道出事了。两兄弟去哪儿了?

利昂穿过门厅向她走来,伸过手来抢下话筒。裤脚的翻边直至膝盖处都沾上了土。是淤泥,如此干燥的天气里竟然沾上了淤泥。他气喘吁吁,从艾米莉手中抢过话筒背过身去时,一绺又湿又直的头发在脸前晃动。

"是你吗,爸爸? 是的,听着,我想你最好回来一趟。没有,还没有呢,比这更糟。不,不是,现在我还不能告诉你。如果行,今晚就回来。我们得给他们打电话。尽量回来。"

艾米莉把手按在心口,后退了几步,走到塞西莉娅身边。三个女孩子都站着看。利昂压低了声音,用手在话筒处窝成杯状,小声嘟哝着些什么。艾米莉什么也听不见,也不想听。她宁愿回到楼上自己的房间去,但利昂挂了电话,酚醛塑料话机发出一串嗒嗒的回声。他转过身来,面朝着她。他目光锐利,紧紧地盯着她。她不知道自己看到的是不是怒气。利昂缓了一口气,咧了咧嘴唇,表情很古怪。

他说:"我们到客厅去坐一会儿。"

她懂他的意思了。现在他不想告诉她。他不想让她倒在地上,砸破了头颅。她双眼盯着他,但身子一动不动。

"过来,艾米莉,"他说。

她儿子的手搭在她肩上,又热又沉。透过丝质衣料,她感到利昂的手湿湿的。无助的艾米莉任由利昂把她引向客厅。她所有的惊恐都集中在了这样一个简单的事实上:他要她先坐下,然后才会告诉她究竟出了什么事。

第十三章

再过半个小时,布里奥妮就将犯下罪行了。她意识到自己正与一个躁狂者共处这一沉沉暗夜,于是从一开始就紧贴着有阴影的墙走。每当经过有光亮的窗前,就把身体弓得比窗台还低。她知道他会沿着车道前行拦截,因为她姐姐和利昂就是沿着那条道一起出去的。当布里奥妮觉得自己和他相隔的距离比较安全时,就大胆转身走出屋子,径直走向马厩区和游泳池,去看看双胞胎是不是在那里玩浇水的软管,或是掉入游泳池溺毙了,面朝下浮在水面上,涨得面目全非。她考虑着该如何形容这一情景:水波荡漾,他们在波光粼粼的水面上飘来飘去,头发一绺一绺地散落开来,裹着衣服的尸体轻轻碰撞后缓缓地飘离开去。夜晚干燥的空气游离于她的裙衫和肌肤之间,她觉得在黑暗中思路畅通,头脑灵活,没有什么她不能形容:一个躁狂者,沿着车道轻手轻脚地向前行进,路边的植草边沿压低了他的脚步声。但所幸的是她哥哥和塞西莉娅在一起,就不必担心了。这

173

美味的空气，她也能形容。青草里飘来牛羊甜美的芳香，被烈日炙烤过的地面还留有白天的余热，散发出富含矿物质的泥土气息，徐徐微风从湖面上吹来。

她开始飞奔，穿过草地，觉得自己能跑上一整夜，像一把利刀穿梭于丝绸一般的空气中，跃过脚下钢圈般的硬地。夜幕笼罩下，飞奔的速度都似乎增加了一倍。在梦中她曾这般奔跑，身体前倾，张开双臂，拥抱信念——这在现实中非常困难，可在梦境中易如反掌——双足蹬地，腾空而起，在树篱、大门和屋顶上低飞，接着，向高空猛冲，欢快地翱翔于云际，盘旋于田野之上，最后俯冲直下。现在她能感觉如何通过渴望就能做到这一切。她穿行于一个爱她的世界中。她想要什么，它就给她什么，她的梦想都能成为现实。当梦想成真的那一刻，她就用语言来描绘。写作不正是一种翱翔，一种可以做到的飞翔的、梦幻的、想象的形式吗？

但是，还有一个狂人悄无声息地潜行于夜幕中，怀着一颗黑暗的心，一颗不满的心——她已经挫败过一次他的行动。若要描述他的罪行，她就得现实些，先保护姐姐不受他的伤害，再设法写下一纸罪状，将他绳之以法。布里奥妮放慢速度，开始步行，心想他一定恨透她在藏书室里阻挠了他的行动。尽管她受到了惊吓，但从另一个角度想，那也是她生命中一个崭新的时刻，又一个"第一次"：让一个成年人对她产生了恨意。孩子的恨往往滚滚而来，变幻无常，并不是那么重要。但能成为大人仇恨的对象是迈入一个庄严新世界的第一步。这意味着她升了级。他也许已经原路返回,潜伏在马厩区后面,暗藏杀机。但她努力使自己不要害怕。她在藏书室里时就曾和他对视过,但她姐姐只是悄然走过她身边,对自己被解救毫不表示感激之意。她知道,自己不是想听感谢的话,也不是想求什么回报。那是一种无私的爱,什么都不必说。她会保护姐姐的,哪怕塞西莉娅没有任何感激的表示。而且布里奥妮现在不可能惧怕罗比;很显然,最好让他成为她厌恶和憎恨的对象。他们,塔利斯一家为他提供了各种各样良好的条件:一个哺育他成人的家,无数次的法国之行,中学的校服和课本,然后送他去剑桥。作为回报,他竟然用如此肮脏的字眼侮辱她的姐姐,凭着自己身强力壮欺侮了她,枉费了对他的一番盛情。当他厚颜无耻地坐在餐桌边时,竟然还能装作若无其事的样子。道貌岸然。非要揭开他虚伪的面纱不可!她真正的人生才刚刚开始,可是一个恶棍却闯进了她的生活。他们曾以为他是这个家的老朋友。他四肢笨拙而强壮,脸虽粗糙却很友善。过去,他常常背着她在河里游泳,紧紧拽住她逆流而行。一切看似都很正常。真相很奇怪也颇具欺骗性,只有透过日常的表象,才能发现它。这个事实大出人们的意料。当然,流氓恶棍不会嘴发嘶嘶声或口念独白,也不会着一袭黑衣,挂一副奸刁的嘴脸,告诉大家自己是坏人。利昂和塞西莉娅走在房子的另一边,渐渐离她远去。塞西莉娅也许正在把藏书室里的那一幕告诉利昂。如果是这样的话,利昂就会搂着她的肩。只要塔利斯家的孩子们团结一心,就能把这个畜生赶出去,将他逐出他们的生活,使他永远不能伤害他们。为此,他们还不得不面对他们的父亲,说服他,安慰他,劝他不要生气,不要失望。他不得不面对这样一个事实:他的被保护人竟然是个躁狂者! 罗拉的话引起了一连串的联想——男人、疯狂、斧头、袭击、控诉。她的话也证实了医生的诊断。

她绕着马厩区走,在拱形入口处的钟塔下停住了脚步。她大声叫唤着双胞胎的名字,却只听见马蹄声和重物挤压马厩的声音。她庆幸自己从未迷恋过一匹马,因为到了现在这个年龄,她肯定会把它抛在脑后。此时,她并没有靠近马匹,尽管它们感觉到她的存在。若用它们的话说,她是一位神,是一个天才,在它们世界的边缘游荡,它们尽力想引起她的注意,但她转过身继续向游泳池走去。她想知道对某人甚或某个牲畜,比如一匹马或一只狗,负有最后的责任,是否与写作是根本对立的,因为每次创作都是作家内心一趟不受约束的旅程。为了保护某人因而忧虑重重,进入他的头脑后思虑万千,引导他的命运,支配他的人生,这样做,心灵难有片刻的自由。或许她会成为那一类被人怜悯或嫉妒的女性之一,一个拒绝生孩子的女人。她沿着砖块铺成的小径走着,这条小径在马厩区外绕了一圈。和地面一样,沙砖散发着白天的余热,光秃秃的小腿肚上和脸颊边她都能感觉到。当她疾步穿过用竹子搭建起的黑洞洞的隧道时,脚闪了一下,接着她踏上了几何形石头铺砌的小径,才松了口气。

水下的灯是那年春天安装的,至今也还是新奇的事物。那向上的灯光带点蓝色,在它的照耀下,泳池周围的一切都恰似蒙上了一层淡淡的月光,如同一张照片。一张锡制旧桌上摆着一个玻璃罐、两只平底玻璃杯和一块布。另一只玻璃杯里盛放着几粒无核小果,稳稳地立在跳板的另一端。泳池里没人,黑漆漆的更衣室里也没有咯咯的笑声,竹丛的阴影中也没有嘘嘘声。她沿着游泳池慢慢转弯,不再搜寻什么,而是被波光粼粼、静如平镜的水面所吸引。尽管那个躁狂者给她姐姐带来了威胁,但这么晚了还能得到许可来到外面,这可真令人高兴。她并不真的认为双胞胎有危险。即便他们看到过藏书室里那张框中的地形图,即便他们很聪明,能看得懂它,即便他们打算离开这里,向北走一整夜,他们还是得沿着车道走入铁路边的那片森林。现在是夏季,浓密的树阴遮住路面,道路一片漆黑。他们惟一的出路是穿过那道仅容一人通过的小门走出去,向南一直通往河边。但是那里也没有灯光,不能循着一条道走或低头躲开压得低低的树枝或闪身避开两边密密的荨麻。他们还没有胆大到置身于险境的地步。

他俩是安全的,塞西莉娅和利昂在一起,所以她,布里奥妮,就可以安心在夜幕中游荡,仔细思忖她这不寻常的一天。当她撕下自己海报的那一瞬间,她的童年就结束了;当她离开泳池的那一刻,她就认定了这一点。童话故事已不再属于她了。在短短数小时之内,她亲眼目睹了种种不可思议的事情,看到了一个难以启齿的字眼,阻挠了一桩残忍罪行的发生,招惹了一个大家都曾信任的人,让这个成年人对她恨之入骨。就这样,她也加入到那个婴儿室之外的戏剧人生之中。此时她所要做的是找到事实真相,不仅仅只是动机缘由,还有解开谜团的办法。这就对得起她的新认识了。或者,难道她的意思是,更明智地领悟自己的无知?

凝视水面几分钟后,她想到了那个湖泊。也许两兄弟躲在了岛上的庙宇里。那里非常偏僻,但离她家还不是太远。那是个舒适的小地方,没有太多的隐蔽处,周围有慰藉人们心灵的湖水。其他人也许径直过了桥,没有注意那里。她决定按照自己的路线走,绕过屋子后面,到湖那边去。

两分钟后,她在穿越玫瑰花坛和特赖顿喷泉前铺了沙砾的小径,那里发生过另一件不可思议的事,预示了之后将要发生的暴行。穿过小径时,她觉得听见了一声轻微的叫喊,好像从眼角处瞥见了一点时闪时灭的灯光。她停下脚步,竖起耳朵,希望能从涓涓流淌的水声之外再捕捉到什么声音。喊声和灯光来自几百码之外河边的树林。她朝那个方向走了半分钟之后停住了脚步,又屏息凝听,但什么也没听见,只有树林中一团黑漆漆的东西不断翻滚,衬着四面浅灰蓝的夜空依稀可辨。等了一会儿,她决定转身回去。为了原路返回,她朝屋子方向径直走去。露台处有一盏石蜡的球形玻璃台灯,透过玻璃杯、瓶子和镇饮料的冰桶隐隐泛出灯光。客厅的落地玻璃窗仍然朝着夜色敞开着。她一眼就能望进屋子。借着台灯的灯光,她看见了沙发的一端,而另一端被天鹅绒窗帘的下摆遮住了。沙发上有一圆筒状的物体,摆放的角度很奇特,似乎不停地晃动着。再走进五十码之后,她才发现自己看到的是一条人腿,只是主人被挡住了。再走近些,找对了角度,她才看清那是她母亲的腿。她在等双胞胎。

她大部分的身形都被窗帘遮住了,穿着长袜的一条腿支在另一条腿的膝盖上,看起来非常奇特,向一边倾斜着,好似漂浮在那里。

布里奥妮走向左边的一扇窗户,想躲开艾米莉的视线。她离母亲太远,看不见她的眼睛。现在她只能勉强辨认出她妈妈眼窝下颧骨的凹陷处。布里奥妮心想,妈妈一定闭着眼睛,头向后仰着,双手十指交错握着搭在膝上,右肩随着呼吸声隐约起伏。布里奥妮看不见她的嘴,但她知道它一定向下弯成一道弧,一个难辨的符号,易让人误认为她在责备别人。但事实并非如此,因为她的母亲永远都是那么善良,那么和蔼,那么慈祥。看着她在深夜孤单单地坐在那里,真令人难过,但这是一种令人愉快的悲伤。布里奥妮任由自己怀着一种告别的心情透过窗户望着自己的母亲。她四十六岁,已显老态。总有一天她会逝去。家里会为她在村里办一个葬礼。布里奥妮会在葬礼上神情庄重,保持缄默,心中怀着无限的悲痛。她的朋友上前吊唁时都会惊讶于她不幸的程度。她看见自己孤零零地站在一座高耸挺拔的体育场内的运动场上,周围有许多人注视着她,不仅有她认识的人,还有那些她将要认识的人,那些在她一生中都将出现的人,全都集结在一起,在她失去亲人的时候给她爱。在墓地,在他们称之为祖辈之角的地方,她、利昂和塞西莉娅会伫立在新墓碑旁蔓长的草丛中,久久相拥。许多人会注视着他们。她必须目睹这一切。正是这些表示良好祝愿的人们的怜悯刺痛了她的眼睛。

她那时本可以走进屋子,依偎在妈妈身边,把这一天发生的事都讲给妈妈听。如果这样做了,后来也就不会铸下了大错。很多事也不会发生,什么也不会发生。那一晚,双胞胎离家出走的那一晚,抚慰心灵的时光之手也不会在记忆中留下什么痕迹。是零点三十四分,三十五分还是三十六分呢? 没什么特别的原因,她只是隐约感觉自己有义务要去找他们。还有,觉得这么迟还逗留在外面挺有趣的,她这才离开。离开时,肩膀碰到了一扇开着的落地窗,把它撞了回去,声音很响,就好比一块硬木敲在久经风霜的松树上,而且那么突然,好似寂静的夜里猛然传来一声叱责。假如留在那里,她就得费一番唇舌解释,于是她就遁入茫茫夜色之中,蹑手蹑脚地迅速走过石板和生长其中的那些芳香的草本植物,来到了玫瑰花坛间的草坪上,在那里跑起步来也无声无息。她绕过房子的一侧,来到屋子前面沙砾铺成的小径。那天下午,她曾光着脚,摇摇晃晃地穿过那儿。

到了此地,她放慢速度,拐入车道,朝着桥的方向走去。她又走回到刚才出发的地方,想着自己一定会碰见其他人或听见他们的叫喊声。但是现在这里一个人也没有。花园里树的间距都很大,夜幕中它们重重的黑影让她踌躇不前。有人恨她,这点得记住,而且他的行为不可预测,充满暴力。利昂、塞西莉娅和马歇尔先生已离这儿很远。身边的这些树,它们的树干犹如人形,或者说可以遮住一个人。即便一个人站在树干前,她也看不见。生平第一次,她感觉到风扫树端犹如大雨倾盆。风声虽熟悉,却令她心绪不宁。千百万互不相干、真真切切的纷乱焦虑向她袭来。风势稍稍加强了些,之后又逐渐减弱。风声逐渐离她远去,就像一个有生命的物体渐渐消失在夜幕笼罩下的公园中。她停步驻足,思量着自己是否有勇气继续向前走,穿过桥,沿着陡峭的河岸走向岛上的庙宇。况且兄弟俩的生命其实也没受到什么威胁——她只是有种直觉,他们也许一路闲逛到了那里。与大人们不同,她没有手电筒。没人指望她能帮上什么忙。在大人眼里,她毕竟只是个孩子。兄弟俩没什么危险的。

在小径上她停留了一两分钟,但没有害怕到转身回家的地步,也没有足够的自信继续向前。她可以回到妈妈的身边,陪她在客厅里一起等。她可以选一条更为安全的路线,沿着车道一直走,在进入树林前转身,这样,她还是能让别人觉得她已经认认真真地搜寻过了。但是,接下来,恰恰是因为她想到这一天已经证明她不再是个孩子,她是一个更为多姿多彩的故事中的一个人物了,所以她得用实际行动来证明她是合格的。于是,她强迫自己继续走,穿过桥。脚下传来了微风轻拂莎草的沙沙声,这声音经过石拱的放大,稍稍响了一些。还有翅膀拍打水面的声响,来得突然,去得也快。日常的种种声音在黑夜中都被放大了。黑夜其实也没什么,它不是一个物体,不是一种存在,只是光消失了而已。桥的另一端是一座人工岛,岛上有座庙,几乎有两百年了。它超然独立,有别于岛上的其他事物。这座庙是属于她的。她是惟一一个来过这里的人。对于其他人而言,它只是往返家园的一条走廊,许多桥中的一座,一个装饰品,太过熟悉,没人注意。哈德曼一年两次带他的儿子来这里割庙宇周围

181

的草。流浪汉曾穿过这里。迁徙途中迷途的鹅有时也会光临菁菁的河岸。除此之外，它只是一个孤岛，一个野兔、水鸟和水鼠的王国。

既然如此，这事理应很简单，沿着河岸一直走，穿过草地，走向庙宇。但她又一次犹豫了。她只是张望了一下，连兄弟俩的名字也没叫出声。庙宇的表面是模糊的灰白色，在黑暗中闪闪发亮。她盯着它看时，它却消失不见了。它距她一百英尺远。更近些，在草地的中央，有一丛灌木，但她不记得那个位置曾长有灌木，或更确切地说，她记得那丛灌木离河岸更近些。就她的视力所及，那些树的位置也不对。栎树过于像球茎，榆木也太过散乱。它们看起来有些奇怪，好像联合了起来似的。她伸出手，想扶桥的栏杆，这时一只鸭子不悦地高唤了一声，让她吃了一惊。声音很响，如同人的喘息声，声调倏地向下。当然，河岸太陡峭了，她才停下了脚步。还有两个原因是：首先，她想到了要走斜坡；其次，她这样做，并没有什么意义。但她已经下定决心。她稳稳地抓住草丛，身子后倾着往下走，到达岸底时才停了停，在裙子上擦了一下手。

她径直向庙宇进发。走了约七八步正准备大声叫出双胞胎的名字时，突然，路上的灌木，就是刚才她认为应该更靠近河岸的那丛灌木，碎裂开来，或者说是变得有原来的两倍，左右晃动，然后分了叉。它的形状发生了变化，变的方式也很复杂，底端变得越来越细，就像一支五六英尺长的柱形玫瑰。如果她不是如此坚信那是一丛灌木，坚信眼前的情景是夜幕和视角作祟的结果,她当时就会即刻停住脚步。再过了一两秒钟,又走了几步,她觉得不对劲,于是停了下来。那一团垂直的东西是一个人影,是一个人,正向后退去,渐渐消失在更黑的树影里。留在地上的那团黑影也是一个人,它坐了起来,唤了一声她的名字,这时形状又变了。

"布里奥妮?"

她听出了罗拉声音中的无助——刚才她还以为是鸭子的叫声——一刹那间,布里奥妮什么都明白了,心中的厌恶和恐惧之情油然而生。这时,那个高大一些的人影又出现了,沿着空地的边缘绕行,然后朝着她刚才过来的河岸方向走去。她知道自己应照料罗拉,但还是忍不住盯着那人的背影,看着他毫不费力地疾步上了斜坡,走上大道后就消失在视线之外。她能听见他迈着大步走向屋子的脚步声。她对此确信不疑。她能描述他。没有什么她不能描绘的。在表姐的身边,她跪了下来。

"罗拉,没事吧?"

布里奥妮抚摸着她的肩,想探寻她的手,但没找到。罗拉坐着,身体前倾,双臂交叉抱于胸前,拥着自己微微地晃动。声音微弱无力,还有点失真,好像隔了层水泡,喉咙里留有黏液,需要清一清。她开口说话,声音模糊不清:"对不起,我没有,对不起……"

布里奥妮小声问她:"他是谁?"还没等罗拉回答,她又加了两句,极力保持镇静:"我看见他了。我看见他了。"

罗拉有气无力地应道:"是的。"

183

那是当晚第二次,布里奥妮心中涌起一股保护她表姐的柔情。她俩患难与共,一起面对真正的恐惧。布里奥妮跪在地上,想把罗拉搂在怀里,但罗拉瘦得皮包骨头,身体硬邦邦的。她把自己紧紧地裹了起来,好似一个海贝壳,一个螺蛳。罗拉拥着自己,轻轻地摇着。

布里奥妮问她:"是他,对不对?"

她隐隐感到——而不是看到——她表姐慢慢地、若有所思地点了点头。也许她已经精疲力竭了。

过了好一会儿,罗拉以同样微弱无力、唯唯诺诺的声音答道:"是的,是他。"

突然之间,布里奥妮希望罗拉能说出他的名字。封缄他的罪行,以受害人的诅咒定格他的罪孽,道出他的名字,以此魔力注定他的命运。

"罗拉,"她轻声唤道,无法否认心中荡漾着一股奇怪的振奋之情,"罗拉,他是谁?"

罗拉停止了晃动。小岛变得非常寂静。虽然没怎么改变位置,罗拉似乎移了移身子,或半耸半摆地动了动肩膀,想把自己从布里奥妮同情的抚摸中挣脱开来。她扭头向远处空旷的湖泊望去。也许她本来是准备开口的,她是准备——一道来的。在坦白的过程中,她就会发现自己心中涌动的是怎样的一种感情,让自己从麻木中走出来,感受什么是惧怕,什么是欢乐。别过脸去,也许并不是表示一种疏离,而是传达一种亲密,一种鼓起勇气、在远离家园的地方向自己认为惟一可以信任的人倾吐情感

184

的方式。也许她已做了深呼吸,已开启了嘴唇。没关系,布里奥妮正准备打断她,她也就丧失了这个机会。几十秒钟过去了——三十秒?四十五秒?——布里奥妮再也按捺不住了。所有的一切拼凑在一起,什么都清楚了。这是她自己发现的,这是她的故事,一个在她身边展开的故事。

"是罗比,对不对?"

这个躁狂者。她想说这个词。

罗拉一言不发,一动未动。

布里奥妮又说了一遍。这一次丝毫没有疑问的口吻,是一个陈述句:"那是罗比。"

虽然罗拉没有转身也没有动,但很明显,她的内心起了变化。她微微冒汗,干咽了一下,喉咙里有什么东西上下起伏,听似一连串强劲有力的咔啦声。

布里奥妮简短地又说了一次:"罗比。"

远处的湖面上,一条肥鱼腾空而起,又扑通一声跃入湖中,声音那么清晰,那么孤单。此时微风早已悄无踪迹。树梢和莎草丛间不再发出骇人的声响。最后,罗拉慢慢转身面向她。

她说:"你看见他了。"

"他怎么可以,"布里奥妮呜咽道,"他怎么如此胆大妄为呢?"

罗拉抓住了她光裸的前臂,幽幽的话声迷离恍惚:"你看见他了。"

布里奥妮向她靠近了些,握住了她的手。"你还不知道晚饭

185

前,就在我们谈话之后,藏书室里发生了什么呢。当时,他正要袭击我姐姐。如果不是我闯进去,我不知道他会干出什么事来……"

无论她们挨得多么近,她也看不出罗拉的表情。罗拉的脸就像一张黑黑的圆盘,没有一丝一毫的表情,但布里奥妮感觉到她没有专心在听。布里奥妮的感觉没有错。罗拉接着打断了她,重复了刚才的话:"但你看见了他。你是看见了他。"

"我当然看见了,清清楚楚,明明白白,就是他。"

虽然这个夏夜很热,罗拉还是哆嗦了起来。布里奥妮希望自己能脱下什么,披在她的肩上。

罗拉说:"他是从我背后走上来的。他把我打倒在地……然后……他把我的头往后扯,用手蒙住了我的眼。事实上,我没能,我不能……"

"哦,罗拉!"布里奥妮伸出手想去抚摸表姐的脸庞。她摸到了她的脸颊。还没有泪痕,但她知道眼泪随即就会流淌下来。"听我说,我不可能看错人。我一直都了解他。我看见了他。"

"因为我不能肯定,我是说,我只能从他的话音判断也许是他。"

"他说了什么?"

"什么也没说。我的意思是,他的嗓音,他的呼吸声,他动作的声音。但我看不见。我不敢肯定。"

"可我能肯定。而且我会说出一切的。"

就这样,在湖畔,在这一时刻,她们确立了各自的立场。每

186

当表姐显示出自我怀疑之时,布里奥妮的自信就日渐高涨。在接下来的数周内、数月内,她们的立场得到了公开的展示,然后在私下里它们却如恶魔般又纠缠了许多年。此后,罗拉就不必做什么了。她一副受了伤、神志不清的样子,像个需要呵护的病人,一个恢复中的受害者,一个迷失的孩子,可以全身隐退,沉浸在周围大人们的关怀和愧疚之中。我们怎么能让这种事情发生在一个孩子身上?罗拉帮不了他们,也不需要帮他们。布里奥妮给了她一个机会,而她也本能地抓住了这个机会;不是抓住,只是让这个机会落在自己身上。除了让表妹热心地替她张罗一切,自己保持沉默之外,她不知还能做些什么。罗拉不需要撒谎,不需要与想象中攻击自己的人当面对质,不需要鼓起勇气控告他。因为这一切布里奥妮都替她做了。布里奥妮这样做没有恶意,也无意加害任何人。罗拉要做的只是在真相面前保持沉默,把它从记忆中抹去,彻底忘记它,不要劝服自己相信看见了袭击自己的人,而是要一遍一遍告诉自己的确不能肯定。她看不见,他的手蒙住了她的眼,她吓坏了,她无法确定。

每一个阶段布里奥妮都在她身边帮助她。在布里奥妮看来,一切都很吻合。刚刚发生的可怕的一幕与最近发生的事一脉相承。自己亲眼所见的种种预示了她的表姐也将惨遭毒手。但愿她——布里奥妮——不那么天真,不那么愚蠢。现在,她终于明白,这件事前呼后应,一以贯之,不可能与她所认定的人相左。她责怪自己太过天真,以为罗比只会对塞西莉娅下手。她想什么呀?说穿了,他是个狂人啊。任何人都会成为他的攻击目标。于是，当一个身形单薄的女孩不顾夜阑人静，在一个陌生的地方跌跌撞撞地走着，在岛上的庙宇周围勇敢找寻自己弟弟时，她自然就成了这个狂人最易捕捉的猎物。当时布里奥妮和她一样，也在岛上寻找兄弟俩。一想到当时自己也很有可能成为他的受害者，布里奥妮就更为愤慨，心中的热情也更为高涨。如果她那可怜的表姐无法看到真凶，说出真相，那她可以替表姐仗义执言。我能。我一定会。

　　紧接着的这个星期里，布里奥妮陈述案发经过，但控诉的内容有重重疑点，犹如釉面上的瑕疵和细纹。每当布里奥妮意识到这些疑点时（这种情形不多），她就感觉胃中猛然一沉。她明白自己所说的并不是完全基于亲眼所见。告诉她真相的不仅仅只是她的双眼。天太黑了，光靠眼睛还不能完全确定。即便罗拉当时站在十八英尺远，布里奥妮也只能看清她椭圆形的脸庞。而那个人影离得更远，而且绕着空地向后退去时是背朝着布里奥妮的。但那个人影也不是完全看不见，那人的体形和移动的姿势非常眼熟。布里奥妮的双眼确认了她所知的一切以及最近的经历。真相就在于对称之中。也就是说，它建立在常识之上。真相练就了她的双眼。因此，当她反复陈述"我看见他了"时，她是说一不二的，绝对诚实的，情绪也颇为激昂。她的意思其实远比其他所有人急于领会的要复杂得多，所以当她感到无法表达这其中的细微差别时，她便觉得心神不宁了。她甚至从未认真地尝试过呢。没有机会，没有时间，没有得到允许啊。就在数天,不,数小时之内,整个程序进行得很快,根本不在她的控制之内。她所说的话在这个熟悉的、风景如画的小镇引起了极大的轰动。这些面目可憎的当权者,这些身着制服的执法官,仿佛已在这些漂亮的建筑物后面埋伏以待。他们早已知道罪行迟早都会发生。他们有自己的想法,他们知道自己想要的是什么,也知道该如何着手进行。她被反复询问,当她一遍又一遍重复自己的话时,她觉得要尽力保证供词一致。她感到压力重重。之前的供词,她还得再说一次。只要稍有出入,聪明的审讯官就会皱眉蹙额,或者冷若冰霜。于是,她变得急于取悦审讯官,并很快得知她供词中的微小出入将会中断这个由她自己一手启动的控诉过程。

她就像个待嫁的新娘,随着佳期一天天的临近,开始感到疑虑不安,又不敢说出心中的真实所想,因为为了她人们已经做了如此多的准备。众多好心人的幸福和利益都将岌岌可危。这些忧虑在她心中转瞬即逝。当她沉浸于周围人的欢乐和兴奋中时,它们便烟消云散了。还有这么多正派人,他们应该不会错。他们告诉她,她有那样的忧虑是可以理解的。布里奥妮不打算取消原有的安排。她认为自己没有勇气撤销供词。当初是她如此坚定,而且这两三天来,审讯员耐心而又亲切地询问了她。不过,她倒愿意澄清或者说具体解释她所用的“看见”这个词。确切地说,不是“看见”,而是“知道”。这样她才能放心把供词交由审讯官来判断是否依凭她的想象继续审理这件案子。每当她动摇时,他们都显得泰然自若,提醒她之前所做的供词,语气还

189

很坚定。他们的态度在暗示她,若这么做,她就是个傻姑娘,浪费了每个人的时间,而且他们对于视觉的看法非常严格。他们认为有足够的星光,这是确定无疑的,还有云端反射附近镇上街灯的光线。她或是看见了,或是没看见,两者必居其一,没有中间状态。他们没有这么讲,但粗率的举止暗指了这个意思。正是此时此刻,当她感觉到他们的冷静沉着时,她又回到了起初时的满腔热忱。她又重复了一遍。我看见他了。我知道是他。她觉得很安慰,因为她说的话证实了他们早已知道的事。

她永远也不能安慰自己说,这么做是迫于压力,是被威逼的。现在也不能这么讲。她跳进的是自己挖的陷阱,她走入的是亲手搭建的迷宫。她太年轻了,太畏怯了,太想讨好人了,所以没能坚持到底,撤回控诉。她并非生来就具有这种精神的独立,或者她还小,还未练就这种品质。最初,当她非常肯定地道出真相时,她周围就簇拥着一大群教徒。现在,他们就在等待,她可不能在圣坛前令他们失望。只有她更为专注地投入,她才能压抑住那些疑虑。只要坚信自己确信的事实,只要心无旁骛,只要反复重申自己的供词,她就不会觉得自己在伤害人家了——不过她只是隐隐有这种感觉而已。当这件案子一结束,判决一下,人群一散,只要她硬一下心肠,说自己年幼健忘,逐渐从记忆中抹去这件事,她便能无忧无虑地进入少年时代。

"可我能肯定。而且我会说出一切的。"

她们静坐了一会儿,罗拉渐渐停止了颤抖。布里奥妮想她

190

应该送表姐回家,但此时她不愿破坏她俩之间的亲密——她的双臂环着表姐的肩,罗拉现在似乎也很依从地靠着她。她们发现湖的对岸有一丝极细的光束来回移动——有人提着手电筒在车道上走——但她们什么也没说。最后,罗拉开口了。从她的语调中听得出她在思索,好像在考虑如何反驳布里奥妮的话。

"但这讲不通。他是你们家如此亲近的一个朋友。也许不是他。"

布里奥妮喃喃道:"如果你和我在藏书室里看到了那一幕,你就不会这么说了。"

罗拉叹了口气,慢慢地摇了摇头,似乎尽力让自己接受这个不可接受的事实。

她们又一次陷入了沉默。本来她们或许还会逗留得更久些,但云渐渐散了,温度也开始下降,草上积聚起一层湿气——不过露珠还没有现身。

布里奥妮轻声问罗拉:"你觉得你能走吗?"她勇敢地点了点头。布里奥妮扶她站了起来,起初挽着彼此的手臂,然后罗拉整个人都偎在了布里奥妮的肩上。她们穿过空地,向桥走去。她们来到斜坡底,这时,罗拉哭了起来。

"我走不上去。"她试着说了好几次,"我走不动了。"布里奥妮想,如果跑回家叫人来帮忙也许会好些。当她正准备把这个想法告诉罗拉并把她安顿在地上时,她们忽然听见上面的路上有人声,然后又看见了手电筒的亮光。当布里奥妮听见哥哥的声音时,心想这真是奇迹。他就像个真正的英雄,迈着阔步,两

191

步三步就从岸边走了过来,问也不问出了什么事,就把罗拉抱了起来,就像抱一个小孩子。塞西莉娅的叫喊声有些嘶哑,透出一丝不安,可没人应她。利昂已经迈开了大步,走上了斜坡。要追上他,颇为吃力。即便如此,在他们走到车道前,在利昂把罗拉放下之前,布里奥妮就开始把自己所看见的事一五一十地告诉了利昂。

第十四章

接受审问、在陈述和供词上签字、等在法庭门外感到敬畏不安,这些记忆没有伴着她一起进入她的少年时代。它们只是那个深夜和拂晓记忆的碎片,在之后的几年里并没有给她带来太多的困扰。出于愧疚,她不时地自我折磨,将一个个细节串成一个无休无止的圈环,一串需要一生去拨弄的念珠。

终于回到了家。但到访的客人中有些神情肃穆,有些泪流满面。他们说话压低了嗓门,走路疾步匆匆,一切都如同梦境一般。她自己却异常兴奋,毫无慵懒倦意。当然,布里奥妮是个大孩子了,知道这是属于罗拉的时刻,没过多久就被几位同情心炽盛的女人拉到了自己的卧室,等待医生给她做检查。布里奥妮看着罗拉从楼梯的最下面拾级而上,大声啜泣着。艾米莉和贝蒂一左一右搀扶着,波莉跟在后面,手中端着脸盆和毛巾。表姐

192

走开了,留下布里奥妮一人成了众人注目的焦点——至此,罗比还未现身。人们倾听她的述说,依从并纵容她。这一切似乎与她新的成熟不谋而合。

就在这时,一辆恒伯牌警车在门口停了下来,两位巡警和两名警察被引进屋内。布里奥妮是他们惟一可以获得线索的人。她说话尽量镇静自若。她的角色十分重要,这增加了她的信心。这是正式录供前的非正式会面。她面对警官,站在门厅里,她的哥哥利昂站在她的左边,另一边站着她妈妈。布里奥妮觉得奇怪:妈妈怎么会这么快就从罗拉床边到这里来了呢?

这位高级警官脸部线条刚毅,布满皱纹,仿佛是由褶皱的花岗岩雕刻而成。当布里奥妮开始面对这张冷峻、毫无表情的脸讲述自己的故事时,她感到有些害怕。但是慢慢地,她觉得如释重负了,一种温柔、顺服的感觉从她的胃部渗透到她的四肢,它仿佛就像爱,她对眼前这个机警的男人突然产生了一种爱的感觉。这位警官无疑代表了正义。他奉正义之名随时出击,与一切邪恶做斗争。人类现存的一切力量和智慧都是他坚强的后盾。在他不动声色的目光的注视下,布里奥妮感到自己的咽喉缩紧了,她的声音开始颤抖。她渴望他张开双臂,拥抱她,安慰她,宽恕她,尽管她知道自己是无辜的。但是他只是静静地看着她,听着她的叙述。是他,我看到了他。她流着泪,她的眼泪又进一步证明她的感觉和她的言语都是千真万确的。当她母亲的手轻轻地抚摸着她的颈项时,她突然失声痛哭起来。母亲扶着她走向客厅。

可是母亲在沙发上安慰她时,她又是怎么突然想起了麦克莱伦医生的呢?他总是穿一件黑马甲和老式的高领子衬衫,拎着一只铰合式手提旅行包。这只旅行包见证了塔利斯家三个孩子的降生和他们童年时代的种种疾病。利昂俯着身子,低声、简要地告诉医生事情的来龙去脉。利昂已经成为一个男人了,他那无忧无虑的快乐上哪儿去了呢?随后的几个小时就在这种平静的交谈中过去了。每一个新到的人都如此这般地寒暄了一番,众人——警察、医生、家庭成员、仆人们——簇拥一团,然后散落开去,又在房间的角落、门厅和落地窗外的露台里重新聚合。在这样的公共场合没有任何交集,没有任何表述。大家都知道这一污辱行为,这一可怕的事实,但是每个人都把它当作秘密——变幻移动的人群在窃窃低语中分享着这个秘密,然后他们趾高气扬地分道扬镳,去张罗其他事情了。然而,潜在的、更为严重的问题是失踪的孩子们。不过,人们却着魔似的反复强调:这两个孩子也许正安安稳稳地在公园的某个地方沉睡呢。就这样,大部分的注意力依然集中在楼上那个女孩的境遇上。

保罗·马歇尔的寻找一无所获,他回来后从警官那儿获悉了消息。他夹在两个警官中间,顺着台阶上上下下,不时地从一只镀金烟盒里掏出香烟递给他们。谈话结束的时候,他轻拍着高级警官的肩膀,似乎要送他们走的样子,然后跑进屋里,与艾米莉·塔利斯商量事情。利昂把医生引上楼。过了一会儿,医生走下楼来,他的脸上浮现出不易捉摸的沾沾自喜的神情。因为职业的关系,他接触到了这家人焦虑的核心。他站着与那两个便衣警察聊了许久，随后他与利昂交谈了一会儿，最后和塔利斯夫人攀谈了起来。临走前，他来到布里奥妮身边，把他那熟悉、干燥的小手放在布里奥妮的额头上了测了测温，又搭了一下她的脉搏。他放心了。他拿起包，来到前门边，正要走时，他又低声地问了一句。

塞西莉娅哪里去了？她一会儿在院子周围游荡，默默寡言，烟抽个不停——她迅速、饥渴地把烟递到嘴边，又突然厌憎地把它拿开——一会儿她又在门厅里徘徊，不住地搓着手绢。照常理，她应该会控制这样的局面，会指挥对罗拉的护理，安慰她的母亲，听取医生的建议，与利昂共商大计。但今天，当利昂走过去想与塞西莉娅交谈的时候，布里奥妮就在身旁。塞西莉娅背过脸去，枯立冷漠，甚至一言不发。而他们的母亲在她的大女儿龟缩进自身的痛苦中时，却坚强了起来。在如此危急的时候，她竟然能够不发偏头痛，不需要安静地独处，从容应对这一切，这真是非同寻常。有时，当布里奥妮又一次被要求陈述经过或提供某个细节时，她看到她姐姐总是在可以听到她们谈话的距离内踯躅，并用一双冒火的、难以捉摸的眼睛盯着她，她的眼睛充满了血丝。布里奥妮在这种目光的逼视下，心中一阵慌张，紧紧地依偎在她母亲的身旁。其他人都在客厅里低声细语，而塞西莉娅则不停地上楼、下楼，从一个房间走到另一个房间。至少有两次，她还跑到前门外站着。她烦躁地把手绢从一只手换到另一只手，把它缠绕在手指上，解开它，又把它揉成团，捏在另一只手里，然后点燃另一根香烟。当贝蒂和波莉将茶送上来的时候，塞西莉娅连碰也没碰。

罗拉在医生的安慰下镇静下来,最后终于沉沉睡去。这个消息让大家暂时松了一口气。所有的人都聚在客厅里,在疲倦中默默地饮着茶。没有人明言,但大家都在等罗比,而且,塔利斯先生也从伦敦往回赶,随时都可能到家。利昂和马歇尔俯身在画一张地图,以供高级警官使用。警官拿过地图,仔细地研究了一番,又把它递给了他的助手。跟他们同来的那两个警察已被派去加入搜寻皮埃罗和杰克逊的队伍,更多的警察正在赶赴平房的路上,说不定罗比已逃到了那儿。塞西莉娅与马歇尔一样,没有和大家坐在一起,她独自一人坐在琴凳上。忽然,她起身向她的哥哥借火,不过倒是那位高级警官顺手用他的打火机为她点着了烟。布里奥妮靠着她妈妈坐在沙发上,贝蒂和波莉正在端茶倒水。布里奥妮记不清是什么东西突然刺激了她。一个非常清晰、极具诱惑性的主意不知从哪儿冒了出来。她要抓住证据,独立判断,证明这件事情,甚至抑或另一桩不同的罪行。她无需宣布她自己的意图,也无须征得她姐姐的同意。她灵感激荡,一阵喘息,一跃而起,差点碰翻了她妈妈膝盖上的茶碟,惊动了四座。

大家看着她迅疾地冲出房间,但没有人去质询她。倦怠弥散在大家的心头。布里奥妮两步一级地跨着台阶,心中洋溢着兴奋感:她正在行善积德,做一件非凡之举,这一定会让大家感到震惊,人们一定会对她颂扬之至。这种自我欣赏引发了她身上兴奋和快乐的情绪,她此刻的心情就像圣诞节的早上马上要

196

赠人礼物时一样。

她沿着二楼走廊跑向塞西莉娅的房间。她姐姐居然住在这么脏乱的地方啊！衣柜的两头门大开着，各种各样的衣服歪斜着，有些已经只剩一半，钩在架子上。有两件昂贵的丝质衣服扔在地板上——一件黑色，另一件粉红色——胡乱地纠缠着。在这堆衣服的边上是一双踢掉了的鞋子，正侧身斜躺着。布里奥妮跨过这堆凌乱的东西，走到梳妆台前。是什么使塞西莉娅这么匆忙，都来不及把化妆品和香水的盖子盖上？哦！她为什么从不整理那令人恶心的烟缸？为什么从不整理床铺或是开窗透一下新鲜空气？布里奥妮试着拉开第一个抽屉，但只拉开了两英寸——里面挤得满满的，塞满了瓶瓶罐罐，还挤着一个纸板盒。塞西莉娅大概比布里奥妮大了十岁，但她现在却如此绝望无助。尽管布里奥妮很害怕姐姐刚才在楼下时那狂野的目光，但当她拉开另一个抽屉时，她认为自己上楼来全是为了她，显然是为她着想，因而这样做是很正当的。

五分钟后，当她带着胜利的姿态回到客厅时，没有人注意到她。一切照旧——疲倦而又哀伤的人们在默默地抿茶，抽烟。因为兴奋，布里奥妮刚才还来不及想应该先给谁看这封信。在她的想象里，似乎每个人都应该马上读到它。随之她觉得利昂应该有这个优先权。她穿过房间向她的哥哥走去，但当她停在那三个男人面前时，她改变了原先的决定，把这张折叠的纸递给了那个"花岗岩"容貌的警官。如果说他也有表情的话，那么无论是在他展开信时，还是阅读时，他的面容都没有任何变化。他几乎一瞥之下就把信快速读完了。他与布里奥妮对了一下眼神,又迅速地把目光移向塞西莉娅,但塞西莉娅的脸却朝向别处。他用手腕轻微地示意另一位警官读这封信。那位警官读完信后,把它递给了利昂,利昂看了一下,把它折叠起来,随后还给了"花岗岩"。三个男人沉默着,这一沉默给布里奥妮留下了深刻的印象——她想,这就是男人的世故。就在这时,艾米莉注意到了在他们手中传递的物件。她淡淡地问了一句。利昂回答道:"只是一封信。"

"我要读一下。"

布里奥妮觉得没有自己什么事了,就走到沙发上坐了下来。当那天晚上艾米莉第二次宣布任何在她家庭内传递的信函她都有权力过问时,布里奥妮从她母亲的视角注视着闪回在利昂和警察们之间的窘迫和烦躁。

"我要读一下。"

令人不安的是,艾米莉仍然没有改变她的口气。利昂耸了耸肩,挤出一个歉意的笑容——他有什么可以反对的? ——艾米莉温柔的目光落在了那两位警官身上。她这一代人对待警察就像对待仆人一样,而不管他们职位的高低。在长官的点头允许下,那位年轻的警官穿过房间,把信递给了她。这时,一直沉浸在自己思想中的塞西莉娅也来了兴趣。信平展在她母亲的膝头。塞西莉娅突然从琴凳上跳了起来冲向他们。

"你们真够有胆的! 真够有胆的,你们!"

利昂也起身,冲她做了一个平静下来的手势。"塞西……"

198

塞西莉娅冲向她的母亲想去夺信,但她发现她的兄弟和那两个警官堵住了她的去路。马歇尔也站了起来,但他并没有过来阻止。

"这是属于我的,"她嚷道,"你们绝对没有这个权力!"

艾米莉连头也没有抬。她抓紧时间把信读了几遍。然后,她横眉冷对她女儿的愤怒。

"我的小姐呀,你是有教养的人。假如你当初处事正确,把信交给我,那么事情就会得到及时的处理,你表妹也就不会遭受这样的噩梦了。"

许久,塞西莉娅孤独地站在房间的中央,不停地拨弄右手的手指,一一地盯视着眼前的人们。她不能相信自己竟与这样一些人为伍,她也不能张口告诉她们她所知道的一切。尽管布里奥妮为大人的反应感到释怀,尽管她内心开始涌动甜蜜的喜悦,但她还是很庆幸自己与妈妈一起坐在了沙发上,这样,竖在她面前的三个男人就可以部分地挡住她姐姐那充血的眼睛向她射来的鄙视的目光。塞西莉娅狠狠地瞪了他们几秒钟,然后转身走出了客厅。她穿过门厅,猝然发出尖锐的、充满痛苦的号哭,这声音经过光秃秃的地砖的反射,在空旷的屋子里回旋、放大。人们听到她上楼去的脚步声,客厅里的情绪顿时松懈下来,几乎可以说是轻松了。当布里奥妮再记起信时,它已经落到了马歇尔手中。马歇尔正把它递回给警官,而警官又将信平展地放进年轻警察为他打开的活页夹里。

晚上的时光从她身边飞旋而逝,她依然没有倦意。没有人想到送她上床睡觉。塞西莉娅回房间后又不久,布里奥妮跟她妈妈到了藏书室,去接受警方的第一次正式问话。布里奥妮坐在书桌的一边,警官坐在另一边,她妈妈站在边上。那个脸像古化石一样的警官负责向她提问。他出乎意料地和蔼,以粗哑、轻柔而又充满了感伤的嗓音不紧不慢地问着问题。她说她能告诉他们罗比袭击塞西莉娅的确切位置,他们就跟随她来到了那个书架密布的角落做实地察看。布里奥妮挤了进去,她背靠着书,向他们展示当时她姐姐站的姿势。这时候她看到藏书室高高的玻璃窗上黎明的第一缕淡蓝色曙光已经显现。她挤出书架,又转了个身,摆出了那个袭击者的姿态,并把当时她自己站的地方指给他们看。

艾米莉问道:"当初为什么你不告诉我呢?"

警官注视着布里奥妮,等待着她的回答。这个问题一语中的,但布里奥妮从未想到这会给她母亲添乱。要是她告诉了她,她母亲的偏头痛准会发作。

"我们被叫去吃晚饭了,后来双胞胎就失踪了。"

她说她是在黄昏时分在桥上拿到信的。是什么驱使她打开那封信的? 这是很难说清楚的。在拆信之前,她从未考虑过这样做的后果,抑或想到这写信人是否是她需要去认识的人,也从未思考那些与她的生活不期而遇的事情。

她说:"我不知道。我特别好管闲事。我恨我自己。"

这时,一位警察推开门,探进头来,通报了一条堪与那天晚上的灾难相提并论的消息。塔利斯先生的司机刚从克洛顿机场附近打来电话,说承蒙部长的慷慨而匆匆从部里要到的车子在克洛顿市郊抛锚了。杰克·塔利斯现在正在车后座裹着毯子熟睡,看样子只能赶第二天早上的头班火车了。众人聚精会神地听着这一切,这一消息引起了一片唏嘘。当人们渐渐平静下来的时候,布里奥妮又回到了那个小岛上发生的情形,回到了当时的场景。问话开始阶段,警官小心翼翼地避免作尖锐的探问,他不想用这种提问来折磨这位小姑娘。在一种感伤的诱动情感的氛围中,她能用自己的语言构建叙述,并确立关键的事实:那儿有足够的光线能使她认出一张熟悉的脸;当他逃离她身边,绕着空地奔跑时,他的身高和动作对她来说也同样熟悉。

"你那个时候看见了他。"

"我认为是他。"

"别说你认为,就说你看见了他。"

"是的,我看见了他。"

"就像你看见我一样。"

"是的。"

"你亲眼看见了他。"

"是的。我看见了他。我看见了他。"

就这样,她的第一次正式问话结束了。她坐在客厅里,终于感到了疲倦,但她又不愿意上床就寝。她的妈妈也接受了盘问,接着是利昂和马歇尔。老哈德曼和他的儿子丹尼也被叫进去问了话。布里奥妮听贝蒂说,丹尼整个晚上都和他父亲待在家里,他的父亲可以证明这一点。参与搜索双胞胎行动的警察陆续地

201

来到前门，又被引进厨房。在那个混乱、平凡的黎明时刻，布里奥妮猜测，塞西莉娅拒绝离开她的房间，拒绝回答任何问题。几天后，塞西莉娅会别无选择，最后只能乖乖交待发生在藏书室里的情景——她的叙述会比布里奥妮的更加令人震惊，尽管那是双方两相情愿的会面——但这却进一步认定了大家心中业已形成的想法：特纳先生是一个危险人物。在一片寂静中，人们隐约听到塞西莉娅反复地说，丹尼·哈德曼才是他们应该问讯的对象。这位小姑娘为了掩护自己的朋友，就把怀疑引向一个无辜的男孩，这是可以理解的，虽然这样做有违常理。

五点过后，有人谈起该准备早餐了——至少警察还没有吃呢，虽然大家都没感到饿。正在这时，一个消息在这家人的耳朵里炸开来：一个似乎是罗比的男人正穿过花园，向这里靠近。也许有人一直都在楼上的窗户后监视着外面的动静。布里奥妮不知道大家都应该到外面去等罗比的决定是怎么作出的。一瞬间，人们全在那儿了，塔利斯全家、保罗·马歇尔、贝蒂和她手下的用人、警察——他们组成了一个欢迎团，紧紧地簇拥在前门周围，只有昏睡中的罗拉和愤怒的塞西莉娅仍然待在楼上。也许是塔利斯夫人不希望那个邪恶的人跨进她的家门，也许是警官觉得在屋外可以有更大的空间进行打斗和拘捕活动。黎明的魔力已消失殆尽，取而代之的是夏日灰色的早晨。天空罩着一层薄雾，不久就会散去。

最初，他们什么也没有看见，布里奥妮却认为她能辨认出沿着车道前行的鞋印。后来所有人都听到了。人群发出一阵嗡嗡声。人们拼命地向前探出身子，终于看见了一个模糊的身形。它犹如白色布景上的一大块灰色的污迹，还远在一百码开外。这个影子渐渐清晰起来，等候的人群又重新陷入了沉默。没有人能相信眼前的景象。这肯定是雾和灯光跟他们开的一个玩笑。在这个电话和汽车时代，没有人会相信在拥挤的萨里郡还有七八英尺高的巨人存在。但现在，一个恣意妄为的幽灵正在游荡。它太不可思议了，却也不容否定。它正向他们走来。贝蒂这位天主教徒在自己身上画了个十字，人群进一步挤向门口，只有高级警官向前走了一两步。一切渐渐地清晰起来。那幽灵是一起跳动的两个小一点的人影和一个大人的阴影。后来才看清——那是罗比，一个男孩坐在他肩上，另一个牵着他的手，跟在他后面。他走到离他们不到三十英尺的地方，停了下来，似乎想要说点什么，但他没有开口，只是等着正在向他走去的警官和其他警察。他肩上的那个男孩似乎已睡着了，另一个则把头懒洋洋地靠在他的手腕上，并把他的手摁在自己的胸前取暖或寻求保护。

"孩子们很安全。"布里奥妮立刻感到一阵轻松。但当她瞥见若无其事地站着的罗比时，一股怒火就在她心中蒸腾：难道他以为靠装模作样，摆出一副善良的牧羊人姿态就能掩盖自己的罪行吗？这简直太乖戾了！这种罪是永远不能被宽恕的！布里奥妮心中又一次深刻地感到：恶是复杂的，迷惑人心的。忽然，她母亲的手紧紧地摁在她的肩上，把她坚决推向屋子，推入贝蒂的怀抱。艾米莉希望她的女儿远远地离开罗比·特纳。此时已是上床时分。当她的母亲和哥哥上前去迎接双胞胎时,贝蒂紧紧地抓住布里奥妮,将她带进屋里。在被推走前,布里奥妮回头瞥了最后一眼。她看到罗比高高地举起双手,仿佛缴械做投降。他举起肩上的男孩,把他轻轻地放在地上。

　　一个小时后,布里奥妮穿着贝蒂替她找出来的干净的白棉布睡袍躺在自己的帐子里。窗帘被拉上了,但从窗帘边缘透进来的日光仍是那么强烈。尽管疲惫感一阵阵地向她袭来,可她就是无法入睡。各种各样的声音和图景缠绕在她的床边,狂躁、恼人的鬼魂在挤搡着她,纠缠在一起。她企图把它们按照次序排列,可是阻力重重。这些真的是一天之内发生的事吗?真的是在她完全清醒的那段时间里发生的事吗?从她单纯地排练剧目起到那个在薄雾中出现的巨人的事吗?这中间的一切太嘈杂,太汹涌,根本无法理喻。尽管她感觉自己成功了,甚至可以说胜利了,可是恍恍惚惚中,她难以准确地说出自己的成功所在。她把床单从腿上踢开,把枕头翻了个身,想为自己的脸颊找到一片凉爽之地。假如她的成功已获得了一种新的成熟,可是由于缺少睡眠,她却几乎感觉不到这一点。此时此刻,她是如此的无助,如此的幼稚,她想自己是很容易痛哭流涕的。假如说指认出了一个彻头彻尾的大坏蛋是英雄壮举,那么,罗比就不该带着双胞胎如此这般地出现在众人面前了。她感到自己被骗了。现在,罗比以一位失踪男孩的仁爱的拯救者的形象亮相了。谁还会相信她呢?她的一切辛劳,她的一切勇气和清醒的头脑,她为了把罗拉弄回家所做的一切全都竹篮打水一场空了。他

204

们——她的妈妈、她的哥哥、警察——他们会不再理睬她,他们会与罗比·特纳结成联盟来对付她。她多么想要妈妈,想要把双手绕在妈妈的脖子上,把自己的脸贴在妈妈温柔的脸上,但她的妈妈不会来了。没有人会来看布里奥妮了,没有人会来与她交谈了。布里奥妮把脸埋进枕头,让泪水尽情地倾泻,但没有人见证她的悲伤,这令她感到更为难过。

在室内半灰暗的光线下,她躺了半个小时,把这悲伤默默地藏在心里。忽然,她听到窗下传来警车发动引擎的声音。警车沿着沙石路跑了一段,又停了下来。窗下又传来杂沓的脚步声和谈话声。她起床拉开窗帘。雾还没有散去,但天色已经亮了许多,仿佛是屋内的光线照亮了屋外。她半闭着眼睛。她的双眼逐渐适应了炫目的光线。她看到警车的四扇门大开着,三个警察守在边上。在她的楼下,靠近前门的地方传来了嘈杂的声音。从声音判断,是一群人,他们就在她的正下方,她看不见他们。随后,脚步声又响了起来。他们出现了。两位警官夹着罗比走了出来。而他戴着手铐!她看到他的手臂被迫伸在前面。从她站立着的地方,她可以看到他衬衫袖口下钢手铐的银色闪光。太丢人了!这一景象吓了她一大跳。这既是对他罪行的进一步确认,又是惩罚的开端。它仿佛是永远的罪孽。

他们走到车边,停了下来。罗比半侧过身子,可是她看不清他的脸部表情。他直挺挺地站着,头高高仰起,比警官还高几英寸。也许他正为他所做的一切感到骄傲呢。一位警察坐到了司机的位置上,年轻的警官绕了一个圈走到对侧的车后门,而高级警官则把罗比带向车后座。这时,布里奥妮听到窗下一阵骚乱,从下面传来艾米莉·塔利斯的尖叫声,一个裹着紧身衣裙的人影冲出屋子,以最快的速度奔向警车。当塞西莉娅快到警车时,她放慢了脚步。罗比转过身来,朝她跨出了半步。出人意料的是,警官也往后退了几步。现在可以很明显地看到罗比的手铐了,但罗比对着塞西莉娅,神情严肃地听着她说话,并没有表现出羞愧,甚至没有意识到自己戴着的手铐。警官无动于衷地看着他们。从罗比脸上根本看不出塞西莉娅正在严厉地责备他。尽管塞西莉娅的脸是背向布里奥妮的,但布里奥妮仍可感觉到她是在木然地讲着话。也许她的嘟嘟囔囔的责备对罗比来说反而更有分量吧。他们靠近了一些,罗比简短地说着话,他微微抬起他被铐着的手,接着又放了下来。塞西莉娅用手轻轻地抚摸着他的手,为他翻了一下衣领,然后抓住领子,轻柔地摇了一下。这个温柔的动作似乎打动了布里奥妮。如果说这是宽恕的话,布里奥妮被她姐姐宽恕的力量感动了。宽恕。宽恕。在此之前,这个词对布里奥妮来说,是非常空洞的,虽然在学校和教堂集会上她上千次听到过这个词引起的欢呼,没想到她的姐姐竟然一直懂得这个词的意义。当然,她还不太了解塞西莉娅。但总会有时间了解她的,因为这场悲剧注定要把她们两个人的距离拉得更近。

　　那位和和善善、有着花岗岩面容的警官大概觉得对罗比过于宽厚了,于是他走上前,推开了塞西莉娅的手,挡在了他们两个的中间。罗比越过警官的肩膀匆匆地对塞西莉娅说着什么,然后就转身向警车走去。体贴的警官将罗比的头用力往下压了压，以免他在弯腰爬上车后座的时候撞到车顶。两个警官夹着罗比坐好，门关上了。车子前进的时候，一个站在车后的警察举起手，碰了一下钢盔，向车敬了一个礼。塞西莉娅木然地站在那里，脸朝车道，安静地目送着汽车离去。从她肩膀抖动的曲线可以看出她正在哭泣。布里奥妮忽然觉得她从来没像现在这样爱她的姐姐。

本来，这一天该就此结束了。经过了一个夏日之夜，这一浑然天成的一天随着警车消失在车道上，也该落下了帷幕。但是还有最后的交锋。车开出不到二十码就开始减速了。一个布里奥妮未曾留意到的人正在路的中间，这个人丝毫没有让到一边让车辆通行的意思。这是一个矮矮的女人，走路摇摇晃晃，穿一身印花的衣裳，手里紧紧地握着一根棍子。哦！那实际上是一把有曲柄的男式雨伞。这女士向前走了几步，定定地站在汽车散热器的前面。车停了下来，司机按着喇叭。这是罗比的母亲格蕾丝·特纳。她举起雨伞，大声地叫嚷着。坐在前排的警察下了车，拉着她的手，想把她劝开。刚才那个敬礼的警察也迅捷地向那边跑去。特纳太太挣脱臂膀，又擎起雨伞——这次是用双手——直劈下来，曲柄重重地击在汽车闪亮的引擎盖上，发出了像是手枪的射击声。两个警察半推半拽地把她拖到车道边。她拉开嗓门，大声地嚷着一个词，以致于布里奥妮在卧室都能听到。

"骗子！骗子！骗子！"特纳太太吼叫道。

大开着前门的车子慢慢地驶过她身边,然后停下,让那位警察上来,但警察一时脱不开身,因为单靠他同事一人很难单独制服她。她又开始挥击她的雨伞,但这一下雨伞擦着车顶而过。警察用力夺过伞,转身把它掷到草丛中。

　　"骗子! 骗子!"特纳太太又叫嚷起来。她绝望地追着开走的车子。过了一会儿,她停了下来。她手搭在腰上,眼睁睁地看着车子翻过第一座桥,穿过小岛和第二座桥,最后消失在茫茫的白昼里。

第二部

到处都是令人战栗的惨状。但这不足以让他驻足,反倒是那些没有料到的细节让他迷惑不解,让他没法儿前行。在沿一条狭窄的道路走了三英里后,他们来到了一个交叉路口前。他看到他期待着的那条路出现在面前,先转向右,又随着地势的起伏,弯向覆盖在小山丘西北面的一片灌木林。他们停下脚步,好让他查看地图。可地图哪儿去了呢?他觉得该揣在口袋里或是掖在皮带里的呀,但都不是。难道是丢了?还是留在上一次歇脚的地方了?他脱下那又厚又重的长大衣,把它扔在地上,刚要在身上的夹克里搜寻时他突然反应过来:地图就握在他自己的左手里,而且在那儿肯定待了不止一个小时了。他瞟了一眼另外两个人,可他们扭过脸去,间隔着站着,默默地抽着烟。是的,地图还在他手里。他是从一个上尉尸体的手指间把它抠出来的。那是在西肯特郡,那上尉就躺在外面的一个壕沟里。壕沟?是哪儿的壕沟?这种标识后方的地图实在不可多得。他还取走了那可怜的军官的左轮手枪,尽管他并无意假冒一位长官。只是因为他自己的步枪不在了。可他还想活。想活下去。

他注意着的那条路从一座被炸毁的房屋一侧延伸出去。房

211

子看上去还很新,可能是一个铁路职工的宅子,刚在上次被毁后重修过。有什么动物的足印圈着轮胎印辙形成的小水洼。也许是山羊吧。边上黑乎乎的带条纹的破布条和窗帘、衣服的残余物散落各处。一个被炸毁的窗户框子松松地挂在一丛灌木上。哪儿都闻得到湿乎乎的煤烟味。这就是他们该走的路,这是捷径。他折好地图,弯腰拾起大衣,就在他正直起身来把它披上时他看到了……其他两个人察觉了他的动作,都转身顺着他凝住的目光看去。那是什么?是条腿!挂在树上的腿。树是刚长出叶子的悬铃木,腿,是条人腿。插在离地面二十英尺高的树上第一个树杈间,光秃秃的,齐齐从膝盖以下斩断。他们附近看不到任何血迹或撕下的皮肉。那是一条完整的腿,苍白而光滑。它那么小,一眼看去就是小孩子的腿。这腿摆放的姿势如此精妙,以至让人觉得这纯粹就是个展示,供他们更好地欣赏,让他们看个清楚:这是一条人腿。

两个下士发出轻蔑的声音以表示厌恶,然后,拾起了他们的行装。他们拒绝为这东西浪费感情。这情形他们在过去的几天见得够多的了。

卡车司机耐特尔又抽出一支烟,问道:"那么,走哪儿呢,长官?"

他们这么称呼他是为了解决令人头痛的军衔问题。他却在急匆匆地沿小路走着,几乎是在半跑了。他想到他们前面去,离开他们的视线。他急于把那不适从体内排泄出去,不管是从上还是从下。他不知道会怎样,身体却自动替他做了选择。他在谷仓后一堆瓦砾旁大吐了一通。吐完他就觉得渴了。身体没法子一下失去那么多水分。于是他拿起水壶喝着水,一面绕谷仓慢慢走。他想好好利用这段独处的时间察看自己的伤处——就在肋骨下面,右边有个半个一克朗硬币那么大的伤口。昨天他清洗掉了凝固的血痂,今天状况还不错。伤口周围的皮肤红了,但没有肿。他总觉得表皮下有东西。走动时他能清楚地感觉到。可能是一块碎弹片吧。

到两个下士追上他时,他已经把衬衫下摆掖到裤子里,并装作是在研究地图。和他们同行的日子里,这张图是他惟一的隐私。

"你慌什么?"

"他看到哪个骚货了。"

"他是在看他的宝贝地图。他妈的又在怀疑什么了。"

"没错,先生们。是这条道。"

他掏出一根烟,迈斯下士替他点火。为了掩饰手的颤抖,罗比·特纳继续往前走。另两个便跟在后面。他们已经这样子跟了他两天了。要么就是三天?他的军衔比他们低,可他们什么都听他调遣。为了不失身份,他们不停地嘲弄他。每当他们拖着双脚走在路上或是穿越一片田野时,他总是久久地沉默不语。迈斯就会说:"长官,你又在想哪个骚女人了吧?"接着耐特尔便会自得其乐地一遍遍重复:"他妈的肯定是,他妈的肯定是。"他们俩都是城里人,一点也不喜欢乡间,一到乡间就迷路。指南针上的方位一点都帮不了他们。虽然他们接受过基本训练,但那

213

点训练现在已毫无用处。他们觉得,为了抵达海岸,他们绝对少不了他。真是难为了他们。他在这个小团体中像个指挥官,可实际上他自己一条杠都没有。第一天,他们在一个被烧毁的学校的自行车棚栖身时,耐特尔就问他:"你这个屁都不是的小兵怎么说起话来好像很有身份似的?"

他不想给他们作什么解释。他只想活下去。他有一个很好的理由要活下去。至于那两个人,他们跟不跟着他有什么要紧呢?至少他们的枪都还在,而且迈斯是个大块头,肩膀里就透出那么一股力气。他自己说在酒吧里演奏过钢琴。真那样,他的大手该能跨过一个半八度吧。他俩的奚落,特纳也没有放在心上。他心头只压着一件事。他离开大路走在这小道上,惟愿快忘掉那条腿。小路连接着一条铁道。铁道从两堵石墙间延展向下,斜入了一个从大路上根本看不到的山谷。谷底有条褐色的小溪,一种看上去像微型水生西芹的植物分布在水面,密密地织成一条地毯,他们便踩着那深嵌在地毯里的石头过了河。

他们从谷底攀上,夹在古时留存下来的墙间,小路缓缓转向西方。眼前变得清明的天空,像希望一样闪亮,其余的一切都灰暗无光。穿过一片栗树林,就接近山顶了,渐渐潜入云中的太阳用它的光辉包容了一切,让三个走进这光芒的士兵心驰神荡。要能在法国乡间,漫步跨入夕阳来结束一天的劳顿有多美好啊。会多么鼓舞人心。

一走出栗树林,他们就听到了轰炸机的声音,于是他们又返回林中,在树下抽着烟,等待着。从他们所处的地方看不到飞

214

机,却能欣赏漂亮的风景。展现在他们面前的是辽阔的山脉,它们是大幅风景画中起伏的波纹,是别处那巨大的地壳隆起而产生的隐隐回响。重峦叠嶂,浅淡晕染,仿佛纹理渐渐模糊的涟漪,灰色和蓝色交织而成的轮廓也逐渐隐入徐徐下落的太阳。在他眼中,这一切美妙诱人得犹如餐盘上珍贵无比的佳肴。

半小时后,他们在一个更长的斜坡上作起了一个长长的Z形攀登。斜坡远远伸向北,最终送他们到达另一个峡谷和一条水流更加欢畅的小河。他们踩着石桥上厚厚的牛粪走过小河。两个下士看来没他那么累。他们又在嬉闹作乐,还做出感到恶心的样子。其中一个拾起一块干牛粪掷向他后背。特纳没有回头。一些东西萦绕在他脑中,挥之不去。那些碎布片,他开始想道,可能是个孩子的睡衣吧。是的,是个小男孩的。有时候天亮不久就会有飞机的俯冲轰炸。他努力想要挣脱这些图像。它们却不放过他。一个法国男孩在床上熟睡着,还有……特纳想尽量离那个毁于战火的村子远些,越远越好。这会儿已不仅仅是德军的步兵和空军在追赶着他,逼他往前走了。如果有月光,他很乐意整晚都这么走下去。可那两位下士不会干。也许是摆脱他们两个的时候了。

过了桥,沿着水的流向有一排杨树。树梢在最后的一抹阳光中颤动着,绚丽而灿烂。士兵们换了个方向走,不久就踏上了另一条小路,逐渐远离了那条河。他们曲折而行,从长着肥厚闪亮叶子的灌木丛中挤过去。当然也有发育不良、叶子稀稀落落的栎树丛。脚下的植物散发出潮湿而又芬芳的香气。他却总觉得有什么地方不对劲,让这儿那么与众不同。

前方传来了机器的轰鸣声,越来越响,越来越狂怒,听来该是高速旋转的飞轮,不然就是以无法想象的速度运转的涡轮机。他们觉得自己正要走入一个声音和力量的巨厅。

"蜜蜂!"他冲口而出。他不得不转身又重复了一次,他们才听明白。暮色更浓了。他懂得那常识。如果一只蜜蜂粘住了你的头发,狠狠地叮你,在死时,它会释放出一种化学物质,所有收到这讯号的蜜蜂都得赶来,蜇同一处,死在那儿。这是一场全民征兵!经历了以前的千难万险,再来这么一下子简直是侮辱人。他们用各自的大衣护着头,跌跌撞撞在蜂群中穿行。在它们的包围下,他们慌乱地踏上摇摇欲坠的木板,跑过散发着恶臭的水沟。当他们跑到一所农舍背后,一切霎时归于平静。农舍另一面是个场院。他们一走进去,狗就狂吠不止,一个老妇人朝他们跑来,一面还冲着他们拍巴掌,把他们当作能嘘走的母鸡。两位下士都指望特纳的法语能派上用场。他迎上前,等她走近。他听说过平民以十法郎一瓶卖水的事儿,可从未亲眼见过。他接触过的法国人要么慷慨大方,要么就是迷失在自己的苦难之中。眼前这位老妇看上去弱不禁风,却精神亢奋。她的脸好像月球,布满沟壑,神情狂乱,嗓音尖利刺耳。

"不行,先生。你们不能待在这儿。"

"我们想在仓库里借住。我们需要水、酒、面包、奶酪,还有您能匀出的所有其他的东西。"

"不行!"

216

"我们在为法国而战。"他柔声说道。

"你们不能待在这儿。"

"天一亮我们就走。德国人还在……"

"不关德国人的事。是我的儿子。他们都像野兽一样。他们很快就回来了。"

特纳从老妇旁挤过去,走到临近厨房的院子角落里的水泵旁。耐特尔和迈斯跟在后面。他喝水时,一个大约十岁的小姑娘和抓着她的手的幼弟站在门口看着他。喝完水,又灌满水壶后,他冲他们微微一笑。他们急急地逃掉了。下士们都站在水泵下,一起喝着。老妇人幽灵般出现在他身后,想抓住他的肘。没容她开口,他先说道:"请把我所要的那些东西拿来,不然我们就要自己去拿了。"

"我的儿子们都是畜生。他们会杀了我的。"

他很想说,那就这样吧。但终于忍住了,走了开来,回头冲她喊:"我会和他们谈谈。"

"那他们就会杀死你的,先生。会把你撕成碎片!"

和耐特尔一样,迈斯下士也曾是英国皇家陆军补给与运输勤务队的厨师。入伍前,他是图腾罕姆巷路上希尔饭店里的仓库保管员。他说他知道该怎么把一个地方搞得舒舒服服。他开始在谷仓里布置他们的住处。特纳好想马上躺下去,四肢舒展躺在一堆稻草上。迈斯找到一堆麻袋,在耐特尔的帮助下把它们填满,做了三个床垫。他还单手托下几捆干草做床头板,然后把一扇门架在砖垛上,搭了一张临时桌子。最后他从口袋里掏

217

出半截蜡烛。

"还是舒服点好。"迈斯不住地用鼻子哼着这句话。这是第一次他们不把性粗话放在嘴边。三个男人躺在"床"上,抽着烟,等待着。这会儿他们不再渴了,思绪全集中在想得到的食品上。听到大家的肚子在黑暗中咕噜咕噜响,他们都笑了起来。特纳把他和老妇人的谈话还有她对她儿子的描述告诉了他的伙伴。

"他们或许是内奸。"耐特尔说。站在同伴身旁,他显得格外矮小和不起眼。但他有一个矮小男人的轮廓分明的五官和一张友善的酷似啮齿动物的脸。每当他摆出那特有的姿势——上面一排牙齿放在下嘴唇——这特征看起来就更明显了。

"要么就是法国纳粹。同情德国者。就像我们国家也有莫斯利①这种人一样。"迈斯说。

沉默了一会儿,迈斯又迸出两句:"或者他们都是乡巴佬近亲结婚弄出来的神经病吧。"

"不管怎样,"特纳说,"我想你们现在都该检查一下武器,把它们放在手边。"

他们照他说的做了。迈斯点亮蜡烛,然后他们完成了例行检查。特纳查看了他的手枪,把它放在伸手可及的地方。等下士们理好了,他们就把李-恩菲尔德步枪摆在木板箱旁,又躺回"床"上去。不多一会儿,那个小姑娘带着个篮子来了。她把它

① 奥斯瓦尔德·莫斯利(Oswald Mosley),是 20 世纪 30 年代英国头号法西斯分子。

218

放在谷仓门旁就跑掉了。耐特尔把篮子取来,他们把里面的东西一样样摊开在桌上。圆圆的一大块黑面包,软软的一小块奶酪,一个洋葱,还有一瓶酒。面包硬得切都切不动,吃起来像发了霉似的。奶酪倒还不错,几秒钟就被吃了个精光。酒在他们手中传递着,不一会儿也被灌进了肚子。接下来只好啃那带霉味的面包就洋葱了。

耐特尔说:"我打发我那该死的狗都不会用这种东西。"

"我去一趟。"特纳说,"拿点好吃点的东西来。"

"我们也去。"

顷刻间他们又默默地躺了下去。此时此刻,没有人还想和那老妇人过不去了。

突然,传来了脚步声。他们转过身,看到入口处站了两个人。每人手里都还拿着什么。在渐暗的光线中没办法分辨出来是大棒还是猎枪。也根本看不清楚这两位法国兄弟的脸。

"晚上好,先生们。"声音柔柔的。

"晚上好。"

就在特纳从稻草床上起身拿起自己的左轮手枪时,两位下士也摸到了他们的步枪。"冷静点。"他悄声说。

"你们是英国人还是比利时人?"

"英国人。"

"我们给你们拿了点东西来。"

"什么东西?"

"他说什么?"一个下士问道。

"他说他们有点东西给我们。"

"他妈的见鬼去吧。"

法国人走近了几步，举起了他们手里的东西。猎枪。没错。特纳马上松开了保险栓。他听到迈斯和耐特尔也松开了保险栓。"冷静点。"他小声说。

"放下枪!"

"你们先放下!"

"等一等。"

说话的那个把手伸进口袋里拿出一个手电筒。出乎意料地，他没用它来照这几位士兵，而是照他的兄弟，照他握在一只手里的东西——一大块法国面包。他又照了一下另一只手里的东西——一个帆布袋。灯光又让他们看清了他自己拿着的两条法国棍子面包。

"我们还有橄榄油、奶酪、鹅肝酱、西红柿和火腿。当然还有酒。英国万岁。"

"呃，法国万岁。"

他们在迈斯的桌前坐下。法国兄弟俩亨利和让-马里·博纳礼貌地称赞迈斯的好手艺——桌子和床垫。他们都是五十多岁，又矮又壮。亨利还戴着眼镜。耐特尔说，一个农民戴眼镜，这样子实在太滑稽了。这句话特纳没给他翻译。除了酒之外，他们还拿来了平底玻璃酒杯。五个男人共同为英法军队的胜利和歼灭德军而举杯。兄弟俩就坐在那里看着当兵的吃。迈斯通过特纳告诉主人们，原先他不光没吃过，连听都没听说过鹅肝酱

220

这种东西,可从今以后他再也不想吃别的东西了。法国人听了这话微微一笑,态度却多少有点不自然,看上去并不想为这欢愉而开怀痛饮。他们向士兵们诉说这一天来他们的遭遇:他们一路驾着平板农用车直奔阿拉斯附近的一个小村庄去寻找一个年轻的表妹和她的孩子们。她住的那个小镇刚打了一仗。他们不知道是谁在进攻,谁在守卫,也不知道谁占了上风。为了避开混乱的难民潮,他们取道镇后面。熊熊烈火在他们面前吞噬着农舍,六七个死去的英国兵倒在路中央。他们不得不钻出来把他们从路面拖开,避免驾车碾过去。其实不用车碾,有几具也已从中央一分为二了。肯定是猛烈的机关枪扫射才弄成这样子。说不定是空袭或伏击。回到车上,亨利在驾驶室呕吐不止,让-马里慌慌张张把车开进了水沟。于是只好步行到一个村子,从农民那儿借了两匹马,拖出了那辆雷诺车。这些乱七八糟的事足足花了他们两小时才又能上路。还好战斗已转移了地点,他们没撞到大兵,只看到一辆辆烧掉的坦克和装甲车,有英法的也有德国的。

折腾一番后赶到目的地已是傍晚了。小村子满目疮痍,空无一人。他们表妹的房子全毁了,墙上是密密麻麻的弹孔。房顶倒居然还在。他们检查了每一间屋后终于能长吁一口气——里面什么人都没有。她肯定早带着孩子们加入到了路上那千万个难民中去了。他们很害怕在夜里开车回去,于是他们把车停进一个小树林,准备在车上过夜。整个晚上炮击阿拉斯的隆隆之声不绝于耳。经过这一番狂轰滥炸,没有任何东西、没有任何人能幸免于难。归途他们走了另一条更远的路,他们不想再看到那些气数已尽的士兵。现在,亨利解释说,他和他兄弟都困死了。他们一闭上眼睛,就看到那些支离破碎的尸体。

让-马里重又斟满酒杯。在特纳的现场翻译下,他们已谈了差不多一个小时,干掉了所有的食品。特纳在盘算着要不要给他们细细讲述缠绕在他自己心头的那片阴影。可他既不想给这气氛再添一层恐怖,也不想把被美酒和友情阻在远处的景象再拖回眼前。他打消了这念头,换了个话题,给他们讲起了开始撤退时,他是怎样在一次德国斯图卡式轰炸机俯冲轰炸中和战友们走散的。因为不想让两个下士知道,他对自己负的伤只字未提。他只说了他们是怎么为了躲开大路上的空袭而徒步越野到敦刻尔克的。

让-马里开口道:"这么说,大家说的是真的了。你们当真要走?"

"我们还会回来的。"他虽这么说,可他并不相信自己的这句话。

下肚的酒精已完全控制了耐特尔下士。他开始天花乱坠起来。他盛赞那些"法国骚娘们"——她们是那么"货源充足",那么容易上手,又是那么秀色可餐。这全是他的幻想。法国兄弟注视着特纳。

"呃。他说法国女人是世界上最漂亮的。"

他们一本正经地点了点头,举起了酒杯。

随后,大家又陷入沉寂。夜将尽,他们默默聆听那些已司空见惯的声响——隆隆的炮声,远方零散的枪响。遥远而回荡的爆炸声——该是撤退中的工兵在炸掉哪座桥吧。

"问问他们的妈是怎么回事。"迈斯下士提议,"我们得把事情搞清楚。"

"我们本有三兄弟。"亨利解释道。"我们的兄长,也是她的头生子,1915 年死在凡尔登了。一枚炮弹一下击中了他。只剩了头盔让我们葬进坟里。至于我们两个,太幸运了。我们活了下来,连一点擦伤都没有。从那时起,她就对当兵的恨之入骨。今年她八十三岁了,有点神志不清。过去的事情纠结在她心里,狠狠地缠着她。她才不管什么法国兵,英国兵,比利时兵,还是德国兵。在她看来,你们全都一样。我们真怕德国人来了,她会抄起草叉向他们扑过去。他们会开枪的。"

兄弟俩带着倦意站起来。士兵们也站起身来。

让-马里说:"我们倒想在厨房里好好招待你们,不过那样的话就得把她锁在她的房间里了。"

"可是我们已经大快朵颐了。"特纳说。

耐特尔跟迈斯咬着耳朵,迈斯边听边点头。接着耐特尔从他的袋里掏出两条烟。没错,这是应该的。法国主人礼貌地拒绝了,可耐特尔绕过桌子,硬把这份礼物塞进他们手里。他求助于特纳,帮他表达他的意思。

"你们该看到那场景的。我们被派去摧毁一家商行。好家伙!光烟就有两万条。我们爱拿什么就拿了什么。"

啊哈。一整个部队浩浩荡荡逃往海岸,香烟一路伴行,来抵御饥饿。

法国人恭敬地道了谢,又对特纳的法语大加赞美,然后俯身把桌上的空瓶空杯装进了帆布袋里,毫不掩饰地表示期待重逢。

"天一亮我们就走。"特纳说,"该说再会了。"

他们的手紧紧相握。

亨利·博纳说:"想想我们二十五年前打过的仗,还有所有那些死去的人吧。现在德国人竟然又回来了。两天后他们就会出现在这儿,掠走我们拥有的一切。谁能想到会有这一天?"

特纳头一次感觉到这么撤走是奇耻大辱。他觉得羞愧难当,比上回更加底气不足。"我们会回来赶走他们的。我保证。"

兄弟俩微笑着冲他们点点头,作最后的告别。他们走出了烛火形成的暗淡光圈,穿过黑暗,走向谷仓敞开的大门,玻璃杯和瓶子在袋中互相撞击,叮当作响。

他久久地仰卧着,一个劲地抽着烟,凝望着屋顶那团深邃幽暗的黑色。两位下士鼾声此起彼伏,好像商量好似地配合默契。他筋疲力尽却并不想睡。伤口抽痛着,每一下都精确又让人憋闷。皮肤里有什么东西很尖利。他想用手把它挖出来。他极度疲倦,一不留神就又被不愿想起的回忆攫住了。他想起了睡在床上的法国小男孩,想起了人们把炸弹投向如画风景时的冷漠无情。他们甚至会把一整舱的炸弹砸向铁道旁一个沉睡中的小村庄,而懒得去想里面究竟有谁。杀戮成

224

了冷冰冰的工业中的一环。他目睹了组织严密的英国皇家炮兵部队的辛勤劳碌,他为他们铺设线路的速度、他们的纪律性、他们的操练和日常训练和团队合作精神而自豪。他们从来不必想自己行动的后果———一个男孩的骤然消失。"消失"。他从记忆仓库里选出这个词时,睡神又击倒了他,虽然只几秒钟的时间。他醒了,躺在自己床上,在牢房里,呆呆地仰望着黑暗。他能感觉到自己又回去了。他可以闻到那儿的气息——水泥地板、桶里的尿、墙上鲜艳的油漆,还听到同一排牢房中其他囚犯的呼噜声。他过了三年半这样的日子。无法入睡,只想着另一个骤然消失的男孩,曾经属于他自己的那个消逝的生命。等待黎明来临,等着去倒便桶和空虚的另一天。他不知道他是如何从那日复一日的愚蠢生活中熬过来的。愚蠢,还有幽闭的恐怖,像一只手扼着他的喉咙。在这儿比在那儿强多了。尽管这儿得藏身在谷仓里,不远处就是溃军,普通人对一个挂在树上的孩子的残肢无动于衷。一个国家,一种文明就要在眼前崩坍。那也还是这里好。那个地方,狭窄的床上,暗淡的电灯下,等待着一片虚无。而这儿,却有郁郁葱葱的山谷,溪流,照耀着杨树的阳光,只要他还活着,谁也别想把它们夺走。而且,这里有希望。我会等你,你要回来。他有机会,有那么个机会回到她身边去。她写来的最后一封信他装在衣袋里,他还有她最新的通信地址。这就是他为什么必须生存下去,必须巧妙地离开大道,躲避猛禽般在空中盘旋的俯冲轰炸机的原因。

过了一会儿,他钻出盖在身上的厚大衣,站了起来,套上靴子,摸索着走过谷仓,到外面去解手。过度劳累让他晕眩不已,但他还不想入睡。他没有理睬农家狗的吠声,他沿着一条小路前行,来到一块绿草如茵的高地,爬上去观望南面天空的道道闪光。这是暴风雨的前兆:德国兵就要来了。他摸了一下最上面一只衣袋,她寄来的诗就夹在袋里的信中间。深夜的噩梦/整个欧洲的犬吠声。他把其他的信装在大衣内侧的口袋里,扣子牢牢扣着。他站在一辆废弃拖车的轮子上,天空的其他部分历历在目。除了北边,哪儿都有耀眼的枪火。溃败之军如今正匆匆地堵挤在一条走廊上,这条走廊随着战事的推进必定愈加狭窄,过不了多久它定会被完全切断。谁落后谁就甭想逃脱。最好的结局也是再次入狱。战俘营。这回他可撑不下去了。法国一旦陷落,战事的结束就会遥遥无期。没办法收到她的信,也没办法回国。即使参加过步兵团,提前解脱也肯定没戏。那只手又扼住了他的喉头。他的未来将会是一千个或是几千个被囚困的夜晚,辗转反侧地回想从前,绝望地等待重生。可是有重生的那一天吗?也许该放聪明一点,现在走掉还不算晚。一直走,一直走,白天黑夜不停地走下去,一直到达英吉利海峡。悄悄溜走掉,让那两个下士听天由命去吧。转身下坡时他却又抛弃了这个主意。夜里伸手不见五指,他走不了多远,还会很容易摔断一条腿。而且,想想看,迈斯的床垫和耐特尔给法国兄弟的礼物,这两个家伙并不完全是废物。

循着他们的鼾声,他拽着双脚回到自己的床边。可睡神依然不肯光顾,即使光顾了,也总是猛地袭来。他被无法选择或指引的思绪折磨得头晕目眩。老问题追赶着他,不肯放过他。又来了,又来了。那是他和她惟一的一次见面。出狱六天后,应征到奥尔德肖特附近报到的一天前。他们已经分别了三年半。1939年,他们筹划在斯特兰德大街的乔·里昂纳茶室见面前,他们已经分别了三年半。他早早就到了,拣了个角落里能看到门的座位坐下。自由对他来说依旧如此新鲜。他仰在椅中享受每一天的拥抱——节奏和嘈杂的声响,外套、夹克和衬衫的色彩,伦敦西区的顾客们高声而睿智的交谈,女服务生的周到招待,还有杳无影踪的威胁。这一切如此美好,只有他能独自享受。

在他身陷囹圄时,惟一得到许可去探视他的异性是他的母亲。那帮人说,对他这么仁慈是怕他精神失常啊。塞西莉娅每个礼拜都给他写信。爱着她,想要为她保持神志清醒,他很自然地把一腔爱意倾注在她的词句上。回信时,他总试图把自己装扮成那个"旧我",撒些谎来证明他的精神健全。由于对他的精神病医生兼信件检察官的恐惧,他们从不能牵扯到肉欲甚至从不能流露一点感情。他被关押的监狱据说是一座现代化的、开明的监狱,尽管仍不失它维多利亚式的冷酷无情。经过精确的临床诊断,他被认为有过分旺盛的性欲,几近病态,需要别人治疗和帮助,还不能受刺激。就因为羞怯地表达了爱情,一些信件——有他写的也有她写的——给没收了。

他们只好在信里讨论文学，用不同的人物当密码。想当初，他们在剑桥的街上多少次擦肩而过却无缘一起谈论这一部部作品，以及作品中的那些幸福或不幸的情侣！特里斯坦与伊索尔德、奥尔西诺公爵和奥莉维亚（当然少不了玛尔佛丽奥）、脱爱勒斯与克来西达、维纳斯与阿多尼斯、耐特雷先生和爱玛①。有一回，绝望中的他提到了被缚在岩石上的普罗米修斯，他的肝每天被兀鹰啄食一次。有时候她又化身为耐心的格里塞尔德。每当说到"藏书室里的僻静角落"时，他们都明白那是暗指他们无法抑制的对性的渴求。他们也充满柔情，不厌其烦地规划两人生活的图景，连小细节也不漏掉。他向她描述狱中生活的方方面面，但隐瞒了充斥它每个角落的愚蠢。那是显而易见的。当然，他从来没有告诉过她他自己会垮掉。这也是不言自明的。她是那么爱他，但她在信中从来没有这么写过。如果能够通过检查，她一定会说她爱他的。他心里明白。

她告诉他她已经和家里断绝了关系。她再也不和她的父母、兄弟说一句话了。他紧紧追踪她前进的步伐，知道她已经取得了护士资格。每当他读到"今天我在藏书室找到了跟你说过的那本解剖学的书。我找了一个僻静的角落，装模作样地捧读着它"，他就知道她和他一样，也沉浸在那些记忆中，

---

① 以上五对人物分别是理查德·瓦格纳的音乐剧《特里斯坦与伊索尔德》、莎士比亚的喜剧《第十二夜》、悲剧《脱爱勒斯与克来西达》、诗歌《维纳斯与阿多尼斯》以及简·奥斯丁《爱玛》中的男女主人公。

那些每昼每夜都在监狱薄薄的毛毯下让他憔悴不安的记忆。

　　她穿着护士装走进茶厅,把他从舒适的迷蒙中惊醒过来。他站立得太快,撞翻了茶杯。因为妈妈留下来给他的外套太大,看起来一点不合身,他有点害羞。他们坐了下来,四目相视,微微一笑,然后又不约而同地把目光移开。罗比和塞西莉娅已鸿雁传情许多年了。密码信件把他们拉得越来越近,可那意念中的亲密在他们面对面地聊天时,在他们开始刻板而机械地寒暄时,显得多么的别扭啊。只有两人天各一方时,他们才懂得他们在信中的关系比现实中的超前了多少步。这一相聚时刻他们已经想象了很久,期盼了很久,却和那理想化的图画不搭边际。他远离人群那么久,已丧失了审慎思考和取舍的自信。我爱你。是你拯救了我。他问她住在哪里。她告诉了他。

　　“那么,你和你的女房东相处得还好吗?”

　　他实在不知说什么才好,他怕冷场,怕尴尬,怕寂然无声就是她说再会的前奏。怕她会告诉他,她得回去上班了。他们之间的一切都仰仗数年前藏书室里的几分钟。那会不会太过脆弱?她很容易就能回去做她的什么护士长。她现在会不会对我感到很失望?他瘦了不少。不管从哪方面讲,他都大不如从前。监狱生活教会了他自暴自弃。相反,她还是和他记忆中一样惹人怜爱,特别是当她着护士装之时。他不知道,她也紧张得不得了,说来说去都是废话。她只有故作轻松,对

229

房东的坏脾气轻描淡写了一番。又说了一会儿，她真的在瞧挂在左胸上的那块怀表了，告诉他她的午休时间快要结束。他们已谈了半小时。

他和她来到白厅，一起向公交车站走去。在珍贵的最后一刻，他给她写下了自己的地址，一长串令人索然寡味的缩写和数字。他对她讲，基本训练结束前他没法请假，但结束后会有两星期的假。她定定地看着他，有些恼怒地摇着头。终于，他捉起她的双手，紧紧握着，没来得及说的话全交给这手势了，而她也用着力，当作给他的回应。公交车来了，她还不肯松手。他们此刻伫立在那儿，面面相对。他吻了吻她，先是轻轻地，但随着身体的贴近，他们的舌头纠在一起，他感到了灵魂游离在身体外的绝望、卑微的欣慰。他知道在回忆银行里他已经有了户头，以后几个月就要靠这笔钱度日了。此时此刻，在凌晨时分，在一个法国谷仓里，他正在支取这笔存款。他们越搂越紧，继续热吻。排队等车的人侧着身子绕过他们。有个神经病还在他耳边唧呱不休。她的泪流在他脸颊上，悲伤的她开启芳唇，紧压他的双唇。又一辆公交车来了。她从他怀中挣脱开来，紧捏了一下他的手腕，然后一言不发地跳上车，不再回头。他看着她找到了座位，车开动了他才想到该和她一起乘车，一路陪她去医院。他开始沿着白厅跑了起来，满怀希望能在下一站赶上她。可车离他越来越远，一会儿就驶向议会广场，消失在他的视线之外了。

受训的日子里他们保持着通信往来。刚摆脱了信件检查,也不用再绞尽脑汁编暗语,但他们依然谨慎小心。已厌倦了仅仅在纸上共同生活,也意识到了那种种难处,他们极力避免比手牵手与"车站之吻"更进一步的行为。他们都用"亲爱的"和"最宝贵的"来向对方诉说爱意,也知道将来注定要在一起,却克制住了更狂野的亲密行为。现在,他们只要保持信件联系,等待属于他们的那两个星期。通过一个在格顿时的朋友的穿针引线,她在威尔特郡找到了一间可供借住的乡村小屋。尽管他们在空暇时光很少想别的人和事,但在信里他们却不想让这段生活一片空白。他们彼此讲述每天的琐事。她现在在产科工作。每天她都能迎接人们早已司空见惯的奇迹,还有充满戏剧性和狂喜的时刻。当然悲剧也在上演。与这些悲剧相比,他们自己的烦恼就算不了什么了:死婴,难产而死的母亲,在走廊里号啕大哭的年轻丈夫,被家庭抛弃的惶惑的未成年妈妈,以令人不解的方式唤起羞耻与爱意的畸形婴孩。她给他描述那幸福的结果——刚经历了一场战斗的精疲力竭的妈妈,那一刻,头一次抱自己的宝贝在怀,凝视着一张崭新的小脸,难以言说的快乐在眼中荡漾——这就是塞西莉娅对自己未来默默的呼唤,那她想与他分享的未来。这呼唤给她写作以单纯的力量,尽管实际上他对那受孕过程比对婴儿的出生感兴趣得多。

而他向她描述他们的阅兵场、靶场、日常训练、大扫除,还有营房。他没有资格去参加军官训练。他要真去了,迟早会在军官食堂里碰到了解他过去的人的。在军队中,他默默无闻。实际上,长期入狱的经历早决定了他在军中的地位。他发现自己已经很好地适应了部队的条条框框,包括相当恐怖的生活用具检查,毯子得叠得方方正正,标号要排成一条线。和他的队友不同,他还觉得吃的也根本不坏。一天天虽然劳累却充满变化。越野行军给了他一种不敢向别人表述的快乐心情。他胖了,也壮了。他所受的教育和年龄本会使得他在一堆粗人中不大好混,但他的过去弥补了这一切,因此没人找他的麻烦。相反,他们觉得他是能帮他们找到正确路线的鸟群中明智的老鸟儿,而且填表格时也是一个很有用的人。像她一样,他也把记叙局限在日常生活的范围内,偶尔穿插些惊恐或滑稽的逸事趣闻,比方说新兵在阅兵礼上丢了靴子啦,不服管束的山羊冲进了营区,赶也赶不走啦,还有中士教官在射击场上差点挨了枪子儿啦。

但是还有一件身外之事,有一个他挥之不去的阴影,他不能不提起。去年慕尼黑事件后,他就像其他所有人一样,认定战争要来了。他们的训练精简了,强度却加大了。安置新兵的新营地也在紧张扩建中。他不为自己要上战场而担忧,只怕他和她的威尔特之梦受到威胁。她用自己的经历写和他一样的恐惧。她讲了医院为应付突发事件而做的准备——更多的床位,特殊课程,紧急状况训练。但对于他们两个来说,这不是全部,令人心动的梦想仍在心中,那么真实却遥远。人们都在说,肯定不会有第二次了。于是他们就继续抱定了希望。

除此之外,还有一件更紧迫的事困扰着他。塞西莉娅从

1935年11月罗比被判刑时就再不和她的父母、兄弟姐妹说话了。她不愿给他们写信,也不让他们知道她住在哪里。他妈妈已经卖掉了原先住的平房,搬进了另一个村子。她家里就通过格蕾丝给他们的女儿寄信。也是通过她,塞西莉娅向家人表明她现在很好,不要和他们有任何联系。利昂来过医院一次,可她根本不搭理他。他在门外守候了一下午。她一看到他就退回门里去,一直待在里面,直到他走掉。第二天早上他换了个地方等——护士们的宿舍外。她从他身边挤了过去,头都不转一下。他抓住她的肘,她扭开他的胳膊继续往前走,无论他怎么恳求,都毫无所动。

罗比比任何人都清楚她是多么爱她的哥哥,她和家里人是多么亲密,那房子和花园对她有多么重要。他是再也回不去了,可是一想到她是为了他而摧残她自己,他就寝食难安。训练了一个月后,他把自己的心思告诉了她。这不是他们第一次接触到这话题,但这一回事情渐渐明了了。

她回复说:"他们伤害了你,他们所有的人,甚至包括我爸爸。他们毁了你的人生,也就毁了我的人生。他们居然宁愿去相信一个白痴一样的歇斯底里的小女孩的证词。其实,正是他们在鼓励她,不给她反悔的余地。我知道她还小,只有十三岁,可是我再也不想和她说一句话。至于其他人,我永远都不能原谅他们的所作所为。既然我已经和他们决裂,我也开始明白他们愚蠢的根源是势利。我妈无法原谅你的出身。我爸爸除了工作什么都不想管。利昂原来是个只会咧嘴傻笑,

233

软弱无用,对谁都点头称是的傻子。当哈德曼决定去替丹尼受过时,我家里没人愿意让警察去问他那些显而易见的问题。警察把你抓了去起诉。他们只要自己的事情不受打扰就行。我知道我听上去满腹怨气的。可是,我最亲爱的,我本不想这样。说实在,我对自己的新生活和新朋友真的感到很满意。如今我能感到呼吸的畅快。最重要的是,我可以为了你而生活了。现实一点考虑,你和他们之中我必须二者选一。怎么可能兼得呢? 我早做了选择,从未犹疑过。我爱你。我完全信任你。你是我最宝贵的人。是我生存的理由。西。"

他把这最后几句牢记在心里,此时此刻在黑暗中默念着。我生存的理由,不单是活着而是生存。这才是关键。她也是他生存的缘由。为了她,他才要活下去。他侧身躺着,紧盯着他认为是谷仓出口的地方,等待着第一缕曙光。他急躁得无法入眠,只想快点到海岸去。

威尔特郡的小屋没有等到他们。还有三星期他的训练就结束时,战争宣告开始。如同蚌的条件反射,军事回应是必然而又迅速的。所有的假都取消了。过了一段时间,取消又改为延迟。他定了个日子,后来改期了,最终又取消了。又过了几天,随着全天二十四小时的通告,铁路乘车证发下来了。在回到新分队报到之前,他们有四天的自由。人们传言,部队就要出发了。她曾试着去重新规划她的假期,并已取得了一点成功。当她再想试时,就没那么幸运了。还没看到他的明信片——他说他要到她这儿来——她就已经踏上了去利物浦的旅程。她要到奥尔德海医院参加严重伤痛护理培训。到伦敦的第二天,他就出发追随着她,向北进发,可是火车慢吞吞的,简直令人难以想象。南行的军用列车一律优先啊。在伯明翰的新街站他错过了转车,而下一班车又取消了,他得等到第二天清早。站台上,在难以抉择的混乱思绪中,他踱来踱去,一直踱了半个小时。最后他还是决定折回去。报到晚了可不是闹着玩的。

等她从利物浦返回时,他已经抵达了瑟堡。他生命中最阴冷的冬天就要来了。不用说,他们一起承担着痛苦。但她觉得有责任保持乐观,给他慰藉。"我不会逃掉的。"她在到利物浦后的第一封信里说。"我会等你。你要回来。"她是在引用自己的话。她知道他会把这记在心里。从那以后,寄给身在法国的罗比的每封信她都这么结尾,一直到他收到的最后一封。那会儿,撤到敦刻尔克的命令刚刚下达。

对驻扎在法国北部的英国远征军来说,这是个又长又难熬的冬天。北线无战事。他们成天忙着挖战壕,保障供应线,被派遣去参加夜间演习。对步兵来说,这一任务简直是一场闹剧,因为从来没人解释过这训练的目的何在,况且他们还缺少武器。一下岗位,每个人都俨然成了将军。甚至连级位最低的士兵都断言这场战争不会再在壕沟里打响。可他们所企盼的反坦克武器一直都没运来。实际上,他们已没有什么重型武器了。这段时间他们总在郁闷,总在跟其他小队赛足球,总是沿着乡间小路,背着所有装备,整天地行军,连着许多小

235

时无事可做,只有边听军靴踏在沥青路面上的声音齐步走,边做白日梦。他会沉湎在对她的想念中,心中筹划着给她的下一封信,修炼词句,尽量从枯燥乏味中寻找喜剧。

这也许是行进在法国的乡间小路上他们与绿色的第一次亲密接触。头一次,蓝色风铃花的烟霭在林中若隐若现,让他觉得有必要修补旧裂痕,创造新开端。他拿定主意,该再次说服她去和她父母建立联系。她无须原谅他们,或又回到那些老的纷争上去。她只要写一封短而明了的信,告诉他们她的住处,她的近况。谁能知晓以后的岁月里会发生什么样的变化呢?他知道,若是她没有趁她父母都还健在与他们言归于好,她的悔恨将永无尽头。假如他没有鼓励她那么做,他也永远不能原谅自己。

就这样,他在四月里给她写了信。直到五月中旬,他们开始沿自己的铁路线撤退时,她的回信才姗姗而来。不久后,全线撤退到英吉利海峡的命令就下达了。迄今为止,从未与敌军交过火。这封信现在就在他最上面的衣袋里。这是在邮政系统被摧毁前她寄给他的最后一封信。

"……我本不想现在跟你谈这个问题。我还没弄清楚该作何考虑,所以我想等我们见了面再说。可看了你的信,我想再不跟你说那实在欠妥。最大的惊奇就是布里奥妮已不在剑桥。去年秋天她没去报到,放弃了她的名额。我很吃惊,因为我曾听霍尔博士说,他们都觉得她会去的。另一个让人惊讶

236

的是,她在我从前工作过的医院里接受护理方面的训练。你能想象布里奥妮端着个便盆吗?在他们口中,我的形象也差不多吧。问题是我们自己付出了代价才知道,她是怎样的一个梦想家啊。我真同情那些由她来注射的病人。她的信章法混乱,令人费解。她说想要与我会面。她好像渐渐醒悟她自己的所作所为,明白了那意味着什么。很显然,她没去上学和这个有关。她说想要做个有用之人,做些实实在在的事情,可我的看法是,她把护理病人当作一种自我惩罚。她想要来见我一面,和我聊聊。也许我误解了她的意思。这就是我一直等待并要和你一起面对这件事的原因。不过我的确认为她想认错。我想她愿意正式通过法律渠道修改证词。鉴于你的上诉已被驳回,她这么做可能根本没什么用。我们得多懂点法律才行。也许我该去见见律师。我可不想我们燃起的希望又落空。也许她真的和我的想法不一样。也许她根本就没想把事情搞明白。别忘了她是个怎样的幻想狂呵。

"在收到你的回信前,我不想做任何事情。我本不打算告诉你这件事,但当你又一次写信来说,我应该和父母联系(我打心眼儿里赞赏你那宽厚的心肠),我想必须让你知道,因为情势可能会起变化。如果布里奥妮无法合法地在法官面前推翻她自己以前说过的话,她也至少能告诉我们的爸妈。这样他们就能决定他们想干什么了。如果他们能拿出勇气,写封措辞得当的信向你道歉,也许我们就能开始新的人生了。

"我一直在想念她。她毅然去做护士,切断了自己和过去

237

的纽带。她比我迈出了更大的一步。至少我在剑桥待过三年,而且我有显而易见的理由背弃我的家庭。她一定也有她的原因。我不能否认我有强烈的好奇心,想搞清楚为什么。但是,我亲爱的,我要等你告诉我你的想法。是的,是这样。另外,她还说她有篇文章被《地平线》的西里尔·康诺利拒绝了。这么说,至少还有人能看穿她那拙劣的幻想。

"你还记得我说过的那对早产的双胞胎吗?小一点的那个死掉了。是在我当班的一天晚上。孩子的妈妈悲痛欲绝。我们曾听说孩子的爸爸在给一个砌砖工人打下手,所以我想我们会见到一个冒冒失失的小个子男人,嘴唇上叼着一根香烟。他那阵儿随着工头被临时抽调到东英吉利去修海岸防御工事,所以到得这么晚。结果呢?出现在我们面前的是一位非常英俊的小伙子,才十九岁,六英尺多高,金发搭在前额上。他像拜伦一样,有一只脚瘸了,所以没有应征入伍。詹尼说他长得就像一位希腊之神。他温柔又文雅,很耐心地安慰他年轻的妻子。我们都被深深地感动了。我还目睹了最悲伤的一幕。他刚在那儿设法使他的妻子平静下来,探视时间就结束了。护士长走了过来,把他和其他人一起赶走了。剩下我们收拾残局。可怜的女孩。不过那已经是四点钟了,规则无情啊。

"我得赶快去把这封信送到贝尔罕姆的信件分拣处,希望在周末前它能穿过海峡。不过我并不想让这封信在悲伤的调子里结束。实际上,我被我妹妹的转变和那对我们可能存在

238

的意义所振奋。我很喜欢你那个"中士的厕所"的故事。当我把那一段读给姑娘们听时,她们全都笑得像疯子一样。我很高兴联络官发现了你法语的特长,给了你一份能充分发挥特长的工作。他们怎么会埋没了你那么久呢?是你自己退缩不前,不肯展示你的才能吗?你对法国面包的评说太到位了——过十分钟就又饿得呱呱叫了。全是空气,没有一点能让肚子满意的东西。贝尔罕姆原来并不像我以前认为的那么差,不过详细情形我要下回告诉你了。我在信里附了一首从去年的旧《伦敦信使报》上剪下的奥登悼叶芝之死的诗。这个周末,我要南下去看望格蕾丝。我会在箱子里替你找你要的霍斯曼诗集的。得赶快走了。每时每刻你都在我心里。我爱你。我会等你。你要回来。西。"

一只长筒靴轻轻推了推特纳的后腰,他醒了过来。

"起来吧,长官。太阳都出来了。"

他坐了起来,看了看表。谷仓口是一个蓝黑色的长方形。他估计睡了不到三刻钟。迈斯麻利地把袋子里的草倒掉,把桌子拆了。他们默默地坐在大捆的干草上,点燃了当天的第一根烟。他们走到外面,看见一个土罐,上面盖了一个很重的木头盖子。打开一看,里面有一块用细布包着的面包和楔形的黄油。特纳当机立断,用一把长猎刀顺着黄油把这食物分开。

"万一我们走散了,"他咕哝道。

他们离开时，一缕阳光已经照在农房上，狗也变得疯狂起来。他们翻过一扇门，开始穿越北面的一块田地。一小时后他们在一个小树林里停下来喝水、抽烟。特纳打开地图。这时，第一批轰炸机——一支由大约五十架海因克尔式飞机组成的编队——已经在头顶轰鸣，也在朝海岸进发。太阳出来了，天空万里无云。对德国空军来说，这是绝好的一天。他们又静静地走了一个小时。前面没有路时，特纳就依靠指南针穿过牛群和羊群，越过萝卜和初生的小麦。离开马路，并不像他想的那么安全，一个养牛的牧场有十个炮弹坑，一百码方圆里随处可见被炸飞的血肉、骨头和烧焦的皮肤。但大家都陷入沉思，默默无语。特纳困惑地看着地图，猜想他们正位于离敦刻尔克二十五英里的地方。越往前走，就越难避开大道。似乎所有的东西都集中到一起了，他们要跨过河流和运河。想从村庄中抄近路走到桥边，简直就是浪费时间。

十点钟刚过，他们再次停下来休息。他们翻越了一道篱笆，来到一条小路上，但是特纳在地图上找不到这条路。不管怎样，方向是对的，路朝着平坦的、光秃秃的土地。继续走了半个小时后，他们听到几里外传来抵御空袭的射击声，远远望去可以看到一个教堂的尖顶。特纳停下脚步，再次翻开地图。

耐特尔下士说："地图里又没有骚娘们。"

"嘘，他有点拿不准了。"

特纳靠在一根篱笆桩上。右脚一踩下，他的腰部就会一阵疼痛。有个尖尖的东西好像要从里面伸出来，把衬衣撑破。

他忍不住用食指去摸,摸到的只是一碰就疼的裂开的皮肉。
经过昨晚的事,他不应该再忍受两个下士的嘲笑了。疲惫和
疼痛让他感到烦躁不安,但他什么都没说,尽量把精神集中到
地图上。他在地图上找到了村庄,但是看不见小路,虽然它肯
定是通往那里的,这和他想象的一样。他们应该走这条路,一
直走到位于贝尔格-菲尔纳运河上的防御线。没有别的路可
走。两位下士还在继续取笑他。他折好地图,继续往前走。

"下一步怎么办,长官?"

他没有回答。

"哦,哦。你得罪那骚娘们了。"

除了高射炮火以外,他们听到遥远的西面传来他们自己
一方大炮开火的隆隆之声。抵达村庄时,他们听到卡车缓缓
驶动的声音,接着就看见它们排成一长队,缓慢地向北面驶
去。当然谁都希望搭个便车,但经验告诉他,车队很容易成为
空袭的目标。用脚行走时,你才能听见、才能看见正在靠近的
东西。

他们按一个向右的箭头离开村庄,走上小路,并坐在一个
石头制的水槽边休息了十分钟。三吨车、十吨车、半履带式车
和救护车正以不到一英里的时速从狭小的转弯处碾过,离开
村庄向一条长长的笔直的路驶去,那条路的左边种着梧桐树。
路一直通向北方,前面的地平线上有一片乌云,是油在燃烧,
这意味着敦刻尔克到了。现在不需要指南针了。路上到处是
废弃的军事用车,但坚壁清野,不会给敌人留下任何可用的东

241

西。远去的卡车的后车厢里,神志清醒的伤兵睁着空洞的眼睛,向外张望。路上还有装甲车、后勤用车、履带式小型装甲车和摩托车。混在中间的是民用小车、公共汽车、农用货车以及二轮运货车,由男男女女推着或由马拉着,里面塞满家用工具和行李,堆得高高的。空中飘着柴油燃烧产生的烟雾,非常难闻。车队行驶的速度还不如成百上千个正在行走的士兵,他们中的大多数背着枪,带着笨重的厚长大衣——在气温升高的早上这成了一种负担。

和士兵们同行的是随军家属,她们拖着箱子和包裹,抱着婴儿,牵着孩子。穿过机器的轰鸣声,特纳听到惟一的人声是婴儿的哭声。路上还有一些老人独自走着。一个拄着拐杖拖着脚走的老人,穿着上等细布做的新西服,戴着蝴蝶状的领结,穿着毛拖鞋。他走得很慢,又喘着粗气,连车队都超过他了。他这副样子,哪里都到不了啊。路对面拐角处有家鞋店,特纳看见里面有位带着孩子的妇女在和店员说话,而店员的每只手里拿着一只不同的鞋。三人都对身后的行军视而不见。这时,从相反方向开来一排装甲车,徐徐靠近拐角,即使经过战争的洗礼,表面油漆也没有碰掉,它们向南进军,迎战德国先遣部队。即便想尽快战胜德国装甲师,也只能多等一两个小时让撤退的士兵先行通过。

特纳站了起来,拿出水壶,喝了一口水,一闪身跟在两个苏格兰高地轻步兵后面,就这样融入了队列中。两位下士跟随着他。特纳觉得没必要再对他们负责了,因为他们已经加入到了撤退大军中。他睡眠不足,这进一步加深了他对下士们的敌意,而且今天他们的冷嘲热讽刺痛了他,仿佛背叛了昨晚建立起的同志情谊。事实上,他敌视身边的每个人。他只关心自己的生存。

为了甩掉下士,特纳加快了脚步,超过苏格兰士兵和一群修女。修女带着二十多个身穿蓝色束腰外衣的小孩,他们也许是某个寄宿学校的残兵散勇,看上去就像他读剑桥前的那个夏天在附近的里尔所教的学生。如今,在他眼里,那仿佛是一段别人的生活,一个逝去的文明世界。他的人生先毁了,接着每个人的都毁了。特纳恼怒地大踏步往前走,虽然他知道这样坚持不了多久。以前,在他随小分队行军的第一天,他就知道该寻求什么。在他的正右方是一条壕沟,可它太浅了、太容易暴露。他看见路对面有一排树,就溜了过去,来到一辆雷诺轿车前。这时,车的司机斜靠在喇叭上,发出刺耳的电喇叭声,特纳惊跳了起来。他顿时火冒三丈,够了!他转身一跳,冲向车门,猛地将它拉开。里面是个衣着整齐的小个子,穿一件灰色衣服,戴一顶浅顶软呢帽,身边堆着皮箱,后座挤着一家子人。特纳一把抓住他的领带,正要用右手掌扇那张愚蠢的脸时,另一只强有力的手抓住了他的手腕。

“他不是敌人,长官。”

迈斯下士紧抓着特纳的手,把他拽了出来。跟在后面的耐特尔,用脚猛地把雷诺车门踢上,他用力过猛,致使侧面车镜掉了下来。看到这一切,穿蓝色束腰外衣的小孩欢呼着鼓起掌来。

三人穿过路,在树下继续行走。这时太阳已高高升起,感觉很暖和,而树阴还没有遮住路面。几辆横卧在壕沟上的车辆已在空袭时被击中。他们经过丢弃的卡车时,看见周围到处是过往部队在寻找食物、饮料或汽油时散落在地的各种供给。特纳和两位下士踏着沉重的步履穿过飘散的打字机色带轴、复式分录账本、锡制桌子和转椅、厨房用具、引擎部件、马鞍、马镫、挽具、缝纫机、足球纪念杯、折叠式椅子、投影机、汽油发电机——投影机和汽油发电机已被人用扔在一旁的铁橇毁坏了。他们还经过一辆救护车,它半陷在壕沟里,一只轮子已不翼而飞,车门上有块黄铜做的牌子,上面写着:"此救护车为旅居巴西的英国人所赠。"

特纳意识到可以一边走路一边睡觉。当汽车马达的轰鸣声戛然而止时,他颈部的肌肉就会放松,头渐渐下垂。脚步一偏,他就会被惊醒过来。耐特尔和迈斯想去搭便车,可是前一天特纳已向他们描述了他在第一纵队所见的一幕——二十个坐在三吨车后的人被一颗炸弹炸死了。当时他蜷缩在战壕中,头钻在涵洞里,腰部中了一块弹片。

"你们先走吧,"他说,"我还是在这里吧。"

此事就这样搁下了。特纳不去,他们也不会走——他是他们的幸运之星。

他们继续往前,跟在更多的苏格兰高地轻步兵的后面。有一位步兵在吹苏格兰风笛,引得下士们用鼻音跟着模仿,听起来很滑稽。特纳作势要走到路对面去。

"如果你要去打架,我们可不帮你。"

这时有两个苏格兰人转了过来,相互抱怨。

"美好的夜晚,美丽的月光,"耐特尔用伦敦腔大声地说着。

突然头顶上传来手枪的声音。如果他们没有听见,事情将会变得棘手。当他们处于同一平面时,风笛声戛然而止。在一块开阔的空地上,法国骑兵全副武装,下马排成了一长队。最前面站着一个军官,他依次向马的头部开了一枪。每一位骑兵都笔直地站在自己的坐骑边,礼节性地把帽子握在胸前。所有的马都耐心地等着最后时刻的来临。

这种令人联想到失败的仪式让大家心情更为沉重,下士们也没有心情和苏格兰人纠缠搞笑了,而他们正好不必受到干扰。几分钟后,他们经过一个壕沟,里面有五具尸体,三个女人,两个孩子,他们的箱子丢在一边。其中一个女人穿着毛拖鞋,和那位穿上等细麻西装的人一样。特纳移开目光,不想让自己受到影响。如果他想活下去,必须密切注意天空。他很累了,经常会走神。而且此时天气很热,有些人把他们的厚大衣扔在地上。这是阳光灿烂的一天。在和平时期,的确可以称之为阳光灿烂。他们现在走在一条长长的缓坡上,他拖着疲累的双腿,腰部感觉更疼,每走一步都得痛下决心。他左脚后跟的一个水疱肿了,他就只好侧着靴边走。他一边走一边从包中取出面包和黄油,但由于口干,无法咀嚼,于是只好

245

又点燃一支烟,以驱除饥饿感,并尽力给自己设定一个最简单可行的任务:穿越大地,直至大海。一旦社会因素消除了,还有什么比这更简单的呢? 他是世上惟一的人,他的目的很明确。他正在穿越大地,直至来到大海。他知道,现实社会非常功利。其他人在跟随着他,而他要装得若无其事,保持适合自己的节奏和步伐。他在/穿越/大地/直至/来到/这大海。六韵步组成的诗句,他此刻正用五个抑扬格和一个抑抑扬格的节拍行走着。

又走了二十分钟,路变平坦了。他转身望去,只见护送队一直排到山下一里远的地方,而往前则看不到尽头。他们三人穿过一条铁路。从地图上看,离运河还有十六英里。一路走来,多多少少能看见被损坏的设备。半打二十五磅重的枪炮堆在壕沟的另一边,好像是被一个重型推土机推在一起的。前面地势低洼处,也就是来回两条路的交叉口,正在发生一些骚乱。步行的士兵中发出一阵笑声,路边的人群也变得有些嘈杂。他走上前,看见一个英国陆军旧步兵第三团的四十多岁少校,一副老式学校毕业的模样,正指着两块地外一英里远的一丛树林,面红耳赤地嚷嚷着。他想把士兵从列队中拉出来,或者说他试图这么做。大多数人都不理他,而是继续往前走;也有些人笑话他,可是有几位却迫于他的职衔而停了下来,虽说他没有任何个人威望。他们拿着枪围在他身边,脸上一片茫然。

“你。是的。你过来。”

少校把手放在特纳的肩上。特纳还没有明白怎么回事，就停了脚步，向他敬了个礼。两个下士跟在他后面。

少校长着一撮小胡子，从紧闭的小嘴唇中蹦出一句简短的话："我们把一个德国佬包围在那片树林中了。他肯定是一名先遣队员。可是他身上还有两支冲锋枪。我们得冲过去把他赶出来。"

特纳感到一阵寒意，腿也软了。他向少校摊了摊空空的手。

"凭什么，长官？"

"凭机智和配合协作。"

怎么才能抵制这个蠢货呢？特纳太累了，无法想这一问题，但他知道自己是不会去的。

"现在，我有两个排的剩余兵力正向东赶来……"

"剩余兵力"这个词泄露了天机。一听到这里，迈斯忍不住要卖弄一下他取笑人的本事。他打断了少校的话。

"对不起，长官。我想说一句。"

"不行，下士。"

"谢谢，长官。总部下达命令。现情况危急，四面受敌，为防全军覆没，应立即撤离，快速、迅疾、矫捷地向敦刻尔克进发，不得延误，不得迂回，不得违抗。报告完毕，长官。"

少校转过身，把食指戳向迈斯的胸口。

"你给我看这儿。这是我们惟一的、最后的机会……"

耐特尔下士轻柔地说："长官，这是戈特爵士起草、并亲自发出的命令。"

在特纳看来,如此这般地跟一位长官说话是非同寻常的,当然也是冒极大风险的。少校还没有意识到自己被取笑了。他似乎以为刚才是特纳在说话,因为接下来这番话是对着特纳说的。

"撤退简直就是一场血腥屠杀。看在上帝的分上,伙计。这是你展示果断和决心的最后一个绝佳机会。而且……"

他还说了很多很多,然而,在特纳看来,一种令人压抑的寂静似乎已降临在这耀眼的晌午。这一次他没有入眠。他越过少校的肩膀,眺望着队伍最前端。远处,在离道路大约三十英尺的空中,一块中间凸突、看似厚木板的东西横悬在烈日下。他听不进上校的话,也没什么自己确切的想法。这一水平的幻象悬浮在半空中,丝毫没有变大;虽然他渐渐明白这意味着什么,可是他宛似在梦中,既无法回应,也不能移动四肢。特纳惟一能做的就是张开嘴巴,却又发不出声;即使发得出声,他也不知该说什么。

接着,当轰炸声又铺天盖地响起时,他一下子喊了出来:"快跑!"他向最近的掩体冲去。这是最模糊、最不军事化的命令,但他感到两个下士就跟在身后不远处。他恍惚在梦中,这种状态令他跑不快。不是由于肋骨处的隐痛,而是什么东西在刮他的骨头。他任凭厚大衣滑落下来。前方五十码处,一辆三吨重的货车侧翻在地上。那个黑黑的布满油污的汽车底盘,那个鳞茎状的差速器是他惟一的避难所。他必须尽快到那里,时间紧迫。一架战斗机正猛烈地向队列开火,喷溅的火光正以每小时二百里的速度向道路前面漫延,炮火打在金属和玻璃上,如同下落冰雹。驻守在几乎无法动弹的车辆里的士兵没有反应,司机们只是通过挡风玻璃注视着,他们正位于特纳几秒钟前所在的地方。坐在货车后面的人不知道发生了什么事。一个陆军中士端着枪,站在路中间。一个女人尖叫着,随之大火扑向了他们。正在这时,特纳纵身一跃,躲到了那辆整个翻转的货车之下。炮火鼓点般密集地落在车上,连钢架结构都被震动了。伴随着战斗机的轰鸣声和忽隐忽现的影子,炮火继续向前扫射,给队列造成了猛烈的打击。特纳藏身于前轮底盘的黑暗中,油箱中的油散发出格外清馨的气味。在等待另一架飞机轰炸的过程中,特纳像胎儿般地蜷缩着,抱着头,眼睛紧紧地闭着,渴望生还。

但什么都没有发生。只有昆虫们发出晚春的低吟,鸟儿们在适时的停顿后又开始歌唱。伤员仿佛从鸟儿那里得到暗示,开始呻吟和叫喊,受惊吓的儿童也哭了起来。和往常一样,有人开始诅咒皇家空军。当耐特尔和迈斯出现时,特纳站了起来,掸了掸身上的灰尘。他们一起转身向少校走去。此时上校坐在地上包扎右手,脸上一点血色都没有。

"子弹从这儿径直穿过,"当特纳等人走近时,他说。"真是非常幸运。"

特纳他们扶他站了起来,搀着他走进一辆救护车,一位皇家陆军军医队上校和两个护理员已经开始救治伤员,但他摇了摇头,独自站在那儿。突如其来的惊吓让他变得很健谈,声音也柔和了些。

"他的机枪一定是 ME109 型。那大炮差点夺去我的手。你知道吗,就差两厘米。他肯定和部队走失了,归队途中看到了我们,禁不住就朝我们开火了。不能怪他,真的。不过这意味着更猛烈的炮火马上就要来临。"

他先前召集的六七个士兵已从沟中把枪捡起来,走了出来,准备各自离去。一看到他们,少校清醒了过来。

"行了,伙计们。排成一列。"

他们似乎无法抗拒他,就排成了一队。少校哆嗦了一下,对特纳说:

"你们三个,跑步出发。"

"其实,老兄,说句实话,我想我们还是不去吧。"

"哦,我明白了,"他眯眼看了看特纳的肩膀,仿佛看到了高级军衔的徽章。他用左手敬了个善意的军礼。"既然如此,长官,如果您不介意的话,我们就出发了。祝我们好运吧!"

"祝你们好运,少校。"

他们看着少校命令他那支不情愿的小分队向树林进发,而那边正布着机枪等着他们。

纵队整整半个小时没有移动。特纳听从皇家陆军军医队上校的安排,帮担架队运送伤员。后来他在货车上为伤员们找到了位置,但两个下士却不见了。他在一辆救护车后面搬运物品。看着忙忙碌碌的上校正在缝合一个头部伤口，特纳感到旧时的抱负在暗潮涌动，但脑部供血不足使他记不清课本中的内容。他们所在的路上共有五个伤员，然而令人惊奇的是，并没有人死亡，虽然那位端着步枪的军士被击中了脸部，生还可能性很小。三辆前端中了弹的汽车被推离了路面，里面的汽油用管子吸了出来，而且，为了保险起见，用子弹打穿了轮胎。

所有这些完成后，纵队前面还是没有动静。特纳捡起厚大衣，继续往前走。他口渴极了，无法再空等下去。一位膝盖中弹的比利时老妪已喝完了他的最后一滴水。嘴里的舌头有点肿大，现在他只想找点喝的。不过还得密切注意天空。他经过一个个情景相似的地方：车辆软瘫在路上，伤员被一一抬进了货车。他走了十分钟，突然在一堆泥土旁的草地上看到迈斯的脑袋。那儿离他大约有二十五码远。一片白杨树投下深绿色的树阴。特纳朝它走去，虽然他觉得在这种情形下最好继续前行。一走近，他发现迈斯和耐特尔站在一个齐肩深的洞中：他们在挖一个坟墓，已快挖好了。一个大约十五岁的男孩俯面躺在土堆那边，一道深红的斑迹从白衬衣背领一直延到腰上。

迈斯靠在铁锹上，惟妙惟肖地模仿道："'我想我们还是不去吧。'太好了，长官。下次我一定记住。"

"'迂回'这个词用得太棒了。你是从哪儿学来的？"

"他吞掉了他妈的一本字典。"耐特尔下士自豪地说。

251

"我以前喜欢玩纵横填字游戏。"

"那么'四面受敌,全军覆没'呢?"

"那是去年圣诞节军士聚会上的音乐派对上听来的。"

他和耐特尔仍然在墓穴中,为特纳唱起了跑调的赞歌。

四面受敌,全军覆没,

放眼展望,吉少凶多。

他们身后的纵队开始移动了。

"把他埋了吧,"迈斯下士说。

三人把男孩抬起,背朝下轻轻放下。他的衬衣口袋上别着一排自来水笔。下士们没有为他举行葬礼。他们开始往坑里铲泥土,不一会儿,男孩就消失了。

耐特尔说:"多么英俊的孩子。"

两位下士用细绳把两根帐篷柱绑成一个十字架,耐特尔用铁锹的背面使劲把它敲入土中。一切完毕后,他们又回到了路上。

迈斯说:"他本来和爷爷奶奶在一起的。他们不希望他留在壕沟中。我以为他们会来为他送行,可是他们处境艰难。我们最好告诉他们他在哪里。"

然而上哪里去找男孩的祖父母呢?他们继续往前赶路。特纳取出地图,说:"密切注意天空。"少校说得对——梅塞施米特式战斗机匆匆过后,还会返回的。其实此时它们应该折

252

回来了。贝尔格-菲尔纳运河用深蓝色鲜明地标在地图上。特纳急不可待地想早点到达运河,那是因为他口渴难耐啊。他真想把脸埋在蓝色的水中,饱饱地喝上一顿。这不禁令他想起童年发烧时的情景:那狂野而令人生畏的发热,为寻求凉爽而在枕头上的辗转,搭在额头上的母亲的手。亲爱的格蕾丝。特纳触摸了一下自己的额头,皮肤干薄如纸,他感到伤口周围的炎症正在加重,皮肤变得紧绷、不适。什么东西正从衬衣里渗透出来,但不是血。他想悄悄地自我检查一下,但在这里几乎是不可能的。护送队正以一如既往、不屈不挠的脚步向前行进。路一直通向海岸——现在不会有捷径了。他们渐渐靠近时,发现北面的天空乌云密布。必定是敦刻尔克炼油厂在熊熊燃烧。除了继续前行,别无选择。于是,特纳又开始低头默默跋涉了。

现在,路的两边再也没有悬铃木来抵挡空袭。少了这层遮挡,这条长长的扁 S 形路在起伏的地势上变得一览无遗,容易遭受打击。他在无谓的交谈和邂逅中浪费了宝贵的体力。疲劳使他表面上看起来欢欣鼓舞,勇往直前。此刻,他放慢了步伐,以便与他的靴子合拍——他要穿越大地,直至大海。一切障碍都必须被鞭策他前行的力量所战胜,哪怕这一优势微不足道。在天平的一头是伤口、干渴、水疱、疲劳、酷热、下肢的疼痛、斯图卡式轰炸机、远途、英吉利海峡;在天平的另一头是"我会等你"以及她说这句话时的美好记忆——如今他已将它视为圣地。还有害怕被生生逮住。他最销魂荡魄的记忆——藏书室里属于他们的寥寥数分钟,白厅中的热吻——由于经常被拿出来回味,而逐渐变得不像当初那么浓郁。他背诵着她信中的某些片断,他回忆起喷泉边的花瓶之争,他记得双胞胎失踪那天用晚餐时她那温暖的手臂。这些记忆支撑着他,虽然不是很容易。几乎每一次回忆,都让他明白了自己置身何地。它们处在时光分水岭遥远的另一边,就像公元前和公元后那样泾渭分明。在入狱前,在战争前,在面对尸体无动于衷前。

看了她最后一封信后,他所有的想法都烟消云散了。特纳触摸了一下胸前的口袋,就像是行一个屈膝礼。信仍在那里。在天平上,这是一些新的东西。他可以昭雪洗冤,拥有纯净的爱情了。仅仅体味这一可能性就让他想起,多少往事已成烟云。如今他对人生的品位,从前一切的抱负和快乐,都丝毫没有减弱。未来将是一次再生,一次凯旋。他可以恢复从前的他。想当初,在黄昏时分,他穿着盛装,穿过萨里公园,踌躇满志地憧憬着未来;他走进那座房子,满怀激情地和塞西莉娅做爱——不,让他把这个词从下士们的口中解救出来吧。当别人在露台上品尝鸡尾酒时,他们却在性交。故事——那天傍晚漫步时,他一直在筹划遐想的故事——可以延续。他和塞西莉娅不会再分离了。他们的爱情会有发展的空间,会有成长的家园。他不会手拿帽子,四处向那些躲避他的朋友募集道歉;他也不会自负纵骄,不可一世,拒他们于门外。他很清楚该怎么做。他只是想要找回自己。犯罪记录被注销后，他可以在战争一结束就申请攻读医学院，甚至现在就去卫生队任职。如果塞西莉娅和家人言和，他也不会恼怒，他会和他们保持距离。他绝对不可能与艾米莉或杰克交往过密。想当初，她凶狠地将他送上了法庭，简直不可理喻；而杰克在他最需要的时候却扭身走了，躲进了内政部。

这些都无关紧要了。此时此刻什么都显得很简单。在路上，在沟里，在人行道上，他们看见日渐增多的尸体，有几十人，都是士兵和平民。阵阵恶臭扑面而来，悄悄地钻进了他衣服的褶裥。护送部队进入一座被轰炸过的村庄，抑或是小城镇的郊区——这里一片废墟，难以辨认。但有谁会在意呢？谁会深究这其中的区别，把村庄的名字和这个日子载入史册呢？谁又会持有说服力的论据去兴师问罪呢？没有人会知道这里原先的模样。没有了细节，也就无法构成全貌。废弃的商店、设备和车辆满街都是，挡住了他们的去路。由于横尸遍野，他们只得走在路的中间。护送队已不再往前，所以影响还不算大。士兵们从车辆中爬了出来，在砖瓦中跌跌撞撞地前行，伤员们则留在货车中等待。空间越来越窄小，人群越来越拥挤，人们越来越烦躁。特纳低着头，跟着前面的人，沉浸在自己的心事中。

他会被昭雪洗冤的。从这儿的情势看，你不必费事地抬起脚，以免踩到某个死去妇女的手臂。他觉得自己不需要道歉或称赞。如果昭雪洗冤了，那是多么的纯粹啊。他就像一个坠入情网的人，以单纯的渴望憧憬爱情。他向往这个境界，就像别的士兵向往家中的壁炉、分配的食物或原先的工作。如果在这里清白是重要的，回到英格兰没有理由不是这样。让他的名声得到洗刷吧，然后，让每一个人都改变他们的看法吧。他已经付出时间的代价，现在他们必须有所表示了。他的目标简单明了：找到塞西莉娅，爱她，娶她，毫无屈辱地生活。

然而，在这一切中，有一点他始终想不明白。有一个模糊的身影，即使敦刻尔克十二英里以外的废墟也难以将其勾勒出轮廓。那就是布里奥妮。塞西莉娅说他是个宽宏大量的人，理性的人，但此时他似乎不具备这一品性。如果塞西莉娅要和家人团聚，如果姐妹聚首，他就躲不开她。但他能接受她吗？他能与她同处一室吗？她说要赦免什么的，可他用不着赦免，因为他并没有做错任何事。要赦免也是赦免她自己。她的良心再也无法承受自己犯下的罪孽啊。他应该为此而高兴吗？是的，没错，1935年她只是一个孩子。他一遍又一遍地对自己说，他和塞西莉娅一遍又一遍地对对方说。是的，她只是一个孩子而已。可是，并不是每一个孩子都用谎言把一个男人送进监狱。并不是每个孩子都会这样目标明确、心怀恶意、持之以恒、从不动摇、从不疑虑。没错，她是个孩子，但这并没能阻止他在监狱中想入非非。他幻想着要羞辱她，他想出了十几种报复她的方式。有一次，在法国，在那个冬天最寒冷的一周，在白兰地的刺激下，他甚至想象她倒在他的刺刀

256

尖下。布里奥妮和丹尼·哈德曼。憎恨布里奥妮是不理智的,也是不公平的,但至少能让他排遣心中的郁闷。

如何才能理解这个孩子的思维呢?只有一种解释:那是1932年6月的一天,一阵淫雨和狂风过后,它突然降临,因而变得格外美丽。那是为数不多的一个早晨,异乎寻常的暖和、温煦的阳光以及新生的树叶,都预示着真正的夏天即将到来。他和布里奥妮越过特赖顿泉池,跨过矮矮的篱笆和杜鹃花,穿过那扇只容一人通过的小门,来到那条窄窄的蜿蜒曲折的林间小道。她显得很兴奋,仿佛有说不完的话。那时她大约十岁,刚刚开始写小故事。和其他人一样,他也得到一本装订好的有插图的故事,故事描述了爱情的萌发、困难的克服、重逢和婚礼。他们向河边走去,因为他答应要教她游泳。当他们把屋子抛在身后,她也许就开始讲述起她刚写完的一个故事或正在读的一本书,或许她还牵着他的手呢。她是个十分文静、认真的小姑娘,看上去一本正经的,显然与她的年龄不相符。这样的倾诉是异乎寻常的,不过他很愿意听。对他来说,那也是一段令人兴奋的时光。当年他十九岁,考试已基本结束了,而且他感觉考得不错。他很快就要结束中学生涯。在剑桥大学的入学面试中,他表现良好,两周后他将去法国一所教会学校教英文。那天,天气灿烂而温暖;高大的山毛榉和橡树几乎纹丝不动;光线穿过新生的嫩叶,像珍珠般洒在去年枯黄的叶子上,看上去就像一泓泓池塘。这一壮丽的景象,在年少而自视甚高的他看来,仿佛预示着他似锦的前程。

她继续喋喋不休地说着,他心满意足、似听非听地听着。他们来到林间小道,它一直通向长满青草的宽阔的河岸。他们朝上游走了半英里,又重新进入树林。这里,在河的转弯处,在悬垂的树枝下,就是布里奥妮祖父时代开掘的一口龙潭。一道石头砌成的低坝减慢了流速,使这里成为一个理想的跳水和潜水之处,但不适合初学者。你可以从低坝上走过,或从岸边跳入九英尺深的水中。他跃入水中,踩着水,等候着她。他们从前年的晚夏就开始游泳课程了,那时河水较浅,水流徐缓。现在,即使在池潭中也会有一些滞缓的旋涡。她只顿了一瞬间,就尖叫着从河边扑向他的臂弯。她在水中练习踩水,直至水流把她带到坝边,然后他引着她穿过潭渊,重新回到岸边,让她从头再来。由于荒废了一个冬天,因此在她蛙泳时,他必须用手托着她,加上他自己还要踩水,游起来就有些困难。一旦他放开手,她只能游三四下就会沉下去。她发现逆水向上游时,能在水中保持不动,她为这一发现而兴奋不已。但她在水中根本停不住,每次都被冲回低坝。她会在那里紧紧抓住一个生锈的铁环,等着他,她白皙的脸庞在长满苔藓的灰黄壁边和略呈绿色的水泥旁显得生动有致。她把这种方式美其名曰"游泳登高"。她还想继续玩,但水实在太冷了,而且这样折腾了十五分钟,他已经累坏了。于是他不顾她的抗议,把她拉到岸边,将她托出水面。

他从篮子里拿出衣服,走到不远处的树林里去换。回来后发现她依然站在岸边,就在他刚刚离开的地方,肩披着毛巾,凝望着水面。

她问:"如果我落水了,你会救我吗?"

"那当然。"

他边说边俯身弯向篮子。他听见——但没有看见——她跳进了水中。毛巾落在岸上。池潭中没有她的踪影,只有一圈圈荡漾的涟漪。突然她钻了出来,吸了口气又沉了下去。情况紧急!他想冲向低坝,从那儿把她捞上来,但水面呈现混浊的绿色,什么都看不清。他只能在水下靠触觉找她了。没有别的选择——他步入水中,鞋子、夹克,什么都来不及脱了。他几乎一下子就摸到了她的手臂,就把手放在她的肩膀下,用力将她举起。他惊奇地发现,她正屏住气,接着又开心地笑出声来,双手紧紧勾住他的脖子。他把她推到岸上,然后,穿着湿透了的衣服,异常艰难地爬上了岸。

"谢谢,"她 个劲地说,"谢谢,谢谢。"

"你这样做简直太愚蠢了。"

"我想让你救我。"

"难道你不知道差点就被淹死了吗?"

"你救了我呀。"

一忽儿忧虑,一忽儿释怀,他不禁怒火中烧。他近乎咆哮着说:"你这个傻丫头,你差点要了我们两个人的命。"

她默不作声。他坐在草地上,把鞋子里的水倒出来。"你沉在水下面,我无法看见你。我的湿衣服直把我往下拖。我

259

们两个都可能被淹死。难道你是这样开玩笑的吗？是不是呀,嗯?"

她理屈词穷了。她穿好衣服后,两人沿着小路往回走,布里奥妮在前面,他咯吱咯吱地跟在后面。他很想到空旷的园林里晒晒太阳。他得步履艰难地走上好长一段路才能回平房换衣服,但他的怒气还没有完全消去。他想,她已经不是小孩了,理应为她自己的行为道歉。她低着头,默默地往前走,也许在生闷气,但他看不见。他们走出林子,穿过那扇小门时,她停了下来,转过身子,用一种直截了当,甚至是挑战性的口吻对他说:

"你知道为什么我要你救我吗?"她哪里是在生闷气,她分明对他摆起了架势。

"不知道。"

"不是很明显吗?"

"不,看不出来。"

"因为我爱你。"

她抬起下巴,勇敢地说道。她说的时候眼睛眨得飞快,她为自己揭开了这一重大事实而眼缭目眩。

他强忍住笑。他竟然被一个小女生所暗恋。"你这到底是什么意思?"

"我的意思和任何人说这三个字时一样:我爱你。"

这一次,她的话语带着些许忧伤。他意识到应该抵制诱惑,不能取笑她,但这是何等的困难啊。他说:"你爱我,于是

260

你就跃入了河中。"

"我想知道你会不会救我。"

"现在你知道了吧。我会冒生命危险救你,但这并不表示我爱你。"

她微微挺了挺身子。"谢谢你救了我,我一辈子都会感激你的。"

这些话肯定来源于某一本她最近阅读过的书或她自己创作的书中。

他说:"不用谢。但以后千万别这样了,为我也为别人。你答应吗?"

她点了点头。临别时她说:"我爱你,现在你知道了。"

她向屋子走去。他站在阳光下,哆嗦了一下,目送她远去,直至她完全消失在视线之外。然后,他也踏上了回家之路。在去法国前,他再也没有单独见过她。九月份回来时,她已经去寄宿学校了。不久,他就去了剑桥大学,十二月的圣诞节又是和朋友一起过的。他再见到布里奥妮已经是来年的四月了,而那时这一切都淡忘了。

真的忘了吗?

他有足够的时间,太多的时间,去独自思考。除了六月的那一天,他记不得与她作过其他不寻常的交谈,他想不起此后她有过怪异的行为、意味深长的眼神或愠怒的脸色,表明她少女时代的激情还在滋长。他几乎每个假期都回萨里郡,因此她有很多机会可以把他从平房里叫出来,或给他递纸条。当时,他正忙于新生活,沉浸在新鲜的大学生活中,而且,他那时有意识地想和塔利斯一家保持距离。但可以肯定的是,有一些迹象被他忽略了。三年来,她对他渐生情愫,她肯定把这种感情埋在了心底,通过幻想使之越发强烈,或者在她的小说中对其进行加工润色。她是那种生活在幻想里的女孩。河边发生的一幕足以让她一直念念不忘。这种推测,或者说信念,定格在记忆中的一次邂逅中——黄昏时分在桥上的相遇。多年来,他一直在仔细推究那次穿越园林的漫步。她可能事先知道他已受邀与他们共进晚餐。于是她就等在那里,光裸着双脚,穿了一件肮脏的白连衣裙。太蹊跷了。她可能一直在等他,也许正在准备她小小的演说,甚至坐在桥的石栏上大声地排练呢。当他终于来到时,她却窘迫得开不了口了。这是一种迹象吧。在那时,他就感到奇怪:她怎么不说话呢?他交给她一封信,于是她就跑开了。几分钟后,她就打开了信。她惊呆了,不仅仅被信中的某一个用词。在她心目中,他钟情于她姐姐,就是对她的爱恋的背叛。后来,她又在藏书室里看见了最糟糕的一幕,这时,她的一切幻想全击碎了。起初,失望和绝望向她袭来,然后是与日俱增的痛楚,最后,凭借黑暗中一个绝佳的机会,在寻找双胞胎的过程中,她为自己报了仇。她指证了他——除了她姐姐和他母亲,没有人怀疑她。他能理解那种冲动,一念之间的恶意和孩子气的破坏欲。令人惊异的是这个女孩对他怨恨之深,以及她想方设法编造故事送他去旺兹沃思监狱的执着不挠。

262

现在他也许就要昭雪洗冤了,为此他深感欢欣。他承认,她重新走回法庭,否认自己发誓后所做的证词是需要勇气的。但他不会因此就把对她的恼怒一笔勾销。是的,那时她还是个孩子,但他并不原谅她。他永远也不会原谅她。那是一种永久的伤害。

前方更加混乱,更加嘈杂。不可思议的是,一支装甲部队顶着车流、士兵和难民艰难地向前推进。人们挤进废弃的车辆空隙中,或紧贴在被炸的残墙断垣边,勉强让出一条路。这是一支法国纵队,充其量不过是一支先遣队,有三辆装甲车,两辆半履带式车,两辆部队运输车。没有任何志同道合的迹象。在英国军队看来,法国人拆了他们的台。他们不愿意为祖国而战。英兵被挤到一边而愤怒不已。他们高喊着"马其诺",借此诅咒和嘲笑他们的盟军。对法军而言,他们肯定听说了有关英军撤退的谣言,而他们正被派往后方镇守。"懦夫,回到船上去吧,回到裤裆里去吧!"他们骂完就走了。在一团柴油燃烧的烟雾中,人群重新聚拢,继续向前。

他们向村庄里仅存的房屋走去。特纳看见前面一块地里,有个男人带着牧羊犬,赶着马在耕田。就像鞋店里的那几位女士,这个农夫似乎对经过的部队熟视无睹。这些人过的是另一种生活——战争是热衷此道之人的爱好,在他们眼中,战争非同小可,就像猎狗死命追杀猎物。刚从树篱边开过的一辆车后坐着一位妇女,正专心地编着什么;一座新房子前面

263

空荡荡的花园里,有个男人正在教他的儿子踢球。是的,人们继续播种耕耘,庄稼依然会生长,有人会来收割,把它磨成粉,也有人会把它吃掉。并不是每个人都会死的……

特纳浮想联翩。突然,耐特尔一把抓住他的手臂,往上指了指。远去的法国纵队一片混乱嘈杂,掩盖了空中的轰鸣声,但却能清楚地看见至少有十五架飞机在路的上空盘旋。它们位于一万英尺的高空,在蓝天上看起来像一个个小点。特纳和两位下士驻足观看,附近的每个人也都看到了。

一个疲倦的声音在他耳边喃喃说道:"我操,皇家空军去哪里了?"

另一位会意地说:"它们是冲法国佬去了。"

仿佛是要反驳他的话,一架飞机呼地离开队列,在他们的头顶开始近乎垂直的俯冲。开始的几秒钟,他们并没有听到飞机的轰鸣声。寂静,一片寂静。耳朵里的压力也越来越大。即使此起彼伏的狂叫声也不能减缓压力。"隐蔽!""散开!""散开!""赶快跑!"

难以移动。他能从容不迫地行走,他也能停下来,但是要离开路面开始奔跑却很艰难,需要搜索记忆,方能明白这些陌生的命令。他们在村庄的最后一座房屋边停了下来。屋子前面是个谷仓,两侧是农田,就是那个农夫耕种的地方。此时他和狗站在树下,就像在躲避一场阵雨。他的马依然套着犁,沿着未耕耘的田垄吃着草。士兵和平民从路上四散离去。有位妇女怀抱一个正在哭的孩子从他身边擦肩而过,但她又改变

264

主意,跑了回来,站在路边不知该何去何从。走哪边呢?谷仓前的空地还是农田?她的伫立不决反而让他作出了决定。当他推着她的肩膀往门边冲去时,轰鸣声加大了。噩梦成了一门学问。某人,纯粹的一个人,还有时间去幻想这魔鬼般的嚎叫。旗开得胜啊!这种声音来自恐慌本身,它拼命地想毁掉什么。他们各自都很清楚,濒临绝灭之祸的是他们啊。你需要独自承受这种声音。特纳引着那个女人穿过门。他想让她与他一起跑进田地中央。既然他已经碰了她,既然他已为她作了决定,于是他觉得就不能抛弃她了。但是怀中的男孩至少六岁了,抱着很重,这样他们根本无法往前走。

他把孩子从她怀中拽了过来。"快走,"他喊道。

一架德国斯图卡式俯冲轰炸机装载着一枚千磅重的炸弹。对地面上的人来说,这时应该尽快离开建筑物、车辆和人群。通常,飞行员不会把他宝贵的炸弹浪费在田野中某个孤立的目标上。但若是调转回来攻击,那就另当别论了。特纳曾看见他们猛追一名正在短跑冲刺的人,他们这么做纯粹是为了嬉戏。特纳腾出一只手抓住女人的手臂。男孩尿湿了裤子,在特纳耳边尖叫。那位母亲看起来似乎跑不动了。她伸出手哭喊着,要抱回儿子,而孩子也在他的肩膀上扭动着,想要挣脱他,想要回到母亲的怀抱。这时传来炸弹落下时尖利的啸叫声。据说,如果你在炸弹爆炸前听见落下的声音,那么将必死无疑。他拉着女人一起纵身卧倒在草地上,并把她的头往下按。伴着一声轰天巨响,地面震动起来。他半俯在地

265

上,把孩子护在他身下。震波把他们掀离地面,脸被飞溅起来的泥土打得生疼。他们听见斯图卡式轰炸机正向上爬升,同时他们又听见另一颗炸弹的呼啸声。炸弹击中了离他们不到八十码的路面。他把男孩夹在手臂下,用尽全力想把女人拉起身。

"我们还得继续跑,因为我们离路太近了。"

女人回答了句什么,他没有听懂。他们又跌跌撞撞地向田中央跑去。特纳感到身上的疼痛就像火烧一样。男孩在他的臂弯里,而女人似乎又在往后拉,想把儿子抱回去。这时,田里已有成百上千号人,都尽力向远处的树林跑去。听到炸弹的呼啸声,大家都蜷伏在地上,可是那个女人对潜在的危险一点都不警觉,他只好又拉着她卧倒,这次他们把脸贴在新翻垦过的土里。炸弹的呼啸声越来越尖锐,女人大声地喊着,仿佛在祈祷着什么。这时他才意识到她说的不是法语。炸弹在远处的路边爆炸了,大约一百五十码开外。但此刻第一架飞机又转向村庄,降低高度开始扫射。男孩已吓得哭不出声了,他母亲也不肯站起来。特纳指着正从屋顶掠过的轰炸机。他们正处在它的飞行轨道上。没有时间争论了,但她不想动弹。他纵身跳入犁沟躲了起来。机枪在耕地里波浪扫射的声音和引擎的轰鸣声从他身边掠过。一位受伤的士兵在大喊大叫。特纳站了起来,但女人不肯拉着他的手。她坐在地上,紧紧地抱着儿子,用佛兰芒语和他说话,不停地抚慰着他。她一定在说,一切都会好起来的,妈妈向你保证。特纳一句佛兰芒

266

语也听不懂。不过不懂也无所谓,因为她对他简直视而不见。男孩正透过母亲的肩膀茫然地盯着他。

特纳往回走了一步,然后就跑了起来。他跟跟跄跄穿越犁沟,这时轰炸又开始了。沃土粘住了他的靴子。只有在噩梦中,脚才会如此沉重。一颗炸弹落在通往村庄中心的路上,货车就停在那里。呼啸声一阵紧似一阵,在炸弹落下时,他还来不及趴下。爆炸产生的冲力把他甩到了几英尺以外的地方,他脸朝下趴在泥土上。苏醒过来后,他发现嘴里、鼻子里、耳朵里全都是污泥。他想把嘴里的东西吐出来,但嘴里干干的,没有唾液;他想用手指挖,却越加糟糕。他对污物大加戏语,又对肮脏的手指调侃了一番。他把脏物从鼻子上吹掉。他的鼻涕黑乎乎的,堵住了嘴。树林就在附近,那里也许有溪流、瀑布和湖泊。他想象着天堂的情景。当一架俯冲而下的斯图卡式轰炸机又一次发出愈来愈响的轰鸣声时,他努力辨认着声音的方位。是解除空袭警报吗? 他的思维好像也被阻住了。他无法吐咽,无法自由呼吸,也无法思考。当他看到农夫和狗依然在树下耐心地等待时,他的大脑才恢复了运作,才记起了一切。他转身向后看去。刚才那位女人和她儿子所在的地方,此刻已成了一个弹坑。他看着它,觉得自己早就知道这是迟早的事儿。这就是他必须撇下他们的原因。他的任务是活下去,虽然他忘了是为什么。他继续朝树林走去。

他走了几步,来到了一片树林中。他背对一棵小白桦树,坐在大树下面的新生灌木中。他满脑子想的就是水。树林里

267

躲着二百多号人,包括几位挣扎着进来的伤员。不远处,一位平民在痛苦地哭喊着。特纳站了起来,又向前走了几步。新生的树叶只能勾起他对水的渴望。路上和村庄上空的轰击仍在继续。他拨开地面上的落叶,用头盔挖起地来。泥土湿湿的,可是即使挖到十八英寸深,也没有水渗入挖开的洞中。于是他坐了下来,一边想着水,一边试着用袖子擦去舌头上的污泥。每当有斯图卡飞机俯冲而下时,他就不由自主地一阵紧张,全身蜷缩,虽然每次他都以为自己没有力气了。临近结束时,敌人返回来向树林扫射,但毫无结果,只让树冠上的叶子和枝条抖动了一下。然后飞机就离开了。随之而来的是笼罩在田野、树林和村庄上空前的寂静,甚至听不到鸟叫声。过了一会儿,从路边传来解除警报的汽笛声,但没人动弹。他想起了上次的情景。由于受到反复的恐怖袭击,他们一片恍惚,万分惊惶。每当飞机俯冲而下,人们便战战兢兢,纷纷躲入角落,听任死神的摆布。如果死神没有降临,他们就得一次次地重新经受磨难,而恐惧丝毫没有减弱。对幸存者来说,斯图卡式轰炸的结束意味着中风后的瘫痪,一次又一次中风后的瘫痪。这时中士和低级军官们就会跑过来,用脚踢着士兵,命令他们站起来。但他们已疲惫不堪,溃不成军了。

　　就这样,他和其他人一样,茫然地坐在那里。第一次轰炸时,他也是这样,那时他正在一座村庄的外面,但那个村庄的名字他已想不起来了。这些法国村庄用的是比利时名字。他与部队失散了,而且,更糟糕的是,身为步兵的他竟然丢失了步

268

枪。那是多少天以前的事了？不得而知。他检查了一下那把塞满了泥土的左轮手枪，卸下里面的子弹，随手把枪扔进了灌木丛。过了一会儿，身后传来一阵声响，一只手搭在了他的肩上。

"喏，给你。格林·霍华德家的赠品。"

迈斯下士递给他一个水瓶——其主人已战死沙场。这水瓶几乎满满的，于是他就猛喝了一大口，想先漱漱口，但这纯粹是浪费。他把污泥连同剩下的水一起喝了下去。

"迈斯，你简直是个天使。"

下士伸出一只手，把他拉了起来。"该走了。听说比利时佬已全线溃败了。也许，我们的东线会被切断。还有好几英里路呢。"

他们在穿越田地往回走时，碰到了耐特尔。他拿着一瓶酒和一块阿莫牌巧克力条。于是三人传递着享用这一美味。

"味道好极了，"特纳边说边喝了一大口。

"没用的法国佬。"

农夫和他的牧羊犬又回到了犁的后面。三位战士向弹坑挺进。那儿弥漫着一股浓烈的柯达炸药的气味。这个洞坑看上去像一个完全对称的倒转圆锥体，边缘很光滑，似乎被精心筛网和耙理过。这里丝毫没有人的痕迹，没有一丝衣服残片或鞋子碎皮。母亲和孩子全都蒸发不见了。他停下来想弄个究竟，但下士们急于赶路，推着他往前走，很快他们就在路上和落伍士兵会合了。前面的路容易多了。扫雷工兵把推土机开进村庄,以便扫清交通障碍。前面,熊熊燃油浓烟滚滚,仿佛一位火气冲天的父亲矗立在山水之中。高空嗡嗡飞行的轰炸机在天空中形成两道气流,一道向目标攻击,一道从目标返回。在特纳看来,他也许正在走向屠宰场。但是每个人都在向那儿走去,他也别无他途可想。他们行走的路将把他们带往云烟的左边,敦刻尔克的东面,比利时的边境。

"布雷敦斯,"他说,想起了从地图上看来的地名。

耐特尔说:"我喜欢这个名字的发音。"

有些人脚上长了水疱,几乎不能行走;还有些人赤裸着双脚。一个胸口受伤流血的士兵躺在一辆古老的小推车里由同伴推着走。一个中士牵引着一匹二轮马车的马,马背上驮着一位军官,不知是昏迷还是死了,他的手腕和脚都用绳子绑着。有些战士骑着自行车,大多数三三两两地走着。一个来自高地轻步兵团的通信兵骑一辆哈利戴维森牌摩托车前来,流血的双腿无力地垂着,后座上有一个手臂上缠着厚厚绷带的人在帮他踩踏板。一路上随处可见被丢弃的厚大衣,因为他们觉得太热,不想再随身携带。特纳已说服下士,叫他们千万不要扔掉大衣。

走了一个小时,他们听见后面传来一阵有节奏的重击声,就像一座大钟在滴答作响。他们转身向后看。一眼望去,一扇平放着的大门仿佛沿路朝他们劈面而来。其实这是一队排列整齐的威尔士卫兵,斜挎着枪,由一位二等陆军中尉带领着。他们经过时步伐统一,双眼凝视前方,手臂摆得高高的。

落伍士兵们站在路边,让他们先行通过。虽然这是愤世嫉俗的时代,但没有人敢发出反对的嘘声。这种纪律和凝聚力的作秀令人羞耻。当卫兵们嗵嗵嗵地走远时,其余的人才如释重负。他们回味着刚才的一幕,开始继续艰难跋涉。

前面的景象似曾相识,路上所见的东西也一模一样,只不过数量更多罢了:车辆、弹坑、碎片、尸体。他穿越田地时,突然闻到海的气味,是夹带在微风中穿过平坦的、泥泞的土地而吹来的海的气味。怀着同一目的、朝着同一方向涌流的人群,妄自尊大、川流不息的空中交通,指示着他们目的地的氤氲云霞,在他疲倦而又异常活跃的脑海中勾起了某些早已遗忘的童年乐事,如狂欢节或运动赛事——这一切全在这一场合汇合。在记忆里,父亲背着他上山,向诱人之地挺进,向动人之处进发。虽然这些记忆已有些模糊,但现在他依然怀念父亲的肩膀。他那失踪了的父亲留给他的记忆实在是太少了。一条领结,一股特别的味道,勾勒出一个郁郁沉思、暴躁易怒的模糊形象。他在大战时逃避服兵役了吗?他改名换姓,在这儿附近的某处长眠了吗?也许他幸免于难了。格蕾丝坚信他是因为怯懦和诡诈才没有从军,但她自有恨他的理由。这儿,几乎每个人的父亲都还记得在法国北部的经历,或干脆就被埋在了那里。他希望有这样一位父亲,不论是活着或已过世。很久以前,在开战以前,在奔赴旺兹沃思以前,他曾一度耽于幻想,在远方的杰克·塔利斯帮助下,自由地开创自己的人生,构思自己的故事。现在他终于明白,这是多么自以为是的虚幻呵。没有根基,一切都是徒然。他希望有一位父亲,正因为如此,他希望成为一位父亲。目睹了这么多的死亡,想要一个孩子是多么普通、多么自然啊。这是人的普通愿望,因此,他就更加想要孩子。当伤员尖叫时,你梦想能拥有一幢小小的房子,过普通人的生活,建立一个家庭。周围的人都在默默地走着,想着自己的心事,规划着自己的生活,作出自己的决断。如果我能摆脱现在的命运……他们怎么都不会想到,在走向敦刻尔克的途中会凭空想象出小孩,然后又变得有血有肉。他会找到塞西莉娅的。她的地址就在他口袋里的信中,在诗歌的旁边。在心灵的沙漠里让疗治之泉喷涌而出吧。他也要找到他的父亲。基督教中的救世军善于找寻迷失人员。救世军,一个非常好的名字。他要去寻找父亲,或追踪已故父亲的身世——不管怎样,他要成为他父亲的儿子。

　　他们走了整整一个下午,最后在前方一里以外的地方,看见了横跨贝尔格菲尔纳运河的大桥。灰黄色的烟雾从四周的田地里翻腾而起。此时此刻,举目远望,一路上不见农舍或谷仓。一股腐肉的气味夹杂着烟雾向他们扑面飘来——成百上千匹战马横尸田野,垛成一堆。不远处,堆积如山的制服和毛毯在阴燃闷烧。一位肌肉发达、拿着大铁锤的一等兵正在砸碎打字机和油印机。两辆救护车停在路边,后门敞开着,里面传来伤员的呻吟声和叫喊声。其中一位伤员一遍又一遍地叫嚷着,那不是痛苦的叫声,而是愤怒的呐喊:"水,我要水!"和众人一样,特纳继续向前走去。

　　人群又重新聚成一堆。运河大桥的前面是一个交汇点。在沿运河的路上,一支由三吨货车组成的护送队正从敦刻尔克方向朝交汇点走来,军警正设法把它们引入田野那边马匹所在的地方。但是军队蜂拥着要穿过马路,迫使护送队停了下来。司机们靠在喇叭上,大声地咒骂着。人群越来越拥挤,货车里面的人都等得不耐烦了,纷纷从后车厢爬了下来。突然有人大喊一声,"赶快隐蔽!"人们还来不及环顾四周,制服堆成的小山爆炸了,暗绿色的哗叽碎片像雪花一样飘了下来。更近处,一个炮兵小分队正在用铁锤砸碎步枪瞄准器和枪栓。特纳注意到,其中一个士兵一边捣毁他的榴弹炮,一边在嘤嘤哭泣。在这块田野的入口处,一位牧师和他的文书正在把几箱祈祷书和《圣经》用汽油浸湿。士兵们穿过田地,向海陆空军小吃部的一个垃圾堆走去,寻找香烟烈酒。当有人发出欢呼声时,就又有十几人从路上跑过来加入寻找的行列。有一群人坐在农场门前,正在试穿新鞋。一位双颊麻痹的士兵推着一箱粉红色和白色果汁软糖从特纳身边经过。一百码以外,由惠灵顿长靴子、防毒面具和斗篷组成的垃圾堆被点燃了,刺鼻的烟雾笼罩了向桥边进发的人们。车队终于开始移动了,拐进了运河以南最大的一片区域。军警就像郡集市管家,正在指挥停车,将它们排列成行。货车加入到了半履带式车辆、轻型摩托车、履带式小型装甲车和活动厨房的行列中。

273

与平时一样,致残的办法甚为简单——散热器里挨上一颗子弹,那发动机就运转了起来,最后终于卡住了。

这座桥由冷溪警卫队把守。两堆整齐码放的沙袋挡住了道路,用来架放机关枪。士兵们胡须光洁,目光冷漠,神气十足地默默看着那些拖拖拉拉、杂乱无章的人群通过。在运河对岸,漆成白色的石头整齐地铺成一条小路,通往一座小棚,这里就是文书室。远处河岸上,警卫们按照划分给自己的区域分别朝东西两个方向挖掘战壕。沿河而建的房屋早已被征用了,屋瓦被打穿,窗台上堆起了沙袋,以安架机关枪。一名凶神恶煞般的中士在桥上维护着秩序。他正护送一名中尉坐上摩托车。桥上禁止任何交通工具通行。一个提着一只鹦鹉鸟笼的男人被打发走了,没能顺利过桥。中士还从桥上调走一些士兵去修筑防御带。他呼来喝去,比可怜的少校威风多了。一支小分队人数慢慢增多,快快不乐、懒懒散散地站在文书室旁。当特纳和两位下士还远离大桥时,他们同时看到了眼前的情景。

"妈的,他们会为难你的,伙计,"迈斯对特纳说道。"可怜、该死的步兵。你要是想回家找骚娘们去,那就夹在我们中间,一瘸一拐地走吧。"

尽管特纳觉得好没面子,但他主意已定。他将胳膊搭在两位下士的肩膀上,一起磕磕绊绊地蹒跚前行。

"记住,出左脚,长官,"耐特尔说道,"你是想要我用刺刀戳穿你的脚吗?"

"非常感谢。还是不劳您大驾了。"

他们过桥时,特纳垂首低头,这样他就不用瞧见当班中士那恶狠狠的眼神,不过他仍然可以感受到那道凶光。忽然,他听到咆哮般的命令:"喂,你!站住!"就在特纳身后,一个倒霉蛋被拉了出去,他将为阻击两三天内必定发生的大屠杀助一臂之力,而正在这时最后一名英国远征军士兵挤进了船舱。特纳低垂着头的时候,他确确实实看到了一艘长长的黑色驳船从桥下穿行而过,朝着比利时的菲尔纳驶去。船夫坐在舵柄前,抽着烟斗,木然地看着前方。身后十英里处,敦刻尔克火光冲天,烈焰熊熊。他前面的船头上,两个男孩弯腰伏在一辆倒放着的自行车上,大概在修补车胎吧。一排洗过的衣物——其中有几件女人的内衣——挂在外头晾晒。舱内飘来一阵烧洋葱和大蒜的味道。特纳和下士过了桥,走过粉刷过的岩石,这些岩石如今成了训练营地和一切繁文缛节的遗迹。连部办公室内,电话铃声大作。

迈斯小声咕哝着:"你他妈的一拐一拐地给我好好走,等那些家伙看不见咱们为止。"

然而放眼望去,方圆数里内地域平坦辽阔,一览无余,况且没人知道中士会朝哪个方向看,他们也不愿意转身求证。走了半个小时之后,他们坐在一辆锈迹斑斑的播种机上,看着一群残兵败将从身边经过。这时,他们决定混入完全陌生的士兵们中,这样,特纳的伤突然好了也不会引起军官的注意。队伍中许多士兵都垂头丧气,十分恼怒,因为他们越过了运河也没看到海滩。他们似乎都认为这个计划失策了。特纳从地图上得知还有七英里的路程等着他们,因此当他们重新上路时,走得格外艰难,意气消沉,是那天中最为惨淡、沉闷的一段路。大地一望无际,千篇一律,这使他们的行进像是徒劳无功,毫无成效。尽管下半晌的阳光透过弥漫的厚厚云层照射下来,但此时却异常暖和。他们看见远处港口上空高高盘旋的飞机投下一连串炸弹。更糟糕的是他们正要去的那片海滩上空,也有一群斯图卡式轰炸机在狂轰滥炸。他们赶上了一批伤兵,这些伤兵坐在路边,再也走不动了,像乞丐一样要么恳求帮助,要么乞讨一口水的施舍。另一些伤员则心灰意冷,麻木绝望地躺在壕沟边。应该会有救护车从防御带赶到这儿,并定期开往海滩吧。既然他们有工夫把石头给刷成白色,当然也定有时间安排这些事情。没有水。他们已经把酒喝光了,如今更加口干舌燥,异常难耐。也没有随身带药。能指望他们干什么呢?自己都只能勉强踱步,难道还指望他们背上一打人?

耐特尔下士突然心血来潮,一屁股坐在路中央,脱下靴子,甩到田里。他忿忿地说他恨这该死的靴子,恨之入骨,甚至超过憎恨所有可恶的德国鬼子。脚上的水疱疼痛难忍,他宁可把这双讨厌的靴子扔到一边。

"可是要到英国去,你还要穿着袜子走上好长一段路呢。"特纳说着,便走进田里去找靴子,这时却忽然感到一阵不可思议的头晕目眩。他没花什么力气就找到了一只靴子,

276

倒是另一只费了些工夫。最后他终于发现它躺在一片草地中,草地附近有块黑乎乎的东西,看上去像一块黑色毛皮,在他靠近时,似乎还在移动,或者说在搏动。突然,一群绿头苍蝇怒气冲冲地嗡嗡哀鸣着一哄而散,露出了下面正在腐烂的尸体。特纳屏住呼吸,一把抓过靴子,仓皇而逃。苍蝇又飞回到尸体上,一切恢复了宁静。

经过一番左哄右劝,好说歹说,耐特尔终于接过了靴子,把它们系在一起,挂在脖子上。他声称这么做都是看在特纳的面子上。

头脑清醒的时候,特纳才烦恼重重。伤口倒算不了什么,尽管每走一步,它都疼得要命;在北边数英里外的海滩上空盘旋俯冲的轰炸机也算不了什么。烦扰他的是他的心绪。每过一段时间,某种东西便悄然不见了。支撑他坚持下去的日常准则虽然单调乏味,却可以时时提醒他在自己的故事中身置何处,可现在它们也渐渐不起作用了。他从过去的种种美梦中清醒过来,只有在那样的梦中他才有些想法,但却不清楚这些想法属于谁。没有责任感,对往昔毫无印象,对未来摸不着头绪;要去哪儿,打算干什么,他一概不知,也不想弄明白。他只发现自己思维混乱,得过且过。

就这样,他和同伴们走了三个小时,终于到达度假地的东界。他们沿着遍地是碎砖烂瓦和玻璃碎片的街道走着,街上的孩子们一边嬉戏玩耍一边看着士兵经过。耐特尔已经穿上了靴子,可是没系上鞋带,任由它们松松垮垮地拖着。这时,一名多塞特前线团中尉突然神不知鬼不觉地从一座市政大楼的地下室中蹦了出来,现在这座市政大楼已被用作司令部。中尉肩膀浑圆,身上却瘦精精的,面无表情的脸上留着一撮姜黄色的胡子。他迈着自以为是的步子,夹着公文包,快速向他们走来。当他来到面前时,特纳他们恭敬地行了军礼。可是他却一阵反感,命令耐特尔立刻绑上鞋带,否则就把他送上法庭。

耐特尔只好遵照命令,蹲下来绑上鞋带,这时中尉骂道:"你真他妈的丢脸,伙计。"

处在亦梦亦醒中的特纳毫无顾忌。他恨不得一枪把那名中尉当胸打穿。这么做对谁都好。没必要事先商量。想着想着,他便伸手去摸枪,可是他的枪不见了——他都不记得把它丢在哪儿了——这当儿,中尉走开了。

踩着街上的碎玻璃吱吱嘎嘎地走了一阵,他们脚下的路突然变成了细沙地,踏上去一点声响都没有。他们爬上小沙丘,海仍旧看不到,但是已经可以听到海浪拍击的声音,吸到满含咸腥味的空气。假日的味道啊。他们舍弃了小路,踩着沙丘上的草地爬到了制高点,静静地站了几分钟。从英吉利海峡吹来的习习微风清新而湿润,让人神清气爽。那感觉大概就如在晕厥中体温的骤升骤降。

特纳以为自己对什么都不抱希望了——直到他看到这片海滩。他曾以为那军队精神将会风靡一时,这种精神让士兵

278

们即使面对全军覆没,也还能将石头漆成白色。他尽力在眼前杂乱的行进中维持着秩序,而且可以说基本上已大功告成:坐在临时拼凑的办公桌旁的最高指挥官和军队长官,陈词滥调的官方批文和公文摘要,用来隔开停泊船只的绳索,虚张声势的中士,围着流动餐室排队的沉闷无聊的士兵。几乎所有的个人热情都了无踪迹。这些日子来,他一直朝着海滩走啊走,可是他心里并不知道。然而,真实的海滩,此刻他和下士们正举目凝望的海滩,不过是过去种种海滩的变体:溃不成军,这就是其终局。显然,此时他们终于看到了——这就是一场混乱无序的撤退走投无路时的场景。顷刻间他就调整了心态。他看到成千上万的人,一到两万吧,或者更多,散布在广阔无垠的海滩上,远远看上去,就像撒在黑色沙滩上的一颗颗谷粒。然而,除了远处一艘被浪打翻而随波漂流的捕鲸船之外,再没有别的船只了。潮水已经退去,离水岸几乎有一英里远。没有船停靠在长长的防波堤上。他眨了眨眼睛,又极目远望。人工筑造的防波堤长长地延伸着,六到八码深,先齐膝,再齐腰,最后齐肩,慢慢升高。它在浅湾中向前伸展了五百码。他们等待着,可是海面上仍然一无所有,除了水天交界处升起的滚滚浓烟——在空袭中被击中的船只火舌翻腾。没什么东西可以在数小时内抵达这个海岸。可是他们仍头戴钢盔,面朝地平线默默站在那儿,对着波浪举起步枪。举目望去,他们恬静自若。

这些人只是整个大部队的一小部分。大部分人都在海滩

279

上漫无目地踟蹰徘徊。一小群士兵围着在最近一次斯图卡式俯冲轰炸空袭中受伤的士兵。六匹拉着大炮的马簇拥着沿海岸疾驰,和人一样毫无目标,横冲直撞。几位士兵正试图将那艘翻了的捕鲸船再翻正过来。还有一些士兵则脱掉了衣服,准备下海游泳。在东边,有一场足球赛正在进行之中。从同一方向隐隐约约传来了齐声合唱赞美诗的微弱歌声,歌声时隐时现,逐渐消失。离足球赛更远的地方,只能模模糊糊看到一些官方活动。海岸上,一辆辆卡车排列整齐,用锁链连接起来,搭成了一个临时堤岸。更多的卡车被开到远离海岸的地方。海滩近处,士兵们用头盔舀沙,挖着散兵坑。在一片沙丘低凹处,靠近特纳和下士站着的地方,几位士兵为自己挖好了各自专有的整洁的掩护洞。他们躺在洞中,往外张望着。他们看起来就像土拨鼠,特纳不禁想到。此时,大部分官兵仍旧在海滩上漫无目的地彷徨,仿若散步时刻某个意大利城镇中的居民。他们并不清楚为何要加入这支庞大的队列,只是他们不愿离开海滩,说不定什么时候船只突然出现呢。

左边是布雷敦斯胜地,在那儿,咖啡馆和小商店的店面装修得令人赏心悦目,要是在往常,它们还出租沙滩躺椅和脚踏车。圆形公园里,草坪修剪得干净整洁,当中有个音乐台,还有一座漆成红、白、蓝三色的旋转木马。衬着如此优美的环境,另一帮更加逍遥自在的人已蹲下了身子。士兵们早已自行打开了咖啡馆,他们坐在店外的桌旁,喝得酩酊大醉,高声叫嚷,放声大笑。一些人骑着自行车,沿着被吐得乱七八糟的人行道追逐打闹。一群醉汉横七竖八地躺在音乐台附近的草坪上，酣睡过去。有个人孤零零地趴在一块浴巾上，晒着日光浴。他穿着衬裤，肩上和腿上晒成了不规则的斑纹——粉色和白色交杂着，就如一客草莓和香草混合的冰淇淋。

要在海洋、沙滩、滨海大道这几种受难的方式中做个选择并不困难。两位下士已经走开了。光是口渴就足以让他们决定离开。他们踩着遍布瓶子碎片的沙滩草坪，探着路走下沙丘。正当他们绕着吵吵嚷嚷的桌子走去时，特纳瞧见一股海军沿着滨海人行道走过来，就驻足观望。他们一共五个人，两名军官，三名普通士兵。这队人身着鲜艳的白色、蓝色和金色军服，微光闪闪，格外夺目。没有任何掩饰。他们个个腰杆挺得笔直，表情严肃，皮带上别着左轮手枪。他们迈着沉稳威严的步子经过那群穿着战地服装、满脸污垢、颓废忧郁的士兵，一边走一边左看看右瞧瞧，好像在清点人数。一位军官还不时地在义件夹中记录着什么。他们朝海滩走去。特纳看着他们渐行渐远，直到其身影消失在远方。突然，一种孩子气似的被遗弃感从心底油然而生。

他跟着迈斯和耐特尔走进了沿海大道的第一家酒吧，那里喧声充耳，乌烟瘴气，还弥漫着一股恶臭。放在柜台上的两个小衣箱打开着，里面装满了香烟——可是那儿没什么可以喝的。架子与磨砂镜子并排摆放在柜台后面，上面空无一物。看到特纳弯下腰在柜台后面四处搜寻，周围的人都大声笑开了。每个刚到这儿来的人都这么干过。外面那群烂醉如泥的

281

人早就把酒喝得精光了。特纳推开人群,挤进后面一间小厨房里。这间厨房残破不堪,水龙头也干涸了。外面有一个小便池,边上堆放着一箱箱空瓶。一条狗将一听空空的沙丁鱼罐头拱过一块水泥地,试图把舌头伸进去。特纳只好再回到酒吧里,又听到里面刺耳的喧哗。没有电,只有昏黄的日光,仿佛让啤酒给染了色,尽管这儿正缺啤酒。虽然酒吧里什么喝的也没有,但这里仍然挤满了人。人们陆续走进来,却因找不到喝的而大失所望,却又懒得离开,只好抽抽不要钱的香烟,体味一下不久前这儿有人痛饮留下的痕迹。自动售货机空空地挂在墙上,摇摇欲坠,原来倒放在里面的瓶子早已被一扫而光。粘糊糊的水泥地板散发出阵阵饮料那微酸甜美的气味。噪声、拥挤、还有充斥着烟草气味的潮湿空气暂时满足了他们对故乡酒吧的怀念,在那儿他们度过了许多美好的周六夜晚。这是沙石之站,是索榭霍尔街,是这两地之间的任何一处。

特纳身处于这片嘈杂之中,拿不定主意要做些什么。要奋力挤出人群得费好大劲儿。从周围对话的只言片语中得知,昨天有几艘船到过这里,说不定明天也会再来几艘。他踮着脚站在厨房门口,朝人群对面的两位下士无可奈何地耸了耸肩,示意他们运气可真不好。耐特尔朝门的方向扬了扬头,于是他们开始往那儿靠拢。有酒固然是件好事,可如今他们更想喝口水。他们慢慢地在推来搡去的人群中挤出来,终于汇合了,可这时通往门口的路却被堵住了。一大群人围在门口,他们的背形成了一堵牢不可破、密不透风的墙,中间圈住了一个人。

那个人个子肯定不高——还不到五英尺六英寸——因为特纳透过人墙只能看到他露出的一点儿后脑勺。

有人叫道:"回答这个浑球的问题,小家伙。"

"对,快回答。"

"喂,头上抹着光亮发乳的家伙,你当时在哪儿?"

"他们害死我的同伴时,你在哪儿?"

一口唾沫吐到那人的后脑勺上,又顺着脑袋流到他耳朵后面。特纳绕着人墙走来走去,想看个究竟。他先看到灰蓝色夹克,然后看到那人脸上默然的恐惧神情。他矮小结实,戴着一副眼镜,镜片很厚,又模糊不清,这副眼镜使他惊恐的目光更加夸张了。他看起来像一名归档管理员,或许是一个早已解散的司令部里的电话接线生。可实际上他是一名英国皇家空军,肩负着士兵的职责。他缓缓转过身,瞪着那一圈审讯员。他没有回答他们的问题,也不打算否认因为自己的缘故,"烈火"和"飓风"没能到达海滩上空。他右手紧紧握住自己的帽子,关节都在微微颤抖。一名站在门边的炮兵从后面狠狠地推了他一把,他踉踉跄跄地撞到了一名士兵胸前,那名士兵随手在他头上打了一拳,又把他打了回去。周围叫好的呼声四起。每个人都已吃了不少苦头,现在当然有人要为此付出代价。

"皇家空军跑哪儿去了?"

有人抽了他一耳光,声音清脆得如同抽了他一鞭子,他的眼镜应声落地。这记耳光标志着拷问又进入了一个新阶段,审讯方法又达到了新水平。没了眼镜,他眯缝着眼睛,像两个不停抖动的小圆点,他弯下腰去在脚边摸索。他这么做显然是错误的。一个穿着钢头军靴的人从背后用力踢了他一脚,踢得他飞起了一两寸高。看到他那狼狈样儿,周围的人都轻声窃笑。酒吧里其他人察觉到要发生有趣的事了,都慢慢围拢过来看好戏。人越聚越多,本来就所剩无几的个人责任感也荡然无存。取而代之的是狂妄自大和不计后果。当有人在那家伙头上捻灭香烟时,周围欢声鹊起。他们嘲笑那个人的惊声尖叫,他的尖叫声因极度痛苦听起来像在喜剧中一般夸张。他们痛恨他,因此他活该备受折磨。他要对所有的事情负责:德国空军的领空自由权,每一次斯图卡式轰炸机的空袭,每一位他们牺牲的战友。每一次失利,每一次战败,都由这个身材瘦小的家伙所赐。特纳想,要想做点什么帮帮这个可怜的人,自己必定也会受牵连而遭到严刑拷打,但是又不能什么也不做。也许参加拷问比什么也不做反而更好。带着一股强烈不悦的冲动,他尽力张望。正在这时,一名带着威尔士口音的声音结结巴巴地问道:

"皇家空军上哪儿去了?"

可是令人困惑的是,那个人既没有大声呼救,也没有屈身求饶,更没有为自己的清白无辜极力辩护。他始终保持着沉默,仿佛已经默认了自己的命运。难道是因为他太迟钝了,从没想到自己会死?他凭感觉折好了眼镜,放在了口袋里。摘掉了眼镜,他的脸似乎也空了。他像一只处于光天化日下的鼹鼠,惊慌地盯着那群折磨他的人。他嘴唇微张,但一个字都没吐出来,只流露出难以置信的表情。这回有人朝他挥了一拳,他没看清楚挥过来的拳头,躲避不及,所以足足挨了一拳。他的头被打得猛地往后一仰,这时另一个人顺势踢了他的小腿一脚,围观者于是又发出一阵开心的欢呼叫好,还夹杂着些许噼里啪啦的掌声,好像在为乡下草坪上的摔跤比赛中的及时出击而喝彩。如果奋起保卫这个人,那简直是精神错乱;而要是置之不理,那就未免令人作呕了。与此同时,特纳十分理解那群折磨人的家伙的兴奋活跃,蠢蠢欲动,也体会到这样阴险的方法同样使自己兴奋。他自己可以用他那把长猎刀干出一些残暴的行径,以赢取这百号人的敬佩爱戴。为了摆脱这种想法,他开始计算人群中两三位看上去比自己高大强壮的士兵。但是真正的危险却潜藏在周围的旁观者以及他们义愤填膺的气概中。他们确实从折磨此人的过程中得到乐趣。

现在的情况是:无论谁出手打一拳,必得运用机智或幽默赢得大伙儿的一片掌声。整个气氛中充溢着想以各种各样创造性的折磨方法取悦大伙儿的热切渴望。谁也不想做些不合时宜的事情。有几秒钟,这样的气氛有所收敛,可是特纳凭他在旺兹沃思的经验知道,接下来的时刻,单击独打马上就会变成集体殴打了。那样的话,折回原点就不可能了,而对那名皇家空军士兵而言,只意味着一个不可避免的结局。他右眼下

285

方的颧骨已被打得又红又肿。他双拳紧握在下巴下——手中仍抓着帽子——双肩耸起。他的这个姿势像在防卫，又像是在表示虚弱和屈服，而这样反而会挑起更猛烈的暴行。如果他说了点什么——说什么都行——围着他的人也许还会记起他也是个人，而不是束手待毙的兔子。刚才那个发过问的威尔士人矮小结实，是个地雷工兵。此时，他拿出条帆布带子，将它高高举起。

"你们觉得怎么样啊，小伙子们？"

他那清晰缓慢、讨好献媚的语调暗含着恐怖，特纳一时还没明白过来。这是他最后一次行动的机会了。他环顾四周，找寻两位下士，这时附近传来一声撕心裂肺的号叫，好像一头被矛刺中的公牛发出的吼叫。迈斯拨开人群，走进圈子中，人群被挤得左摇右晃。伴着一阵野兽般的咆哮，迈斯从后面紧紧箍住那名空军士兵，一把将他举起，离地面足足十八英寸。迈斯像约翰尼·韦斯抹摩勒的人猿泰山一样，将他抱在手中，左右摇晃，只见那家伙惊慌失措，惊恐万分。周围的人欢呼雀跃，吹起口哨，手舞足蹈，欣喜若狂。

"我知道该怎么处置他，"迈斯吼道，"我要把他淹死在他妈的海中！"

听到这句话，四周又掀起了一阵狂风暴雨似的喝彩叫好和跺脚声。耐特尔突然站在特纳旁边，两人交换一下眼神。他们已经猜到迈斯想干什么了，于是向门口奔去，心里默念着：快点，快点。并不是所有人都赞同淹死这个人。即使在这

286

样疯狂的时刻,仍有些人保持头脑清醒,周全地想到潮水离沙滩还有一英里的距离。尤其是那个威尔士人,他感到被骗了。他扬着那条带子,大声吼叫。人群中传出赞同的呼声,还有表示反对和鄙夷的唏嘘。迈斯紧抱着他的战利品,飞快地朝门口冲去。特纳和耐特尔已走到他前头,为他在人群中挤出一条路。当他们冲到门口——还好是扇单开门,而不是双开门——他们让迈斯走了过去,然后肩并肩地堵住了门,当然他们尽量做得自然,不显山露水。他们像其他人一样呼叫着,挥舞着拳头。他们感到背后压过来的一股庞大人群的激动力量,这力量如此之大,特纳他们只能勉强支持几秒钟,不过这几秒钟对迈斯来说已经足够了。他没有朝海滩跑,而是直接向左转,再左转,一口气跑到了一条狭窄的胡同里,这条胡同七拐八弯地夹在那排商店和酒吧后面,离房屋正面远远的。

激动狂喜的人群从酒吧里蜂拥而出,像刚打开瓶盖便喷射而出的香槟。特纳和耐特尔被撞到了一边。有人说他看到迈斯朝沙滩跑去了,于是那群人立刻往那儿奔去。当他们发现判断错误时,又全都跑了回来,可迈斯和那名空军士兵早就没了影儿,连特纳和耐特尔也隐身不见了。

在辽阔的沙滩上,成千上万的人在等待着。可是海面空旷一片,没有一只船,士兵们又陷于困境。他们从梦幻中清醒过来。远远的东方,暮色渐浓。防御带仍旧炮火冲天。敌人正一步步逼近,而英国却远在天涯。夜幕降临,天色变暗,要找到个栖身之所剩下的时间不多了。从英吉利海峡刮来一阵凛冽的

287

寒风,厚厚的大衣躺在远离内陆的路边。人群慢慢散开。那名皇家空军士兵也被抛到了九霄云外。

特纳觉得,他和耐特尔开始是出发寻找迈斯的,接着似乎就把他忘却了。迈斯被营救了,他们想找到他,祝贺他,并且与他分享被营救的喜悦,为此在街上他们肯定徘徊了好一阵子了。特纳不知道他和耐特尔怎么会在这儿——这条特别狭窄的街道上。他记不得中间的那段时光,记不得脚上的疼痛——可是,此时此刻他正在这儿彬彬有礼地与一位妇人搭话。老妇人站在一所联体房屋的门口。特纳说想要点水喝,老妇人用怀疑的目光打量着他,好像知道他想要的不仅仅是水。老妇人相貌端庄,皮肤黝黑,鼻子挺拔,银白的头发上拢着一块花头巾,一脸高傲的神情。特纳立刻明白了,她是个吉卜赛人。他说的法语貌似地道,但却糊弄不了她。老妇人仔细端详着他,一下子就看透了他犯下的种种过错,并且知道他曾经身陷图圄。老妇人又厌恶地瞥了耐特尔一眼,最后,沿着街道的方向指了一指,那儿有一头猪正在街沟里用鼻子到处拱着,嗅探着什么。

"把它弄回来,"老妇人说,"然后我看看能给你们点什么喝的。"

"去他妈的,"特纳把老妇人的话一翻译完,耐特尔就冲口而出。"我们只不过是要一杯见鬼的水。我们自己进去拿得了。"

但是,这时特纳隐隐感到一种似曾熟悉的虚幻正在钳制着他。这位老妇人有特异功能,他不能排除这一可能性。在微弱的光线中,老妇人头顶上方的空间合着他心脏的节奏一起跳动着。特纳靠在耐特尔的肩上,镇定了下来。老妪在考验他。他饱经世故,审慎细微,是绝对不会推却的。他在这方面是个老手。离家已这么近了,他是不会自投罗网的。还是小心为妙。

"走,我们抓那头猪去,"特纳对耐特尔说,"一会儿不就完了嘛。"

耐特尔早已经习惯了听从特纳的意见,因为,一般而言,他的建议总是言之有理的。但他们一走到街上,耐特尔就咕哝开了:"你有什么地方不对头儿,长官。"

特纳和耐特尔由于脚上磨出的水泡走不快。而这头大母猪年方少艾,行动敏捷,喜欢自由自在。他们把它逼到一家店铺的门口时,它一头向耐特尔冲了过去,耐特尔尖叫一声跳到了一边,那声尖叫并不是纯粹的虚张声势,他是真的对它惧怕三分。特纳回到老妇人那里去要一段绳子,但到了门口不见有人出来,就不敢确定这是不是他要找的那所房子了。但他明白要是抓不到猪,他们就永远也回不了老家。他知道自己又发烧了,但是发烧也不会使他犯糊涂。把猪赶回家就意味着大功告成了。小时候,学校操场的外围有人行道,人行道上有一些裂缝,特纳觉得要是避开那些裂缝走就可以防止妈妈猝死,虽然他曾试图说服自己这种感觉是荒唐的,可那时他从

289

来都没有踩过它们,而他妈妈那时候也没有死。

他们在街上追赶这头大母猪,可这头猪就是跑在他们前面一步远,不让他们抓到。

"他妈的,"耐特尔说,"我们居然干起这个来了。"

但是别无选择,还得去抓。特纳从一根倒下的电线杆上截下一段电线,打成一个活套。他们把猪追到游览胜地旁边的一条路上,路边一座座围着篱笆的小花园映衬着平房的游廊。他们沿着街道两边,打开每一座花园的篱笆前门,然后,绕到了旁边的一条路上,想把猪围起来,并把它循原路驱赶回去。不出他们所料,不一会儿,猪从敞开的篱笆门进入了一个花园,开始用鼻子拱地,把花草连根拱了起来。特纳关上篱笆门,从篱笆上探过身子,垂下电线活套,套住了猪的脑袋。

特纳和耐特尔使尽了身上剩下的所有力气,把尖声嘶叫的大母猪拽回了家。幸好耐特尔知道猪圈在哪里。当他们最终把猪安顿在老妇人后花园的小猪圈里时,老妇人捧出两大石壶水。在老妇人的注视下,欣喜若狂的他们站在她厨房门边的小院子里喝了起来。喝到肚皮都好像要涨破了的时候,他们还觉得口渴,于是又接着喝。等他们喝够了,老妇人拿出肥皂、法兰绒洗脸巾和两个搪瓷盆,让他们洗脸。特纳的脸烧得通红通红,一洗水都变成了铁锈似的褐色。上嘴唇上的几块干血痂全都脱落掉了,特纳觉得非常满足。洗好了,他感到周围的空气都充满了愉快的轻松感。空气像丝一样地滑过他的皮肤,穿过他的鼻孔。特纳和耐特尔把脏水泼到一丛金鱼草的底部,耐特尔说这丛金鱼草使他思念起父母的后花园。吉卜赛老妇人把他们的饭盒、水壶装满了,又给他们每人一升红酒,为了方便他们打开,酒瓶的软木塞都拔出了一半,还给他们每人一根粗红肠。他们把这些都装进了他们的帆布背包。他们正要告辞,老妇人又想起了一件事,就回到了房里。她再出来时,拿着两个小纸袋,每个纸袋装着半打裹着糖衣的杏仁。

他们郑重地和老妇人握了手。

"我们这辈子都不会忘记您的盛情。"特纳说。

她点了点头。他觉得她说了一句:"我的猪会让我一直记着你们。"特纳品味着她的话,话里是含有侮辱的意思,还是诙谐幽默?或者暗示着什么?由于她一脸的严肃没有变过,所以特纳搞不清楚话里到底有什么含义。她对他们很友好,她是认为他们不配吗?特纳尴尬地向后退着,然后和耐特尔走上街道。特纳一边走一边给耐特尔翻译老妇人的话。下士深信不疑。

"她一个人过日子,很爱她的大母猪,这是理所当然的。她非常感激我们。"说完了耐特尔又疑惑地问特纳:"长官,你感觉好吗?"

"好极了,谢谢你。"

特纳和耐特尔脚上的水泡很折磨人,他们一瘸一拐地朝返回海滩的方向走去,想找到迈斯,一起分享吃的、喝的。但耐特尔认为,既然已经抓到猪了,这时打开一瓶酒来喝是很合

291

理的事情。他已经恢复了对特纳的信任,觉得他深谋远虑。他们边走边轮流喝着酒。夜幕就要降临,他们隐隐约约地还能分辨出笼罩在敦刻尔克上空的乌云,在远离海滩的方向,能看到枪炮的火光。环行防线没有松懈。

"那些卑鄙的杂种。"耐特尔说。

特纳知道他是在骂那些临时中队办公室外的士兵们,就说:"这条防线坚持不了多久了。"

"那我们就遭殃了。"

"所以,最好明天我们就能乘上船。"

他们这时已不再口渴了,于是就想找个地方吃晚饭。特纳在想象着一间安静的屋子,里面有一张铺着绿方格桌布的方桌,一盏法式陶瓷油灯通过滑轮从天花板上悬吊下来,面包、酒、奶酪和粗红肠摊在一块木制的餐板上。

特纳说:"海滩真的是吃饭的最佳去处吗? 我看不见得。"

"在那儿,我们可能会遭到疯狂的抢劫。"耐特尔附和道。

"我知道我们该到哪儿去吃了。"

他们又回到沙洲后面的那条街上。一眼掠过那条抓猪时曾累得他们精疲力竭的小巷,他们看见一些人影正在暮色中前进,大海的最后一线微光映出他们前进的轮廓。在更远处的一侧,他们看到黑压压的一片,也许那是海滩上集结的部队,或者是沙丘草地,甚至是一堆堆沙丘。想要在天黑前找到迈斯太难了,而此时更是不可能的了。所以他们继续在这一游览胜地游荡,想找个地方吃东西。这时,那里已聚集着成百上千个士兵,其中许多人分成多个小组,排着队穿行在大街小巷里,喧闹地唱着歌,大声叫喊着。耐特尔偷偷地把酒瓶放回帆布背包,没有迈斯在身边,他们更觉得势单力薄了。

他们路过一家遭受过袭击的旅馆。特纳感到惊异,这难道就是他梦中的旅馆吗?耐特尔一门心思要进去拖出一些寝具,他们就从墙上的一个破洞钻了进去。在阴暗中,他们谨慎地择路而行,越过障碍物以及坍倒的木料,发现了一个楼梯间。但是许多士兵都有和耐特尔一样的想法,他们早已在楼梯下面排上了队,一些士兵正奋力地把沉重的马鬃床垫搬下楼梯。在上方的楼梯平台上——特纳和耐特尔只能看到皮靴和小腿在直挺挺地晃来晃去——一场战斗正在进行着,人们大打出手声、哼哼声和掌掴声传入耳畔,随着一声喊叫,几个士兵仰面向后摔下楼梯,压在下面等着上楼梯的那些人身上。咒骂声掺杂着笑声响了起来,倒下的人陆陆续续地站了起来,揉着摔疼的肢腿。可是有一个士兵没有站起来,他头冲下痛苦地斜躺在楼梯上,好像在恐慌的梦境中,嘶哑地尖叫着,可几乎就发不出声音。有人把打火机凑近这个士兵的脸,人们看到他痛苦地龇着牙,嘴角有一些白沫。有人说他背部骨折了,可是大家都无计可施。当时一些士兵正抱着毯子和垫枕下来,从他身上跨过,而另一些人正推挤着要上楼。

特纳和耐特尔离开了旅馆,想返回内陆,走回到那个老妇人和她的猪那里去。敦刻尔克的电力供应一定已被切断了,但是他们看到一些拉着厚厚窗帘的窗子四周漏出黄褐色的烛光和油灯光。在马路的另一边，一些士兵在敲着居民们的房门，但没有一户人家愿意开门。特纳选择了这个时候向耐特尔描述了那种可供吃饭的地方，那是他神往已久的地方。他为了说得更清楚，又把这个地方润色了一番，添加了几扇朝向铁制阳台的落地长窗，一根从阳台上盘绕而过的古老的紫藤，一台在圆桌上盖着绿绒线布的电唱机，一张扶手躺椅上用来盖腿的波斯毛毯。他越描述，就越相信这房子就在附近。他的描述正在把它变成现实。

耐特尔把门牙搭在下嘴唇上，活像一只友好的兔子，满脸的迷惑。等特纳讲完，他说：“我熟悉这个地方。我他妈的知道有这个地方。”

他们伫立在一所房子外面，房子遭过轰炸，地下室有一半已经成了露天，从外观看像一个庞大的窑洞。耐特尔抓住特纳的衣服，把他从砖头堆上拉了下来，小心翼翼地领着他走过地下室的地板，走进一个漆黑的地方。特纳知道这不是他要找的地方，但是他无法抵拒耐特尔非凡的决心。他们前面出现了一点光亮，然后又一点，接着第三点——一些抽着烟的士兵已经躲避在这儿了。

一个声音说：“嗨！走开，我们已经满了。”

耐特尔擦亮一根火柴，举了起来。他们看见地板四周全是士兵，靠墙坐着，大多数已经睡着了，少数人躺在地板中央，但还有多余的空间。火柴熄灭了，耐特尔按着特纳的肩膀让

294

他坐下。特纳把破砖碎瓦从屁股下拨开时,感觉到衬衣已湿透了,可能是血浸的,也可能是其他某种液体,不过暂时还不觉得痛。耐特尔把军大衣裹在特纳的肩上。特纳的脚这时不用再支撑全身的重量了,一种解脱的狂喜从脚底向上升腾,透过双膝。他知道,这个晚上,不管耐特尔可能会有多么失望,他也不愿意再动一步了。一整天步行的颠簸劳累在向地板上转移,特纳坐在伸手不见五指的黑暗中,能感觉到地板在他身下倾斜、晃动。这时候,要吃点东西而又不引起别人攻击成了一个难题。然而,要生存,自私总是免不了的。特纳暂时还没有去拿东西吃,脑子里空空荡荡的。过了一会儿,耐特尔用肘轻轻地把他推醒,把一瓶酒偷偷地塞到他手里。特纳嘴对着瓶口,把酒倒入口中喝了起来。有人听到了他的吞咽声。

"你喝的是什么?"

"羊奶。"耐特尔说。"还热呢,来一点吧。"

传来一声咳嗽,接着,像浆糊一样的温热的东西落在特纳的手背上:"你这腥腥的东西,说你呢!"

一个更加气势汹汹的声音说道:"闭嘴! 我睡不着觉了。"

耐特尔悄然无声地从他的帆布包里摸索出粗红肠,切成三片,把其中一片和一块面包一起递给了特纳。特纳伸出两腿直挺挺地躺在混凝土地板上,用军大衣蒙住头,这样既能盖住他咀嚼的声音,又能遮掩住肉的香味。虽然大衣底下的空气很闷浊,虽然碎砖块、粗砂石挤压着他的脸颊,可他却开始吃起了他有生以来最香的一顿饭。伴着脸上散发的香皂味,他大口地嚼着染有军用帆布包味的面包,狼吞虎咽地吃着香肠。食物下了肚,立刻生出一团热流,充盈到喉咙和整个胸腔里。他想起了一生中走过的这些路,一闭上眼睛,浮动的沥青路面和他那大步行走的皮靴就在他的脑海里忽隐忽现。他咀嚼食物时,连续有好几秒钟不知不觉地进入了梦乡,到了另一段时空里,此时一颗糖衣杏仁正温暖舒服地躺在他的舌头上,而杏仁的香甜则是属于另一个世界的。他听到别人在抱怨地下室里太冷了,而他有大衣裹着,觉得很高兴。想想两位下士把军大衣扔掉的时候他阻止了他们,一种父亲般的洋洋得意感便油然而生。

正像特纳和耐特尔刚才一样,一群士兵又进来寻找掩蔽的地方了,他们划亮了一根又一根的火柴。特纳对他们充满了敌意,他们那英格兰西南部地区的庞杂口音让他恼火。他像地下室里的其他所有人一样,想叫他们滚开。然而,他们在稍微远离他脚头的位置找到了一块地方。一阵白兰地的气味飘了过来,特纳对他们更加怨恨了。他们在收拾睡觉的地方,发出很大的声响。这时,沿着墙边有个声音大声喊道:"该死的土包子!"新来的士兵中,有一个人东倒西歪地朝发出那个声音的方向走去。看来,片刻间一场架就要打起来。但是,黑暗和人们困倦的抗议声维持了这里的安宁。

不久,地下室里只剩下了平稳的呼吸声和打鼾声。特纳身下的地板好像仍然在倾斜着,接着,又变换出坚定的行军步伐的节奏。特纳又一次发觉脑袋里的一些记忆在折磨他了,他身上烧得厉害,一点力气都没有,根本睡不着。他从上衣里面摸出一小捆她的信。我等着你。回来。这些话不是没有意义的,但这时没有感动他。一个人等另一个人就像一个加法算式,就好像里面不带有任何情感——这已经是再清楚也不过的了。等待。简单地说,就是一个人什么也不干,让时光流逝,另一个人姗姗靠拢。等待是一个沉重的字眼,特纳感觉到它正在向自己压来,沉重得像一件厚厚的大衣。地下室里每个人都在等待,沙滩上每个人都在等待。她也在等待,是的,但那又能怎么样呢?他试图想象出她讲这句话的声音,可是,在怦怦的心跳声里他听到的是自己的声音,他甚至回忆不出她的面容。特纳迫使自己去想这一新的处境,新的处境应该能让他高兴起来,因为错综复杂的事情没有了,紧急迫切也已经消失了,布里奥妮愿意改变她的证言,她会重写过去,给蒙冤者平反昭雪。可是这年代什么叫有罪呢?这个问题已经没有意义了。每个人都是有罪的,每个人又都是无罪的。没有人会因一次证词的改变而得到拯救,因为,没有足够的人,没有足够的笔和纸,没有足够的和平和耐心来记录下所有证人的供述,来收集事实真相。而且证人们也是有罪的。人们整天都在目睹着彼此犯下的种种罪行。你今天没杀人?可是对多少人的死你采取了听之任之的态度?在这儿,在这个地下室里,我们会对这个问题闭口不谈,会借助睡眠来忘掉它,布

297

里奥妮。特纳伴着嘴里的甜杏仁味,想着布里奥妮的名字。这名字那么离奇,好像不太确实,他怀疑自己有没有记对。塞西莉娅的名字也是一样的感觉。以前,难道他一直理所当然地认为这些名字是怪异的吗?就连这个问题在他的思绪里也很难逗留许久。他在法国这儿有这么多没做完的事情,对他来说,推迟回英格兰似乎是合情合理的,尽管他的行包——奇异、沉重的行包——已经打点好了。要是把它们丢在这儿就回去,没有人会注意到它们。那是隐而不见的包袱。他必须回去,必须从那棵树上找到那个男孩。以前他曾经有过这一经历,他曾回到过那个地方,在一棵树下找到了双胞胎,再没有其他任何人,他背起皮埃罗,抱起杰克逊,穿过公园。两个男孩这么重!他爱塞西莉娅,爱这对双胞胎,爱飞黄腾达,爱黎明的曙光以及黎明时分不可思议、闪烁发光的薄雾。可是迎接他的是怎样的一队人啊!虽然这时特纳对这样的事已经习以为常了,觉得它就跟家常便饭一样,可是那个时候,在他还没有浑身麻木,还没有变成一介俗人之前,在麻木还是件新奇事物的时候,在一切才刚刚开始的时候,他却能强烈地感觉到它。想当初,塞西莉娅一路奔跑,穿过沙砾,来到打开的警车车门旁,对他说:噢,我与你相爱时,/我清白又勇敢。这一幕令他牵肠挂肚。因此他要沿着原来的路返回去,走回所有他们已经完成的撤退的道路,穿过那一片片干涸而又令人意志消沉的沼泽地,绕过桥上那位凶巴巴的陆军中士,经过那个被炸弹摧毁的村子,顺着缎带似的大路——它绵延在数里起伏的农田里——留意村寨旁左边的小径,来到鞋店的对面,再往前走两英里路,跨过有刺的铁丝网,穿过森林和田野,来到兄弟们的农场里小住一晚,第二天,在金黄色的晨光中,靠着指南针的指引,匆匆穿过那块拥有星罗棋布的小洼地、纵横交错的小溪、采花酿蜜的蜂群的壮丽的土地,踏上向上倾斜的人行道,来到铁路旁边那所令人悲痛的农舍,来到那棵树下。从软泥里把一块块烧焦的条纹布片和男孩睡衣裤的碎条拾起来,然后把他,把那位可怜的、肤色苍白的男孩放下,给他举行一场像模像样的葬礼。一个多么俊秀的孩子。让他这有罪的人埋葬那无辜的孩子,不让任何人改变证据。可是要帮他挖墓穴的迈斯在哪里呢?那个勇敢的鲁夫·迈斯下士。特纳不能离开,因为这儿有更多没做完的事情,而且还有另外一个原因,那就是他必须找到迈斯。但是首先他必须重走那么多里路,向北返回那位农夫和他的狗还跟在犁后面走着的那块田地。他必须问那位佛兰芒妇人和他的儿子,他对他们的死要不要负责任?有时候,在一阵阵突发奇想的自责中,一个人要承担的事情太多了。那位妇人可能会说不要——佛兰芒人不会要他对任何事情负责。她会说:你千方百计想帮助我们,只是没能带着我们穿越那块田地。你携带着双胞胎,而不是我们,不是。不,你没有罪。没有。

"太吵了,长官。"一个低低的声音传来,特纳滚烫的脸感觉到了声音里夹杂的气流。

耐特尔下士的脑袋后方是一大片深蓝色的天空,地下室炸坏了的天花板的黑边像是蚀刻在天空上,形状参差不齐。

"吵?我刚才在干什么?"

"你大喊'不',把每个人都吵醒了。这些家伙中有个人有点恼火了。"

特纳想抬起头来,可发觉怎么也抬不起来。耐特尔下士擦亮了一根火柴。

"天哪,你看上去他妈的吓死人了。来,喝点水。"

耐特尔托起特纳的头,把水壶递到他嘴边。

水有股金属的味道。他喝好以后,筋疲力尽的感觉像无边无际的滚滚浪涛一样向他袭来。他走遍了敦刻尔克这片土地,此时却陷入了这疲惫的汪洋。为了不让耐特尔警觉,他尽力不泄露自己真实的感受。他的话语听上去通情达理。

"你看,我已经决定留下来了。有些事情需要我去处理。"

耐特尔用一只脏乎乎的手擦拭着特纳的额头。他把脸、把焦急而又邋遢的脸凑得离特纳的脸这么近,特纳一点不明白为什么耐特尔会认为有这个必要。

耐特尔说:"长官,你能听到我说话吗?你在听吗?大约一个小时前,我出去方便,猜猜我看见了什么?我看见海军部队正沿途走来,发出要选拔军官的动员令。他们离船上岸正在进行编组。船已经返航了。我们就要回家了,老兄。这儿巴福斯军有位海军陆战队中尉会在七点钟把我们带过去。所以,好好睡一会,别再大叫大喊了。"

当时,特纳正落在筋疲力尽的海洋中,满心只想睡觉,正想睡它个一千小时。虽然刚才喝的水有点让人恶心,但它起到了催眠的作用,耐特尔刚才告知的消息以及他低低的安慰声也对睡眠起到了帮助作用。睡眠变得更容易了。他们将在外面的马路上排好队,向海滩进发。向右排成方阵。秩序将主导一切。在剑桥,没有人教授好的行进秩序所带来的种种益处,剑桥人崇拜的是自由奔放、独立不羁的人——诗人。但是,诗人知道什么叫死里逃生吗? 他们知道大部队士兵是如何逃生的吗? 没有人冲出队伍,没有人抢着上船,没有先到了就先招待的规矩,也没有人不为己天诛地灭的信条。他们穿过沙滩向海边走去时没有皮靴的声音,同伴们上船时有一双双心甘情愿的手在拍岸的惊涛骇浪中稳住船舷。然而,特纳此刻沉入的是一片平静的大海,由于他自己也心境平静,当然就看到了她等着他是何等的美妙。让算术见鬼去吧!"我等着你"这句话是最最要紧的,止是因为这句话他才幸存了下来。这是表示她将拒绝其他一切男人的一种普普通通的方式。只有你。"回来。"他记得透过薄薄的鞋底踩到砾石的感觉,这时他就能感觉到,他还记得手腕上冰冷冷的手铐。他记得他和那个警探在小汽车旁停下,向她脚步声传来的方向转过身。他怎能忘记那件绿色的连衣裙,他清楚地记得它勾勒出她臀部的线条,他记得它束缚她的跑步,他记得它显露出她美妙的双肩,比薄雾还要雪白的双肩。警察允许他们谈话,他并不觉得奇怪。他甚至连想都没想过。他和塞西莉娅如入无

301

人之境。她说她相信他,信任他,爱他的时候,决不让自己哭出来。他只是对她说他不会忘记这一切。说那句话,他是想告诉她他是多么感激她,特别是在那时,特别是在这时。然后,她把一个手指放在手铐上,说她并不感到羞愧,没有什么好感到羞愧的。她抓住他西服翻领胸前的一角,轻轻地抖了一下,说:"我等着你回来。"这句话是发自她内心的,时间会证明她是真心真意的。她说完那句话,警察就把他推进了小汽车,她再也控制不住自己,就要哭出声来,她说话急促起来,她说他们之间所发生的一切只是他们的事,是他们的私事。当然,她指的是藏书室里的一幕。那是他们的,没人能把它拿走。"那是我们的秘密。"就在车门砰地关上之前,在他们所有人的面前,她大声喊了出来。

"我一句话都不会说的。"他说道,尽管耐特尔的脑袋早就在特纳眼前消失。"七点之前叫醒我。我保证,你不会再听到我说一句话。"

第三部

躁动不安并非只局限在医院里。时值四月,阴雨绵绵,这躁动不安仿佛随污浊而又湍急的河流暴涨着,升腾着。在夜晚,它笼罩着这黑漆漆的城市,像是一种凌驾于人们精神之上的黄昏,与那料峭的晚春难以割舍,不动声息地、恶狠狠地膨胀蔓延。整个国家的人都可以感觉到它的存在,尽管它隐藏在其弥漫的慈善中。医院里,某些东西正在慢慢地走向尽头。走廊的交叉口处,一群群狂妄自大的资深医生在交换着意见,商讨着一个秘密。个头高一些的年轻医生们迈着大步,显得更加咄咄逼人。只有那会诊医师在食房时显得心事重重。某一天早晨,他走到走廊的窗边,对着河的对岸凝视了许久。在他的身后,护士们站在病床旁静心等候。年长的杂活工们推着病人在病房间来回穿梭,显得那样的沮丧,似乎忘记了他们经常挂在嘴边的从广播喜剧节目里学来的令他们快活的名言。如果布里奥妮能再次听到他们的那句名言,她是会感到很欣慰的,尽管她以前对这句话那么不屑一顾——"鼓起劲来,亲爱的。也许战争永远也不会发生。"

　　可是战争就要来了。这些日子以来,医院的病人不知不觉中渐渐少了。开始这看来很平常,一帮脑筋不够数的受训者还喜滋滋地把这"大量康复"归功于他们提高了的医疗技术。慢慢地他们才看出了端倪。空空的床分布在一间间病房里,就像夜晚的死亡幽灵。布里奥妮想象着那宽宽的光滑走道上远去的脚步声,它们曾经是那么的清晰和富有节奏,现在却已变得模糊和犹豫。在电梯外的一段楼梯平台上,那些来安装新的防火装置和更换消防沙的工人整整工作了一天,一刻也未停歇,离开前也不对人说一句话,甚至不理睬同在走廊里的勤杂工们。在那有着二十个床位的病房里,只有八张正在使用。而且虽然工作比以前更加辛苦,但是处在一种不安或者说是离奇的恐惧作用下,这些实习护士在一起喝茶时不再抱怨不休。她们都更冷静了,也更容易知足。她们也不再伸出手来相互比较各自的冻疮了。

不仅如此,每一个实习护士都忧心忡忡,十分害怕犯错误。她们都十分害怕马乔里·德拉蒙德护士长,害怕她暴怒前险恶的笑和态度的软化。布里奥妮有自知之明,最近她已经犯下了一连串的错误了。四天前,虽然她小心再小心地说明,一个由她照顾的病人还是咕咚咕咚地喝下了碳酸漱口水——一位勤杂工正好看到,他形容说就像一口气喝下一品脱烈性的黑啤酒一样——之后,那个病人吐了一床。布里奥妮也知道,德拉蒙德护士长一直在注意着她,有一次她在搬便盆的时候一次只搬了三个,而不是像忙碌的拉卡普的服务员那样——要知道她原本应该一次稳稳当当地搬六个的。而

306

且,她很有可能还犯了很多其他的错误,它们要么因为她劳累而被忘记了,或者她自己根本没有意识到。她还很容易犯一些举止上的错误——有时一不留神她就会单脚站立,而令她的顶头上司狂怒不已。日子一天天过去,小的差池和失误会积少成多:扫把没有放好啦、毯子折的时候把标签朝上啦、硬的领子有细微的褶皱啦、床的脚轮没有冲里成一直线啦、走出病房时空着手啦——这些全被人默默看在了眼里,记在了心里,直到忍耐达到了限度。这时你若还未读出征兆,那么怒火会从天而降,而你还自我感觉十分良好呢。

但是最近,护士长不再向她的实习护士们投以忧郁的笑容,也不再用令她们恐惧的压抑的声音和她们说话。她仿佛一点都不关心自己的职责。她像是把精力都放在了别的什么事情上,经常站在男外科手术室门外的四方场地上,和她的拍档没完没了地商谈,或连着两天也不见踪影。

若是在另一种环境里,从事另一种职业,体态丰满的她也许会显得非常慈爱,甚至极富风情,因为她那不着口红的双唇有着迷人的曲线和足以自傲的自然的光泽。她脸颊滚圆,有着娃娃般健康的红晕。所有这些都显示出她温蔼的天性。但这样的好印象没有维持多久就烟消云散了。事情缘起一个和布里奥妮同龄的女孩。她是个大块头,秉性和善却行动迟缓,喜欢用像奶牛般无辜的眼神打量别人。她领教了护士长气势汹汹的威力。兰格兰护士被临时抽调到男外科病房去帮着准备一个年轻士兵的阑尾切除术。她与他单独待了一两分钟,

307

于是就跟他聊了起来,还说了几句安慰的话,叫他不必为自己的手术担心。他很自然地就问了她的芳名,这可就触犯了那神圣的戒律。它明明白白地印在指导手册上,虽然从没什么人知道那到底有多么重要。几小时后,士兵从麻醉中苏醒过来,喃喃地呼唤着这实习护士的名字,而此时外科手术室的护士长就站在近旁。这下可好了。兰格兰见习护士被撵回了她以前的病房,着实蒙了一回羞。其他护士被召集在一道,要她们吸取教训。就算可怜的苏姗·兰格兰残忍地杀害了两打病人,也不至于会蒙受如此的奇耻大辱。德拉蒙德护士长教训说,对于应该一直追求像南丁格尔一样护理病人的传统的她,这样做是多么的丢脸。她还说兰格兰应该对自己下个月能分拣整理弄脏的亚麻被单而庆幸。她刚一说完,不仅是兰格兰,在场的一半女孩也都哭了起来。布里奥妮没有哭,但那天晚上躺在床上,她还是心有余悸。她把指导手册又从头读到尾,看看是不是有些礼仪规范被她忽略了。她反复重读这条戒律,并把它牢牢记在心里:在任何情况下,护士绝不能把自己的教名告诉病人。

病房腾空了,活儿却越来越紧。每天早上,病床都被推到房间的中央,这样实习护士们就能用拖把将地板擦光亮。拖把十分笨重,让女孩子们把它从一边挪到另一边可真是要命。地板要一天清扫三次。不用腾空的衣物柜要抹干净,褥垫要消毒,黄铜衣帽钩、环形门把手和门洞要擦干净。那些木制品——门和踏脚板——要用石碳酸溶剂仔细清洗,当然还有床、铁床框和弹簧。实习生们整天埋头于便盆、便瓶的冲洗、擦拭和晾干,直到它们像能上得正式宴会的餐具一样闪闪发亮。载重三吨的军用卡车停在装卸间,运来了更多的床。要它们变得适于摆进病房,挤进它们那整洁的同伴中去,就先得把这些污秽不堪的东西彻底用力擦洗许多遍,再用石碳酸溶液消毒。任务的间歇——大概一天有十来次——实习生们得在冰冷刺骨的水下清洗她们生满冻疮而裂开、流血的双手。与病菌的斗争永远不会停止。她们早被灌输了对清洁的狂热崇拜。她们在这里学到的是:没有什么东西能比躲在床下的一小撮毛毯的绒毛更令人厌恶了。在那不起眼的表面隐藏着成群成群、密密麻麻的细菌。她们每天都蒸馏、擦拭、打亮、揩干,这已经成为她们职业骄傲的象征了,为此她们必须舍弃一切个人安逸。

搬运工们从停车间里搬来了大量的供给品,包括包扎用品、便盆、皮下注射器、二个崭新的高温消毒器和许多标着"湿敷袋"的包裹——它们的用途未加说明。接下来的程序就是打开包裹,盘点物品并开出清单,最后整齐码好。另有一个已被擦过三遍的药品柜也安放好了,塞得满满的。平时它都上锁,钥匙在德拉蒙德护士长手里。可是一天早上,这秘密被布里奥妮窥破了——一排排瓶子的标签上都写着"吗啡"。有别的差事时,她看到其他病房也都一副严阵以待的样子。有一间病房甚至已空无一人。它空旷而寂静,显得格外亮堂,像是在等待着什么。不过,看着这些她也不好置喙多问。一

309

年前,刚宣战不久时,顶楼的病房就怕被炸而弃置不用了。手术室现已转移到了地下室。底层的窗子都被沙袋堵得严严实实,天窗也都用水泥抹死了。

一位陆军上将曾到医院巡视了一番,六七位高级顾问医生紧随左右。没什么仪式不说,连"肃静"的要求都没有。一般地说,在这样的重要场合,病人们的鼻尖都得和最上面一层被单的折缝成一直线。可这回是没时间好好准备了。将军和他的随从们阔步走过病房,时而低声轻语,时而颔首点头,然后便扬长而去。

人们心头越来越沉甸,却没机会打探些确切的消息,因为这是明文禁止的。没轮班的时候,实习生们要么听课,听讲座,看示范讲解,要么就是自修。进餐和就寝时都给管得牢牢的,好像她们是洛迪安私立女子寄宿学校的新生。有一天,当睡在布里奥妮邻铺的女孩菲奥娜在餐桌上把盘子一推,大声宣布——并非针对某一个人——她"无法平心静气"吃下用浓缩牛肉汁汤块 O×o 煮成的蔬菜时,这位南丁格尔护士长便站在那里定定地看着她,直到她乖乖地把最后一口吃了下去。不妨说,菲奥娜是布里奥妮的朋友。在宿舍里,在预备训练的头一个晚上,她就请求布里奥妮帮她剪右手上的指甲,她解释说自己左手不会用剪刀,平时这活是她妈妈干的。她有姜黄色的头发和点点雀斑,这使得布里奥妮不自觉地警觉起来。不过和罗拉不同,菲奥娜总是大声大气又欢天喜地。她胖乎乎的手背上有一个个"小凹",她的胸部硕大,常被别的女孩所取笑。她们说这表示她注定会成为一名病房护士长。她家住在切尔西。有一天晚上,她从自己床上探过身来和布里奥妮窃窃私语,说她爸爸有望被召进丘吉尔的战争内阁。可是等到内阁成员名单公布时,那个期望中的姓氏却没有出现。布里奥妮想这事她最好还是别去探问什么究竟了。在预备训练结束后的头几个月里,菲奥娜和布里奥妮没什么机会搞清楚他们是不是真的喜欢对方。不妨就假定她们是的吧。因为她们毕竟没有任何医学背景,这样的实习生为数不多。大部分女孩子们都曾参加过急救培训,有几个甚至还曾是英军志愿救护支队的队员,早已习惯了与血和死尸打交道,至少她们自称如此。

不过要培育友谊谈何容易。实习生们每天在病房里轮班工作,工作完还得学习三个小时,然后睡一会儿。下午茶对她们来说简直是难得的享受。每逢四点到五点之间,她们就会从木头做的板条架上取下刻有各人名字的精巧的棕色茶杯,在远离病房的娱乐室里坐在一处。谈话很不自在,因为护士长会在那儿监视她们,看她们是否行事合乎礼仪。况且,她们只要一坐下来,困倦就会向她们袭来,像三床折叠好的厚毛毯那么沉重地压在她们身上。一个女孩茶杯和杯托还拿在手里就睡着了,烫伤了大腿——"真是个练习处理烧伤的绝好机会。"德拉蒙德护士长推门来看个究竟时作如是评说。

还有她自己,也成了横亘在友谊之路上的一大屏障。头几个月里,布里奥妮常常以为自己只要考虑怎样和德拉蒙德

311

护士长相处就行了。因为她总在你眼前晃悠。前一分钟从走廊尽头不怀好意地走过来,下一分钟就在布里奥妮的耳畔絮絮叨叨,说她在预备训练的时候一点也不认真,才不懂给男病员"全身洗浴"时的正确步骤该是什么:只有在水换过两遍之后,才能把擦后背用的打了肥皂的法兰绒和毛巾给病人,这样他就能自己洗完了。布里奥妮的心情很大程度上取决于护士长那会儿觉得她做得如何。德拉蒙德的目光一落到她身上,她就条件反射似的觉得肚子里一阵冰冷。想知道自己做得好不好,是不可能的。布里奥妮对她的挑剔指责恐惧万分,对她的表扬褒奖从不幻想。对自己置之不理——这是布里奥妮最大的指望了。

布里奥妮能真正独处的时间一般是在晚上入睡前的几分钟。在黑暗中,她会沉思默想,仿佛看到自己朦胧生活在格顿女子学院。在那里,她可以读她的弥尔顿。她本来可以在姐姐曾经就读过的大学里念书,而不是在姐姐所在的医院里上班。布里奥妮以为自己正在加入到反战的洪流中,可到头来却把自己的人生和一个年长十五岁的女人绑在了一起。这位女人时时支配着她,其威力甚于一个母亲对她幼儿的掌控。

这种束缚最重要的表现形式——对个体身份的剥夺——开始于她亲耳听说德拉蒙德这个人的几星期之前。为期两个月的预备训练的第一天,布里奥妮在班级里丢尽了颜面,给她上了很好的一课。事情是这样的:她走到护士长前面,彬彬有礼地指出,她徽章上的姓名有误。她是 B·塔利斯,而不是像那个小三角形胸饰上表明的那样是 N·塔利斯。

护士长的回答十分冷淡。"你就是 N·塔利斯。从现在起就是,以后也还是。这是分给你的新名字。你的教名对我没有意义。现在,请你坐下吧,塔利斯护士。"

要是敢笑的话,其他女孩子早就纵声大笑了起来。因为她们的名字首字母全都一样——N。不过她们都意识到笑是不被准许的。事实证明她们的感觉是正确的。这是卫生讲座的时间,还要拿真人大小的模特练习给病员的全身洗浴。假人们也都有名字——麦金托什太太、蔡斯女士,还有乔治宝宝——他那被不怀恶意地做得有些变形的体型使得他有两个正常的小女婴那么大。这时候她们要学会适应不假思索地服从,学会一叠叠地运送便盆,要把一条基本准则记在心头:千万别进病房转了一圈只带着你自己的手走出来。身体上的不适多少减轻了布里奥妮精神上的紧张。高高竖着的上过浆的衣领磨得她的脖子生疼。每天都要十几次地在冰冷刺骨的水下用碳酸氢钠洗手,使她生出了第一批冻疮。她自己掏钱买来的鞋子也狠狠地挤着她的脚趾。她们的制服像其他所有种类的制服一样,也抹杀了人的个性。而那些日复一日的繁冗要求——熨烫褶裥、别住帽子、整理线缝、擦亮双鞋,尤其是鞋后跟——已成了必须小心对待绝不能出错的程序,慢慢将其他事情都从她们脑中挤了出去。当女孩子们做好准备进入做实习护士的阶段,要在德拉蒙德手下开始为病房服务(她们绝不会说"在病房服务")时,从前生活的印象在她们脑中已

313

经十分模糊了。她们只知道要服从于日复一日的机械程
式——从便盆到浓缩牛肉汁。从某种程度上讲,她们的头脑
渐渐地空虚,也没了什么戒备心理,很容易就屈从了病房护士
长的绝对权威。护士长在填塞她们腾空了的脑袋时,她们只
能乖乖就范。

　　虽然没有明言,但是隐藏在这一切背后的其实是一种军
事化的模式。那个永不会被称呼为佛罗伦萨的南丁格尔小姐
曾在克里米亚待了那么久,所以很明白纪律、严厉的命令和训
练良好的团队有多重要。当布里奥妮在黑暗中听着仰眠的菲
奥娜彻夜的鼾声响起时,她已感到那平静的生活——小的时
候,她去剑桥看望过利昂和塞西莉娅几次,那种生活她很容易
想象得出——将很快就要从她的人生中岔离。实习生的生活
已开始了,这样过四年,这样紧张得喘不过气来的作息,她也
得过下去,她不想离开,也没有离开的自由。她开始完全沉浸
在一种按部就班的人生中:循规蹈矩,逆来顺受,没完没了的
工作,时刻提心吊胆,生怕遭他人的非难。她只是这众多实习
生中的一员——每过几个月就会有一位新人补充进来,而她,
不过就是那个标牌上几个抽象的字母而已。这儿不会有校园
中的课外辅导,更不会有人为了那些关乎自己智力发展的严
格的课程而睡不着觉。她得倒掉便盆,冲洗干净,清扫和擦亮
地板,准备可可和浓缩牛肉汁,来回地取东西和搬东西。最重
要的是,可以把自己从闭门反思中暂时解脱出来。她从早一
年入学的实习生那里听说,将来终有一天,她会慢慢地从精明

314

强干中获取快乐。近来,她就初尝了这种快乐的滋味——她可以在专人指导下给病员测脉搏和体温,并在治疗卡上标明读数。她也曾在病人的癣斑上涂过龙胆紫,在伤口上抹过乳液,还把铅洗液擦在淤青上。不过大多数时间里,她只是个服务员,一个下等女佣——还有在空余时间里,一个要靠死记硬背书本来应付考试的不甚聪明的学生而已。没有什么时间可胡思乱想,她觉得很开心。但当每天晚上她穿着睡袍站在楼梯平台上——这通常是她每天的最后一门功课——凝望河对岸没有光亮的城市的时候,她就记起了笼罩着那一条条街道和病房的惶惶不安,就像那掌控一切的黑暗一样。没有任何东西能把她从这思绪中拽出来,就连德拉蒙德护士长也不能保护她免遭不安的侵扰。

每天喝过可可茶之后,熄灯前会有半小时可供女孩子们自己支配,这时候她们总会互相串门子,坐在床上给家人或者情人写信。有人还会因为乡愁而泫然泪下,然后大家就会勾肩搭背,互相安慰,说些贴心的话儿。这些在布里奥妮看来都既夸张又荒谬——已经成年的人因为想妈妈而一把鼻涕一把泪。还有个女孩子哭个不停,居然说是因为想起了爸爸烟斗的味道。好笑。可是那些安慰别人的女孩子似乎倒非常乐此不疲。在这么腻味的气氛中,布里奥妮有时候也会写几个字寄回家,不外乎是翻来覆去那几句——她没有生病,没有不高兴,不需要家里的钱,也绝不会像妈妈预言的那样改变主意,

315

后悔自己的选择。别的女孩子把日常工作和学习情况一一封进信里，来惊吓可爱的爸爸妈妈，而且还感到很自豪呢。这些东西布里奥妮只会写在日记本里，但也不会事无巨细全往上搬。至于妈妈，这些低贱的工作她自然不想让她知道。她要做护士的一部分原因就是她要为自己的独立生活而工作。她的父母，特别是母亲，对她自己的生活知道得越少越好，这对她来说很重要。

　　除了一长串尚未回答的翻来覆去的问题外，艾米莉的来信很大篇幅都是讲疏散到她家里的那群人。从伦敦海克尼区来的三个妈妈带着七位孩子被安顿在塔利斯家。其中一位妈妈曾在乡村酒吧出丑露乖，丢尽了颜面，不过现在已不让她上那儿去了。还有一位是个虔诚的天主教徒，她带着三个孩子走了四英里路去当地小镇的教堂做弥撒。但是，身为天主教徒的贝蒂却不知道这其中的差异。她恨透了这三个女人和她们的孩子。他们竟在来的头一天早上就说不喜欢她做的饭菜。她声称自己亲眼看到那个常上教堂的女人把痰吐在了门厅地板上。还有毛孩儿里最大的一个——看上去不到八岁而实则十三岁的男孩——溜进了喷泉里，爬到特赖顿身上，把他的犄角和直到肘部的一段胳膊掰了下来。杰克说修好它倒并不费什么事儿，可是那残肢被拿进屋，丢在了储藏室里，现在却不见了。贝蒂听了老哈德曼的口实，一口咬定是那个男孩把它扔进了湖里，但男孩矢口否认。有人提议把湖里的水抽干，可又担心这会危及湖中正处在交配期的一对天鹅。那位母亲坚决维护自己的儿子,说孩子们在到处玩耍时,喷泉实在是太危险了。她还说要秉书下院议员。她不知道,阿瑟·里得雷爵士正是布里奥妮的教父。

然而,艾米莉觉得能招待这群避难的人真是福气,因为曾几何时,整座房子好像都要被军队征用了去。后来他们改变了主意,终于在休·凡·弗莱厄特家安营扎寨,因为那里有斯诺克球桌。她在信中还提到,她的妹妹埃尔米奥娜还在巴黎,不过正在考虑搬到尼斯去;家里的乳牛都分散到北边的三块田地里放养去了,这样原来的那块地就可以腾出来耕种玉米了;十八世纪五十年代始建的一条一英里半长的铁栅栏已被拆除,熔化掉后用来做喷火式战斗机。就连来拆它的工人们都说,这种金属并不适合用来制造喷火式战斗机。莎草丛中,小河转弯处,用水泥和砖头当原材料的掩体在岸边造好了,毁了短尾野鸭和灰色鹈鸽的巢居。大道的进村口,另一个掩体也在修建中。他们把所有易坏物品都藏进了地下室,包括那架羽管键琴。可怜的贝蒂在搬克莱姆叔叔的花瓶时不小心失手,花瓶掉在了台阶上摔了个粉碎。她说裂缝在她手里时就已经出现了,不过这话没什么说服力。丹尼·哈德曼加入了海军,村里的其他小伙子则参加了东萨里前线团。杰克辛苦得不得了。他参加了一个特别会议,回来后看上去又累又瘦,而且他还得向她保密,不能告诉她他的去向。听到花瓶摔破了,他勃然大怒,竟冲着贝蒂大喊大叫,这可一点也不像他的性格。除此之外,她还搞丢了配给证,大家只好过了两个星期没有糖的日子。那位被"红狮"酒吧开除的母亲来的时候没戴防毒面具,根本没有多余的可以给她用。空袭警报哨的小头头,也就是沃金斯警员的兄弟,总以检查灯火管制为由在这儿转悠来转悠去。他已来了三次,他独裁的本性已暴露无遗。谁也不喜欢他。

每当在劳累一天后展读这些信件,布里奥妮就会神情恍惚,思家心切,她隐隐地向往那久已远去的生活。可她并不后悔,因为当初是她自己与家人一刀两断的。预备训练结束后,实习生活开始前,有一个礼拜的假期,她和叔叔、婶婶住在樱草山上,而且她断然拒绝与电话那头的妈妈通话。为什么?为什么在每个人都想要见她,每个人都热切地想知道她的新生活到底是什么样的时候,她就是不肯回去?连一天都不肯?为什么她连写信都这么少?为什么呢?要明明白白回答太难了。眼下,最好是远离家园。

床头柜的抽屉里,布里奥妮放着一个大理石纹薄纸板封面的大笔记本,粘在书脊上的是一截线,末端拴了支铅笔。在就寝时间是禁止使用铅笔和墨水的。她从预备训练的头一天晚上就开始写日记,并设法做到了基本上每天熄灯前至少挤出十分钟时间来。她的记录包括"艺术宣言"、琐碎的抱怨、人物速写以及一些简单的对日常生活的描述——尽管一天天幻想的成分愈加增多。她并不怎么读自己写下的东西,却陶醉于哗啦哗啦地翻动那填得满满的纸页。这儿,在名标和制服的后面,才是真正的她。她的"真我"偷偷地隐藏着,悄悄

318

地积聚着力量。在孩提时代,她就用自己的笔迹覆盖那本来空无一物的白纸,从中得到了莫大的乐趣。这种乐趣她一直不曾忘怀。至于写的内容到底是什么,对她倒是无关紧要。因为抽屉不上锁,她很用心地把关于德拉蒙德的事情写得很隐晦。病人的名字她也都改掉了。没了这一层真实,随心所欲地涂改细节和胡编乱造就更容易了。她喜欢写下她想象中那些当事人的闲思漫想。她没有义务把真相写出来,也没有对任何人许诺过要写一部编年史。只有在日记中她才可以自由驰骋,充分舒展自己的个性。她编了些小故事——不是很能令人信服,语言也很造作——主角也是病房里的人。有时,她会把自己视为医学界的乔叟,病房里拥满了各色人等:小伙子、酒鬼、当官的老头子、有着不可告人的秘密的顶漂亮的可人儿。后来的岁月里,她一直后悔自己的故事离事实太远,没给自己储存下写作的原材料。清楚知道那时候发生了什么,状况怎样,谁在场,谁说了什么,对她米说都用处多多。那个时候,写日记让她维持了自己的尊严。没错,也许她的相貌、她的行事、她的生活看来不过是个实习护士,可其实她是个好有影响力的作家啊。是她自己伪装得巧妙而已。一旦她和自己熟悉的一切说了再见——家族、家园、朋友——那就只写作这条线,揪着从前,又系着将来。这才是她一直来的所作所为。

　　每天,她的头脑少有能自在游荡的时候。有时候她会被派到药房去打杂,因而在等药剂师的时候便得了闲。她会沿着走廊轻飘飘地晃到楼梯井,透过窗子,河流一览无余。每当她眼睛盯着对岸的议会大厦而心却神游了去的时候,不知不觉中她就会把全身重量都压在自己的右脚上。日记没有占据她的思绪,她想的是自己已经完成并寄给了杂志社的长篇故事。在樱草山的日子里,她借了叔叔的打字机,躲在餐厅里,用食指敲完了最后一稿。整个星期,她每天都为这部小说花至少八个小时,直到她腰酸脖疼,直到迸发飞散、参差不齐的像一个个螺旋物开始在她眼前飘游打转。可她从来没有比这更幸福的时刻了——当她最后把那一沓子稿子——足足有一百零三页! ——抚平整时,她能感到酸痛的指尖上那份沉甸甸的作品的分量。这一切都是她的。她布里奥妮。其他任何人都写不出这样的杰作。给自己留份副本,然后把她的故事(这么个不确切的词)好好用棕色纸张包好,搭公交车到了布卢姆斯伯里,再走到坐落在兰斯唐街的那家杂志社——新近面世的《地平线》,把书稿交给了在门口迎接她的一个讨人喜欢的年轻女子。

她为自己的成就鼓舞着——全篇的构思、纯粹的结构以及她自以为很有现代感的富有特色的不确定性。什么都有个直截了当答案的时代已经结束。人物和情节的时代也已过时。尽管她还在自己的日记中作人物速写,她其实并不相信有"人物"这档子事。那只是属于十九世纪的古雅有趣的手法。现代心理学已经揭示了,"人物"这个概念本来就是建立在谬误的基础上的。情节也只是锈迹斑斑的机器,其轮子已不会再转动。就像一个现代作曲家不再能写出莫扎特的交响乐一样,一个现代小说家也无法描绘人物和情节了。只有人的知性和感性才使她感兴趣。意识之河在时间中流动,该怎样表现出它的不尽向前,它的支流怎样涨溢,障碍如何让它转了向——这才是她的兴致所在。如果有可能,她真想重写那一段——夏天清晨清冽的阳光里,一个孩子立在窗前时的纤纤思绪,一泓池水上空,一只燕子轻巧地俯冲翻飞。这是属于明天的小说,它和过去一切小说都迥然不同。维吉尼亚·沃尔夫的《海浪》她读过三遍,她深信人性深处正经历着一场重大变革。只有小说,只有一种新形式的小说,才能捕捉到这一嬗变的实质。进入到人心中去,把它的功能形态展示出来,并且在齐整匀称的构造中一展其姿——这就是艺术创作的胜利。徘徊在药房外,等药剂师回来的时候,塔利斯护士思潮起伏。她凝望着泰晤士河对岸,忘怀了身边的危险:德拉蒙德会发现她用一条腿站立着。

三个月过去了,布里奥妮没有收到来自《地平线》的任何消息。

另一封信也没有回音。她已到医院行政办公室去要了塞西莉娅的地址。五月初,她就写信给了她姐姐。现在她渐渐觉得这缄默就是姐姐给她的答复。

五月的最后几天里,药品供应的运送量急骤增加。更多非危急病员都被打发回了家。要不是四十个水兵入住,有些

321

病房就会完全腾空了。一场罕见的黄疸病正横扫整个皇家海军。布里奥妮再也没有时间照拂这些事儿了。医院护理和初级解剖学已经开课。一年级学生们在当班、上课、吃饭和自修之间疲于奔命。阅读了三大页后,想再保持清醒实在太难了。大本钟的每次鸣唱都记录着这一天的点滴变化。有时,每隔十五分钟敲一次的肃穆庄严的钟声加剧了压抑着的痛苦呻吟,这时女孩子们才会从瞌睡中记起她们又要到另一个地方忙碌去了。

完全卧床休养本身被看作是医疗程序的一个步骤。大多数卧床的病人,不论病情如何,都绝不准走到仅仅几步路之外的盥洗室去。于是护士们每天早晨做的第一件事就是端便盆了。护士长不允许她们"像握网球拍那样"端便盆。做这事是"为了上帝的荣耀"——七点半之前,便盆必须倒空、冲刷、洗净再堆装好。到了七点半,就开始喝早茶了。一整天,她们忙于清理便盆,为病人洗浴,擦拭地板。女孩子们怨声载道:整理床铺累得腰酸背痛,站了一整天双脚火辣辣地疼。为这些抱怨个不停。除此之外,她们还得把病房里一扇扇巨大的窗子拉上窗帘。一天将尽之时,还有更多的便盆要端,痰盂要倒,可可要煮。当班和上课之间几乎没有时间回宿舍去取笔记本和教科书。布里奥妮一天内已经被护士长抓到了两次在走廊里奔跑。每一次护士长都是无声地斥责她。只有大出血和火灾时,护士才可以有理由奔跑。

但初级实习生最主要的活动场所还是在清洗室里。有人说要安装自动便盆和吊瓶清洗器了,但这只是空穴来风。至少眼前,她们还得重复前人的做法。就在因为瞎跑而被数落了两次的那一天,布里奥妮发现自己被额外差派到清洗室去干活。也许是那不成文的值勤表出了问题?可她怀疑这种解释。她拉上了身后的门,把重重的橡胶围裙系在腰上。对布里奥妮来说,干这活的技巧,或者不如说是惟一她能忍受的方法,就是闭上眼睛,屏住呼吸,别过头去。然后是用石碳酸溶液漂洗。要是她忘了检查便盆的把手是不是洗净并揩干了,护士长会给她找更多麻烦的。

黄昏时分,她结束了这一项任务,然后径直走向快要完全空掉的病房。她得在那里把衣物柜摆放整齐,清空烟灰缸,收拾这一天的报纸。她不由自主地瞟了一眼折起来的《星期日画报》。每天她都零零星星地跟踪时事。她根本就没有时间能从从容容坐下来读完一整份报纸。她获知马其诺防线被攻破了,鹿特丹遭到了轰炸,荷兰军队投降了,前一大夜里有几个女孩子在谈论比利时即将沦陷。战况不佳,可是总会有转机的。这会儿,报上一句意在安慰大众的话引起了她的注意。它说了什么不要紧,重要的是那不痛不痒的字句下隐含的意义。法国北部的英军正在“作战略性撤退,撤到先前准备好的营地”。哪怕就是她——对军事策略和新闻行话一无所知的她——也看明白“撤退”这一委婉语的真实含义。也许她是这医院里最后一个知道到底正在发生什么的人。日益空荡的病房和大批大批运进的物资,她从前以为那只是为战争而进行的常规准备。看来她是太专注于自己的那些琐屑的烦恼了。现在,她渐渐明白了那些毫不相关的新闻片段原来是可以相互联系起来的,也了解了每个人都肯定知道了的东西,还有医院当局到底在作何计划。德国人已经攻到了英吉利海峡,英军处境十分艰难。法国的战况一团糟,虽然没人说得出到底糟到什么程度。她感觉得到自己已经沉没在对未来的不祥预感和无言的恐惧之中了。

就在这时,在最后一批病人从病房里护送回家的那天,她收到了父亲的来信。父亲在信中首先草致问候,再例行公事似的询问了一下她的功课和身体情况,然后他把从同事那里听到又被家人所证实了的消息转告了她:保罗·马歇尔和罗拉·昆西于下下个星期六在克拉珀姆公地的圣三一教堂举行婚礼。至于他凭什么认为她会对这消息感兴趣,他却只字未提,对这件事本身他也绝不置喙。信的末尾,他只潦潦草草地写了句"一如既往地爱你"。

整个早上,她在忙这忙那,都不住地在想这一消息。自从那个夏天后,她就再没有见过罗拉,所以在她脑海里站在神坛前的身形还只是个单薄纤弱的十五岁女孩。这会儿她正在帮一个就要离院的从兰贝斯来的病人——一个年长的妇人——给行李打包,并使劲想让自己集中精神听她在唠叨诉苦。她的脚趾骨折了,本被答允了二十天的卧床休息,现在才享受了七天。布里奥妮帮她坐上轮椅,一个勤杂工推着走了。在清洗室里,布里奥妮心里盘算着。罗拉二十了,马歇尔该是二十九岁。这没什么好奇怪的。让她震惊的是结婚的消息得到了确认。布里奥妮和这事可不只是"有关系"这么简单。是她促成了这一切。

从早晨到黄昏,从病房进进出出,在走廊里走来走去,布里奥妮觉得那熟悉的罪恶感以全新的、能撕裂人的力量追逐着她。她用力擦拭空空荡荡的衣物柜,帮别人用石碳酸溶液洗床框,扫干净并打亮地板,用相当于平时两倍的速度匆匆去药房和医院的社会服务员那里(当然并不敢真跑起来),在男病室里与另一位实习医生给他们的疖子上药包扎,替换得去看牙医的菲奥娜。在五月的头一个如此美好的日子里,她在僵硬的制服的包裹下不住地流汗。她什么都不要,只要工作,工作,下班后洗个澡,睡个觉,睡醒了又开始第二天的工作。可她明白这都无济于事。不管她做多少下等和卑贱的工作,不管她做得多苦,多出色,不管她心甘情愿地放弃了多少——无论是个别辅导中得到的阐释和启发,还是大学草坪上的快乐时光——她都弥补不了自己造成的损害。永远都弥补不了。她是不可饶恕的。

许多年了,她头一次想要和父亲谈一谈。长久以来,她都把他的冷漠视作理所应当,从不奢望能从他那里得到什么。她揣度着这回他费心费力地寄来这么一封详细的信是不是想要暗示他已经知道真相了。下午茶以后,给自己的时间不多了,她赶快跑到西敏寺桥附近医院出口处的电话亭,试着给正在上班的父亲打个电话。交换台给她接到了一个让人心底燃起希望的鼻音,紧接着电话就断线了,她只好从头再来。又一次同样的情况。试第三次的时候,正当一个声音响起——正在为您接通——又死机了。

全部的硬币都花光了,她也该回医院去干活了。在电话亭外面,她停了一停,抬头凝望淡蓝的天幕上堆积起来的云山。河水卷着春潮,在涌动的蓝绿间奔向大海。大本钟在不安宁的天底下看来总是摇摇欲坠。尽管有汽车排出的废气,新鲜植物和不知道是从医院园子里还是河边的小树上新割下的草叶使得清新的气味荡漾在四周。温暖的灯光闪耀着,空气中却依然有令人心旷神怡的凉意。有多少天她没见到过这么动人的景致了?怕有许多个星期了吧。她待在屋里太久了,成天吸进呼出的全都是消毒水的味道。该走了。她刚起步,两位米尔班克军队医院年轻的实习医生从她身旁擦肩而过,给了她一个友好又灿烂的微笑。她本能地低下头来,随即又后悔至少该坦然地迎接他们的目光吧。他们走过桥去,只顾两人说着话,其他的都没在意。其中一个做了个蹦起的动作,像在模仿从一个高高的架子上取东西。他的同伴被他逗得直笑。中途他们停下来欣赏一艘驶过桥下的炮艇。她不禁想,皇家陆军军医队的医生们是那么自由,那么有生气,她多么希望刚才她回应了他们的微笑。那是她已经彻底忘却的另一面的自己。她已经迟到了。尽管鞋子夹脚,她必须跑步才行。这儿,在这脏乎乎又没用石碳酸消毒过的人行道上,德拉蒙德护士长的敕令是没有效力的。没有大出血也没有火灾,可是却有种让人惊喜的全身舒展的愉悦和短暂品尝到的自由的滋味。这一切推动着她跑了起来,围着重重的橡胶围裙尽情地跑着,跑向医院的门口。

此刻,一阵让人身心俱疲的等待笼罩了整个医院。只有患黄疸的水兵还留着。他们对护士们来说有种奇特的吸引力,她们不时饶有兴趣地谈论着他们。这些倔强的小兵们在床上坐起来缝补袜子,非要自己手洗内衣手帕,洗好了就把它们挂在临时沿暖气片拉起的晾衣绳上。那些仍旧卧床不起的病员宁愿忍痛自己来,也不愿叫护士端来便盆。据说这些能干的水兵喜欢自己把病房保持得井井有条,还接替了护士们扫地的活,替她们扛那些沉重的拖把。这么喜欢做家务的男人女孩子们还从来没有见到过。难怪菲奥娜说她非得嫁个在皇家海军里受训过的人不可。

不知什么原因,实习生们有了半大的假,不用去学习,但制服还得穿着。午饭后,布里奥妮和菲奥娜一起过了河,走过议会大厦,来到了圣詹姆斯公园。她们缓缓地绕湖溜达,在小摊上买了杯茶,又租了躺椅,听"救世军"老年乐队演奏为铜管乐队改编的埃尔加曲子。五月天里,在法国战事被深刻理解之前,在被轰炸的九月到来之前,伦敦虽然弥漫着战争的迹象,却还没有一丝一毫的战争心态。映入眼帘的是制服和时时提醒着人们警惕第五纵队的招贴海报,公园的草地上已经挖好了两个大防空洞。官僚习气到处横行。一个戴帽子和臂章的人走了过来,跟菲奥娜说要看看她的防毒面具——它被她的斗篷遮住了。除此之外,一切都平和安详。因法国局势而一直搅动这个国家的焦虑都被消解在午后的阳光里了。死去的已不在眼前,而不在眼前出现的就被假定为还活着。一切都宛如平常,似若梦幻。婴儿车滑过小路,车篷放了下来,以挡住强烈的阳光。皮肤白白、头盖骨还发软的小宝宝睁大眼睛,目瞪口呆地第一次看着身外这个新奇的世界。似乎刚刚摆脱了逃难生活的孩子在草地上跑来跑去,大笑大叫。乐队已在和音乐的搏斗中筋疲力尽。躺椅依然要花两个便士。谁会想到,仅仅在一百英里之外,一场军事惨剧正在上演。

布里奥妮依然想着自己的心事。也许伦敦就会被毒气所淹没,或者会遭到德国伞兵的蹂躏,他们在第五纵队的接应下在地面上横行无忌,这样罗拉就可能根本来不及举行婚礼。布里奥妮曾听一个自以为无所不知的勤杂工说,什么也不能抵挡得了德军的进犯。他们有新的战术而我们没有啦,人家已经有现代化的装备,而我们也没有啦,直说得唾沫横飞,乐在其中。将军们可真该好好读读立戴尔·哈特的大作,要么就在午茶时间到医院勤杂工的小屋来悉心听听他的高见。

在她身旁,菲奥娜喋喋不休地说着她最心爱的小弟弟和他在吃饭时说的趣闻轶事。布里奥妮假装在听,可心里却在想罗比。如果他一直在法国打仗,他很可能已经被俘了。或者情况还更糟。塞西莉娅听到这种消息,怎么能受得了呢?想到这里时,音乐突然欢快起来,随着一阵没有配乐的不谐和音涨到了嘶哑的最高潮,她紧紧地抓住躺椅的木扶手,把眼睛闭了起来。如果罗比真有个三长两短,如果罗比和塞西莉娅永远不能重聚⋯⋯她心里的隐痛和战争的纷乱仿佛总是风马牛不相及,是两个不同世界中的事。但现在她明白它们之间的联系了,她终于明白这场战争会如何加重她的罪孽。她想,惟一能消除这罪孽的方法就是过去的事情从来就没有发生过。要是他再也回不来了⋯⋯她多么想能拥有与别人一样的过去,成为另一个人,就像热情洋溢的菲奥娜,其洁白无瑕的生活展现在前方,还有温暖美满的大家庭,连小猫小狗都有拉丁文名字。他们的住处还是切尔西文艺界名流的聚会地。对她来说,她只需要沿着已经铺就的生活道路一直向前走,等着迎接出现在路上的一切。可是布里奥妮,她的生活呢? 她孤零零待在一间屋子里,没有门可以进出。

"布里奥妮,你没事吧?"

"什么? 哦,是的,我没事。我很好,谢谢。"

"我可不相信你。要不要我给你拿杯水来啊?"

观众鼓掌越来越热烈——看来没人在意乐队演奏得有多烂——布里奥妮的目光追随着菲奥娜穿过草坪,走过那些乐手和一位穿着棕色外套、出租躺椅的男人,走进了林地中的小咖啡屋。救世军乐队开始演唱"再见了,黑鹂"。这支曲子他们演来要自如得多。躺椅上的人们也加入了进去,有些还随着节奏适时地拍起了巴掌。这种集体跟唱的形式总有些许强迫的性质——音调升高,心情高涨时,陌路人的目光也不期相遇。布里奥妮不习惯这样，她心生抵触。尽管如此，她的情绪还是被调动了起来。当菲奥娜捧着一茶杯的水回来时，乐队正开始演奏旧时金曲大串联，开首的是"漫漫长路到蒂珀雷里"。她们俩开始谈起了工作上的事情。菲奥娜拉着布里奥妮开始享受嚼舌头的乐趣——哪些事让她们开心，哪些又惹火了她们。她们议论德拉蒙德护士长，菲奥娜还学起了她的声音。这位神气活现的护士长，那股子劲真像个自以为伟大又冷冰冰的高级顾问医师。她们记起了不同病人的种种怪癖，一起发着牢骚。菲奥娜对不能把东西放在窗台上愤愤不平，布里奥妮最讨厌晚上十一点熄灯的规定。可是她们一边抱怨，一边却生发出了好心情，虽然开心得有点不自然。她们一个劲地咯咯直笑，引得众人将头全都转了过来，还把手按在嘴唇上做出夸张的动作示意她们小声点。不过这些姿势都不是特别严肃，大部分人只是在躺椅上朝她们宽容地一笑。因为她们是护士，还是战争时期的护士，她们的装束——紫色白色相间的束身上衣，深蓝色斗篷和一尘不染的帽子——使得她们像修女一样无可指摘，不容冒犯。女孩子们也感觉到了她们的豁免权，便愈加放肆，边嘲弄别人边大笑起来。哇，菲奥娜原来是一个技术很高明的模仿者，她带来的欢乐里布里奥妮最欣赏的就是她那有几分残酷的手法。菲奥娜能再现兰贝斯区的伦敦腔，还能无情又夸张地模仿某些病人们的愚昧以及他们哀求和疼痛时的哼哼唧唧。"那是我的东西，护士。我总是放错地方。我妈以前也总这样。是不是孩子真的是从屁股里生出来的啊,护士? 因为我不知道我的是否合适。就好像……啊哟! 我的老是被堵住。我本来有六个孩子,可是一次我把其中一个落在了公交车上,是从布雷克斯顿开出的88 路车。一定是丢在座位上了。后来再也没有见到过,护士。真是倒霉。我真是。我的眼珠都哭出来了。"

她们向着议会广场的方向走回去的时候,因为刚才笑得太厉害了,布里奥妮还是头晕乎乎的,膝盖直发软。她自己也很奇怪,怎么自己的情绪会转变得这么快呢。她的忧虑并没消失掉,只是悄悄退到了隐蔽的角落中去了。笑了一下午,感情暂时都发泄光了,这会儿一点力气都没有了。她们手挽着手走过西敏寺大桥。潮水已经退了,强烈的光线中,泥泞的河岸上,成千上万的蚯蚓粪投下点点斑斑的阴影,闪着紫色的光泽。两人向右拐进兰贝斯宫路时,看到一排军用卡车停在医院大门外面。一想到她们又得动手去拆封和堆垛军需品,两个女孩子嘟囔了一下,不过心情还好。

接着她们看到了散在卡车群中的战地救护车。再近一点,她们又看到了几十架担架车,已经从卡车上卸了下来,杂乱地摆在地板上。还有一大片肮脏的绿色军服和污迹斑斑的绷带。一组组分开站着的士兵,昏昏欲睡,动弹不得,和躺在地上的那帮子病员一样都裹在污秽的绷带里。一个勤杂工正把从卡车后面拿下来的步枪拢在一处。二十个搬运工、护士和医生正穿过人群。五六副担架已被抬到了医院前面——很明显并不够用。顷刻间,布里奥妮和菲奥娜都停了下来,呆呆地看着,然后几乎同时她们反应了过来,开始跑了起来。

不到一分钟,她们就已经来到了人们中间。清新凉爽的空气无法驱散机油和溃烂的伤口所散发出的恶臭。士兵们的脸和手都黑乎乎的,胡子拉碴,头发蓬乱,还绑着伤员接收站贴上的标签,他们看上去一模一样,仿佛都是从一个恐怖世界逃回的野蛮人。还站在那里的伤员似乎已睡着。更多的医生和护士拥出大门。一位高级顾问医师在那儿负责,粗略的分类系统已经就绪。紧急病人已经被抬到担架上。接受训练以来头一次,布里奥妮发现一位医生和一位专科住院医师在对她发号施令。她从没见过这两人。

"来,你去抬那头。"

医生自己抬起了担架的另一头。她以前从来没有抬过担架,经过出口又沿着走廊走了十码,她知道自己的左手已经吃不住劲了。她抓着担架脚的最低处。她数了数他军服上的杠子,这位士兵是个中士。他的靴子已经没有了,泛蓝的脚趾发着异味。缠头的绷带已经被血浸成了黑红色。他大腿上的军裤已经撕得稀烂,甚至还戳进了伤口里。她觉得自己能看到里面白晃晃的骨节了。他们每前进一步都会让他感到疼痛不已。他紧闭着双眼,忍着痛一声不吭,只有嘴唇翕动着。如果她左手没力气了,担架就一定会倒下去。好容易挨到了电梯,走进去再放好担架,她的手差一点就松开来把担架摔到了地上。电梯慢慢上升着,医生搭了搭那士兵的脉搏,然后深深地用鼻子吸了口气,紧张得完全忘了布里奥妮的存在。二楼映入了眼帘,她满心只想着电梯到病房的那三十码距离。自己到底能不能支撑得住呢?她有义务告诉医生她坚持不了了。可是他在背对着她重重地打开电梯门时,他吩咐她抬好她的那一头。她在意念中把更多力气加在左臂上,心里期盼医生能走快点。要是连做这个都失败,她可丢不起这个人。脸色乌黑的病员不停地做着类似咀嚼的张嘴、闭嘴的动作,他的舌头上布满了白点,黑色的喉结一起一降。她让自己把目光集中在他身上。他们折进了病房,她庆幸一张紧急救护床已经准备停当,放在门旁。她的手指已经开始打滑了。一位护士长和一名正式护士正等在那里。担架被移到紧挨着床的地方。布里奥妮的手指越来越软,她根本没法控制它们。她及时地抬起了左膝,来承受这重量。腿砰地撞在了木把手上。担架晃动着,护士长见势马上靠上去稳住了它。身负重伤的中士从唇间发出一阵怀疑的声音,仿佛他从来没想到疼起来会这么撕心裂肺。

"看在上帝的分上,姑娘。"医生咕哝着。他们把病人小心缓慢地挪上了床。

布里奥妮在一旁等着,想看看是否还用得着帮忙。可是这会儿其他三个人都在忙碌着,忘了她还站在一边。那护士在拆掉他头上的绷带,护士长在剪掉大兵的裤子。专科实习医师转过身,在有光线的地方仔细地看着从士兵的衬衫上揭下来的标签上草草写就的短简。布里奥妮轻轻地清了清嗓子。护士长转过头,发现她还在那里,心里非常恼火。

"好了,别只是在那儿闲站着了,塔利斯护士。快到楼下帮忙去。"

听到这句话,布里奥妮羞愧地走开了,她感到一阵空洞的感觉陡然在她腹中奔流。第一次真正跟战争接触,第一次遇到要负担的压力,她就落败了。如果下回再需要她去抬担架,她会连到电梯一半的路都走不到。但要是人家吩咐她这么做,她也没胆量说个"不"字。如果担架真的脱了手,她就只好悄然离开,在房间里收拾好东西装进手提箱,到苏格兰种田去。这样不管对谁都有好处。她正急急忙忙地在走廊里走,迎面遇到从另一个方向来的菲奥娜,她抬着担架的前面一头。比起布里奥妮来,她要强壮多了。她抬着的那个伤员身上涂满了敷料剂,抹掉了他脸上的五官,只在嘴巴处留了个椭圆形的黑洞。两个女孩目光相接,从对方的眼神里似乎看到了一种震惊和羞愧。她们怎么也不会想到,当她们在公园里欢笑的时候,这里却是这样一番景象。

布里奥妮走出医院,看到最后一批担架也已抬到了推车上,搬运工们正等着推它们,心中释然了。十来个正式护士拿着手提箱在一旁待命。她认出了几个和自己同病房的。没有时间问她们会被调到什么地方去。别的地方情况一定更糟。现在,最要紧的是去帮助那些自己还能走动的伤员,总共人数大概还有两百多。一个护士长叫她带着十五个伤员到楼上的比阿特丽斯病房。他们排成一路纵队跟在她后面沿着走廊走,就像小孩们在学校里排成纵队漫步行进。他们当中有些用吊带固定着胳膊,有的头部或者胸部受了伤,其中还有三个挂着拐杖,没有一个人说话。电梯周围堵得水泄不通。有人推车要下到地下室的手术间去,而其他人还要上到病房来。她找了个壁室给拄拐杖的几位坐,告诉他们不要动,她自己带其他的伤员走上楼梯。他们行进得很慢,在每一个楼梯平台都要停一下。

"快到了,"她不停地说。可是他们好像并不留心她在说什么。

终于到了目的地。按规矩她该向护士长报告,但护士长不在办公室。布里奥妮转向她的小学生们。他们已经自觉地在她后面聚成一团。可是他们没有看她,而是在看她身后那宽敞、恢宏的维多利亚式病房、高耸的圆柱、盆栽的棕榈、整洁的床铺和那干净的垂在床边的床单。

"你们在这里等候,"她说道,"护士长会给你们每个人找一个床位的。"

她匆忙走向病房另一头,护士长和两个护士正在照料一位病人。鞋底蹭着地板的声音从布里奥妮身后传来。士兵们跟了过来。

布里奥妮吓坏了,她赶紧朝他们挥手。"回去,听我的,回去吧。回去等着。"

可是他们自作主张散开在整个病房里,每个人都为自己找了一个床铺。他们未经分派,靴子也不脱,澡也不洗,虱子也不除,病号服也不换,就一骨碌地爬上了床。他们脏乱的头发和黑乎乎的脸庞贴在了枕头上。这时,护士长从病房那一头急急走来,后脚跟踏着地板的声音在这神圣的殿堂里回荡。塔利斯走到一张床的床头,拽了拽一个仰面而睡的士兵的袖子。她轻轻摇动他那已经从绷带里脱落出来的胳臂。他只一伸腿,立刻在毛毯上刷下一道油污。怎么办呢? 全都是她的错。

"你得起来,"护士长越走越近,布里奥妮已经急得浑身发软,声音嘶哑又无力。"我们办事是有程序的。"

"他们需要睡眠。规矩以后再说吧。"口音带爱尔兰腔。护士长把一只手放在她肩上,让她转过头来好看清她的名标。"现在你回自己的病房去吧。塔利斯护士。我想那里可能需要你。"

护士长轻轻地推了推她,她就去做自己的事儿了。病房里并不需要她这样的人来维持秩序。伤员们都已睡着了。她又一次证明了自己是个白痴。她也知道他们最需要的是睡眠,她当然知道。可是她只是想做自己认为是分内的事。毕竟这些条例又不是她制订的。过去的几个月里,这些东西一遍又一遍地给灌进她的脑子里。新病员入住时有几千条需要遵守的条例。她怎么知道那些东西实际上根本没有任何意义呢? 一路上她跟自己生着气,快回到自己的病房时她才记起了楼下还在等着要她带上楼的拄拐杖的伤员。她匆匆下楼,可是壁室已经空了,走廊里也不见人影。要是向护士和搬运工打听他们的去向,大家都会知道她有多么无能。她才不想

336

这么做呢。一定有人已经把伤员们集合起来带上楼了。接下来的日子里,她再也没有见到过他们。

她自己的病房已经派上了新用途——改成了急救室。不过一开始它根本名不符实。简直就是个前线伤员中转站。许多护士长们和高级护士们也被调来帮忙了。五六个医生在处理最紧急的病例。两个随军牧师也在,一个坐在病人身边跟他讲话,另一个在对着毯子下面一个人形祈祷。所有的护士都戴着口罩,她们和医生们一样挽起了袖子。护士长们在病床间来回穿梭,给病人打针——极有可能是吗啡——或者用输血针头把全血和血浆输进伤员的身体里——一瓶瓶全血和淡黄色的血浆宛如一个个奇特的异国水果高高地悬挂在可移动的架子上。实习生们怀抱着大堆的热水瓶子走过。病房里充斥着人们轻柔的回声和医疗器械的叮叮当当声,还有规律地搀杂着疼痛的呻吟声和喊叫声。病房里已经没有空的床位,那些新来的伤员只能躺在担架上,担架都放在床和床之间,这样输液架就能得到充分利用。两个勤杂工随时准备将死去的病人抬走。许多护士都在床前清除弄污了的绷带。这时候总需要做个选择:是温柔地慢慢一点点揭下,还是蹭地抽下来,痛一下也就完了。这间病房里的护士们推崇速战速决,因此才会不时传来惨叫声。病房里到处都是这样那样的气味——新鲜血液又湿又粘,还带着酸味,肮脏的衣服的气味,还有汗臭,油脂臭,消毒水和医用酒精的气味。不过最让人受不了的是伤口腐烂所发出来的恶臭。两个转移到手术室去的伤员到头来还得截肢。

由于高级护士们被临时抽调到远一点的医院部门里去，而且越来越多的病员送了进来，正式护士们便随心所欲地发号施令，布里奥妮和同一组的见习生就被赋予了新的责任。一个护士派布里奥妮去给门边担架上的下士拆掉绷带和清洗腿上的伤口。她只做这个就够了，医生没有过来检视之前她不用再给他包扎。下士脸朝下趴着，布里奥妮跪了下去贴着他耳朵说话时，他还做起了鬼脸。

"如果我叫出了声，别介意。"他轻声说着。"好好帮我清理，护士。我可不想失去它。"

裤脚管已经剪掉了。外面一层绷带看上去还很新。她开始解开它。由于不能把手从他腿下面伸过去，她便用剪刀把裤子剪开了。

"他们是在多佛码头给我包扎的。"

现在只剩下一层薄纱布了。从膝盖到脚踝那道长长的伤口周围凝结着黑色血块。腿上已没有毛发，颜色也是乌青。她十分害怕，张着嘴直喘气。

"那么，你怎么会伤成这样的？"她故意装得高兴的样子。

"一个炸弹飞来，把我砸倒在波纹马口铁做的栅栏上了。"

"真是倒霉。现在，嗯，你知道，我要把它拆下来了。"

她轻轻地掀起了一个角。下士抽动了一下。

他说："和我一起数。像这样。一，二，三。利索点。"

下士握紧了拳头。她拉起已经松动的那个角，用食指和拇指紧紧捏着它,然后向后猛地一扯。这时,她脑子里突然浮现出童年时期一次在午后的生日派对上的一个家喻户晓的桌布把戏。那纱布伴着胶层剥离的刺耳声被一下子掀了下来。

下士说:"我要吐了。"

她顺手拿了一个痰盂。他干呕了几下,却什么都没吐出来。他脖子后面的褶皱处冒出了颗颗汗珠。伤口有十八英寸长,也许还不止,在腿的后侧随着膝盖打了个弯。缝合的针脚很粗糙,也不规整。裂开的皮肤相互重叠,露出了里面的脂肪层,像一串串微型红葡萄从缝中突起。

她说:"小心别动。我现在要清洗一下你的伤口,不过我会注意不碰疼你的。"她还不想碰它呢。腿上的皮肤又黑又软,就像熟过了头的香蕉。她把药棉放在酒精里浸了浸。由于担心那皮肤会脱落下来,她只是在他腿肚子周围轻轻地一敷,离伤口有两英寸之距。然后她稍稍加了点力气,又擦了一遍。皮肤好像挺结实的,所以她紧紧压着药棉,直到他痛得想缩回去。她把手拿开,看到了一片白晃晃的皮肤。药棉已经完全黑了。不是坏疽。她不禁松了口气。她甚至感到喉咙抽缩了一下。

他说:"怎么样,护士?你告诉我吧。"他撑起身来,试图想从自己肩膀上方望过去。嗓音里掩饰不了他的恐惧。

她咽了下口水,尽量不让自己流露出什么感情。"我觉得伤口愈合得不错。"

她又取了更多的药棉。他的腿上粘着油,或是油脂,混合着海滩的沙石,不怎么容易弄干净。她再往回挪了六英寸,在伤口周围轻擦着。

这样做了一会儿,她突然感到一只手落在自己肩头,同时一个女人的声音在耳边响起。"很好,塔利斯护士。不过动作得更快点。"

此时布里奥妮正跪在地上,身体俯向担架,紧抵着一张病床,所以想转身并不容易。等到转过身来,她只看到一个熟悉的背影。等她开始清理针脚的时候,下士已经迷迷糊糊地睡着了。他微微动着,像要把腿抽回去,可是并没醒过来。疲惫是最好的麻醉剂。终于收拾好了,她舒展了一下手脚。刚收拾好痰盂和所有用过的药棉,一位医生就走了过来,把她打发走了。

她洗了洗手,准备去从事另外一项任务。她居然自己完成了任务,虽然这任务微不足道。如今一切都不一样了。现在她要给累倒在战场上的士兵送水,绝不能让他们身体脱水。她得动作快点,要不他们很可能要脱水了。来,卡特列兵。把这个喝了再继续睡觉。来,坐起来……她搂住他们,让他们脏得出奇的头发靠在她的围裙上,手里端着小巧的白色搪瓷杯喂他们喝。她轻轻晃动他们,像母亲怀抱着人高马大的宝宝。她又彻底地洗了一次手,然后去倒掉床上便盆。她从不敢掉以轻心。接下来该去看护一个腹部受伤、鼻子还缺了一块的士兵了。她觉得自己能透过他的软骨看到他的口腔和裂开了的舌头。她要把他的脸弄干净。他的脸也是油乎乎的,沙子

340

渗进了皮肤里。她猜想他是醒着的,可他一直没有睁开眼睛。吗啡已使他镇静了下来。他仿佛和着头脑中的乐声在床上轻轻地左右摇晃。随着擦拭,他的五官渐渐从黑色的污垢下显现出来,布里奥妮这时候想起了儿时那种光滑的书页,想起了她怎样用一支秃头的铅笔让原本空白的纸张凸现出一幅画来。她还想到了如果这些人中有一个是罗比。在不知道他身份的情况下,她给他包扎了伤口,用药棉温柔地擦着他的脸,直到他那熟悉的五官渐渐显现。那时,他会何等感激地看着她,认出了她是谁,然后捉住她的手,默默无言地握紧了它,那他就是原谅她了。然后他会让她哄他进入梦乡。

她的责任更重了。现在她要端着镊子和托盘去隔壁病房照看一位腿里留有碎弹片的空军士兵。她来到床边。他警觉地看着她放下自己的工具。

"如果要这样子把弹片取出来,我宁可去做个大手术。"

她的手不停地发抖。她奇怪那个干脆利落的护士的声音怎么会这时候在耳边响起。她拉上了病床周围的屏帘。

"别傻了。我会很快取出来的。一下子就好。你是怎么受伤的?"

他跟布里奥妮解释来由,说他当时是在法国北部修建跑道,可与此同时,他的眼睛不停地瞟着她刚从高压灭菌器里取出的钢钳子。它们正湿淋淋地躺在蓝边的托盘里。

"我们正要动工时,德国佬来了,他们开始狂轰滥炸。我们不得不撤退,在另外的地方重新开始,后来德国佬又来了,我们又只好撤退,直到我们掉到海里。"

她微微一笑,掀起了他的床罩。"我们来看一下,好不好?"

他大腿下方的油脂和嵌在伤口里的煤灰已经洗掉了,能清楚地看到插进皮肉里的弹片。他往前欠了欠身子,紧张地看着她。

她说:"好好躺着。这样我才看得清楚。"

"我这样没关系的。其实它们并不影响我。"

"躺下吧。"

十二英寸长的地方都有弹片。每个伤口处都已发炎肿胀了。

"我才不在乎呢,护士。我倒愿意它们留在我身上。"他大笑起来,却没什么底气。"可以给我的子孙留个纪念。"

"感染了。"她说,"而且它们还会陷进去。"

"陷进去?"

"陷到你的肉里。陷到你的血液里,再被运到你的心脏里。或者大脑里。"

他似乎相信她了。他躺下身去,双眼瞪着远远的天花板直叹气。"妈的……我是说,对不起,护士。我今天没有心理准备。"

"我们一起数数有多少块弹片,好吗?"

他们真的大声地数了起来。一共有八块。她轻轻地摁着他的胸口。

"一定要取出来。来,躺好。我会尽量快点。也许这个办法有用。你抓紧床头试试看。"

他看着她拿起镊子,腿立刻绷紧了,还瑟瑟发抖。

"别憋着气。尽量放松。"

他从鼻子里轻蔑地哼出一声。"放松!"

她用右手扶了一下左臂。如果坐到床边去做会方便很多。可是这姿势太不专业,而且是严格禁止的。当她的左手触到了他腿上没有受伤的地方时,他还是抽搐了一下,想要把腿缩回去。她从一簇弹片边上选了最小的一块。突出的部分呈倾斜的三角形状。她夹住它,稍停了一下,然后果断地拔了出来。

"我操!"

这一脏话脱口而出,在病房中跳跃回荡,仿佛重复了许多遍。紧接着是一片寂静,至少屏风后面的声响减弱了。布里奥妮手拿着镊子,依然夹着那片血淋淋的金属碎片。这尖头碎片有四分之三英寸长。从远处传来坚定的脚步声。她把榴霰弹片扔到肾状盆里,正在这时,德拉蒙德护士长拉开屏风,走了进来。她异常镇静地瞥了一眼床脚,便知道了病人的姓名,还有他的伤势。然后,她居高临下地盯视着他的脸。

"你怎么敢这样呢?"护士长平静地说。"你怎么敢在我的护士面前那么说话呢?"

"请原谅,护士长。我忍不住了才……"

德拉蒙德护士长不屑地朝盆里瞟了一眼。"与前几个小

343

时里我们所收的伤员比,杨飞行员,你的伤只是外伤而已。你应该感到庆幸才是。再说了,你也得拿点勇气出来,才对得起这一身军服啊。塔利斯护士,继续吧。"

护士长走后,病房里寂静无声。布里奥妮轻快地说道:"要不要继续进行?只有七片了。手术完了,我给你拿点白兰地来。"

他大汗淋淋,浑身颤抖,紧紧攥着床头的铁栏,指关节都变白了,但在继续清除残片时,他一声未吭。

"你要是忍不住的话,就喊出来吧。"

但他不想再次惊动护士长,布里奥妮明白这点。她把最大的一块弹片留在了最后取。但是这块弹片未能一下子取出来。他在床上弓起背,同时紧咬着牙嘶嘶作响。她又试了一次,弹片从肉里出来了两英寸,第三次手起镊落,一块四英寸长、沾满鲜血的不规则的钢片终于被取了出来。她举起来让他看。

他怔怔地盯着铁片。"麻烦你洗洗干净,我要拿回家保存。"话音刚落,他就把脸埋进枕头,呜呜地抽噎了起来。也许是疼痛,也许是"家"这个词触动了他。她蹑手蹑脚地走开去取白兰地。在冲洗处,她突然感到一阵恶心。

她花了很长时间,除去伤口上的绷带,清洗伤口,又包扎伤口。随后,她接到了新的指令,她一直害怕的指令。

"你去给列兵拉蒂莫包扎脸。"

列兵拉蒂莫半边脸被炸掉了,所以吞咽食物是一种折磨。

早些时候,为了不让水从他残缺不全的嘴里流出来,惹人耻笑,她已经试着用茶匙给他喂东西了,可他却推开了她的手。她现在感到害怕,害怕不是给他除去绷带,而是从他那双褐色的大眼睛里透露出的责备的神色,好像在说:"你到底对我做了什么?"他的交流方式只是从喉底发出柔柔的"啊啊"声,一丝失望的呻吟声。

"马上就可以给你包扎了。"她一个劲地重复道,因为她想不出别的什么话可说。

此刻她拿着绷带和医疗器械走到他床头,满脸微笑地说:"嘿,拉蒂莫列兵,我又来了。"

他看着她,没有认出来。她一边把他头顶上的绷带解开,一边说:"别担心。再过一两个星期,你就可以出院了。你就等着看吧。这里好多人都没有这么幸运呢。"

这的确是个慰藉。总是有人病情恶化。就在半个小时前,从东萨里前线团——村庄里的小伙子就加入了这个团——送来的上校就被截肢了。还有一些人挣扎在死亡线上。

布里奥妮取了一副外科镊子,小心地把一大团浸透凝固了的纱布从他脸部的凹陷处取下。最后一片纱布清除后,解剖课上用的剖面模型就依稀可辨了。他的脸已经毁了,粉红的肉裸露在空气中,从他缺失的面颊可以看到他的上下臼齿,还有闪闪发亮的舌头,长长的,令人惊骇。她不敢再向上看了:眼眶周围的肌肉都裸露着,那是隐秘之处,从没打算示人。拉蒂莫列兵此时已经变成了一个丑八怪,他自己也肯定猜到了这点。以前,曾经有女孩爱过他吗?她还会爱他吗?

"一会儿就能包扎好了,"她又撒了一次谎。

她用浸在优苏中的清洁纱布重新包扎好他的脸,这时,他发出凄惨的叫声。

"要不要来一杯?"

他摇摇头,又开始呻吟起来。

"你不舒服?"

不是的。

"要喝水?"

他点了点头。他就只剩下一小块唇角了。她把茶壶口伸进他嘴里倒水,他每咽一口,脸部肌肉就要抽搐一下,这么一来,脸上肌肉缺失的地方就更加疼痛了。他再也忍受不住了,但是,她一把茶壶拿走,他的手就向她的手腕伸去。他还要喝。这样持续了几分钟——他不能承受疼痛的煎熬,却又不能不喝水。

本来还可以陪着他的,但总是有这样那样的工作等着她去做:一会儿这位护士要帮手,一会儿那位床上的伤员要照顾。一个打了麻醉药的士兵醒了过来,吐了她一身,她只好再去找一条干净的围裙,这时她才可以离开病房休息一下。从走廊的窗户望出去,她惊奇地发现外面已经漆黑一片了。她们从公园回来到现在,已经有五个小时了。她站在亚麻布储藏柜旁系围裙的时候,护士长突然又来了。很难说有什么变故——她举止超然,命令依然不可抗拒。在自律之下,也许有

346

那么一丝患难中的默契。

"布里奥妮,去把湿敷袋敷在马克因泰尔四肢上。用单宁酸给他身体的其他部位消毒。如有困难的话,直接找我。"

护士长又转身给另一位护士布置任务。布里奥妮刚才看到下士被人抬了进来。他和许多士兵一样在敦刻尔克海岸边一艘下沉的渡船上被熊熊燃烧的汽油所淹没。后来,一艘驱逐舰把他从水中救了起来。黏稠的汽油紧依在他的皮肤上,灼穿了他的身体组织,等把他放到床上时已经烧得惨不忍睹了。她想,下士一定活不了了。因为要给他打吗啡,连血管都找不到。两小时前,她和另外两位护士把他抬到床上尿盆上时,她们的手一碰到他,他就撕心裂肺地叫了起来。

湿敷袋是两个大大的盛着盐溶液的胶膜容器,受伤的手脚就放到里面浮着,溶液的温度要适中,上下一度的偏差都是不允许的。布里奥妮赶到的时候,一位见习护士正在放有煤油炉的小车旁准备新鲜的药水。湿敷袋得经常更换。马克因泰尔下士背躺在床单碰不到受伤肢体的护架床上,因为床单一碰到他的皮肤他就受不了。他呜咽着要喝水,这一幕让人看了真动情。烧伤的人总是严重脱水:他的嘴唇被烧得不成样子了,肿肿的舌头起了许多水疱,要从嘴里喝水很难。盐水停滴了。针头在烧伤的血管上找不出一处可以扎针的地方。一位经验丰富、她以前从没有见到过的护士正在给他换一袋盐水。布里奥妮准备好了一碗单宁酸,拿了一卷卫生棉,想要从病人脚上开始给他消毒,免得妨碍了那位护士,此刻,那护士正在烧黑的手臂上寻找一条血管。

但那位护士问道:"谁叫你到这儿来的?"

"德拉蒙德护士长。"

护士连头都没有抬,就生硬地说了句:"他受的罪够多了,我先给他输液,你去干点别的吧。"

布里奥妮照她的吩咐去做了。她不知道过了多久,大概是凌晨时分,有人叫她去换新毛巾。她看到刚才那位护士站在值班室门口,偷偷地抽泣着。马克因泰尔下士死了,他的床号已经给别人用了。

见习护士和二年级学生连续工作十二个小时。其他实习生和正式护士则一直工作不停,谁也不记得他们在病房里工作了多久。布里奥妮回想,她以前的工作为现在的训练做了有效的准备,在唯命是从方面更是如此。不过直到那天晚上她才知道护理是怎么回事。以前,她从没有看到男人哭泣流泪,初次看到的时候,她被震撼了,但在随后的一小时里,她就逐渐习惯了。另一方面,一些士兵的坚毅使她吃惊不已,甚至令她望而生畏。刚刚做完截肢手术的士兵好像情不自禁地开起粗俗的玩笑。以后拿什么来踢老婆呢? 身体的每个秘密都被泄露了:骨头从肉里面戳出来,肠子和视神经毫无掩饰地展现在人们的眼前。由此她学到一个浅显的道理:人,归根结底,是一个物质存在,很容易受损伤,却不容易修复。其实,这一点她早就知道了,大家也都明白。她第一次能够和战场靠得这么近,她所接手的每个病人都有一些与战争息息相关的基本元素——鲜血、燃油、泥沙、海水、子弹、弹片、机油、火药味以及汗水浸湿的战斗服,衣服口袋里装着腐臭的食物和黏糊糊的阿莫牌巧克力条屑。她在水槽边——水龙头高高的,旁边放着苏打块——洗手时,经常从手指缝里洗出海滩的沙子来。她和组里的见习护士都只把自己当作纯粹的护士,而非朋友。她只依稀记得帮忙把马克因泰尔下士抬到床支架上,其中的一位姑娘名叫菲奥娜。有时,布里奥妮照顾的士兵疼痛难熬,一种莫名的温情让她超然于痛苦之外,使她能够井井有条、毫无恐惧地从事自己的工作。这也许就是她眼里的护理工作,她渴望成为一名合格的护士,渴望得到一枚徽章。她能够想象自己也许会抛弃写作的宏愿,转而全身心投入到充满博爱、兴高采烈的时刻之中。

快凌晨三点三十分的时候,有人叫她去见护士长。护士长独自一人正在铺床。早先,她看到护士长在冲洗室里。护士长好像是无所不作,无处不在。布里奥妮自动给护士长干起活来。

护士长问她:"我似乎记得你会说点法语。"

"是的,护士长。不过是学校学一点罢了。"

护士长朝病房的另一头点了点头。"看到那排头上坐着的那个士兵了吗?严重外伤,不过还没到戴面具的分上。找张椅子,坐在他旁边,握着他的手,跟他聊聊天。"

布里奥妮不禁有一种被冒犯的感觉。她说:"可是护士长,我不累,我真的不累。"

"就照我说的去做。"

"是的,护士长。"

他看上去只有十五岁的样子,可从他的病历卡上看,他与自己同龄,都是十八岁。他坐在那儿,背后支着几个枕头,像心不在焉的孩子惊讶地看着喧闹的周围。看着他,很难想到他会是个士兵。他长得俊气,清秀,浓浓的眉毛,深绿的眼睛,柔和丰满的嘴唇。他脸色惨白,异常地泛着光,他的双眼炯炯有神,但带着一副病态。他的头包扎得严严实实的。她拿了一把椅子向他走去,他对她莞尔一笑,仿佛一直在等她似的。她握着他的手,他似乎毫无惊色。

"你终于来了。"他的法语元音透着一股悦耳的鼻音,但是她只能马马虎虎地听懂。他的手摸上去冷冰冰,油腻腻的。

她说:"护士长让我过来和你说说话。"她不知道"护士长"在法语里怎么说,就只好作了直译。

"你们护士长心真好。"他将头一歪,补充道:"当然了,她一直都是这样的。对了,她一切都还好吧? 她这几天在忙些什么?"

他的眼睛透着何等友善和温情,充满稚气的他多么急切要和她讲话,她只得接着说下去。

"她也是护士。"

"是的,你刚才和我说过了。她还幸福吗? 她与她钟爱的那个男人结婚了吗? 真不好意思,你看,我都记不起他叫什么了。自从受伤以后,我的记性就不太好。不过他们告诉我记

350

忆很快就会恢复过来的。对了,他叫什么?"

"罗比。可是……"

"他们现在结婚了吗? 幸福吗?"

"嗯,我想他们快结婚了。"

"我真替她高兴。"

"你还没告诉我你叫什么呢。"

"吕克。吕克·柯尔内特。你呢?"

她顿了顿,说:"塔利斯。"

"塔利斯。真漂亮的名字。"他说的样子还真挺像回事的。

他慢慢地扭头,视线从她脸上移开,最后定格在病房上。他暗暗吃了一惊,然后闭上眼睛,漫无边际地聊了起来,声音低低的。她的法语词汇量不大,因此不大听得懂他讲了些什么。她只断断续续地听到"你慢慢数,拿在手里,用手指……我妈妈的围巾……你选择了这种颜色,你就得和它过一辈子"。

他沉默了几分钟,更紧地握着布里奥妮的手,过了一会儿又开始讲了,但眼睛仍旧紧闭着。

"你想知道一些稀奇古怪的东西吗? 告诉你吧,这是我第一次到巴黎。"

"吕克,这是伦敦,不是巴黎。再过一段时间我们就送你回家。"

"有人说这儿的人都冷漠,充满敌意,可事实正好相反,他们都很友好。你也是的,又来看我了。"

351

顷刻间,她觉得吕克睡着了。她自己也是几个小时中第一次才坐下,阵阵倦意涌上了眼窝。

不知不觉地他又慢慢地转头张望四周,之后又看着她说:"噢,你就是那个带着英国口音的姑娘。"

"你战前是干吗的? 你住哪儿? 你能记得起来吗?"她问道。

"你还记得你到米约时的那个复活节吗?"他无力地摇晃着她的手,好像要唤起她的回忆。他那深绿色的眼睛满怀希望地注视着她的脸。

想到和他谈下去也是无益,她说:"我从来没有到过米约……"

"你还记得第一次到我们铺子里的情景吗?"

她把椅子挪近床位。他惨白油腻的脸在她面前闪着光,不停地转动着。她说:"吕克,我希望你听我说。"

"好像当时是我妈妈招待你的。或许是我姐姐。当时我和父亲在后面炉子边忙碌。我听到你的声音,就跑出来看了你一眼……"

"我想告诉你身在何处,你不在巴黎……"

"第二天你又来了,这次我在那儿,你说……"

"过一会儿你就可以睡着了。我明天再来看你,我保证。"

吕克把手伸向头部,皱着眉头,低声说:"我想请你答应我一个小小的请求,塔利斯。"

"说吧。"

"这包扎得太紧了,帮我放松一点行吗。"

她站在那儿,眼睛往下一瞟,看了一下他的头:纱布打的是活结。她轻轻地把纱布解开。他说道:"你还记得我最小的妹妹安妮吗?她可是米约最漂亮的女孩了。弹了一小段德彪西的乐曲,就过了考试,真是轻松又快乐啊。不过,那是她自己说的,老是在我脑子里浮现。或许你知道。"

他随意地哼哼了几句。她在帮他松开纱布。

"谁也不知道她的天赋来自何处。我们家的其他几个人就没有这么如意了。她弹钢琴的时候,老是挺着背,直到曲终的时候才露出笑容。那时候感觉才慢慢好起来。你初次到店里来的时候,一定是安妮招待你的。"

她不想把纱布去掉,但就在她松开纱布的时候,下面的无菌毛巾滑落下来,带走了一些敷料。吕克头的一边已经没有了,头发一直从缺失部分开始都被剃去了。凹凸不平的头骨下就是海绵状粉红脑髓,几英寸宽,从头上几乎一直延到耳尖。无菌毛巾还没有掉到地上的时候就被她抓住了,在手上停留了一段时间,一直到那阵恶心过去。这时,她才意识到做了一件愚蠢而又违反行规的事儿。吕克静静地坐着,等待着她。她朝病房四周看了看,幸好没人看见她,她换了块无菌毛巾,包上纱布,又扎了个结。她坐下去的时候,发现他的手冷冷地、湿湿地抓住她。

吕克又开始东拉西扯起来。"我不吸烟。我答应把我的那份定量给珍诺特……你看,满桌都是……在花丛底下……

353

傻瓜,兔子听不到你讲话的……"之后,他语速越来越快,他的话语像滚滚洪流,她根本不知道他在说些什么。后来,她好像听到他提到一位中小学校长或是一位军官,说他很严厉。最后,他安静了下来。她用湿毛巾擦了擦他汗淋淋的脸,在一旁等着。

他睁开眼睛的时候,又继续他的谈话,好像中间没有任何间隙。

"你觉得我们法国棍子面包和小面包怎么样?"

"好吃极了。"

"所以你每天都来。"他说。

"不错。"

他停下来想了想,然后小心翼翼地问了一个细微的问题:"那我们的羊角面包呢?"

"那可是米约最好的。"

他笑了。他说话的时候喉咙底发出嘎嘎的声音,但两人都装聋作哑。

"那可是我爸的拿手绝活,关键在于黄油质量好。"

他心醉神迷地凝视着她,伸出空手握着她的手。

"你知道我母亲很喜欢你吗?"他问。

"是吗?"

"她老是谈到你。她觉得我们应该在这个夏天就结婚。"

她目不转睛地注视着他,终于明白了为什么护士长派她到这儿来。他吃东西吞都吞不下去,一吞,眉毛上、包扎的边

354

缘、上嘴唇就冒出一滴滴的汗水。她帮着擦去汗滴,给他拿水,正在此时,他问道:"你爱我吗?"

她迟疑了一下,说:"我爱你。"不可能有其他的回答。况且,她那时那刻的确喜欢他。他是个可爱的男孩,远离家乡,行将离开人世。

她喂他喝了点水,又给他擦了擦脸,他说:"你去过拉尔扎克的喀斯台地吗?"

"没有。从没去过。"

他也没有说要带她去,相反却把头蒙在枕头里,又开始唠唠叨叨地说起人家听不懂的话。手仍然紧握着布里奥妮的手,仿佛他仍然知道她在面前。

他头脑清醒之后,头又朝着她,问道:

"你不会马上离开吧?"

"当然不会。我会和你在一起的。"

"塔利斯……"

他依然微笑着,半闭着眼睛。突然,他猛地一下子站了起来,好像脚让电流给击中了一般。他惊奇地盯着她,双唇张开着,踮着脚向前走,仿佛要向她扑过来。她马上从椅子上站起来,怕他摔倒在地。他的手仍然握着她的手,空余的手臂搂着她的脖子,前额搭在她肩上,脸颊靠着她的脸颊。她真担心那块无菌毛巾会从他头上滑下来。她既支撑不了他,也不忍心再看他的伤口。从他喉咙底传出的嘎嘎之声仍然在她耳畔回响。她跌跌撞撞地把他扶到床上,让他背靠枕头。

"我是布里奥妮，"她轻轻地说，只有他一个人可以听到。

他眼睛睁得大大的，呈惊恐状，惨白的皮肤在灯光下泛着光。她挪到他身边，嘴唇贴近他的耳朵。这时她后面站了一个人，一只手放到她肩膀上。

"我不是塔利斯，你应该叫我布里奥妮，"她低声说着。此时，那只手伸过来抓住她的手，将其与小伙子的手掰开。

"站起来吧，塔利斯护士。"

德拉蒙德护士长抓住她的手臂，扶她起来。护士长脸颊上的斑纹闪闪发亮，横过颧骨一片粉红的皮肤与花白交于一条直线。

床的另一边，一名护士把床单盖在吕克下士的脸上。

护士长撅着嘴唇，把布里奥妮的领子拉拉直。"你真是个乖孩子，快去把血迹洗掉，不要让别的病人看了难过。"

布里奥妮照着护士长的吩咐去洗手间用冷水洗了脸，几分钟后又回到她值班的病房。

凌晨四点半，实习护士按要求去休息，十一点再回来工作。布里奥妮和菲奥娜一起回去，两人都默默无言，她们挽着臂膀，似乎是历尽沧桑之后又一次走过威斯敏斯特大桥。她们不可能开始描述他们在病房中的时光，或者谈论这一段时光如何改变了她们的人生。能够跟在其他女孩子后面走，一直沿着空荡荡的楼道走已经足够了。

与大家道了晚安，布里奥妮走进自己的小房间。她看到地上有一封信，信封上面的字迹不太熟悉。可能是哪个女孩子从门房值班室拿了过来,从门缝塞进去的。她没有马上拆开,而是脱去衣服,准备睡觉。她坐在床上,穿着睡衣,腿上放着那封信,又想起了那个小伙子。从窗子一角望出去,东方已经有鱼肚白,小伙子的声音依然回荡在她耳边:他在叫塔利斯,他要把它叫成一位女孩子的芳名。她在想象着毫无希望的未来:狭窄阴暗的小街上有一间面包店,街上到处是皮包骨头的猫,楼上窗口传出悠扬的钢琴声,小姑娘咯咯地笑着,取笑她的腔调,而吕克则热恋着她。原本她可以大声为他高呼,为他在米约的家人高呼。他们正等候着听到他的音讯,可此时此刻她感到心中一片空空荡荡,毫无感觉,没有任何睡意,呆呆地坐了近半个小时,最后,疲惫的她用平时经常用的蝴蝶结把头发向后绾了起来,钻进被窝,拆开了信。

塔利斯小姐:

您好!

谢谢您给我们寄来《泉畔双人》。很抱歉这么晚才回信。您想必知道,我们不大可能刊登无籍籍之名者的中篇小说,其实,即便是一位功成名就的作家的中篇之作要在我刊发表也属罕见。但是,我们的确仔细阅读了您的作品,想从中摘要发表,可不幸的是,我们无能为力。您的文稿我将另函奉还。

我们这儿公务繁忙,但我们还是抱着极大的兴趣阅读了全文。尽管我们不能刊出中篇小说的任何部分,但我们想让您知道我们这儿好多人(包括本人)还想读到您今后的佳作。我们对撰稿人平均年龄并不满意,所以非常希望发表有潜力的年轻作者的作品。无论您今后写什么,我们都喜欢看,如您写一两个短篇小说,则尤佳。

《泉畔双人》非常引人入胜,我们是一口气读完的。这话我可不是随便说的,因为好大一部分来稿,其中也有名家之作,我们都没有采用。小说中有许多形象描绘得很生动,像"黄澄澄的盛夏,荒草不顾一切地疯长"。不仅如此,你还抓住了人物的意识流,并将其细微差异展现于读者面前,以此刻画人物。还抓住了一些与众不同、难于辨析的东西。然而,这是否因缘于沃尔夫夫人的技巧呢?清澈透明的当下时刻本身当然是一个很值得一写的主题,对诗歌而言尤其如此。藉此,作者就可以展露其才智,深入观察神秘之妙,呈现思维过程的程式化处理,允许人们探究隐秘自我的变幻诡谲,诸如此类。谁能质疑此一实验的价值呢?然而,假若没有拓展感,此类写作亦有其珍贵之处。换言之,作品若有简单含蓄的叙述,便可更加吸引我们的注意力。情节要向前推进。

试举一例,我们首先读的是窗边小孩的叙述——她根本未能掌握情势,这一点描写得很到位。随后,她决意已起,仿佛自己已进入成人世界的秘密,这一描述亦十分到位。由此,我们可以知道女孩尚处于自我意识刚刚觉醒之时。我们深深地被她的决心所迷惑,她矢志放弃自己一直在写的童话故事、民间传说和剧本(假如我们也有这样的风韵那该多好啊),她这样做也许把虚构技巧的婴儿连同民间故事的脏水一起给泼掉了。尽管节奏匀称,观察入微,尽管开篇出手不凡,但之后竟然什么也没有发生。喷泉旁,一对青年男女,尚有未理清之情愫,却因一个明瓷花瓶发生争执,之后将其摔碎。(我们这儿不止一人认为把价值连城的瓷花瓶带出屋外,这是否不合情理?塞夫勒高级瓷器或宁芬堡陶器是否合您之意呢?)女的一身盛装滑进了喷泉里去拣瓷器碎片。要是那位观望的女孩子没有注意到这个瓶子碎了,不是更好吗? 对她来说,假如她姐姐潜在水中就更是加倍神秘了。本来,从这一制高点可以展开许多情节——可您却用了几十页的篇幅洋洋洒洒地描绘光影和散乱的观感。之后,我们从那男人的视角,从那女人的视角,又得知了一些情况,虽然我们其实没有获悉任何新意,只是了解了更多事物的外表和体会,以及一些无关轻重的回忆。那对男女分手了,地上留下湿漉漉的一片,一会儿就干了,故事就这样结束了。这一拘束之气没有充分展现出您的聪明才智。

要是这位女孩子完全误解了她面前这一幕小小的奇怪的场景,甚至对此感到满腹疑惑,那她将会以一种怎样的方式影响到这两个大人的生活呢? 她会周旋在他们中间,带来某种灾祸吗? 或有意无意地使他们走得更近吗?

359

不谙世故的她会不会将这件事透露给这位年轻姑娘的父母呢？他们当然不会同意大女儿与他们家女佣的儿子有什么瓜葛。年轻情侣会最终把她当作信使吗？

换言之，请问您有没有可能以更加干净利索的语言把这三位人物呈现在我们面前，而不是一味地大写特写他们每个人的感受感知，而与此同时，依然将光、石和水描写得惟妙惟肖（这一点您做得非常不错），然后进一步在叙述本身中制造出某种张力和一些明暗搭配。老成练达的读者可能对伯格森有关意识的最新理论有所耳闻，可是我确信他们还像孩子一样想听故事，想处于悬念之中，然后获悉故事的前因后果。顺便提一句，您小说中的贝尔尼尼是巴尔伯丽亚广场中的贝尔尼尼，而不是纳孚那广场的贝尔尼尼。

简单地说，您的故事需要一个骨架。不妨告诉您，伊丽莎白·鲍温女士是您的一位热心读者。她在去吃午饭的途中经过此办公室，闲暇中她随手拿起您的这一叠文稿，说要拿回家读，到下午她就读完了。起初她觉得行文"太深厚，太让人感到烦腻"，但具有《模棱两可的回答》中的一些可取之处（我根本不会想到这点）。之后，她"一度沉醉其中"，最后，她给我们做了一些批注，可以说，批注的内容涵盖了前面所讲的一切。您可能对自己的作品感到非常满意，因此我们的保留意见可能让您不屑一顾，感到异常愤怒，或让您对写作失去希望，不想再

360

看这玩意儿一眼。我们衷心希望不会发生这样的事。我们希望您能接受我们诚恳而热情的意见,把它当作是下次写作的起点。

您的附信讳莫如深,可您却又暗示目前您几乎没有空暇。假如情况有所变化,您又恰好经过编辑部,我们非常希望与您共饮一杯,畅谈一番。千万不要灰心。不妨告诉您,我们的退稿信一般最多不超过三句话。

您为没有写战争而顺致歉意。我们可以寄上最近的一期刊物,上面有一篇相关的社论,从中可见,我们并不认为艺术家必须表达他们对战争的态度。事实上,他们最好忽视这个话题,把精力放在其他话题上面。既然艺术家在政治上是低能儿,他们就应该利用这段时间在情感层面上作更深入的阐发。您的作品,您的战争题材作品,将会培养您的才能向需要的方向发展。正如我们先前所说,战争是创造力的大敌。

从您的地址可以看出,您可能是医生或久囚病床的人。假如是后者,我们预祝您早日顺利康复。

最后,我们这儿有一位同仁想知道您是否有一位姐姐,六七年前她曾在格顿女子学院上过学。

你真诚的

CC[①]

---

① Cyril Connolly(西里尔·康利诺),1903—1974,英国著名文学批评家、作家、编辑。

随后的几日里,改成了刻板的三班制,起初廿四小时那种迷迷糊糊的感觉早已殆尽。她倒觉得排在日班蛮幸运的,早晨七时到夜里八时,三餐各有半个钟头。闹钟总在五点四十五分响起,将她从疲惫的渊底托浮出被窝,接着在沉睡与苏醒的片刻间,如若无人的一线空寂中,她开始觉到闪现的兴奋时刻,那是一种消遣,抑或是重大的变故。这就似孩子们在圣诞早晨醒来——昏睡中惊喜,却不识其渊源。夏日的晨光照进房中,她双眼仍旧紧闭着,手已探到钟上的揿钮,人却又沉回了枕间,而那兴奋之情随之袭来。这实与圣诞风马牛不相及,与一切格格不入。德国人就要打进来了。人人都这么说,无论是医院里忙着搞地方志愿防卫队的搬运工,还是终日焦虑国家破败、饿殍遍野的丘吉尔——只剩皇家海军仍在作顽强的抵抗。布里奥妮明白情形的惨烈:不单有街战肉搏,绞首示众,还会沦为敌人奴役,所有正派的东西都会被毁得一干二净。但此刻,当她坐在皱痕累累、还留有余温的床沿上缓缓捋上丝袜时,却不能阻止或否认自己有这么令人恐怖的兴奋感。就如大家说的,现在只剩英国孤军奋战了,这样倒也好。

确实,周遭的事物看来都有些不同——洗衣袋上的百合花、雕花的石膏镜框、梳头时映在镜中的脸庞——这一切都显得更为明亮,轮廓更为清晰。连开门时门把的冰凉和坚硬都令人突兀。她跨进走廊,听到远处楼梯井传来沉重的脚步声时,她立刻就想起德国兵的长筒靴,心里顿时一怔。离早餐还有一两分钟,她可以独自沿着河岸的走道漫步。即使在这一

362

时分,晴空下的泰晤士河,在流经医院时,清新的河面上仍闪出炫目的波光。德国人真会占领泰晤士河吗?

这般触摸和听闻到的明晰感,倒不是因为初夏清新的开端和葱郁而起;这是一种炽热的觉悟,认识到了一个渐进的结局,万物汇集的终点。她想,这便是最后的时光了,只会在回忆中烁烁闪耀。这一澄莹明朗,这一漫长的灿烂岁月,正是另一段绵长时间开始前历史的最后纵情舞蹈。值早班,冲洗房,分茶水,换衣服,查补永久的损失并不能减轻这强烈的感觉。它决定了她的一切所作所为,它时时刻刻萦绕着她,也使她的计划变得愈发紧迫。她觉得时间不够了,如果一时拖延,德国人就会打过来,那么就再也没机会了。

每天都有新伤员到,但不再是像洪水般汹涌进来。整个系统开始走上正轨,每个病号都有床位。外科手术安排在地下手术室里做。接着,多数病人会被送到城外医院里康复。死亡率很高,对实习生来说除了照章行事外,没有任何新鲜感:在随军牧师床边的低吟中围拢屏风,卷起床单,叫搬运工,重新铺床铺。死者飞快从人们的记忆中退去,先是莫尼士官的脸幻化成罗维尔大兵的脸,他们与其他连名字都回忆不起来的人交换致命的伤口。

此时法国已经沦陷,对伦敦的地毯式空袭必定很快就要开始了。大家都尽量避免待在城里。底楼窗口的沙袋一再加固,包工头开始检查屋顶烟囱和混凝土天窗是否牢固。展开了各种疏散人群的演练,到处是尖厉的叫喊声和口哨声。还

363

搞了几次救火演习,流水线样明确的步骤。给残疾或昏迷的病人戴防毒面罩。护士们一定要记住先给自己戴面罩。她们再也不怕德拉蒙德护士长了。个个热血沸腾,护士长也不用再像对小学生那样地讲话了。她指挥时语气总是很平稳,很专业,让她们个个心满意足。在这样的情况下,布里奥妮很轻易就同大方的菲奥娜把周六的班换到了周一。

由于管理上的混乱,一些士兵留在医院里康复。他们一旦从昏睡中醒来,吃过东西,有点力气后,情绪就变得刻薄又粗暴起来,即便那些不会永久残废的士兵也是如此。这些人多数是步兵。他们躺在床上吸烟,默默地盯着天花板,回想近日的事情,或者愤愤地聚在一起闲聊。他们十分怨恨自己。有几个告诉布里奥妮,他们连一枪都没开过。但多数时候他们只是对那些"高官"感到不满,不满自己的长官在撤退时抛下他们,不满法国佬不战而溃。对报纸上盛赞奇迹般的大撤退和小船的英勇事迹更是批评尖刻。

"靠,一塌糊涂,"她听他们骂道,"我操他妈的空军!"

有些人甚至连将军和护士都不分,用药时很不友好,也不配合。对他们来说,不管是将军,还是护士,都是没头没脑的家伙,只知道发号施令。德拉蒙德护士长来探望了一次后才把他们调教好。

周六早晨八点,布里奥妮没吃饭就离开了医院,沿着河左岸朝上游走。走到兰贝斯宫门时,三趟公车正好开过。所有

364

的公车站牌现在都是一片空白,说是迷惑侵略者。这倒不是问题,她本来就打算步行的。但事先记住几个街名也没用,所有路标都被拿下或抹去了。她隐约记得先沿河走几英里,再左转,应该是朝南方向。城里的规划图、地图全都被收缴上去了。不过最后她还是借到一张 1926 年版的破破烂烂的公交图。图沿着折痕的地方都撕开了,正好是顺着她要走的线路。要打开它,就非得冒弄成碎末的危险。而且给路人的印象也正是她所担心的。报纸上说,德国伞兵化装成护士或护士长潜入城里,混在居民中。惟一不同的是,他们偶尔会查地图,或者操一口字正腔圆的英语问东问西,却对平常的童谣一无所知。每每想到这些,她就禁不住觉得自己形迹可疑。本以为穿着制服能稳当地通过这些陌生的地方,但事与愿违,现在却愈发像个间谍了。

她逆着早晨的车流一面走,一面回想着学会的那些歌谣。但能记全的却没有几首。前面有个牛奶工正下车准备调紧马套。走近时,发现他正对着马儿叽里咕噜说话呢。布里奥妮在他背后礼貌地清了清嗓子,准备问路,突然想起老哈德曼和他的马套来。如今上了七十岁的人,1880 年应该都是她这般岁数吧。那依然是马车的年代——至少在街上都是马车吧。老人们都不希望它逝去。

她向牛奶工问路时,他倒非常热情,长长地讲了一大通,只是听不大清楚。这人长得很高大,白胡子上渍满烟迹。他的淋巴有问题,说起话来鼻孔里一串嗡嗡声。他挥手示意向左的岔路,要从一座铁路桥下穿过。布里奥妮本不想这么快就离开河岸,但走时注意到老人在看着自己,想想不理会他指的路线总有些不礼貌。没准向左的岔路还是条近路呢。

经历和见闻了这么多事情后,她常惊讶自己还是那么的笨手笨脚和自惭形秽。一旦脱离集体,一旦独自出去闯荡,她就傻里傻气,六神无主了。几个月来,她一直过着封闭的生活,每时每刻都是按部就班。她很清楚自己在医院里的低微地位。随着工作上熟练起来,接受任务时也能更好地照程序行事,渐渐地就不再想自己的事了。从在樱草山写完中篇小说的那星期起,她好久没有独立行事了。当时那兴奋劲儿,现在看起来真傻。

走过桥下,一列火车恰好从头顶驶过。那雷鸣般轰隆轰隆的节奏直钻入她的骨髓中。钢铁擦过钢铁,相互碰撞着,直挺挺的,一大块、一大块阴沉沉地悬在头顶上。一扇莫名其妙的门嵌入砖墙中。锈迹斑斑的支架上钳着生铁铸就的庞大管道,谁也不知输送些什么——如此臃肿庞大的工事该是超人的杰作吧。她只配拖拖地板,扎扎绷带。真能有勇气去走这一趟吗?

出了桥下,穿过晨光中灰尘蒙蒙的三脚架时,火车已远在郊外,只传来低低的吱嘎声。布里奥妮再次告诉自己,她需要的是勇气。她又经过一处很小的市立公园。公园的网球场上有两个穿法兰绒的男人在来回推球,懒洋洋地为比赛做热身。附近的长椅上坐着两位身着卡其短裙、正在读信的女孩。布

366

里奥妮想起了自己的信,想起那张裹了蜜糖般的回绝人的纸片。值班时,她一直带在身边,放在外衣口袋里,结果第二页上给石炭酸浸出一片螃蟹似的印迹。她无意间觉察到了字里行间透出的忧虑。她会像灾难一般回到他们中间吗?是的,一定会的。然后,再编个不甚高明的故事来掩盖真相,又寄给哪家杂志来满足她的虚荣心?长篇累牍地谈些光啊、石啊、水啊什么的,叙述分作三个视角来回变换,处处萦绕着似乎万古不变的凝重——但这一切都不能掩藏她的懦弱。难道她真以为能够假借现代的写作观念,把自己的负罪感淹没在一股——不,三股!——意识流里吗?那短短小说里的逃避,正是她生活的写照。每件她不愿面对的事情,同样不会出现在她的小说中——这至关重要。现在她该做什么呢?她缺乏的并不是小说的骨干,而是毅力。

离开小公园,又经过一家小工厂。机器的轰鸣声引得人行道也振动起来。没有人知道那些高高的污浊的窗户后面在生产什么,也没有人知道为什么黑烟会从那个笔直的铝烟囱里涌出来。街对面,斜对着的街角里,有家酒吧的双开门洞开着,想来里面定有个舞台。店里有个帅气的男孩,正若有所思地往一只桶里清烟灰,空气中仍残留着昨夜的几丝忧郁。两个穿着皮围裙的男人正忙着沿一块斜板从马车上卸下酒桶。她从没在街上见到过这么多马。军队肯定征用了所有卡车。有人从里边推开地窖的门,砰的一声朝人行道敞开,扬起了一阵灰尘。里边一个剃光头的男人,两条腿还没踏出地面,站住了,转身望着她从旁边走过。他看起来就像个大棋子。马车那边的人也在看着她,有一个还吹起了口哨。

"你好啊,小妞?"

她倒不介意这种语气,只是从没想出该怎么回答。是的,谢谢! 她朝他们笑了笑,挺高兴披风上有那些褶子。她想大家都担心德国人打进来,不过除了照旧做事,又能怎么样呢。就算德国人来了,大家还是照样打网球,聊天,喝啤酒。也许没有人会吹口哨了。街道弯弯曲曲的,越来越窄,但车辆并不减少,声响似乎更大了,温热的废气直吹到她脸上。临街朝着人行道,有个维多利亚式的红砖阳台。一个戴着佩斯利呢围裙的妇人正发病似的猛扫房前路面,早餐的油香从她敞开的门里直透出来。这里的路很窄,她后退了些,好让布里奥妮通过,但布里奥妮道早安时,她却只直勾勾地盯着她。迎面走来一个女人和四个长着茶罐耳朵的小男孩;他们提着箱子,挎着背包,打打闹闹,大声叫嚷着,争着踢一只破鞋,丝毫不理会母亲声嘶力竭的叫喊,布里奥妮只好靠边让他们通过。

"让开,没听见吗! 让护士小姐先过。"

走过时,她脸红地点头朝布里奥妮微笑,表示歉意。她的两颗门牙已经落了,身上洒了很重的香水,指间还夹着一根未点的香烟。

"一听去乡下,他们个个乐成这样。跟你讲,我以前没带他们去过。"

布里奥妮说:"祝你们好运,能找到个好地方住下。"

这女人的耳朵也是外突的，只是被齐耳的短发刚好遮住了一些。听完布里奥妮的话，她乐得大声笑了出来。"这帮人可一点都不懂怎么回事儿！"

布里奥妮最后来到几条破旧街道的交汇口，从地图上缺了的那块推断，应该是司托克威尔。朝南路口立着一个碉堡，不远处站着几个无聊的地方军卫兵。他们只有一杆来复枪。一个头戴软帽、身穿全套军装、年纪较长的士兵，别着徽章，下巴垂着赘肉，活像一条哈巴狗，先是走过来要看她的身份证，然后自以为很有权威地挥挥手示意她通过。布里奥妮觉得最好向他打听一下路。她想应该是沿克拉珀姆路向前走两英里。这一带行人和车辆都比较稀少，但路面却比起先一条宽了许多。惟一的声响只是远去的电车发出的隆隆声。沿街是一溜漂亮的爱德华式楼房，她于是打算在悬铃木树阴下的矮墙上歇一小会儿，顺便脱下鞋，看看脚跟上的水疱。一辆三吨卡车从她身边驶过，往南开出了城。布里奥妮猜想会是伤员，便不由自主地就朝车后头望去，但只见到些木篓子。

四十分钟后，她走到了克拉珀姆公地地铁站。她来到一座低矮的乱石砌成的教堂，但不料门紧锁着。她拿出父亲的信，再看了一遍。鞋店里的一个女人给她指了公地的方向。但是穿过道路，走到草坪上时，布里奥妮还是没有看到教堂。教堂半掩在树丛中，与她原想的不太一样。她本以为会是座罪恶累累的哥特式大教堂，艳丽的拱顶洒满了血红同蓝紫错乱的炫光，斑驳的玻璃上映射着耸人听闻的苦难。但走近时

369

却发现,清凉的树丛中矗立着一座结构优美的砖石库房,像一座希腊神庙,屋顶是整齐的黑瓦,窗上有明亮的玻璃,纯白的廊柱支起不高的门廊,门廊之上便是一座结构匀称的钟楼。门外,靠着门廊,泊了一辆锃亮的黑色劳斯莱斯。驾驶室一侧的门轻掩着,却不见有司机。她走过时能感觉到散热器散发的如体温般熟悉的热气,还能听到金属收缩时发出的咔咔声。她走上台阶,推开镶着饰钉的厚重的大门。

同别处的教堂一样,扑鼻而来的是木头打蜡后的馨香,和石头受潮后的湿气。就在她转身轻轻关上大门之时,她心下已经清楚教堂差不多是空的。牧师的话语和回音相互交织着。她倚门而立——门被圣水钵半遮着——好让眼耳能适应里边的阴暗和回声,然后走到后排,悄悄移到尽头,在那儿她仍能看见祭坛。她参加过家族里的不少婚礼,但由于当时太小而没能去塞西尔姨夫和埃尔米奥娜姨妈在利物浦大教堂的豪华婚典,但埃尔米奥娜的身影同精致的帽子,她还是能从第一排里分辨出来。紧挨着埃尔米奥娜,夹在这对形同陌路的父母中间的是皮埃罗和杰克逊。两个家伙瘦瘦的,又长高了五六寸。走道另一边是马歇尔家的三个人。这就是全部的宾客了。完完全全的家庭仪式,没有任何社交版的记者。他们也没有邀请布里奥妮。布里奥妮谙熟整个过程,知道还没错过那最重要的一刻。

“其次,依主的教导,此亦可赎救我们的罪恶,消除私通,那些本不能持一的人或可结成婚姻,而却永不辱没基督的

370

圣体。"

在牧师庄严的白袍的衬托下,这对新人面朝祭坛而立。新娘一袭传统的素装,从后排看去,应该披着厚厚的面纱。她的头发结成一股淘气的单辫,沿着背脊从一堆蓬松的细纱薄棉中垂下。马歇尔笔挺地站着,加了衬肩的礼服在牧师白外袍的衬映下,愈显得线条有致。

"再次,依主的教导,婚姻要求夫妇彼此互相相爱,互相帮助,互相安慰……"

布里奥妮触摸着记忆,编织着细节,仿佛在抚摸肌肤上的皮疹、肌肤上的尘垢:罗拉带着擦伤肿痛的手腕,泪流满面地冲进她的房间;罗拉肩上和马歇尔脸上抓痕累累;在湖畔夜色中罗拉一脸沉默,让那热切、滑稽、古板、连现实与她脑中的故事都不能分辨的表妹送施暴者安全脱身。可怜无助而又脆弱的罗拉戴着珍珠围脖,洒上玫瑰香水,盼望着能摆脱童年的最后一点束缚,匆匆欺骗自己跳入爱河,好免受羞辱,在布里奥妮坚持要交涉和斥责的时候,她却对自己的美好姻缘深信不疑。刚刚长大就被强暴地剥开和占有了的罗拉,要同强奸自己的人结婚,这该是多美好的姻缘呀。

"……若有人能举出一条义理,为何这对男女不可合法联姻,请于此刻开口表明,或从此永远缄默。"

难道这是真的吗?她真的要在此刻站出来,揣着空空的揪紧的胃和忐忑不安的心,迈出虚弱的步伐,身着披风、戴着头饰,沿着长椅间的走道走到过道中央,像基督的新娘那样,

371

用坚定而不容分辩的声音,对着祭坛,对着过去漫长的生涯中从未被打断过的惊讶得张大了嘴的牧师,对着伸长了脖子的宾客,对着面色惨白的新人,摆出她的理由,举出她的义理吗?她并没有蓄意谋划,可是《祈祷书》中的这一问题——她已忘记了——是一大挑衅。而且,障碍到底是什么呢?现在,就在这个最讲究理智的教堂的祭坛前,她终于有机会在大庭广众痛诉自己的所有怨愤,洗涤自己所有的过错。

但抓痕和淤痛早已痊愈,她那时曾经做过的一切陈述也与事实相悖。新娘有父母的许可,看起来也不像是个受害者。当然还不止这些;一个是巧克力业的巨子,阿莫牌子的创始人。埃尔米奥娜姨妈又该要不停地搓手了。保罗·马歇尔、罗拉·昆西,还有她,布里奥妮·塔利斯,难道无声密谋,把一个无辜的人送进了监狱?而那些污蔑此人有罪的话正是出于她之口,在阿齐兹的法庭上以她的名义宣读了出来。判决已被执行,债务已经清偿,决议已经生效。

她依然坐在位子上,心跳得越来越快,手掌不停地出汗,头也低得愈低。

"我要求并许可你二人,若知道任何理由,为何你二人不可通过婚姻合法结合在一起,请于此刻坦告,要知末日审判时,人心所有的秘密必将不能隐藏。"

不管怎么说,离末日审判还很遥远,到那时只有马歇尔与他的新娘知道的最初真相,早就被稳妥地围筑在他们婚姻的陵墓里了。等所有知晓人都死去以后,这个秘密会永远安稳地藏在黑暗里。婚礼上的每句话,都是给这个陵墓垒上的一块新砖。

"是谁促成这个女人同这个男人结为夫妻的?"

长得像鸟一样的塞西尔姨夫疾步走上前,无疑他是想尽快完成自己的任务,好返回牛津万灵学院的圣殿。布里奥妮仔细听着马歇尔和罗拉先后重复牧师的话,竭力想听听话语里是否有丝毫犹豫迟疑。罗拉的话甜蜜又肯定,而马歇尔却低沉、洪亮,仿佛目空一切。当他说"我以我的肉体敬奉您"时,祭坛前回荡的声音是何等的性感和彰显!

"让我们祈祷吧。"

前排的七个身影于是低下头,牧师摘下他那龟壳一样的眼镜,仰起面颊,双目紧闭,用他乏味、忧伤的吟唱向天国祷告。

"永恒的上帝啊,人类的造主和佑护,万般精神道义的恩赐者,永生的谱就者;请赐您的祝福于您的仆人吧,于这个男人和这个女人……"

牧师戴回眼镜,宣布他们为结发夫妻,又向教堂以其命名的圣父圣子圣灵祈了福,这最后一块砖也就垒毕了。接下来又诵了几个祷告,一篇诗篇,主祷文和一篇长祷文,缓落的祝圣语调归结成一个忧伤的结束。

"……他无尽的恩典降临于你们,升华并佑护你们,以你们的肉体与灵魂使他欢欣,在神圣的爱中完结你们的一生。"

牧师转身引领这对新人走下过道,众人跟随其后,这时,风琴如瀑布般倾出飞扬的三和弦。布里奥妮本来是跪下假装祷告的,但队伍走近时,她站了起来,转身面向他们。牧师好像在赶时间,远远走在前面,离开众人好几尺远。向左瞥见布里奥妮时,他和善地轻轻点头表示欢迎,心中却很是好奇。接着他大步上前,拉开一扇大门。一束阳光斜射到她站的地方,映亮了她的面貌与头饰。她是想让大家看到,但却不是要这样一览无遗的。每个人都看得很清楚。罗拉走在靠近布里奥妮的一侧,抬起头来,正好四目相对。她的面纱早被掀起,脸上不见了雀斑,但是模样倒没有什么改变。不过略微长高了,脸也圆润、温柔和漂亮了些,眉毛也修得很细。布里奥妮只是盯视着。她只是想让罗拉知道,她来参加婚礼了,而且要罗拉纳闷:为什么? 阳光直照下,布里奥妮很难看清楚,但新娘颦眉的一瞬间,脸上分明闪过一丝不悦。罗拉噘了噘嘴,将目光投向前方,然后,走了。保罗·马歇尔也看到了她,只是没认出来,埃尔米奥娜姨妈和塞西尔姨夫因为多年不见,也没有认出她来。倒是走在队伍末尾、把校裤拉到半天高的双胞胎见到她很高兴,对着她的制服直做鬼脸,一会儿滑稽地翻眼珠,一会儿又伸手拍哈欠。

不久,除了那个不知在何处自得其乐地演奏的风琴师外,教堂里就只她一人了。婚礼结束得太快,仿佛一无所获。她呆站在原地,不愿意走出教堂,心里觉得有点傻傻的。日光、家常闲扯的无聊乏味会把她的影响消尽,尽管曾如幽灵般闪过。她也没有勇气面对交锋。她该如何对姨夫、姨妈解释这不请自到呢？也许会冒犯他们,也许不会——那就更糟糕了。他们没准会带她去饭店吃早餐,这将如受刑般难耐。保罗·马歇尔夫妇定会恨意油然而生,埃尔米奥娜也会难掩对塞西尔的轻蔑。布里奥妮又逗留了一两分钟,仿佛是为音乐吸引似的,但紧接着便懊恼自己的懦弱,于是跑到了门廊外面。牧师撒开臂膀,穿过公地,匆匆前行,此时已在百码开外了。新婚夫妇也已钻进了劳斯莱斯,马歇尔掌着方向盘正在掉头。她确信他们看见了她。换挡时,车擦出尖锐的叫声——没准是个好兆头。车离开时,她透过侧窗看见罗拉白色的身影偎依在驾驶员的臂弯里。而其他人则全然隐入了林间。

看了看地图,她知道贝尔罕姆就在这片公地的那头,也就是牧师行走的方向,离这儿并不远。既然不远了,她就不愿再继续走了。反正很快就到了。她又饿又渴,脚后跟不断颤抖,都跟鞋的后部粘在一起了。天气暖和了些。她将穿过一大片没有树阴的草地,草地上有笔直的沥青小路和公共掩体。远处有一舞台,一些穿黑色制服的男子在上面不断地走动。这时,她想起了菲奥纳,是她把休息日让给了自己。她想起她们在圣詹姆斯公园度过的那个下午。虽不过是几天前的事,现在想来,却是那么遥远,单纯。布里奥妮仍站在门廊的阴影内,想着要给朋友买的小礼物——美味可口的食品、一个香蕉、一些橘子和瑞士巧克力。守门人知道如何买到这些东西。她曾听他们说,只要有钱,就可以买到任何你想买的东西。她

375

望着川流不息的车辆和人群绕着公地,正沿着她应走的路线行进。她想着食物——火腿面包、水煮蛋、一只烤鸡腿、浓稠的爱尔兰炖汤、柠檬蛋白酥皮卷和一杯茶。突然,她意识到身后那烦人的音乐戛然而止。在这瞬间的沉寂中,整个人似乎自由了。就在此刻,她决定了必须吃早餐。但沿途并没有发现店面,一眼望去只有用深橙色砖头砌成的公寓在路的两边。

过了几分钟,一个演奏风琴的人从教堂里出来了。此人一手拿着帽子,另一只手拎着一大串沉沉的钥匙。她本想向他打听一下到最近的咖啡店怎么走,但这个神经过敏的男人沉浸在音乐中,仿佛一心要忽略她的存在。他重重地关上门,俯身锁好,然后把帽子一扣,匆匆地离开了。

也许,这是计划破产的先兆。她沿着克拉珀姆大街往回走。该吃早餐了,得重新思量一下。她路过地铁站附近的一个饮水槽,真想痛痛快快地把脸浸入其中。她找到一家土褐色的小店,窗户污迹斑斑,地上满是烟头。但食物想来不会比她平时吃的要差吧。她要了一杯茶、三片吐司以及一些人造奶油及略带粉色的草莓酱。由于自己血糖低,她就往茶中加入了大量的糖。但甜味还是掩盖不了茶中消毒液的味道。

第二杯下肚后,她心情好了些。这茶温度适中,可以一饮而尽。随后,她上了趟卫生间。卫生间在咖啡屋后,要穿过鹅卵石铺成的院子。这个无座形的卫生间臭气熏天,不过对一个实习护士来说,这并不算什么。她在鞋后部垫了些卫生纸,这使她能坚持走完余下的一两里路。砖块砌成的墙里放着一

376

个洗手盆,上面有一个水龙头,另有一块灰色的菱形肥皂,她觉得最好不要去碰它。打开水龙头,污水直溅到脸颊上。她用袖子擦了擦干,并梳了一下头发。没有镜子,她只能面对砖墙想象她的脸庞。不过,口红是不能擦了。她用一块浸湿了的手帕轻抚了一会儿脸,并拍打了几下,使脸色红润起来。她要去见她亲爱的姐姐。但做这个决定时她似乎是不存在的。

她离开了咖啡店。当她沿着公地走去时,她感到自己与另一个自我的距离在扩大。那一个真切的自我正走回医院。而这个正朝贝尔罕姆方向走去的布里奥妮也许只是一个虚幻的幽灵而已。这一不真实的感觉在半小时后她走到另一条大街时,变得仿佛越发强烈了。这条街与刚才抛在身后的大街看来多多少少有些相似。整个伦敦好像没有中心,它只不过是一个个灰暗小镇的聚合体。她下定决心,绝不生活在这种地方。

她要找的街离地铁有三个路口,地铁站也是千篇一律。爱德华式的排屋,破破旧旧的,用网眼帘遮掩着,足有半英里长。都德里别墅四十三号处在这条街的中部。除了那辆老福特八号,它毫无其他特色可言。那辆车没有轮子,用砖块支撑着,占据了整个花园的前部。里面没人的话,她想就可以离开了。这样说起来自己也算来过了。门铃已经坏了。她敲了两下门,然后站定。她听到一位妇人愤怒地喊了一声,随后传来砰的关门声和一阵脚步声。布里奥妮又后退了一步,想退到街道上去。在摸索门锁和不耐烦的叹息声中,一位高个尖脸、三十多岁的妇人打开了门。她用劲过猛,气喘吁吁的。这妇人一脸火气,看来她刚才在争吵时被打断了,此刻还未能调整好她的表情——她口张开着,上嘴唇稍微歪撇着。她把布里奥妮让进门来。

"你有事吗?"

"我想找塞西莉娅小姐。"

听了这话,她的肩膀顿时塌了下来,头也向后扭去,似乎想竭力抑制住破口骂人。她上下打量着布里奥妮。

"你样子挺像她的。"

布里奥妮一脸迷惑,茫然地盯视着她。

这个女人又发出了一声近乎吐痰那样的叹息声,然后穿过门厅,来到楼梯脚下。"塞西莉娅,门口有人找。"她叫喊道。

她走回房门口。到走廊的一半时,她向布里奥妮投去了一个轻蔑的眼神,重重地关上自己的房门,身影消失了。

室内一片沉寂。布里奥妮的眼神穿过前门,落在一片花色亚麻油地毡上。开始的七八个台阶都铺着深红色的地毯。第三个台阶的铜柱已不见了。大厅的中间是一张靠墙的半圆桌子,桌子上放着一个擦得雪亮、类似面包架的装信木架,里面空无一物。地毡从楼梯一直铺到一头房门的前面,门上装的是霜状玻璃。这扇门通向后面的厨房,房内墙纸也是带花纹的,一束花枝上有三朵玫瑰夹杂着些许雪花的图案。从门口到楼梯口,她数了数,一共是十五朵玫瑰,十六朵雪花。这似乎带着不祥的预兆。

她听见楼上的一扇门打开了。刚才她在敲大门时砰的一声关上的兴许就是这扇门。然后是吱吱呀呀上楼梯的声音。一双穿着厚袜子的脚出现了,上面露出了苍白的皮肤,还有一件她认识的蓝色睡袍。这是塞西莉娅吧。但因衣冠不整,她并未下楼,而是从走廊边探头向下看,想确认门口的人是谁。过了一会儿她才认出了妹妹,于是慢慢地走下三级楼梯。

"噢,天哪。"

她坐了下来,抱起双臂。

布里奥妮依然站在那儿,保持着刚才的姿势,一只脚仍在花园的小道上,另一只脚踏在门口的台阶上。女主人房间里的收音机开着,观众的笑声从里面传了出来。紧随其后的是一个喜剧演员的有趣独白,最终被收音机里人们的掌声打断了。一支快乐的乐曲骤然奏响。此时,布里奥妮跨了一步进了门厅。

她咕哝着说:"我必须和你谈一谈。"

塞西莉娅正要起身,但随即改变了主意。她问道:"你怎么不事先告诉我你要来呢?"

"你没有来信,所以我就来了。"

她拉了一下睡袍,拍了拍口袋,似乎在找烟。她的肤色更黑了,手的肤色也成褐色了,她并没有找到她所需要的东西,但也没有打算即刻站起身来。她开口说话与其说是为了改变话题,倒不如说是为了打发时间。"你现在是一个实习生?"

"是的。"

"在哪家病房？"

"德拉蒙德护士长那儿。"

布里奥妮不清楚塞西莉娅是不是熟悉这个名字，也弄不明白她是否会因和妹妹在同一家医院受训感到不高兴。

这里还有一个明显的区别。塞西莉娅总是用一种母亲似的高高在上的口吻与她说话。小妹妹！现在没有你的立足之地。她僵硬的口吻分明警告布里奥妮不允许她问起罗比的情况。布里奥妮又向门厅跨了一步。她意识到她身后的门还开着。

"你在哪儿上班？"

"摩腾附近，一家急救医院。"

一家急救医院，那是一个被征用的地方，收治的往往是战地转运医院的重症病人。那儿有太多的禁区。在那儿，有些事既不能说，也不能问。姐妹俩互相对视着。尽管塞西莉娅头发凌乱，就像刚从床上爬起来似的，但是，她比布里奥妮记忆中的她更加妩媚动人。人人都说那张长长的马脸看起来总是怪模怪样，易受伤害，甚至在耀眼灯光的映照下亦然。此刻丰满紫色的嘴唇弯成一条弧形曲线，使这张脸庞看上去性感无比。也许是因为疲劳或悲伤的缘故，眼睛显得又黑又大。鼻子长而别致，鼻孔呈喇叭形优雅地展开，这张脸仿佛戴了面具，精雕细刻，宁静安谧。这是一张很难读懂的脸。姐姐的脸上增添了布里奥妮的惶恐不安，使她感到手足无措。五年没见,她几乎不认识她了。布里奥妮此时对一切都没有把握,她绞尽脑汁寻找一个中性的话题,可无论提起什么,都无可避免地引向敏感的话题——这些话题她无论如何总是得面对的。在这难挨的沉默中,她再也无法忍受四目相对,终于开口了:

"老头那儿有什么消息吗?"

"没有,没消息。"她平淡的语调表明,即使知道,她也不想回答。

"你呢?"

"一两个星期以前我收到过一张潦草的字条。"

"那好啊。"

这个话题,到这儿就讲不下去了。一阵沉默后,布里奥妮又问道:

"家里有什么消息吗?"

"没有,我跟家里没有联系。你呢?"

"她不时写信来。"

"她有什么消息吗? 布里奥妮?"

当她的名字被提起来的时候,这个问题就带有了讽刺的味道;她迫使自己回想时,有一种感觉,为了姐姐的缘故,她已成一个背叛者。

"他们收留了逃难者,贝蒂恨他们。公园已耕耘成了玉米地。"她拖声拖调地说道。站在那儿列举这些细枝末节,感觉简直是太无聊了。

可是塞西莉娅冷冷地说:"还有什么? 你继续讲。"

"呃,村子里大多数的小伙子都加入了东萨里前线团,只有……"

"只有丹尼·哈德曼除外。是的,这些我都知道。"她强颜欢笑道,等着布里奥妮继续说下去。

"他们在邮局附近建了一间房子,占用了所有的旧栏杆。埃尔米奥娜姨妈现住在尼斯。噢,对了,贝蒂打破了克莱姆叔叔的花瓶。"

一听到这里,塞西莉娅的冷漠顿时烟消云散了。她松开交叉的双臂,用一只手托着脸颊。

"打破了?"

"她把它掉在一个台阶上了。"

"你是说碎成一片一片了吗?"

"是的。"

塞西莉娅想了一会,最后说道:"这太糟糕了。"

"是的。"布里奥妮说道,"可怜的克莱姆叔叔。"至少她姐姐现在已不再揶揄了。询问继续着。

"他们还保存着碎片吗?"

"不清楚。艾米莉说,老头儿向贝蒂吼叫来着。"

门突然开了,房东太太站在布里奥妮面前,由于站得很近,她甚至可以闻到她呼吸中散发出来的胡椒薄荷的味道。她指了指前门。"这不是火车站,小姐。你怎么进来,怎么出去。"

塞西莉娅不慌不忙地站起来,整理了一下睡袍的丝质腰带,懒洋洋地说:"这是我妹妹,布里奥妮。贾维斯太太,你和她说话时,请注意你的态度。"

"在我自己的家,我爱怎么说就怎么说。"贾维斯太太说道。她转身对布里奥妮说:"如果你要留下,那就留下。要不现在就离开,并随手关好门。"

布里奥妮望着姐姐,猜测她不可能让她现在就走。贾维斯太太无意间已成了她的同盟。

塞西莉娅旁若无人地说:"不要介意房东太太,我周末就离开了。关上门,走,上楼去。"

在贾维斯太太的注视下,布里奥妮跟随着姐姐上了楼。

"至于你,莫克小姐。"房东太太向上喊道。塞西莉娅很快转身,立马打断了她。"够了,贾维斯太太。你说得够多了。"

这个声调布里奥妮是认得的。这种夜莺般纯洁的声音,是专门用来对付那些难缠的病人和泪水汪汪的学生的。需要多年的磨炼才能达到如此炉火纯青的地步呢。塞西莉娅无疑已经成了病房护士了。

塞西莉娅站在一楼的平台上。就在她正要打开房门时,她望了布里奥妮一眼,这冷冷的眼神使她知道,什么都没有改变,一切都未能缓和。从半开的浴室门中,飘来一阵湿湿的香气和空洞的滴水声,想必刚才塞西莉娅正准备洗澡。她把布里奥妮引进房内。最讲究整洁的病房护士在自己的房间都有另外一副景象,她们仿佛生活在人工养蚝场。看到塞西莉娅房间里一片零乱,她不会感到惊奇。她以前就是这样乱糟糟的。不过,这儿

383

给她留下的印象是塞西莉娅的生活简单而寂寞。一个不大的房间被分成了几个部分，窄窄的一溜用作厨房。隔壁也许是卧室。墙纸图案像是男孩睡衣上垂直的灰色条纹。这更给人一种被禁锢的感觉。油毡是楼下用剩的边角料，形状不规则，一些地方露出了灰色的地板。整个房间只有一个窗子，窗下面有一个带一只水龙头的水池和一个单炉煤气灶。靠墙有一张桌子，人很难挤过去。桌子上面铺着一块黄色条纹的桌布，桌布上面放着一瓶蓝色的花（也许是蓝铃花）和一个装得满满的烟灰缸。桌子上面还放着一叠书，书堆的最下面是《格雷解剖学》和《莎士比亚选集》。它们上面的几本书脊面薄薄的，作者名字都是镀了金银的，不过全已褪色了。她看到是豪斯曼和克雷布的著作。书的上面放着两瓶啤酒。离窗户最远处的角落里有一扇通向卧室的门，门上钉着一幅北欧地图。

塞西莉娅从锅旁的一包烟中掏出一根烟。她突然想到她妹妹已不再是一个小丫头了，于是就给她一根。桌边有两张椅子，但是塞西莉娅并未邀请布里奥妮坐下。

背靠着水池，两个女人抽着烟，等待着对方开口。房东太太的出现所带来的影响正慢慢消散而去——至少在布里奥妮看来是如此。

塞西莉娅用平静而低沉的声调说道："我拿到你的信后，就去见了律师。证据不够，除非有新的铁证。你就是回心转意了，还不够。罗拉会继续说她不知道的，我们惟一的希望在于老哈德曼，可是现在他已死了。"

"哈德曼?"他已死了,他与这事有关联——布里奥妮一脸困惑。她拼命回忆着。那天晚上他出去找双胞胎了吗?他看见什么了吗?法庭上说了些她所不知道的情况了吗?

"你难道不知道他死了吗?"

"不知道,可是……"

"简直难以置信。"

塞西莉娅尽力想保持一种不偏不倚的态度,可是她的努力要前功尽弃了。一怒之下,她离开厨房,挤过桌子,走到房间的另一头,站在卧室的门旁。她的声音气喘吁吁的。她尽力控制着自己的怒火。

"艾米莉给你带来了玉米和逃难者的消息,却没有告诉你他的死讯,这太奇怪了!哈德曼得了癌症。也许是害怕上帝的惩罚,他在最后的日子里说了些对大家极其不利的话。"

"但是,塞……"

"不要这样叫我!"她打断了她,随即她更加温和地,又重复了一遍:"请不要这样叫我。"她的手放在卧室的门把上,看来会面即将结束。她将要消失了。

她出奇冷静地向布里奥妮作了概述。

"我花了两个畿尼,要弄明白的就是这点。五年过去了,你倒是决定要吐露真相,但已无法上诉了。"

"我不知道你在说什么……"布里奥妮想重拾哈德曼的话题,但塞西莉娅必须告诉她近来在她脑海里想了无数遍的事儿。

"这并不困难。如果说你那时是在撒谎,法庭干嘛现在就得

385

相信你呢？目前又没有新的证据，而你是个不可信的目击者。"

布里奥妮把抽到一半的烟扔到水池里。她感觉到一阵恶心，于是从盆架上取下一个茶托当作烟灰缸。她姐姐指证她的罪，这听起来是如此的骇人，不过她的视角倒是如此不同寻常。她脆弱、愚蠢、迷惘、无常——她为此恨透了自己，但她从未认为自己是一个撒谎的人。对于塞西莉娅来说，这一定是多么奇怪，多么清楚啊。那是再明白不过的了，无可辩驳啊！可是，有一瞬间，她甚至想为自己辩解。她并不是故意误导，她并不是出于恶意才这样的呀！但又有谁信她呢？

她站在刚才塞西莉娅所站的地方，背对着水池，不敢注视姐姐的眼睛。"我的所作所为不可宽恕，我并不指望你宽恕我。"

"不要担心，"塞西莉娅安慰她说。随着她的希望飘渺而去，她不禁畏缩了。"不要担心，"塞西莉娅继续说道，"我永远不会原谅你的。"

"即使我不能去法庭，我也会把真相告诉每一个人的。"

她姐姐露出狂野的笑容，这时布里奥妮才明白，她对姐姐是多么的害怕。她怕姐姐生气，但更怕姐姐嘲笑她。这窄小的房间贴着条形的墙纸，隐藏着令人难以想象的情感史。布里奥妮继续着对话。毕竟，她是有备而来的。

"我会去萨里，向艾米莉和老头儿说的，我会把一切都告诉他们的。"

"没错，这话你在信里就已说过了。一晃五年过去了。你为什么还没去呀？是什么阻挡了你？"

"我想先来看看你。"

塞西莉娅从卧室门口走到桌子边。她把烟头丢入一个矮瓶内。嘶的一声,一缕烟从玻璃瓶里升起。她姐姐的动作又一次让布里奥妮感到讨厌。她还以为瓶子是满满的呢。她寻思自己是不是早餐吃了不干不净的东西。

塞西莉娅继续说道:"我知道你为何没去,因为你的猜想和我一样。他们不想再听这事儿。不愉快都已经过去了。谢谢你。过去的已不能挽回了。为什么再旧事重提呢?你知道得很清楚,他们相信哈德曼说的话。"布里奥妮离开水槽,站在桌子的一头,直视姐姐。要看穿这美丽的面具可不容易啊。

她不慌不忙地说:"我不明白你在说什么。这跟他有什么关系?很遗憾,他死了。对不起,我不知道……"

这时,突然吱的一声,吓了她一大跳。卧室的门慢慢打开了,罗比站在他们面前。他穿着军裤和衬衫,军靴锃亮,他的背带松松地挂在腰间,没有刮胡了,头发也乱七八糟。他只凝视着塞西莉娅。塞西莉娅转身望着他,但她并未向他走去。刹那间,他们四目默默相视,这当儿,布里奥妮在姐姐的遮挡下,缩进军衣中。

他旁若无人似的轻轻对塞西莉娅说道:"我刚才听到了声响,我猜这与医院有关吧。"

"没事儿。"

他看了一下手表。"最好现在就走了。"

他穿过房间,正要走出门外到平台前,他朝布里奥妮微微点

387

了点头，"请原谅。"他说道。

她们听见浴室门关上的声音。一阵沉默中，塞西莉娅脱口说道，她那口气仿佛她与妹妹之间没有发生任何事。"他睡得很沉，我刚才不想吵醒他。"随后又加了一句，"我刚才想你们还是不碰面为好。"

布里奥妮的双膝已经开始颤抖了。她一只手支撑在桌子上，慢悠悠地离开了灶台，这样塞西莉娅就可以将水壶灌满。布里奥妮很想坐下来，但没有得到邀请，她是不会这么做的，而且她也绝不会提这个请求。于是她靠墙壁站立，但又装作没有靠在墙上。她望着姐姐。使人惊奇的是，她看到罗比还活着的慰藉很快就被要面对他的恐慌所代替。刚才她已目睹他穿过房间。唉！还以为他已战死沙场，这一可能性看来太荒唐了。原来的猜测现在已无任何意义。她姐姐在小小的厨房里来回走着，她一直盯着她的后背。布里奥妮想告诉她，罗比安全地回来了，这太好了。对她而言，这是何等的解脱。可是跟姐姐说这番话，听上去是多么的庸俗。况且，她也没有资格这么说。她害怕她姐姐，害怕她的嘲笑。

此时，布里奥妮不仅觉得恶心，而且浑身燥热。她把脸颊靠在墙上。这墙也是热热的，并不比她的脸阴凉。她多么想要喝一杯水啊，可她不想向她的姐姐提任何要求。塞西莉娅继续忙碌着，把牛奶和水掺在鸡蛋粉里，在桌上放了一罐果酱和三个盆子的杯子。这一切布里奥妮看在眼里，但这并没有给她任何安慰。这只增添了她不祥的预感。她得直面罗比了。难道塞西莉娅真的以为,在这种情况下,他们还能坐在一起,有胃口吃炒蛋吗? 或者说,她忙来忙去难道是在镇定自己吗? 布里奥妮的双耳正留神于房间外楼台上的脚步声。她已经看到了挂在门后的斗篷。为了分散自己的注意力,她用拉家常式的口吻说道:

"塞西莉娅,你现在是病房护士吗?"

"是的,我是病房护士。"

她一锤定音,一下子结束了这一话题。她们虽然从事共同的职业,但没能成为一条纽带。没有任何纽带可言。罗比回来之前,她们姐妹俩没有什么可说的。

最后,她终于听见浴室门锁打开的声音。他吹着口哨穿过楼台。布里奥妮从门口挪开,走到房间另一端的阴暗角落。但他一进来,她就进入了他的视野。他已半抬起右手,想要和她握手,他的左手正要去关上身后的房门。哪怕这是一个恍然大悟的动作,也是毫无戏剧性可言的。在他们四目相对之际,他的双手垂了下来。他继续注视着她,发出一声长叹。不管她多么心存惊悸,她觉得自己不能转移视线。她嗅到了他剃须皂淡淡的清香。眼前的他看起来比从前老多了,特别是眼睛周围更显岁痕。她不禁暗暗一怔。难道这一切都是她的过错吗? 该不会也是战争惹的祸吧?

"啊,原来是你。"他终于开口了。他用脚把身后的门关上。塞西莉娅已经走到他的身旁。他凝望着她。

她一五一十地作了概述,可是即使心有所愿,她也无法承受她的讥讽。

"布里奥妮打算把真相告诉大家。不过她想先来见见我。"

他回头望着布里奥妮。"你想得到我会在这儿吗?"

听了这话,她的第一反应是千万别哭。在那一瞬间,没有比这令她更蒙羞的了。此刻的心情如何?是欣慰呢?还是羞愧?还是自怜?她不知道是哪一种感受。不管是什么,它此时正向她袭来。它像平静的浪花,突然涌起,勒紧她的脖子,使她无法开口说话。于是她尽力控制住,咬紧嘴唇。这种感觉终于消失了。她安然无恙。没有泪水,但她的声音低低的,充满了痛苦。

"我不知道你是否还活着。"

"如果要聊天,大家坐下来吧。"塞西莉娅说道。

"我不知道行不行。"他不耐烦地走到紧邻的墙边,大约有七到八尺的距离。他背靠着墙,双臂交叉放在胸前,将视线从布里奥妮移向塞西莉娅。蓦地,他从房间的这一头走向卧室的房门,他转过身,又想走回来,可他改变了主意,站在那儿,双手插在口袋里。他身材高大,与此相映,这房间似乎收缩了。在这仿佛令人窒息的空间中,他像一头困兽,走投无路。他把手从口袋内取出,抚摸了一下脖子后面的头发,然后把双手放在臀部,接着又放下。这一动作不断反复。布里奥妮知道,他生气了,他怒火中烧了。

"你到这儿来干嘛?别跟我提萨里郡什么的。无人阻止你前往。你为什么到这儿来?"

"我要和塞西莉娅说一声。"她说道。

"是吗?说什么呢?"

"说说我干的那件伤天害理的事情。"

塞西莉娅向罗比走去。"罗比,"她低语道。"亲爱的,"她把手放在他的手臂上,但他甩开了她的手。

"我不知道你为何让她进来。"说完,他转向布里奥妮,"我老实对你说吧。我现在正为难着呢:该扭断你的脖子呢,还是把你推出房外,扔下楼梯?"

要不是她近来的生活磨炼,她准会被吓着了。有时她听见病房里的士兵为自己的绝望大发雷霆。他们怒气冲天时,与他们论理或安慰他们是极其愚蠢的。狂波怒涛必须发泄出来。此时最好是站在一边,耐心倾听。她明白,现在即使是起身告辞也会刺激他的。所以她干脆直面罗比,等候她应有的处置吧! 不过她并不怕他,她不怕他动武。

他并未抬高声音,但他的话音中分明充满了愤慨。"你知道里面是什么模样吗?"

她想象着峭壁似的砖石墙壁上那一个个高高的小窗。和人们的想象一样,她也想到了地狱中的种种苦难煎熬。她轻轻地摇了一下头,为了稳定自己,她尽力把注意力集中到他的变化上。他似乎比以前更高大了,之所以给人这一印象,是因为他摆出了一副挺胸收腹的姿势。没有一个剑桥大学生站立得会像他那样笔直。甚至在心烦意乱时,他的双肩依然向后挺着,下巴像是老式拳击手似的高高仰起。

"是的,你当然不知道。我在里面时,你高兴了吧?"

"不!"

"可是你毫无作为啊。"

她曾一次次地设想过这次谈话，就像一位孩子预感到一次挨揍。现在，终于发生了，可似乎她并不在这儿。她仿佛从远处漠然地观看。她一副麻木不仁的样子，但她知道他的话语最终会伤害她的。

塞西莉娅已站回来了。此刻，她再次把手放在罗比的手臂上。虽然罗比看上去更强壮了，但他变瘦了。他筋骨结实，刚毅粗犷。他向她略转过身。

"记住，"塞西莉娅开始说话了，但他打断了她。

"你认为我强暴了你表姐吗？"

"不。"

"当初你是这么认为的吗？"

"是的，呃，不是，我吃不准。"她支支吾吾地说道。

"那么你现在为何又如此确定了呢？"

她迟疑了。她知道只要一回答，她就得为自己辩护，为自己找借口，而这样做也许会给他火上浇油。

"我正在成长。"

他盯着她，嘴唇微微咧开着。他在五年里真的变了：他凝视中的凛冽是以前没有的；他的眼睛更小，更狭了，眼角有了深深的皱纹；他的脸庞比她记忆中的更瘦削了；他的双颊如同北美印第安武士般的凹陷；他已长出一些像军人式的硬硬的板刷胡子。他是那么的英俊，令她为之骇然。她的记忆一下子回到了几年前的情景。那时，她才十岁或十一岁，她对他是那么深情相恋。

这一真正的迷恋持续了数天。然后,某一个早晨,她在花园里向他衷心表白了自己的心迹,随后这事就马上忘到九霄云外了。

她小心谨慎是对的。他此时满腔怒火,但这种愤怒成了惊疑。

"正在成长,"他应和道。当他提高嗓门时,她吓了一跳。"他妈的!你已十八岁了。成长,成长,你到底还要多少成长?十八岁的士兵战死在沙场上了。你已经够大了,可以奔赴前线了,你知道吗?"

"是的。"

他无法知道她以前的经历,这给了她些许可怜的慰藉。尽管她问心有愧,但她居然还觉得应该抵挡他,这简直太奇怪了。不然就两败俱毁了,她不敢说话,只是点了点头。一提起死亡,一股汹涌的情感就吞噬了他,把他从愤怒中推向了迷惘和憎恨的极点:他的呼吸沉重而不规则;他握紧右拳,然后松开拳头;他明亮的眼睛依然盯视着她,他的眼神严厉而凶狠,似乎要望穿她;他使劲地一次次地忍气吞声,喉咙里的肌肉因此抽紧,喉结也露了出来;他也正在与一种不愿被人看到的情感斗争着。她做实习护士时,在病房里和病床边碰巧学到了一鳞半爪的知识。她知道此时往事像潮水般向他袭来,令他束手无策,张口结舌。她永远也不会知道是什么景象才引起了这番骚动。他朝她走近了一步,她向后退去。她已不再认为他不会伤害她——如果他不能说话,也许他会用行动代替。如果她再走一步,他那强壮的臂膀就可触及她了。就在这时,塞西莉娅站在了他们中间。她背对布里奥妮,面对罗比,用双手挽住了他的肩膀。罗比把脸转开。

"望着我。"塞西莉娅低语道,"罗比,望着我。"

他是如何回应的,布里奥妮不知道。她只听见了他的反对或拒绝声。也许他说了一句骂人的下流话,塞西莉娅把他攥得越来越紧,罗比扭动全身想摆脱她。他们仿佛像摔跤运动员,她伸手向上,使劲想把他的头扭向她。可是他的脸向后歪斜,嘴唇紧缩,牙齿裸露,挤出一个食尸鬼似的恐怖笑容。她用双手紧紧抓住他的脸颊,用尽全力扳过他的脸。最后他终于正视她的眼睛了,可她仍旧抓住他的脸颊。他把她拉得更近了。他注视着她,直至两张脸碰到了一起。于是她轻吻着他,两人唇唇相印。塞西莉娅温柔地说:"回来……罗比,回来。"布里奥妮记得,多年前,她一觉醒来,也曾听到塞西莉娅这么说过。

他轻轻地点了点头。当她松开双手,把它们从他的脸上移开时,他缓缓地、深深地吸了一口气。一阵沉默中,房间似乎缩得更小了。他用双手环抱着她,低下头,给她一个深深的、亲密的长吻。布里奥妮悄悄地向房间的另一头,向窗子走去。她从厨房的水龙头里接了一杯水喝着。但这对情侣的亲吻还在旁若无人地继续着,他们仍然沉浸在自己的世界中。布里奥妮感到被忘却了,从房间中勾销了,这使她如释重负。

她转过身去,望着窗外阳光照耀下的一幢幢排屋和她刚走过的大街。她惊奇地发现,自己还不想离开,虽然她为那长吻所窘，虽然她害怕后面要发生的事。她注视着一位穿着厚厚外套的老妪。她在远处的人行道上走着，手牵着一条病恹恹的、摇着大肚子的短腿长身的德国种猎犬。此时此刻，塞西莉娅和罗比正在低声轻语。为了尊重他们的隐私，布里奥妮打定主意，只要他们不主动跟她讲话，她决不从窗口转身。她看着这位妇人打开前大门，又非常小心翼翼地关上，然后，在走到门口的半路上时，她艰难地弯下腰，从门前小径旁的一长溜花坛中拔了一根长长的杂草。此时，她的狗往前蹒跚而行，舔着她的手腕。妇人和狗进到屋内去了，街上又变得空旷了。一只黑鹂栖落在女贞篱上，但在发现没有满意的立足点时，它就飞走了。一片乌云飘了过来，很快遮住了阳光，随后，这朵云也飘走了。这是典型的星期六下午的情景。在这郊外的街上，几乎没有任何战争的迹象。布里奥妮听见她姐姐叫她的名字。于是，她转过身去。

"时间不多了。罗比今晚六点回去报到上班，还得赶火车呢。坐下吧，你得为我们做点事。"这是病房护士的口吻。这腔调并不专横。她只是在形容不可避免的一件事情罢了。布里奥妮在离她最近的一把椅子上坐下来。罗比拿过来一条凳子，塞西莉娅坐在了他们中间。她准备好的早餐已被忘了个一干二净。三个空空的杯子放在桌子的中间。他拿起一叠书，把它们放在地上。塞西莉娅把一罐蓝铃花移到一边，这样它就不会被踢倒了。然后她和罗比交换了一下眼神。

罗比清了清嗓子，双眼却凝视着鲜花。当他开始说话时声音饱含了感情。他仿佛在宣读一系列议事规则。此时此刻，他注视着她。他的眼神是那么沉稳。他已经掌控了一切。但他的前额上，他的眉毛上方，还有滴滴汗水。

"你已经答应了最重要的事。尽快去找你的父母，告诉他们需要知道的一切，使他们确信你当时作了伪证。你什么时候休息？"

"下个星期日。"

"到那时你就走，你带着我们的地址，告诉杰克和艾米莉。塞西莉娅等着他们的来信。明天你要做的第二件事，塞西莉娅说你得抽出一个小时的时间见一位律师，一位受权为立宣誓的律师，然后作一个声明，并签上名公证。在声明中，你得言明你所做的错事，以及你准备如何撤回你的伪证。你还得把声明副本给我们俩。明白了吗？"

"明白了。"

"然后，你写一封信给我，把你认为一切有关联的事详详细细地都写进去，是什么导致你说你在湖边看见了我，为什么即使你对这事并不确认，但你在开庭前的几个月中都一口咬定是我。我想知道是不是因为警察或父母给你施加了压力。听明白了吗？这会是一封很长的信。"

"听明白了。"

他迎着塞西莉娅的目光点了点头，"如果你记得丹尼·哈德曼的情况，比如说，那时他在哪儿，在那儿干什么，什么时候，还有谁见过他。任何可以对他不在犯罪现场的证词提出疑问的证据，我们都想听到。"

塞西莉娅正在写地址,布里奥妮摇着头想开口,但罗比并没理睬她。他已站起身,眼睛看手表。

"没多少时间了,我们陪你走到地铁站,我和塞西莉娅想在我走之前独处最后的一小时。在今天剩下的时间里,你得写你的声明,让你的父母知道你要去他们那儿。你也可以开始思考一下你要写给我的这封信的内容。"

他冷淡地讲了一下她必须要做的事后就离开了桌子,向卧室走去。

布里奥妮也站了起来,说道:"老哈德曼说的很可能是真话,丹尼那天整晚都和他在一起。"

塞西莉娅这时正要把她写好并折叠起来的纸条给她。罗比在卧室门口停下了脚步。

塞西莉娅问:"你在说什么呀?"

"是保罗·马歇尔干的。"

接下来是一片沉默。布里奥妮拼命想象此话引起的每个人的心理调整,多少年来这已成为某种思维定势。但不管是如何令人惊愕,这只是细节而已。关键性的东西并没有因此而改变。危险起的作用丝毫没变。

罗比回到桌边。"马歇尔?"

"是的。"

"你看到他了?"

"我看到的人和他身高差不多。"

"和我的身高一样。"

"是的。"

此刻,塞西莉娅站在那儿,环顾四周——她在找香烟。罗比找着了,把一包烟从房间的一头扔了过来。塞西莉娅点了一支,边抽边说:"真难以置信。他是一个傻瓜。我知道……"

"他是一个贪婪的傻瓜,"罗比说,"但我无法想象他跟罗拉·昆西在一起,哪怕只有五分钟……"

布里奥妮知道,无论发生了什么,无论后果多么可怕,也无足轻重。可是她在宣布她那决定性的消息时显得泰然自若。

"我刚参加了他们的婚礼。"

又是一阵惊愕,又是一次心理调整,又是一次满腹狐疑的重复。婚礼? 今天早上? 克拉珀姆? 然后是一阵沉思默想,间或被简短的言谈所破。

"我非要找到他不可。"

"你千万别蛮干。"

"我要杀了他。"

"该走了。"

本来还有更多的话可以交谈,但他们似乎已身心交瘁。也许这是由于她在的缘故;也许这话题本身劳心伤神;也许他们只想两人独处清静。无论是哪种情形,他们显然感到会面已经结束。好奇心已成了强弩之末。在她写信之前,一切都可以等候。罗比从卧室里抓起他的帽子和夹克衫。布里奥妮注意到他肩上的下士单杠军衔。

塞西莉娅对他说:"他什么事都不会有,她总会包庇他的。"

她开始找她的口粮配本,可找了几分钟,也没有找到,于是她对罗比说:"一定在威尔特郡的小屋里。"

她们三人准备离开。罗比为姐妹俩拉开门。他说:"我觉得我们应该向能干的水手哈德曼道个歉。"

他们下楼走过客厅时,贾维斯太太并未露面。他们只听见她的收音机里单簧管在演奏。穿过前门,布里奥妮就仿佛感到自己踏入了新的一天。一阵猛烈的风沙吹来,大街上一下子清爽了,阳光似乎也更强烈了,阴影也少了些。人行道容不下三人并排行走。罗比和塞西莉娅手牵着手走在她身后,布里奥妮感到起了水泡的脚后跟摩擦着她的鞋。但她决计不让他们看到她一瘸一拐的样子。她以为他们只送她到门口。她一度转过身,告诉他们自己倒乐意一个人走到地铁站。可是,他们坚持要送她,说什么反正要为罗比买一些路上用的东西。他们一路默不作声地走着。这个时候闲聊是不合时宜的。布里奥妮知道,她没有权利向姐姐要她的新地址,没有权利问罗比火车将载他驶向何方,没有权利询问在威尔特郡的小屋。蓝铃草莫非就是从那儿来的呢? 那必定有一段浪漫的插曲。她也不能问他们俩到底何时还会见面。她与姐姐和罗比之间的共同话题只有一个,这一话题定格在不能改变的往昔。

他们站在贝尔罕姆地铁站外。三个星期后,这个地铁站将在纳粹德国对伦敦的空袭中一举成名。一群总在星期六购物的人在他们旁边走来走去,使他们不得不紧挨在一起。告别是冷冷淡淡的。罗比提醒她,去找律师宣誓时,别忘了带着钱。塞西莉娅嘱咐她,千万不要忘了带着地址到萨里郡。就这样,一切结束了。他俩盯视着她,等着她离去。然而,有一件事,布里奥妮还没说。

她慢吞吞地说:"我非常非常抱歉,我让你们受苦了。"他们继续望着她,她又重复了一句:"我非常抱歉。"

这听上去是如此愚蠢,如此的不合时宜,好像她打翻了一盆珍贵的室内盆栽植物,或者把某人的生日忘了似的。罗比轻柔地说:"只要做我们要求你做的任何事不就行了吗?"

这几乎是一种和解的姿态了。你看,这"只要"两个字用得多那个,可是这谈不上和解,还没呢。

她回答说:"那当然。"然后转身就走了,感觉他们在后面看着她。她走进售票大厅,来到大厅对面,她付了车票钱。当她到了检票处回头望时,他们已走了。她出示了车票,进入了一片昏黄的灯光中。一个吱吱作响的自动扶梯顶部,它载着她下降了。黑暗处吹来一阵人造的微风。那是一百万伦敦人呼出的气息。它凉爽着她的脸,拉着她的斗篷。她一动不动地站着,随自动扶梯下降。不用走就能下来,太好了。她的脚很痛了。她惊奇地发现自己是那么地平静,而且有那么一点点伤感。难道自己是败兴而归吗?她原本就没指望要他们宽恕她。她心中的感觉更像是想家,可是这毫无缘由啊——她无家可归。然而,离开姐姐,她感到十分怅惘。她思念姐姐,或更确切地说,她思念的是——姐姐和罗比。她们的爱情,无论是战争还是布里奥妮都没有将它摧毁。电梯载着她沉入城市之下,这使她感到由衷地欣慰。刚才,塞西莉娅用她的双眸将他吸引到身边,那目光是多么的迷人。她把他从回忆中,从敦刻尔克,从通向敦刻尔克的道路中唤回。那呼唤的声音是何等的温柔。还有那个夜晚,塞西莉娅把她从噩梦中救回,把她抱到她自己的床上,她就这样对她说的:"快醒醒,布里奥妮,这只是个噩梦。布里奥妮,快醒醒。"这一不假思索的亲人之爱竟被轻易地遗忘了。此时此刻,她站在扶手梯上缓缓下滑,穿过浑浑的暗褐色的灯光,几乎要到了底部。这时看不到任何别的乘客。空气突然凝固了。她镇定自若地考虑着该做什么。起草给父母的字条和正式的声明费不了多少时间。一天中余下的时光,她就空闲了。她知道自己该做些什么。起草的不仅仅是一封信函,更是一份新的草案,一种赎罪。她已经准备开始了。

BT① 伦敦

1999 年

————————

① 指 Briony Tallis,即布里奥妮·塔利斯。

1999 年　伦敦

这段日子真是不寻常啊。今天,是我七十七岁的生日。早上,我突发奇想,决定最后一次参访位于兰贝斯的皇家军事博物馆文库。这颇合我奇特的心境。文库的阅览室处于这座大厦的穹顶中,以前是皇家伯利恒医院——旧时的贝德兰姆疯人院——的附属教堂。曾几何时,精神失常者来此殷殷祈祷,而今学者们齐聚一堂,探讨因战争而引发的集体精神错乱。家里派来接我的车要在午饭后才到,所以,我想我得散散心,最后一次校对细枝末节,先与文献保管员说声再见,然后和在这严冬似的几个星期里一直陪同我跑上跑下的搬运工道别;我还打算把十多封老纳特先生写给我的长信捐献给档案馆。我想,让自己装成繁忙的样子度过一两个小时,而后手忙脚乱地料理家务来打发这段时间,就算是给自己的生日礼物了。昨天下午,在同样的心境下,我在书房里忙碌着。现在,草稿整理好了,标注了日期,复印好的资料贴好了标签,借的书也准备好归还了,一切已经就绪。我向来喜欢干脆利索。

天又冷又湿,我觉得坐公交车实在太麻烦,于是就在摄政王园林乘上了出租车。在驶往伦敦市中心漫长而缓慢的旅途中,我想起了疯人院里那些可悲的病人,他们曾被公众取乐。一想

405

到不久我也要加入他们的行列,我不禁自怜起来。扫描的结果已经出来,所以,昨天早上,我就去看医生了,状况不太好。我一坐下,医生就这么告诉我。我头痛,太阳穴感觉紧绷绷的,病因特殊,非常诡秘。他指出在扫描的区域内有粒状污点。我发现他手中的铅笔在颤动,我猜想是否他也同样在经受神经紊乱的折磨。心想能有助于治病,我倒希望他真是如此。他说我正在患微弱而几乎觉察不出的中风,病程比较慢,但我的头脑,我的心智,将逐渐崩塌。折磨我们一切人的记忆衰退会更加明显,更让人感到衰老,直到最后我毫无意识,因为那时我将失去对任何事物的理解能力。一周中的日子、早上的事情或者甚至十分钟之前的事情都将超出我的理解范围。我的电话号码、我的地址、我的姓名以及我一生的所为都将化为乌有。再过两年、三年或四年,我将认不出我现有的老朋友。清晨起来的时候,我将意识不到我在自己的房间。不久,我将不能自理,因为我需要终身护理。

　　医生告诉我,我患的是血管原发型痴呆,这倒有一点令人欣慰。他必定多次提到过,崩溃是一个缓慢的过程。况且,它也没有早老性痴呆病那么糟糕。早老性痴呆病会引起性情剧变并有攻击倾向。如果幸运的话,我的病有可能会是良性的呢。我不太可能不高兴——我,一个头脑混沌、古怪唠叨的老太婆,坐在椅子上,什么也不知道,什么也不期望。是我自己要他给我说实话的,所以我也没什么可埋怨的。这会儿,他急于催我出去,因为还有十二个人在候诊室焦急地等待。总之,当他帮我套上外套时,他概括出了一张路线图:失忆、短期和长期的词语的消失——普通名词可能最先不辞而别——然后是语言本身,还有平衡能力,紧接着,整个运动控制系统,最后是自动神经系统,全都和我一一永别了。一路平安!

起初,我并没有悲伤。相反,我倒有点得意洋洋,想急忙把这消息告诉给我最亲密的朋友。我花了一个小时打电话,来发布这条爆炸性新闻。也许我正在失去自控。这显然太重要了。整个下午我在书房里慢条斯理地劳碌,等我完工时,书架已新增了六箱文件。史蒂拉和约翰晚上过来看我。我们点了几道中国菜,他们俩对盅碰杯,喝了两瓶摩根酒,而我喝绿茶。听了我对未来的描述,我这两位可爱的好朋友都不知所措。他们都已是六旬老人,开始自欺欺人地认为七十七岁还仍旧年轻。今天,在寒冷的冬雨中,我乘着出租车缓缓穿越伦敦时,我别无思绪。我告诉自己,我要发疯了。别让我发疯。可是我又觉得,骗不了自己。也许我只不过是现代诊断学的牺牲品。在另一个世纪,也许人们会说我老了,所以大脑退化了。我还能指望什么呢? 我不过是在弥留之际,渐渐地,我是凡事不知,凡事不晓了。

出租车穿过布卢姆斯伯里后街,经过我父亲再婚后住过的房子,经过五十年代这十年中生活和工作过的地下公寓。过了一定年龄的人在穿行整个城市时会思绪万千。故人曾落脚过的地方堆积如山。我们横穿过广场,在那儿,利昂英雄豪迈地照顾着他的妻子,然后以惊人的至诚抚养他那一群吵吵嚷嚷的孩子。某一天,我也会令某一位在疾驶的出租车中的乘客浮想联翩。我们沿摄政王园林的内环线抄近路离去。

车行驶在横跨大河的滑铁卢大桥上。为了领略城市风光，我身体前倾，斜坐在椅子边缘。转过头一看，顺流而下看到圣保罗大教堂；逆流而上，跳入眼帘的是大本钟。它们两者之间，伦敦风光历历在目，一览无遗。我顿感自己身体舒适，精神爽朗，只是稍微有些头痛，略感疲惫。尽管形枯容槁，我仍觉得自己风采依旧。年轻人很难体会到这一点，我很难向他们解释。我们可能看起来像爬行动物，但我们并不是异类。然而，再过一两年，我就没有资格作这一番熟悉的断言了。人一旦病入膏肓，精神错乱，就成了异类，成了一群劣种。谁也休想说服我。

桥面上的道路在施工，司机破口大骂，我们被迫绕道去古老的市政大厅。当我们转过圆盘，向兰贝斯区驶去时，我一眼瞥见了圣汤姆斯医院。它经历过 1940 年德国闪电式空袭——感谢上帝，我当时不在——后来重造的建筑和钟楼简直是民族的耻辱。在此期间，我在三家医院工作过：艾尔德海医院、皇家东萨塞克斯医院和圣汤姆斯医院。我将它们融合在描述中，将自己所有的经历集中在一地。这样做确乎扭曲了事实，但这纯然是为了方便起见，其实它是我对真实性的最小的冒犯。

雨下得小了，司机利索地来了个一百八十度大转弯，把车从路中央驶向博物馆正大门。我只顾着收拾行李，掏二十英镑钞票，撑开雨伞，却浑然不觉停泊在我正前方的小车，直到出租车驶离了我才注意到它。那是一辆罗尔斯-罗伊斯轿车。片刻间，我以为它无人照管。其实，司机就坐在方向盘后面，只因为他个子矮小，几乎看不到他。我还不能确定我下面的描述是否真是一个惊人的巧合。只要我看到停着一辆没有驾驶员的罗尔斯轿车,我就会想起马歇尔夫妇。这已是多年的习惯了。他们经常在我的脑海中闪现,但并没有激起任何情感的涟漪。我已习以为常。他们依然时不时地出现在报纸上,报纸上刊登他们设立的基金会及其在医学研究中的杰出成就,或者他们向伦敦泰特陈列馆捐献其私人藏品,或者向南非洲农业研究项目提供慷慨的资金,还有她举行的盛大聚会,他们向全国性报纸发起的声势浩大的反诽谤活动。因此,当我向博物馆前那对巨型姐妹炮走去时,我的脑海中掠过马歇尔勋爵和勋爵夫人,这并不异乎寻常,可是看到他们走下台阶向我走来,这着实令我吃了一惊。

欢送会由一批博物馆官员——我认出了其中的馆长——和一名专职摄影师构成。两名年轻人为马歇尔夫妇撑伞,他们在柱子旁拾级而下。我犹豫不决,不由得放慢脚步,但没有驻足停步,招人注意。人们在握手道别,马歇尔勋爵不知说了一句什么,引得众人哈哈大笑。他拄着一根拐棍,在我眼里,这根漆棍好像已经变成某种典型标志。他们夫妇和馆长摆好照相的姿势,然后在撑着伞的年轻随从的陪伴下离去。博物馆的官员们仍然停留在台阶上。我想看看马歇尔夫妇到底会走哪条路,这样就不会与他们迎面相逢。他们向左边的姐妹炮走去,我也尾随他们而去。

在升起的炮管和水泥炮台的掩护下,再加上雨伞倾斜着,我隐而未见,但我却依然能清楚地看见他们。他们默默地走过。人们从他的相片中熟稔了他。尽管他脸上有了黄褐斑和略带紫色的眼袋,但他那冷峻轩昂的富豪气质依然犹存,虽然已不如从前。岁月皱缩了他的脸,一点点夺走他原先的魅力。下巴缩小了,骨质也疏松了。他步伐有些蹒跚,走路有些迟缓,但对于一个八十八岁的老人来讲已经是很不错了。这是一目了然的。可是他的手却紧紧地抓住她的手臂,而且这根拐杖也不仅仅是用来装潢门面的。他对世界的善行经常被人传颂,也许他已花了一生的时间痛改前非。或者说,他毫不犹豫地阔步向前,过着永远属于他自己的生活。

至于我那养尊处优、抽烟成瘾的表姐罗拉,如今依旧活像一条赛狗,身材瘦溜,松身鹤骨,依然忠心耿耿。以前谁会想到这样呢? 正如他们常说的,她的日子过得好着呢。听起来也许酸溜溜的,可当我望着她时,我的脑海中确乎闪过这一念头。她身着貂皮外衣,戴着鲜红的宽边浅顶软呢帽。粗犷而不俗丽。近八十高龄还穿一双高跟鞋,步伐矫健,走在路上像少妇一样咚咚作响,一点也看不出她抽烟的迹象。其实,她身上有股乡村健身所所特有的气息。她在室内锻炼。如今,她比她丈夫还要高。她精力充沛,这是毫无疑问的。然而,她还有点滑稽——我是不是在捞救命稻草? 她浓妆艳抹,朱唇厚粉。在这一方面,我一直是清教徒似的朴素,所以我自以为我的话并不可信。我认为她骨瘦如柴,黑黑的外衣,火红的嘴唇,分明是一个反派角色;她手持烟斗,腋下夹了只巴儿狗,活脱脱一副 Cruella De Vil① 的

---

① 电影《101 条斑点狗》中的恶女人形象。

风姿。

顷刻间,我们擦肩而过。我继续攀上台阶,然后在三角墙下停住脚步,在这里避雨。我看着人群向车走去。人们扶着他先上车。我看得出他是多么的虚弱。他不能弯腰,也无法单脚点地。他们只好把他抬到座位上。车子另一边的门已为罗拉打开,她身子一曲,极为敏捷地钻了进去,我看着罗尔斯轿车渐渐驶去,融入了车流。我走进馆内。看到他们,我的心情十分沉重。我尽量不去想它,不去感受它。今天已够我忙的了。我去寄存处存了包,兴致勃勃地与工作人员互道早安,这时候我还在想罗拉健康的身体。这博物馆有条规定,每个人必须乘电梯去阅览室。就我而言,电梯空间狭窄,闲聊是少不了的。当我说天气太恶劣了,不过周末定会好转时,我情不自禁地想着刚才在外面与马歇尔夫妇的邂逅。这次邂逅事关健康这一根本问题:也许我会比保罗·马歇尔长命,但罗拉肯定比我长命。这一情形的后果是很清楚的。多年来我们一直都有这个问题。正如我的编辑所言,出版与诉讼是同义词。但现在我几乎不能面对这一事实。我不想操心的事情已经够多了。我到这儿是来忙碌的嘛。

我与资料保管员聊了一会儿。我把一捆耐特尔先生写给我的关于敦刻尔克大溃退的信函交给了他——他万分感谢地收下了。这些信将与我所赠送的其他资料保存在一起。保管员给我找到了一位远程救援直升机的空军老上校,他是一位热心助人的业余历史学家。他已读过我打印稿中相关的记载,并把他的建议传真了过来。感谢上帝,他的建议尖锐却很有裨益。我聚精会神地读了起来。

"英军士兵在发'快步走'的命令时绝对不('不'下面划了两道横线)会说'On the double',只有美国士兵才会这样说。正确的用法是'At the double'。"

我喜欢这些雕虫小技,他用点彩派画家的手笔接近逼真,他那防微杜渐给人带来极大的满足。

"没有一个人会说'二十五磅重的炮',要么说'二十五磅重的炮弹',要么说'二十五磅重的炮弹的炮'。你的用法听上去稀奇古怪的,不是皇家炮兵的人都会这样觉得。我们就像搜索队的警察,赴汤蹈火,匍匐向着真理挺进。"

"你给皇家空军小伙子戴贝雷帽。我却不以为然。除坦克兵外,1940年连陆军还没有贝雷帽呢。我认为你最好给他戴军便帽。"

最后,上校流露出了对我的性别不耐烦的态度。他在信的开端称呼我为"塔利斯小姐"。不管怎么样,我们这类人染指这些事干什么呢?

"女士(在其下面划了三道线)——一架斯图卡式俯冲轰炸机不可能携带'单个千吨的炸弹'。你知不知道一艘海军护卫舰也没那么重吗?建议你再作查证。"

只是一个打印错误。我原来是想打"磅"的。我把这些订正一一记录了下来,并给上校写了一封感谢信。我按顺序整理好资料,并付清复印的费用,把一直都在用的书还到了前台,然

412

后扔掉了零星的碎纸片。工作地方清理了我的一切痕迹。和保管员道别时,我得知马歇尔基金会将资助博物馆。我与其他工作人员握手道别,我允诺在以后鸣谢整个部门的帮助。随后,他们叫来了一名勤杂工送我下楼,管寄存的小女孩友好地帮我叫来了出租车,一个年少的门卫帮我拎包,并一直送到了人行道。

往北开回家的路上,我想起了上校的信,或更确切地说,我在思量这些细小的修改给我带来的乐趣。如果我真的非常关注事实,那我原本应写一本迥然不同的书。可事已至此,书已经定稿了。当我们驶入奥尔德威治地下的老电车隧道时,我不由得这样想道。然后我恍恍惚惚睡着了。我被司机叫醒时,车已停在摄政王公园我家公寓的外面。

我把从文库中带回的书归好类,做了一块三明治,然后把衣服装进一个短途旅行箱。我在一间间熟悉的房间里来回穿梭,我明白自立的岁月即将终止。我的桌子上有一张框好的相片,那是我丈夫塞利在去世的两年前在马赛拍摄的。也许,有那么一天,我会不停地问他是何人。我磨磨蹭蹭地挑选一件生日宴会穿的衣服,以此来安慰自己。这一过程的确让人有回春之感。我比一年以前瘦了许多。我的手指在架子上摸索时,我竟把诊断忘到了九霄云外,达数分钟之久。我决定穿一件鸽灰色开司米羊毛衬衣式连衣裙。接下来一切就容易了:白色缎巾衬上艾米莉的浮雕胸针,配上漆革船形浅帮鞋——当然是低跟的——再披上黑色的披肩。我合上箱子,把它拎到门厅。箱子显得那么轻,我着实感到很诧异。

413

我的秘书明天会在我回来之前到这儿来。我留了张便条，上面开列了我要她做的事情，尔后我拿了一本书，沏了一杯茶，坐在一张靠窗的扶手椅上。窗外是公园。一直以来，我都会把那些让人真正心烦的事情封存起来，不去想它们。但我过于兴奋，连书也看不进。向往已久的是去一趟乡村，与家人共进晚餐，在那里重续家庭的纽带。可是，我和一位医生进行一次典型的访谈。我应该感到沮丧。套用一句时尚的话来说，我是否已众叛亲离了呢？想也无济于事。再过半个小时，车子才能到。我有点忐忑不安起来。我站起身，在房间里来来回回了好几趟。如果坐得太久，我的膝盖就会酸痛。我念念不忘罗拉，她那张浓妆艳抹但看上去有些憔悴的老面庞，不挂一丝笑容，她穿着让人看着感到危险的高跟鞋大步向前；她风风火火，敏捷地钻进罗尔斯轿车中，这一切在我的脑子里萦绕。当我在壁炉和低靠背长沙发间的地毯上举步行走时，我难道是在与她一试高低？我向来认为上层社会豪奢的生活加上香烟会要了她的命。甚至在我们五十多岁时，我就那么认为了，可到了耄耋之年，她却焕发出一种如饥似渴、洞察一切的神情。这位自命不凡的姐姐，总比我抢先一步，可是在那件最重要的事情上，我最终却要比她先行一步，尽管她会活到100岁的。我无法在有生之年公之于众。

这辆罗尔斯轿车肯定影响了我的情绪，因为晚来了十五分钟，令我大失所望。诸如此类的事情通常不会扰乱我的心情。这是一部满面尘土的小型计程车，后座盖着斑马条纹的尼龙人造毛。不过司机迈克尔倒是一位性格爽朗的西印度群岛小伙子。他帮我提箱子,还客气地替我把前排座位推移到了前面。我忍受不了我脑后支架上的扬声器中传来的吵闹的音乐声,他有些懊恼,但很快镇定了下来。此后,我们一路上相处不错,并且谈起了各自的家庭。他从不知道父亲是谁,母亲是米德尔塞克斯郡医院的医生,他自己从莱斯特大学法律专业毕业,现在打算去伦敦经济学院撰写关于第三世界法律和贫困问题的博士论文。在我们从阴沉沉的西线行驶出伦敦的时候,他给我讲述了论文的概要:没有财产法,就没有资本,也就没有财富。

"律师在大发宏论呢,"我说,"你是在为自己兜揽生意。"

他礼貌地笑了笑,尽管他肯定觉得我傻里傻气的。这年头,想通过交谈、衣着或对于音乐的品位来推断人们的受教育水平几乎是不可能的,因此,最保险的方法就是把任何一个你所遇见的人当成大名鼎鼎的知识分子。

二十分钟后,我们没话可说了。车到达高速公路时,引擎一直嗡嗡作响。这时我又睡着了,醒来时已到了乡间公路,感到额头绷紧地疼痛。我从手提包里取出了三片阿司匹林,嚼碎后硬着头皮吞了下去。我头脑,我记忆中的哪一部分在我睡觉时稍稍打击了我?我永远也不会知道了。就在那时,就在那辆微型小车的后座上,我第一次尝到了绝望的滋味。用惶恐这个词可能太重,也许有那么一点幽闭恐惧症,也就是在衰败的过程中顿感一筹莫展,不见天日,畏畏缩缩。我拍了拍迈克尔的肩膀,要他放音乐。他以为我心地宽厚在迁就他,因为我们已快到目的地了,因此,他一口拒绝了,但我执意要他放,就这样,重重的贝斯拨弦的声音又响了起来,与此同时传来了一阵轻柔的男中音,它伴着童谣节奏,用加勒比海方言吟唱。时而又唱起操场上跳绳的叮当声,歌声帮了我大忙,给了我乐趣。尽管这曲调听起来充满了稚气,但我觉得它在宣泄某种可怖的情感。我没有要他翻译。

当我们拐入帝尔尼宾馆时,音乐还在演奏。自从上次来这儿参加艾米莉的葬礼后,已经有二十五年过去了。我首先发现公园的树不见了,我想大榆树恐怕遭受了病虫害,剩下的栎树也为高尔夫球场让道了。我们减慢了速度,让高尔夫球员和球童穿行。我禁不住把他们视为逾矩者。格蕾丝·特纳的旧平房周围的树林仍然还在。车子驶过最后一片山毛榉,大宅就映入眼帘。没什么可以怀恋的——这儿一直以来就是个丑陋的地方。但从远处看,它的外表突兀而没有遮拦。也许是为了保护墙面的缘故吧,常春藤被清得一干二净,它本可使正面深红颜色变得柔和。我们很快到达了第一座桥。我发现湖泊已不复存在。我们站在桥上,悬吊在一片茵茵草地的上方,正如你有时候在旧城壕中所见的情景。假如你不知道它往昔的风姿,你就会觉得它本身并不那么令人感到不舒服。过去,这里有莎草、鸭子和大鲤鱼,两个徒步旅行人在岛上的庙宇旁烤鱼,然后尽情地美餐了一顿。这一切也已成过眼烟云。如今,在那里放着一条长木凳和一只垃圾篓子。当然,小岛也已不是以前的小岛,今天的它已成了一长溜土墩,覆盖着平整的绿草,就像一座巨大的古冢、杜鹃和其他灌木丛生蔓滋。还有一石径,蜿蜒曲折,路边零零散散立着许多长凳和圆球形花园专用的路灯。我无暇猜测我在哪里坐下来安慰过年轻的罗拉·马歇尔女士，因为我们已经越过了第二座桥，并且慢慢驶进用柏油铺就的停车场。停车场足有房子那么大。

迈克尔帮我把箱子提到旧大厅的接待处。他们多此一举，把针形凸纹地毯铺在黑白相间的瓷砖地板上，真是异想天开。维瓦尔第的一曲《四季》正从隐蔽着的扬声器中发出汨汨之声。我觉得背景音乐总是那么令人厌烦，不过我从来都不在乎。高雅的花梨木书桌上放着一台电脑和一瓶花，两件盔甲威武地守候在两旁。一对交叉的戟和一件盾形纹罩嵌贴在镶板上，上方悬挂着一幅画像，它原来挂在餐厅里的，我祖父用它来表示我们光辉的家族史。我给了迈克尔小费，并衷心祝愿他一帆风顺，写好有关财产权和贫乏的博士论文。同时我还试图想撤回自己对律师所作的愚蠢评论。他祝我生日快乐，握了握我的手——他握得多么轻软，多么谦逊啊！然后他走了。桌后一位满脸庄重、身着职业装的小姐给了我钥匙，并告诉我以前的藏书室已被预定，供晚会专用。已经到的几位客人已出去散步了。酒会定在六点开始。搬运工会帮我把旅行箱拎上楼的。有电梯可供我方便使用。

那时虽然没人向我寒暄，我却感到释然于怀。在我成为主宾之前，我倒喜欢一个人独处。我乘电梯上了二楼，经过了几道玻璃防火门，沿着走廊往前走，脚踏在锃亮的地板上当当作响，这当当声多么耳熟。奇怪，卧室被标数后锁上了。当然，我的房

417

间门号是七,这里面并没什么奥妙,但我想我已经猜出自己会睡在哪间了。至少,我在门外驻足时,我没有感到丝毫的惊讶。这并不是我以前的房间,而是维纳斯姨妈曾经住过的房间。这一房间向来被认为能看到最好的风景,它俯瞰湖泊和远处的山林。皮埃罗的孙子查尔斯特意为我订好了这个房间。他是这次聚会的组织者。

我一进门,就喜出望外,两边的房间已被拼成一个大套间,玻璃矮桌上放着一大束温室里栽培的鲜花。维纳斯姨妈长期无怨无悔地霸占的那张高高大大的床已全然不见,用作嫁妆的雕柜和绿绸沙发也不见了踪影。如今,它们已成了利昂的长子(他二婚时所生)的财产,被安放在苏格兰高地某处的一所宅邸中。不过新家具很不错,总之我喜欢这个房间。我的箱子送来了。我要了一壶茶,把衣服挂了起来。我仔细查看了起居室。这里有一张写字台和一盏优质的台灯。印象最深的是宽敞的卫生间里放着百花香料,一叠叠毛巾放在加热的支架上。老年人容易形成一种习惯,把一切视为索然寡味——我还不至于此,这令人欣慰。我站在窗前,欣赏着阳光斜照下的高尔夫球场,远处小山上光秃秃的树枝被阳光照得晶莹发亮。湖水干涸了,我不太能接受这一事实,不过,有一天也许它还能恢复原状。如今,作为一座宾馆,这幢大楼本身确实比以前我住在这儿的时候有了更多的人间快乐。

一小时后,正当我准备穿衣服的时候,查尔斯打电话过来。他说等每个人到齐后,在六点十五分来接我,把我带下楼,做一个人场式。就这样,挽着他的手臂,我穿着华贵的开司米羊毛衣,伴着掌声,走进了那"L"形大厅,五十位亲戚举杯向我祝福。我一走进去,马上就感觉到一个人也不认识。没有一张熟悉的面庞!我心想,这是不是要我先品尝一下茫然不解的滋味。后来,人们渐渐地显豁明晰起来。我们必须体谅时光的流逝,如梭的岁月让褪褓中的婴儿一下子就成了欢腾喧闹的十龄童。不可能错的,那位应该是我的哥哥,他歪着身子蜷缩在轮椅中,喉咙上系了块小毛巾,用来接住喷溅而出的香槟,这香槟是有人喂他的。我俯身亲吻利昂,他努力用有知觉的一半脸笑了笑。我也很快认出了皮埃罗,他一副干瘪皱缩的样子,脑袋亮晶晶的,我真想把手放上去摸一摸。但他依然像以前那样笑容可掬而且威仪万千。我们心照不宣,决不提起他姐姐。

我在查尔斯的伴随下绕大厅一周,向众人问好,他在一边提醒我来人的名字。如此亲切的重聚,心情是多么愉快啊!我再一次与十五年前去世的杰克逊的儿女们、孙辈们和重孙们相识。其实,他们这对双胞胎还在这个房间一起住过呢。利昂也干得不错,先后结了四次婚,全身心地抚养孩子。我们的年龄跨度很大,小的才三个月,老的已有八十九岁。大厅里一片喧闹,嘶哑声和尖叫声不绝于耳,服务员巡回为宾客添加香槟和柠檬。远房表兄的子女已经上了年纪,他们像久违的朋友一样向我问好,几乎每个人都对我写的书褒嘉了一番。一群非常可爱的十多岁的孩子告诉我,他们在学校里十分用功地在读我写的书。我答应了一位客人阅读他儿子写的小说的打印稿,他的儿子那天没有来。条子和名片塞满了我的双手,角落里的桌子上堆满了礼物。几位孩子要我在他们睡觉前而不是等他们睡觉后必须打开礼物。我满口答应了,与他们一一握手,吻了吻他们的脸颊和嘴唇;我端详着婴儿们,逗他们发笑。我正想找个地方坐下,突然发现椅子都朝一面排列好了。查尔斯拍了拍手,在喧闹声中大声宣布,晚宴前要为我举行一场表演会。请大家各就各位。

我被领到前排的一把扶手椅上就坐。老皮埃罗坐在我身旁,他正和左边的一位表兄交谈。人们焦急地等待着,房间里几乎一片寂静。突然从某个角落传来孩子们的焦躁的嘀咕声。我想这个时候最好就当没听见。就在这等待中,我可以说拥有了属于自己的几秒钟。趁这当儿,我环视一下四周,这时我才注意到藏书室所有的书和架子都不见了。难怪这房间比我记忆中的大多了。惟一的读物就是壁炉旁架子里的乡村杂志。在一阵"嘘"声和椅子的摩擦声中,一位肩披黑斗篷的男孩站在我的面前。他脸色苍白,长着雀斑,头发呈深棕色——决不会错,他是昆西传人。我估摸他大约九岁或十岁,身体单薄,头显得特大,看上去纤弱缥缈。可他环视整个房间时,显得信心十足。最后他抬起精灵般的下巴,憋足气势,用清脆、高亢的童音放声朗诵。我以为他要表演魔术呢,可谁知传入我耳畔的故事却有神奇的格调。

这是一个关于率性的阿拉贝拉的故事,
她与一位外来的小伙子出走私奔。

420

未经同意就擅自离家去了伊斯特本，

贫病交加，她口袋里只剩下最后的六便士。

看到自己的长女如此潦倒终生，

她父母的心中充满了无限的悲愤。

转瞬间她站在了我的前方，那是个好管闲事、自命不凡、沾沾自喜的小姑娘，而且她也没有死。当朗诵到"擅自离家"时，人们会意地吃吃窃笑，而我那脆弱的心微微地一颤——这是多么的虚夸，简直是啼笑皆非！男孩用清晰而又扣人心弦的声音背诵着台词，他的咬文吐字中略带一丝不和谐的声韵——我们这一代人称之为伦敦土腔，尽管如今我不知道"t"这一喉音有何意义。我知道他朗诵的是我写的台词，可我几乎已把它们遗忘了。因为此时那么多的问题涌入我的脑海，那么多的情感在心中汹涌，我很难集中自己的注意力。他们是在哪里找到剧本的呢？这一非凡的自信难道是不同时代的一种征兆？我看了一眼坐在我身边的皮埃罗，他掏出手帕在轻轻地擦着眼睛。我认为这不仅仅让他感到曾祖父般的骄傲。我还怀疑这可能全是他的主意。故事开场白自然而然地向高潮推进。

那位幸运的姑娘迎来甜美的一天，

她嫁给了风度翩翩的王子，但且听，

坠入爱河前，必须三思而后行，

因为阿拉贝拉差一点悔之已晚。

421

我们噼里啪啦地热烈鼓掌,甚至还传出几声俗不可耐的口哨声。那本词典,那本《牛津简明辞典》上哪儿去了?在苏格兰西北部吗?我得要回来。男孩鞠了一躬,后退了几步,与另外四个孩子一起走上前,我没察觉到他们,此刻他们正在舞台的侧面等候。

就这样,《阿拉贝拉的磨难》拉开了序幕,她与焦急而悲伤的父母道别。我马上认出女主角是利昂的曾孙女克罗怡扮演的。她厚重的低音和她母亲的西班牙血统让她看上去多么可爱而又庄重啊!我记得去参加过她的第一个生日宴会,那仿佛就在一个月前。我凝望着女主角,她在遭邪恶的伯爵抛弃后一下子就陷入了穷困潦倒、走投无路的境地。这位伯爵就是刚才肩披黑斗篷的报幕员。不到十分钟,演出就结束了。在记忆中,用一个孩子的理解,这场演出似乎总有莎士比亚戏剧那么长。我已经彻底忘了婚礼后阿拉贝拉和医生王子手挽着手,跨步向前,齐声向观众道出最后的对句。

我们磨难过后,爱情开始滋生。
再见了,亲爱的朋友,我们扬帆在黄昏中!

我认为不太完美,但整个房间的人——除了我、利昂和皮埃罗之外——起身鼓掌,直至幕谢。这些孩子多么训练有素。他们手拉着手,并排站立,在克罗怡的暗示下向后退了两步,然后再走向前去,又一次鞠躬。在雷鸣般的掌声中,没有人发现可怜的皮埃罗双手捂住脸已不能自已。他是否触景生情,想起父母离婚后那段孤独而又可怕的时光了呢? 想当初,那天晚上,在藏书室里,他们,这对双胞胎,多么想演这出戏啊。六十四年后的今天,这出戏终于上演了,而他的兄弟却早已作古了。

他们把我从舒服的椅子上扶起来,我略表谢意。房间后面,一位婴儿啼哭了起来,这使我追忆起了1935年。在那年炎热的夏天,表弟表姐从北方南下。我转身面对演员。我说即使我们当初把这部戏搬上了舞台,我们的演出也根本无法与他们的相匹敌。皮埃罗连连点头。我解释说,那时排练半途而废,全都是我的错,因为我中途改变了主意,立志要成为一名小说家。人们开怀大笑,掌声更加热烈。查尔斯趁势宣布,晚宴开始。就这样,愉快的夜晚粉墨登场——晚餐很热闹,我也破天荒喝了点酒,人们互赠礼品,小孩子们睡觉去了,大哥哥、大姐姐们则去看电视了。然后,我们边喝咖啡边聊天,大伙儿呵呵地直笑。将近十点时,我开始想我楼上那间妙不可言的房间。这倒不是因为我累了,而是因为我已厌倦了在稠人广众之间成为众人注意的焦点,尽管他们对我深怀善意。最后大家互致晚安,相互道别,半个小时又这样过去了。随后,查尔斯和他妻子安妮护送我到了我房间。

现在是凌晨五点,我还在书桌前追思这异乎寻常的两天。老人真的不需要睡眠——至少不用在夜晚入眠。我还有这么多的事情需要思考。在不远的将来,也许在这一年内,我将没有心境率性而为。我一直构思我的最后一部小说,这本应该是我的

第一部小说。最早一稿完成于 1940 年 1 月,最后一稿完成于 1999 年 3 月,期间有六部不同的手稿。第二稿作于 1947 年 6 月,第三稿……谁又想知道呢？我五十九年的任务已经完成了。我们都有罪——我、罗拉和马歇尔都难辞其咎——从第二稿开始,我就着手把它形诸于笔端。我始终认为,毫不隐瞒真相——（人名、地点、确切的环境）——是我的职责——我把这一切当成历史记录存档。然而,这些年来,许许多多的编辑告诉我,从法理上说,只要我的同案犯依然在世,那么我那法庭回忆录就决不能出版。如果出版了,那你只能是抹黑了你自己,诽谤了死者。马歇尔夫妇从四十年代后期以来就一直活跃在法庭上。他们不惜血本,坚决捍卫自己良好的声誉。他们用活期存款就能轻而易举地使出版社身败名裂。人们不禁起疑心:难道他们有不可告人的勾当？是的,你尽管想好了,但千万别提笔写下来。取代、嬗变、掩盖——显而易见,这就是启迪。拨去想象的迷雾吧！小说家何为？走到极限之处,在可望而不可即的地方安营扎寨,打法律的擦边球,然而在判下来之前,谁也不知道确切的距离。为稳妥起见,最好还是不动声色,暗昧难明。我知道,只有等到他们过世了我才能出版。直至今天凌晨,我相信,只要我在,它就不会公开。他们中只有一个走了,那也没用。就算最后马歇尔勋爵清癯瘦瘠的脸出现在讣告栏上,我北方的表兄弟也容忍不了同谋的控告。

　　这儿有罪恶,但也有钟情相恋的人。我整日整夜地都在想

424

着有情人和他们幸福的结局。是的,我们正驶入黄昏。我们颠
来倒去,抑郁寡欢。我突然想到,自从我写了这部小剧本以来,
其实并没有远行,确切地说,我大大地偏离了正道,如今又折回
到了起点。只有在这最后的一稿中,我的有情人才终成眷属。
我走开时,他们并肩站在伦敦南部的林阴道上。以前的几部稿
子都是那么的无情。可是现在我真的不再觉得,通过直接或间
接的方式,竭力说服读者以下的事实到底有何意义。罗比·特
纳于 1940 年 6 月 1 日在布雷敦斯死于败血症,塞西莉娅于同年
的 9 月在贝尔罕姆地铁车站爆炸中丧生。那年我从未见过他
们。我徒步横穿伦敦,最后在克拉珀姆公地上的教堂门口驻足,
然后,怯弱的布里奥妮瘸着腿走回医院,无法面对刚刚痛失了亲
人的姐姐。恋人间的鱼书鸿雁如今收藏在战争博物馆内。这一
切怎么能够算是故事的结尾呢? 读者能从这一狗尾续貂的叙述
中获得什么样的意义、希望或欣慰呢? 谁会相信他们再也没见
过面,永远没有两情缱绻呢? 除了服务于严酷的真实性之外,谁
会相信呢? 我无论如何不能那样对待他们。我垂垂老矣,我噤
若寒蝉,而且太眷恋自己的余生。我面对的是汹涌的忘却浪潮,
然后是永久的遗忘。我不再拥有战胜悲观的勇气。当我离开人
世,当马歇尔夫妇离开人世,当小说最后出版了,我们只会以作
品的形式存在于世。正如那对恋人一样——他们在贝尔罕姆同
床共榻,令女房东勃然大怒——布里奥妮只不过是一个虚幻的
存在。没人会关心小说中哪些事是失实的,哪些人被歪曲了。
我知道总有一类读者会身不由己地问:"可是到底发生什么

了?"回答很简单:"有情人生生不息。只要我最后一稿的打印孤本留存于世,那么我那纯洁率性而有奇缘的姐妹和他的医生王子定会相亲相爱,直到地老天荒。"

这五十九年来,有一个问题一直萦绕我心:一位拥有绝对权力,能呼风唤雨、指点江山的上帝般的女小说家,怎么样才能获得赎罪呢?这世上没有一个人,没有一种实体或更高的形式是她能吁求的,是可以与之和解的,或者是会宽恕她的。在她身外,什么也不存在。在她的想象中,她已经划定了界线,规定了条件。上帝也好,小说家也罢,是没有赎罪可言的,即便他们是无神论者亦然。这永远是一项无法完成的任务。这正是要害之所在。奋力尝试是一切的一切。

我伫立在窗口,感到一阵阵疲惫的浪涛向我袭来,将我全身的余力卷走。脚下的地板仿佛波浪在起伏。我目不转睛地凝视着第一缕灰蒙蒙的晨光映照出公园和干涸湖上的桥梁,还有那条伸向远方雪白处的狭长车道。警察就是驱车沿着这条车道,载着罗比将他带走的。我深深觉得,让我小说中的有情人最终团团圆圆,生生不息,绝不是怯弱或逃避,而是最后的一大善行,是对遗忘和绝望的抗衡。我给了他们幸福,但我不是私心作祟,要让他们宽恕我。不是这样的,还不至于如此呢。假如我能在生日宴会上对他们施以魔法……罗比和塞西莉娅依然活着,依然相爱,依然肩并肩地坐在藏书室里,对着《阿拉贝拉的磨难》微笑吗?——这不是不可能的。

但现在我必须睡了。

426

图书在版编目(CIP)数据

赎罪/(英)伊恩·麦克尤恩(Ian McEwan)著;
郭国良译.—上海:上海译文出版社,2018.6(2025.3重印)
(麦克尤恩作品)
书名原文:Atonement
ISBN 978-7-5327-7775-4

Ⅰ.①赎… Ⅱ.①伊…②郭… Ⅲ.①长篇小说—英
国—现代 Ⅳ.①I561.45

中国版本图书馆 CIP 数据核字(2018)第 042394 号

Ian McEwan

Atonement

图字号:09-2003-044 号

赎罪

〔英〕伊恩·麦克尤恩 著 郭国良 译
责任编辑 / 徐 珏 装帧设计 / 储平工作室

上海译文出版社有限公司出版、发行
网址:www.yiwen.com.cn
201101 上海市闵行区号景路159弄B座
江阴市机关印刷服务有限公司印刷

开本 850×1168 1/32 印张 13.5 插页 5 字数 232,000
2018 年 6 月第 1 版 2025 年 3 月第 7 次印刷
印数:32,001—35,000 册

ISBN 978-7-5327-7775-4
定价:59.00 元